Infiltrada en la boda

Infiltrada en la boda

CARA CONNELLY

HarperCollins *Español*

© 2017 por HaperCollins Español
Publicado por HarperCollins Español, Estados Unidos de América.

Título en inglés: *The Wedding Band* y *The Wedding Gift*
© 2015 por Cara Connelly

Editora-en-Jefe: *Graciela Lelli*

ISBN: 978-0-71809-225-2

Impreso en Estados Unidos de América
17 18 19 20 21 DCI 6 5 4 3 2 1

ÍNDICE

INFILTRADA EN LA BODA

Dakota Rain se miró atentamente en el espejo del baño e hizo inventario de sus activos.

¿Ojos azules y penetrantes? Sí.

¿Barba incipiente? Sí.

¿Pelo rubio, con mechones aclarados por el sol? Sí.

¿Sonrisa de estrella de cine?

¡Horror!

Su asistente personal, que estaba junto a la puerta, puso los ojos en blanco con resignación e hizo una marcación rápida en su móvil.

—Hola, soy Emily Fazzone —dijo—. El señor Rain necesita ver al doctor Spade esta misma mañana. Otra funda —dijo. Escuchó un momento y se echó a reír—. Sí, desde luego. Merecería la pena ponerle toda la dentadura de fundas y terminar de una vez.

Dakota le lanzó una mirada asesina por el espejo.

—Nada de fundas extra.

—Quejica —dijo ella, mientras se metía el móvil al bolsillo—. De todos modos, hoy no podría ser. Spade te va a hacer un hueco, como de costumbre. Después, tienes que estar en el estudio a las once para el doblaje. Vas a tener poco tiempo, así que date prisa.

Dakota, con deliberación, se volvió hacia el espejo de nuevo y ladeó la cabeza. Se tiró de las mejillas como si estuviera pensando en afeitarse.

Emily volvió a poner los ojos en blanco y, entre murmullos, desapareció en el vestidor y salió un minuto más tarde con unos pantalones vaqueros, una camiseta y unos calzoncillos de tipo bóxer. Puso la ropa en la encimera de granito del lavabo, volvió a sacar su teléfono móvil y revisó la programación.

—Tienes una cita con Peter a las doce en punto en su despacho para hablar de la campaña de publicidad de Levi's. Después, a la una y media, tienes que ir a probarte el esmoquin. A las dos y media va a venir Mercer para hablar de la seguridad de la boda…

Dakota dejó de escuchar. No le preocupaba el horario. Emily lo llevaría donde tuviera que estar. Si llegaba un poco tarde y alguien tenía que esperar, bueno, ya estaban acostumbrados a tratar con las estrellas de cine. Incluso les decepcionaría que se comportara como una persona normal.

Sin apresurarse, se quitó los calzoncillos y caminó desnudo hacia la ducha. Sabía que a Emily no le importaría. Después de diez años de curarle heridas y enfermedades, de aguantar sus vómitos y sus dolores, había visto todo lo que había que ver. ¿Hombros anchos? ¿Trasero apretado? Ella era inmune.

Además, era lesbiana.

Abrió el grifo de agua caliente y metió la cabeza bajo el chorro, y se estremeció de dolor al encontrarse un chichón en la parte posterior del cráneo. Lo midió palpándolo con los dedos; tenía un diámetro de cinco centímetros.

El mismo derechazo que le había dejado una mella en el diente había hecho que su cabeza rebotase en un muro de cemento.

Emily tocó la mampara con los nudillos. Él frotó el cristal con los dedos para abrir un círculo en el vaho y la miró fulminantemente por molestarlo en la ducha.

Ella también era inmune a sus miradas.

—Te he preguntado si va a haber una querella.

—Por supuesto —respondió él, con indignación—. Vamos a demandar a The Combat Zone. Tubby me ha roto un diente y me ha causado una conmoción.

Ella suspiró.

—Me refería si nos van a demandar a nosotros. Tubby es un buen empleado de seguridad. Si te pegó, es porque le diste un buen motivo.

—¿Por qué siempre te pones de parte de los demás? No estabas allí. No sabes lo que pasó.

—Claro que sí. Estamos en octubre, ¿no? El mes en el que empiezas a aullarle a la luna y a dar puñetazos a cualquiera que pase por ahí. Los abogados están esperando. Solo quiero saber si tengo que llamarles.

Él soltó un rugido que asustaba a villanos y a vírgenes por igual.

Emily se cruzó de brazos.

Él sacó la cabeza por la puerta de la cabina.

—Tócalo —dijo, señalándose el chichón.

Ella lo pinchó con el dedo.

—¡Ay! Demonios, Em, eres más mala que la quina —dijo él. Cerró el grifo, salió del baño empapándolo todo a su paso y giró la cabeza delante del espejo para intentar verse la parte posterior de la cabeza.

—¿Montana estaba contigo?

—No.

Los días de juerga de su hermano pequeño habían terminado. Ahora se pasaba las noches con su prometida.

—¿Testigos?

—Muchos.

—¿Paparazzi?

—¿Lo preguntas en broma?

Se topaba constantemente con aquellas sanguijuelas. Normalmente, octubre siempre acababa con alguno de ellos tirado en el suelo mientras él le daba de puñetazos y el resto lo retransmitía en directo.

Em volvió a sacar el teléfono.

—Hola, Peter. Sí, Dakota se pegó con Tubby anoche. Solo tiene un diente roto y un chichón en la cabezota. Pero los periodistas estaban allí, así que habrá fotos. De acuerdo, hasta luego.

Dakota se olvidó del chichón. Tenía el pelo demasiado espeso.

Y demasiado largo, demonios; le llegaba dos centímetros y medio más debajo de la barbilla, la longitud requerida para la película del Oeste que iba a empezar a rodar el mes próximo. Aquello le parecía demasiada molestia para una película de acción igual que la anterior, y que la anterior a la anterior. En aquella ocasión, habría caballos en vez de cochazos, y revólveres en vez de subfusiles, pero ninguna sorpresa, solo muchos cadáveres.

Em le dio una toalla.

—¿Coche?

Miró por la ventana. Tampoco había ninguna sorpresa en la calle: otro día soleado en Los Ángeles.

—El Porsche negro.

Ella salió del baño y volvió a marcar.

—Tony, trae el Porsche negro, ¿de acuerdo? Y baja la capota.

Dakota desaceleró y se metió entre un Lexus brillante y un Civic tuneado, pasó un semáforo en naranja y frenó de golpe justo delante del autoservicio de un In-N-Out Burger.

—Ponme una hamburguesa triple, patatas fritas y un batido de chocolate, ¿de acuerdo, guapa? —dijo, y miró a Em—. ¿Lo de siempre?

Ella asintió con el teléfono pegado a la oreja.

—Y un sándwich de queso para la vegetariana. Y una pajita extra —dijo Dakota, y avanzó hasta que frenó detrás de un Hummer amarillo.

Em, sin dejar de hablar, abrió su iPad, hizo una búsqueda y le mostró la pantalla. Había fotografías de su enfrentamiento con Tubby.

Dakota se encogió de hombros como si no le importara. Y, en realidad, no le importaba que la gente supiera que Tubby le había vapuleado; eso era inevitable, porque nadie podía hacerle frente a Tubby.

Lo que verdaderamente le enfurecía eran los malditos paparazzi.

Todo el mundo, Peter, Em, incluso Montana, le decía que los medios de comunicación eran un mal necesario. Y tal vez fuera cierto.

Sin embargo, él nunca les perdonaría lo de Charlie. Nunca les perdonaría que hubieran empujado a un hombre bueno al suicidio y que después se hubieran abalanzado sobre sus restos como los buitres que eran.

Y los paparazzi no eran los únicos que habían ganado dinero con la vida y la muerte de Charlie. Los periodistas legítimos, por llamarlos de algún modo, también habían aprovechado la oportunidad y habían explotado el desmoronamiento de su mejor amigo, sin permitir que la compasión les impidiera conseguir un buen artículo.

El día en que habían puesto el cadáver de Charlie en primera página, Dakota había renunciado a ver las noticias para siempre. Nada de periódicos, ni de revistas, ni de CNN. Nunca más en la vida.

Se detuvo junto a la ventanilla, dejó a un lado su resentimiento y le lanzó una sonrisa estudiada a la dependienta pelirroja.

—Hola, Sandy. ¿Qué tal?

—Hola, Kota —dijo la muchacha, con acento de Jersey—. Me gusta cómo llevas el pelo.

—Cuando me lo corte, puedes quedártelo —respondió él. Le dio una propina de cincuenta dólares, y ella le sopló un beso.

Dakota salió del aparcamiento y le dio la bolsa a Em. Ella todavía estaba hablando por teléfono, así que él se lo quitó de la mano.

—¡Eh! Era Peter.

—Lo hemos visto hace veinte minutos —replicó él, moviendo la bolsa.

—Por el amor de Dios… —murmuró Em. Abrió la bolsa, desenvolvió su hamburguesa y extendió una servilleta en el regazo de él. Después, metió las dos pajitas en el batido, dio un largo trago y se lo pasó. Se giró hacia él, lo miró fijamente y preguntó—: Bueno, y ¿qué pasó anoche?

Él succionó cinco centímetros de batido y lo sujetó entre los muslos.

—Un imbécil estaba acosando a una chica. Manoseándola. La tenía arrinconada contra la pared y la estaba toqueteando.

—Dime que no le pegaste.

—Estaba a punto de hacerlo. Solo le había apartado de ella cuando Tubby se entrometió y me aguó la fiesta.

—Y comenzó la locura de octubre —dijo Em, mirando hacia el cielo azul—. ¿Por qué, oh, por qué no podría casarse Montana en septiembre? ¿O en noviembre?

—¿Y por qué tiene que casarse?

No tenía ningún sentido. Montana, o Tana, tal y como lo llamaba toda la familia, todos sus amigos y su legión de seguidores en Twitter, era el dueño del mundo. Las mujeres lo adoraban. Hollywood lo adoraba. La crítica lo adoraba. Era el favorito del cine independiente, y le ofrecían buenos papeles, interesantes y llenos de matices, mientras que él siempre tenía que estar haciendo volar ciudades por los aires y ametrallando ejércitos en solitario.

Sí, claro, él ganaba un dineral. Pero Tana era el que tenía el talento.

—Sasha es una chica estupenda —dijo Em.

—Sí, es una monada, pero hay millones de peces en el mar. ¿Por qué tienes que conformarte con uno solo?

Em le dio un puñetazo en el hombro.

—Eso, de parte de todas las monadas del mundo, especialmente las de California.

Kota sonrió y le pasó el batido.

—Llama a Mercer y dile que vamos con retraso. No quiero que se cabree con nosotros.

—Pff. Tú nunca te preocupas por los sentimientos de los demás.

—Porque nadie puede matarnos con una sola mirada.

—¿Lo ves? Tú también le tienes miedo —le dijo Em, cruzándose de brazos—. Ojalá no lo hubieras contratado.

—Eso me lo has dicho un millón de veces, pero Tana me ha puesto a cargo de la seguridad del evento, y Mercer es el mejor —respondió él. Sus chicos eran ex Rangers y Navy SEALs—. Dice que va a tener a la prensa alejada, y lo creo.

—Pues que tenga buena suerte. Ellos siempre consiguen meter a alguien en todos los sitios.

—Esta vez, no —dijo Kota.

Tal vez una boda en la playa fuera una pesadilla con respecto a la seguridad, además de algo absurdo, porque todo el mundo estaba metido en una carpa y no iban a ver el mar, de todos modos, pero Mercer lo tenía todo controlado. El perímetro, cerrado, y una zona de exclusión aérea. Los invitados del sábado y los empleados serían transportados hasta allí desde un aparcamiento lejano, y tendrían que someterse a un control antes de poder entrar. Si alguien llevaba cualquier dispositivo de grabación, sería ejecutado sumariamente… ejem, expulsado.

Kota sonrió con tristeza.

—De verdad, Em, Mercer lo tiene todo bajo control. Ni uno solo de esos repugnantes periodistas va a entrar a la boda.

—Vas a entrar a esa boda —dijo Reed, señalando a Chris con el dedo índice—. No te molestes en protestar. O eso, o ya puedes ir recogiendo tus cosas del escritorio.

—¡Esto es una idiotez, Reed! Archie ya ha admitido que fue él quien la pifió.

—Y su escritorio ya está limpio. Pero tú todavía estás en la cuerda floja, Christine. Tú firmaste el artículo.

—¡Le dije que no lo enviara a imprenta antes de que yo pudiera verificarlo! Si se hubiera esperado hasta que yo le hubiese dado vía libre…

—Se te olvida lo más importante: que la senadora Buckley vio tu nombre, Christine Case, en la primera página. Tú la acusaste de administrar indebidamente las contribuciones para la campaña electoral. Es tu cabeza la que quiere —dijo Reed—. Querías ir en busca de la noticia, ¿no? Pues ahora, a aguantar el chaparrón.

Chris se frotó la sien.

—Me he ganado mi columna, Reed.

Después de pasarse dos años escribiendo cosas intrascendentes para la sección de Estilo, parecía que sus esfuerzos habían dado fruto cuando uno de los relaciones públicas de Buckley, un tipo a quien ella conocía de cubrir los eventos para recaudar fondos de la senadora, en los que la gente pagaba mil dólares por cubierto, le había dado el artículo de su vida. Su gran oportunidad. Una noticia de portada.

Reed no se estaba mostrando muy comprensivo.

—Deberías haber cerrado la boca hasta que tuvieras la historia bien atada. Le diste a Archie un cartucho de dinamita.

Pues sí, eso era cierto. Y ese cartucho le había explotado en la cara.

Reed tenía razón. Ella tenía gran parte de la culpa. Y era toda una suerte que él no la hubiera despedido directamente.

—Escucha, Chris —dijo Reed. Rodeó su escritorio y se sentó al borde—. Tu madre es una heroína para toda una generación de reporteros. La cobertura de Emma Case de la guerra de Vietman cambió la Historia. Por eso tú tienes otra oportunidad y sigues aquí sentada. Por eso, y por el hecho de que tu padre es la estrella invitada de la boda de Montana Rain.

—Entonces, ¿ahora vamos a competir con el *Enquirer*, colándonos en las bodas de los famosos? Por el amor de Dios, somos *Los Angeles Sentinel*. ¿Eso es en lo que se ha convertido el periodismo?

Pregunta equivocada. Reed se puso rígido.

—No me eches sermones, jovencita. Yo he crecido en este negocio, y te digo que el mundo ha cambiado. Todos los periódicos del mundo están colgando de un hilo.

—La primicia de esta boda no va a ser la salvación del *Sentinel*.

—Tal vez no, pero puede que sea tu salvación aquí. Yo te he defendido a capa y espada y, ahora, tú me vas a devolver el favor. Le prometí a Owen que conseguiría una exclusiva. *Where the*

Stars Are sale dentro de dos semanas, y la boda de Montana Rain va a ir en la página central.

—Vamos, Reed. Eso no es más que una revista de cotilleos…

Él la interrumpió sin miramientos.

—Tu opinión es irrelevante. Owen es el editor, y es su proyecto más personal. Quiere aumentar la tirada del domingo, y si no lo consigue, no será porque esta oficina no haya hecho todo lo posible.

Chris intentó someterlo con la mirada, pero Reed ya era el maestro del sometimiento con la mirada. Ella se cruzó de brazos. Él, también.

Pasaron los segundos.

Chris bajó los ojos. Pensó en su madre, en lo orgullosa que se había sentido cuando ella se licenció en Periodismo en la Universidad de Columbia, y la terrible decepción que se había llevado cuando ella había elegido la vida de cantante con su padre, en vez de ejercer su profesión.

Bien, ya era demasiado tarde para redimirse a ojos de su madre. El Alzheimer había apagado la aguda mente de Emma Case. Ella ya había perdido, en muchos sentidos, a la mujer a la que había admirado y querido con todo su corazón.

Emma ya no podría saber que Chris estaba siguiendo sus pasos. Ni que su viejo amigo Reed, el editor jefe del *Sentinel*, le había dado aquella oportunidad.

Sin embargo, ella sí lo sabía. No tenía referencias, salvo su apellido, y Reed había hecho un acto de fe y había asumido que ella se comprometería con el periódico de la misma manera que Emma, ganadora de un premio Pulitzer.

Sin embargo, colándose en bodas de famosos y cotilleando sobre los trajes que llevaba cada uno y quién se besuqueaba con quién… Con eso no se ganaba ningún premio.

Por otro lado, estaba en deuda con Reed. Y, con la situación económica tan difícil que atravesaba el periódico… ¿Qué podía hacer ella, salvo aguantarse e ir a cantar con el grupo de su padre a la extravagante boda de Montana Rain y conseguir algunos cotilleos inútiles para darle publicidad al proyecto de Owen?

Después, podría dejar aquella humillación atrás e intentarlo de nuevo con las noticias de verdad.

Y, la próxima vez, tendría más sentido común y comprobaría minuciosamente sus fuentes.

La próxima vez, conseguiría algo que hubiera hecho sentir orgullo a su madre.

No quiso mirar a los ojos a Reed. Marcó un número en su móvil, y su padre respondió al primer tono.

—Hola, nenita.

—Hola, papá —dijo ella, y fue directamente al grano—. ¿Sigue en pie tu oferta? ¿Puedo ir a la boda este fin de semana?

—Por supuesto que sí —dijo su padre, Zach Gray—. Voy a hacer un programa nuevo, y te lo enviaré. Actuamos a las dos. Y, cariño, la seguridad va a ser muy estricta. Ni móviles ni nada por el estilo. Puedes esperar que te dejen en ropa interior.

Y los problemas no dejaban de llegar.

Los invitados de la boda llegaron poco a poco al banquete. Estrellas de cine, personajes famosos, guapos y guapas acompañantes y unas cuantas personas normales que llamaban la atención entre tanta celebridad.

A través de un pequeño hueco entre las cortinas del escenario, Chris los vio llenar las mesas de bolsos y chales e ir en busca de las copas. Como los invitados de cualquier boda, pero no exactamente igual.

Al otro lado de la enorme carpa había un cuarteto de cuerda que tocaba a Mozart mientras varios aspirantes a actores pasaban bandejas de canapés, representando el papel de camareros serviciales.

Bueno, ella también estaba representando un papel, ¿no? La diferencia era que su trabajo no siempre había sido una actuación.

Antes de convertirse en la periodista Christine Case, había sido la seductora cantante Christy Gray, la vocalista de Zach y su big band, y había ido de gira con ellos por Europa y por Las Vegas, y había cantado en un millón de bodas como aquella.

Zach se le acercó.

—¿Estás bien, nenita? Hace mucho tiempo.

Ella esbozó una sonrisa forzada.

—Es como montar en bicicleta.

Él le acarició el brazo.

—Eres una profesional, preciosa —dijo. No añadió nada más, pero ella ya había oído el resto: «Por eso tienes que estar en el escenario, que es tu sitio, cantando para miles de personas, en vez de encerrarte a escribir artículos aburridos que tal vez lean por encima unos cuantos cientos de personas».

Para su padre era fácil decir eso. No sabía lo que era ser la hija de Emma Case. Para Zach, Emma había sido otra aventura de una noche, digna de recordar solo porque había sido estupenda en la cama, porque en aquel momento ella le doblaba la edad y porque era una periodista famosa, en ese orden.

Seguramente, la habría olvidado de no ser porque había tenido con ella a su única hija y, como su padre le decía frecuentemente, su hija era la mejor cantante con la que había tenido el placer de trabajar.

Él quería que ella siguiera sus pasos tanto como su madre había deseado que siguiera su carrera. Y, como consecuencia, nunca había podido tener su propia vida, sino que había tenido que elegir entre dos extremos.

Sin embargo, aquel día, Chris y Christy compartían el escenario: la cantante y la periodista frotándose la una contra la otra como la lana y la seda, creando electricidad estática. Haciéndola sudar.

Se masajeó con una mano las contracturas de la nuca. Si quería hacer aquello sin perder toda su credibilidad, tenía que mantener la calma. Evitar sorpresas, complicaciones y relaciones liosas…

Zach miró por entre las cortinas y sonrió.

—Vaya, vaya, esto va a ser interesante —dijo, y dio un paso atrás.

Las cortinas se abrieron y un hombre muy grande pasó entre ellas.

Un hombre muy muy grande.

Ella, con tacones, medía un metro ochenta centímetros, pero aquel hombre le sacaba al menos diez centímetros, tenía el pecho del tamaño de una valla publicitaria y unos hombros que podrían sujetar la carpa si empezaba a caerse.

Dakota Rain. Vaya.

—Eres Zach, ¿verdad? —le preguntó a su padre, y le tendió una mano con la que podría empuñar el martillo de Thor—. Soy un gran admirador tuyo —dijo, con un marcado acento del sur.

Entonces, sus ojos, más azules que el cielo de las Highlands, se fijaron en ella. Con asombro.

Por un momento, la observó fijamente. Después, descendió por su figura, quitándole el vestido y la ropa interior con la mirada. Volvió a ascender e hizo que le ardiera la piel de todo el cuerpo, y se detuvo en sus labios, hasta que, por fin, volvió a mirarla fijamente a los ojos mientras tragaba saliva.

—Mi hija Christy —dijo Zach.

—Bonito vestido —dijo Dakota, con la voz algo rasgada, como si se le hubiera quedado enganchada en la garganta.

Ella se había quedado sin habla en medio de aquella riada de testosterona. Aquel hombre la bombeaba a cada respiración.

Se estrecharon las manos y se quedaron inmóviles, atrapados los dos en el mismo hechizo, hasta que una mujer menuda de pelo moreno y corto le clavó a Dakota Rain el codo en las costillas.

—Guarda la lengua antes de que te trabes con ella.

Dakota bajó la mirada y la miró con severidad.

—Te presento a Em. Antes era mi ayudante personal. Ahora está buscando trabajo.

—Me alegro de conoceros a los dos —dijo Em, dándoles la mano—. Si necesitáis algo, solo tenéis que decírmelo, y me ocuparé de que lo tengáis.

—Te lo agradezco —dijo Zach—, pero tenemos todo lo necesario.

—Muy bien. Entonces, os dejamos tranquilos —respondió Em. Agarró a Dakota de la muñeca y tiró de él hacia la cortina. Él permitió que ella le estirara todo el brazo, pero no movió el cuerpo. Era como si Em estuviera tirando de un Cadillac.

—Zach —dijo él, con su voz grave y su acento sureño—, mi madre es admiradora tuya desde el primer día. ¿Te importaría que la trajera para presentártela?

—No, en absoluto. Nos encantaría conocerla.

Dakota asintió. Después, volvió a mirar a Chris y, por fin, dejó que Em se lo llevara.

—Cariñito, ten cuidado con él. Es un mujeriego.

Chris se echó a reír.

—Le dijo la sartén al cazo.

—Sí, exacto. Yo también lo soy, pero no llego a su nivel. Ese tipo exuda sexo. Y, si yo lo noto, las mujeres deben de caer como árboles recién talados.

Pues sí. Y, si los medios de comunicación estaban en lo cierto, Dakota Rain había derribado bosques enteros.

—No, esta mujer no —dijo ella. Ya había tenido suficientes famosos en su vida. Y, con pocas excepciones, eran personas egocéntricas, insoportables y narcisistas.

Y Dakota Rain, el actor de Hollywood con mayor éxito de taquilla del momento, era el famoso por excelencia. Así pues, ¿qué importancia tenía que le atravesara el vestido con los ojos? Había un motivo por el que aquel hombre tenía un caché millonario por solo echar miraditas de ese tipo.

Su padre le pasó un brazo por los hombros.

—Alguien como yo, experimentado y bien informado, dice que te tendrá tumbada boca arriba en un abrir y cerrar de ojos.

Ella se posó la palma de la mano en el corazón.

—Vaya, papá, me encantan nuestras charlas entre padre e hija.

Él le dio un pellizco en la barbilla.

—Sé que no necesitas que te cuente lo de la semillita que papá pone en mamá, pero, cariño, el rey de la selva acaba de olisquearte. Y, hazme caso, volverá.

—¿Qué demonios pasa, Em?

—Lo que pasa es que se te estaba cayendo la baba en los zapatos.

—Pero ¿es que no la has visto? Estatura de supermodelo, curvas de infarto, metros de melena castaña y ondulada, y una cara para hacer llorar a Da Vinci.

—Sí, sí, la he visto. Y te he visto a ti tirártela con la mirada delante de su padre.

Kota iba a negarlo.

—Ella me hizo lo mismo a mí.

—No, lo suyo fue mucho más suave. Obviamente, no es tan viciosa como tú.

En aquello tenía razón.

—¿Y cómo es que no la había visto nunca?

—Porque ya no actúa mucho —dijo Em, sin dejar de avanzar entre las mesas, esquivando a posibles admiradores—. Sasha la vio cantar con Zach en Las Vegas hace un par de años. La gente se volvió loca. Después, desapareció.

—¿Para hacer qué?

—Tal vez tuviera un bebé. O una crisis nerviosa. De cualquier modo, Sasha se puso muy contenta cuando Zach le dijo que iba a venir a cantar a la boda.

Kota se había quedado con el detalle del bebé.

—¿Está casada? —preguntó. Al verla, se había quedado tan anonadado que ni siquiera se había fijado en si llevaba alianza.

—No me conozco su historia. Sasha no se la mencionó a Mercer hasta esta misma mañana, y Mercer se puso frenético, por supuesto. Empezó a protestar porque no tenía tiempo de investigarla a fondo, bla, bla, bla. Así que ten cuidado, porque tal vez sea una terrorista.

—Debería cachearla.

—Estoy segura de que te encantaría, pero hazme un favor y espera a que termine la fiesta. Ahórrales a tus padres el espectáculo que se produciría después.

Buena observación. Sus antecedentes en las bodas no eran los mejores del mundo. Todo tendía a ponerse difícil cuando el padre de una de las damas de honor lo pillaba con los pantalones bajados y le rompía una silla en la cabeza.

—Está bien, lo dejaré para después de la fiesta —dijo—. Vas a venir, ¿no?

—Como mucho, estaré media hora. Después —respondió Em, con una gran sonrisa—, estoy de vacaciones.

¿En qué estaba pensando él para haberle dado una semana libre?

—Olvida lo de las vacaciones —le dijo—. Necesito que me ayudes con lo de la salida.

«La salida» era, en realidad, un complicado plan, en el que unos dobles de los novios iban a subir, delante de todos los invitados, a su Cessna, con rumbo a Italia, mientras que los recién casados se escapaban de puntillas hasta el Gulfstream de un amigo para poder pasar una luna de miel sin paparazzi en su isla privada.

—No me necesitas —dijo Em—. Mercer lo tiene todo controlado. Yo no haría más que estorbar —añadió, y condujo a Kota hacia la mesa principal—. Ahora, vamos a empezar con el show. Necesito que subas a ese avión.

—Podrías venir con nosotros —dijo él, echándole el anzuelo—. Una semana en la playa, sin teléfono, sin Internet…

—Justo lo que necesita Tana, más gente entrometiéndose en su luna de miel.

—Yo no me estoy entrometiendo. Voy a quedarme en la casa de invitados que hay en la otra punta de la isla. Además, me dijiste que debería hibernar en octubre.

—Me refería a que pasaras un mes en una estación espacial, o haciendo carreras de trineos con perros en el Polo Sur. No a que te fueras con tu hermano y su flamante esposa.

—Ellos ni siquiera se van a enterar de que estoy allí.

—Pfff… Empezarás a molestarles a los veinte minutos.

Puede que Em tuviera razón. Una semana solitaria leyendo guiones y viendo los atardeceres del Pacífico era algo que le había parecido idílico un mes antes, cuando estaba disparando con lanzacohetes y subiendo cadáveres a un helicóptero en una selva asfixiante.

Sin embargo, cuando había terminado de rodar su última película y había vuelto a Los Ángeles, la idea de pasar todo aquel tiempo solo empezó a repelerle.

Em lo obligó a sentarse. En aquel momento, la mesa principal todavía estaba vacía, porque los novios estaban haciéndose fotos. Ella se sentó al borde y lo miró a los ojos.

Cuando le habló, lo hizo en un tono más suave de lo normal.

—Vas a estar bien. Tana es tu hermano pequeño. No vas a perderlo.

Algunas veces, Em veía demasiadas cosas.

—Tana y tú —prosiguió ella— estáis más unidos que cualquiera que yo conozca. Nadie podrá interponerse. E incluso para un cabeza de chorlito como tú debería ser obvio que esa no es la intención de Sasha. Ella te tiene afecto.

—Yo también a ella —respondió él. Y no podía negar que Sasha animaba a Tana para que saliera con él. No era culpa suya el hecho de que su hermano prefiriera estar con ella la mayoría del tiempo. Tana estaba loco por su mujer.

—Sé que estabas acostumbrado a tener a Tana para ti solo —dijo Em—. A irte a Las Vegas, o a Miami, o a Nueva York de repente, por capricho. O a llevarte a unas cuantas mujeres a la isla, en vez de a una esposa y una pila de guiones aburridos. Pero, vamos, Kota, el mes que viene cumples treinta y cinco años.

Ay.

—Con treinta y cinco años no se es viejo.

—No, pero sí maduro, o al menos, debería ser así —replicó ella, y ladeó la cabeza—. Creo que pasar una semana solo es justo lo que necesitas. Así podrás despejarte la cabeza y pensar en lo que viene.

Ese era el problema: que no quería pensar en lo que iba a pasar después.

Por pura desesperación, se volvió temerario, y dijo:

—Te doy un mes de vacaciones cuando volvamos.

Ella sonrió con tristeza.

—Eso es una chorrada. Tú no durarías ni un día en Los Ángeles sin mí. Además, yo ya he hecho planes con Jackie para esta semana.

—Tráetela —dijo él. Eso sí que era una temeridad, porque Jackie lo sacaba de sus casillas.

—No puedo. Nos vamos a Houston. Por fin se lo va a decir a sus padres.

Él soltó un resoplido.

—Lo más seguro es que te peguen un tiro. En el mejor de los casos, os pondrán en habitaciones separadas. Nada de sexo durante una semana.

—Es posible. Pero yo puedo pasar una semana sin sexo. Tú te pondrás a perseguir a las ovejas por la isla.

Él sonrió, que era lo que ella pretendía.

—Tienes una mente muy pervertida, Em. Por eso te quiero.

—Yo también te quiero —dijo ella. Y, después, le dio un puñetazo en el hombro para mitigar la sensiblería y se alejó, dejando que él se las arreglara por sí mismo.

Algo nada fácil, una vez que llegó la feliz pareja.

—Enhorabuena —dijo, obligándose a sí mismo. No se trataba de que no se sintiera feliz por ellos. Sí lo estaba. Era de sí mismo de quien se compadecía.

—Gracias, tío —le dijo Tana. Al sonreír, se le formaron arrugas en las comisuras de los ojos, que eran tan azules como los de su hermano.

Tana sacó la silla de Sasha para que ella pudiera sentarse como una princesa en su trono, y se sentó a su lado.

Kota se inclinó hacia delante para poder ver a la novia más allá de Tana.

—Sasha, cariño, eres la novia más guapa que haya recorrido el camino al altar.

—Oh, Kota —dijo ella, mientras se le resbalaba una lágrima por la mejilla—. Gracias. Soy tan feliz…

Extendió una de sus esbeltas manos, y él se la apretó suavemente.

Era una chica estupenda. Si era necesario que Tana estuviera casado, no podría haber elegido una esposa mejor. Sasha era buena, considerada y dulce como un… bueno, como un melocotón.

Alguien le dio unos golpecitos a una copa con una cuchara. Otro centenar de personas lo imitó, y los novios volvieron a besarse como si fueran las únicas personas sobre la faz de la Tierra.

Kota interrumpió el beso poniéndose en pie. Era hora de hacer el brindis. La sala quedó en silencio, y miles de ojos se volvieron hacia él. Incluso los recién casados guardaron silencio.

No había preparado nada. No era necesario, puesto que pensaba hacer un brindis breve y amable. Una pequeña pulla para Tana, unas palabras para darle la bienvenida a Sasha a la familia y, después, podría irse al bar.

Con aquella idea, les dio las gracias a los invitados por su asistencia e invitó a todo el mundo a la fiesta que iba a celebrarse después, en su mansión de Beverly Hills.

Después, posó la mano en el hombro de su hermano y miró a sus amigos y a sus colegas; con la mayoría de ellos había trabajado durante los quince años que llevaba en la industria.

Los actores agradecían las pausas de efecto, así que se detuvo un instante para aumentar el suspense. Después de todo, aquella era la parte divertida en la que él contaría una de las cientos de historias desternillantes sobre Tana. Aquella gente lo esperaba. Eran todo oídos.

Entonces, vio que su madre lo estaba mirando con los ojos llenos de lágrimas. Y, por primera vez, se dio cuenta de que a pesar de que sus propios sentimientos acerca del matrimonio de Tana fueran contradictorios, para su madre aquello era un sueño hecho realidad.

Ella casi había perdido la esperanza de que sus hijos sentaran la cabeza y le dieran nietos. Ahora que Tana lo había cumplido, ella esperaría que él hiciera honor a la ocasión con algo más conmovedor que una broma pesada de despedida de soltero.

Y él no tuvo valor para decepcionarla.

Respiró profundamente y comenzó:

—Todos conocéis la historia de los hermanos Rain. Un par de delincuentes a los que expulsaban de un hogar de acogida tras otro. Y con razón: éramos un problema con mayúsculas.

Extendió las palmas de las manos, esbozó su sonrisa de picardía y añadió:

—Algunas cosas no han cambiado.

La gente se echó a reír, y él dejó pasar unos instantes. Después, continuó:

—Era muy difícil manejarnos, eso está claro. Grandes, malos y enfadados con el mundo. Nuestro lema era «golpea tú primero, golpea con fuerza, y después ya te enfrentarás a las consecuencias». Los trabajadores sociales no sabían qué hacer con nosotros. Intentaron separarnos, e incluso nos mandaron a diferentes estados.

No habló del pánico, de la furia y de la locura que se apoderaron de él cuando se llevaron a Tana. En vez de eso, dijo con calma:

—Nos cabrearon de verdad.

Y aquello ocasionó otro estallido de risa.

—Sin embargo, como éramos más listos de lo que parecíamos, hicimos un plan: nos mandaran donde nos mandaran, nos escaparíamos y volveríamos haciendo autoestop a Wyoming, al rancho de Roy y Verna Rain.

Miró a sus padres, que estaban sentados cerca, en el sitio de honor. Verna, con sus arrugas sin retoques y su vestido de grandes almacenes, podría haber estado fuera de lugar en compañía de gente tan elegante, pero, para él, destacaba sobre todos los demás.

Y Roy, un metro ochenta de cartílago con un traje negro y austero. El hombre más fuerte y más honesto que él hubiera conocido.

—Los Rain eran buena gente y no tenían hijos. Nos habían acogido pronto y nos enseñaron lo que eran el amor y la bondad. Pero nosotros éramos unos chavales huraños y lo echamos todo a perder, así que ellos nos devolvieron. Sin embargo, nosotros nunca los olvidamos. Y ellos tampoco nos olvidaron a nosotros. ¿Cómo iban a olvidarnos, si seguíamos apareciendo en la puerta de su casa? Dos chicos grandes y fornidos, con mucho resentimiento. Éramos demasiado orgullosos para pedir en voz alta otra oportunidad, y estábamos demasiado desesperados como para no quererla.

Olvidó Hollywood al recordar cómo habían sido aquellos tiempos.

—Las primeras veces que volvimos a su casa, Verna nos dio

una gran comida: pavo con salsa, o filete con patatas. Siempre teníamos hambre. Después, cuando terminábamos de cenar, Roy nos subía al pickup y nos llevaba otra vez a la casa de acogida del condado, pensando que sería la última vez que nos veía. Pero Tana y yo éramos muy tercos. Sabíamos que en el rancho había trabajo suficiente para diez hombres, así que pensamos que si empezábamos a cargar balas de heno y a limpiar la mi… —Kota se quedó callado y miró con timidez a Verna, que se echó a reír.

Él se encogió de hombros y esbozó una media sonrisa.

—Bueno, tal vez fuera porque llevamos muchas balas de paja, o porque recogimos muchas paladas de estiércol, o tal vez porque se cansaron de llevarnos a la casa de acogida, que estaba a ciento cincuenta kilómetros del rancho, pero, un día, papá dejó la camioneta en el establo. Un par de meses después, nos adoptaron. Y aquel fue el momento en que todo cambió para Tana y para mí.

Hizo una pausa.

—Todos habéis oído decir alguna vez que el hecho de salvar a un perro no va a cambiar el mundo, pero sí cambiará el mundo para el perro. Bueno, pues con los niños es lo mismo.

En la carpa se había hecho el silencio.

Kota le apretó el hombro a su hermano.

—Nosotros sobrevivimos porque nos teníamos el uno al otro. Y conseguimos prosperar por Roy y Verna Rain. Por ese motivo, la familia es siempre lo primero para Tana y para mí.

Rodeó a su hermano, tomó a Sasha de la mano y tiró suavemente de ella para que se pusiera en pie. Entonces, con la solemnidad de un predicador, dijo:

—Bienvenida a la familia, cariño.

Y la abrazó entre una explosión de aplausos.

Chris tenía una oreja pegada a la cortina e iba anotando cosas en el reverso de un sobre con un lápiz de ojos.

Las anotaciones eran muy sucias, pero ¿qué otra cosa podía hacer? Se había dejado el cuaderno y el bolígrafo en casa. Después de haber asistido a cientos de eventos sociales, el hecho de recordar qué traje y qué vestido llevaba cada cual, y quién era su diseñador, se había convertido en algo natural en ella. No necesitaba escribirlo.

Sin embargo, cuando Dakota Rain comenzó a hablar con su hechizante acento sureño sobre su legendaria niñez, ella se dio cuenta de que tenía que apuntar todas las palabras. Era algo conmovedor, personal y exclusivo; justo lo que quería Reed.

Si con aquello no conseguía salvar su puesto de trabajo, no iba a conseguirlo con ninguna otra cosa.

—¿Qué haces, cariñito?

Ella se giró mientras arrugaba el sobre.

—Estaba haciendo una lista de lo que vamos a tocar en la primera parte. Vamos a hacer *Fever* en la, ¿no?

—Sí, como siempre —dijo Zach, y ladeó la cabeza—. ¿Nerviosa?

—¿Es que parece que estoy nerviosa? —preguntó ella, y se echó la melena hacia atrás fingiendo que sentía indiferencia.

—Más bien, me parece que te has sobresaltado con facilidad —respondió su padre, con una sonrisa—. Dakota te ha impresionado, ¿eh?

—Pfff… No.

—Bueno, nenita, pues tú sí que le has impresionado a él.

Ella puso los ojos en blanco.

—Sí, no veas. Estaba que no cabía en sí de emoción, y no ha dejado de hablarme.

—No es el primer hombre que se queda mudo en presencia de una mujer guapa.

Ella señaló hacia atrás con el dedo pulgar, hacia todos los invitados de la boda.

—¿Es que no has echado un vistazo ahí fuera? Hay por lo menos doscientas mujeres guapas.

—Claro, estamos en California.

—Bueno, pues vamos a ver lo mudo que se ha quedado —dijo ella, y abrió un poco la cortina.

La mitad de los invitados estaban en pie, circulando de un lado a otro, mientras los aperitivos de setenta y cinco dólares por pieza se enfriaban en sus mesas. Pero, claro, aquello era California, y la mayoría de aquellas mujeres no superaban la ingesta de quinientas calorías al día. Y no iban a invertirlas en los aperitivos, por muy famoso que fuera el cocinero.

Lo que hacían era dirigirse a Dakota y orbitar a su alrededor. Él estaba hablando con todo el mundo, y no parecía que se hubiera quedado mudo, precisamente.

Chris sonrió triunfalmente, pero Zach se encogió de hombros.

—Eso demuestra que le has dejado alucinado.

—No, papá, solo demuestra que algunas mujeres están dispuestas a escuchar cualquier bobada que salga de entre los labios de un famoso.

Miró a Dakota, que estaba en el centro de su sistema solar.

—Él da por sentado que es fascinante. ¿Y por qué no iba a hacerlo? En nuestra cultura, tan fascinada por las celebridades, le damos mucho valor a todo lo que él diga, como si haber nacido guapo lo convirtiera en alguien interesante por naturaleza. Casi no puedo culparlo porque creerse que es un enviado de los dioses.

Zach le dio un codazo.

—Eres una listilla, como tu madre.

Ella soltó la cortina. Era demasiado fácil quedarse mirándolo y dejarse cegar por el sol.

Se concentró en Zach.

—Hablando de mamá. No te lo había contado porque… Bueno, no se lo he contado a nadie —dijo, y tragó saliva—. Mamá tiene Alzheimer.

—Oh, cariño, lo siento —dijo él, y la abrazó.

Chris apoyó la mejilla en su hombro.

—No se lo digas a nadie, ¿de acuerdo?

—Es una enfermedad, Christy. No hay por qué avergonzarse.

—No me avergüenzo. Lo que pasa es que mamá odiaría los titulares: *Pionera de la corresponsalía de guerra ya no se acuerda ni de su propio nombre.*

Zach se estremeció.

—¿Está así de mal?

—No, todavía no. Pero los periodistas siempre están buscando alguna primicia —dijo ella, y la ironía de la situación no se le escapó—. No me extrañaría que quisieran entrevistarla, sobre todo aquellos a quienes más cabreó durante sus años de profesión. Y son miles.

—Sí, ya te entiendo.

La violación de la intimidad era algo que Zach entendía demasiado bien.

Aquel tono sarcástico hizo que Chris preguntara:

—¿Y tú? ¿Cómo estás?

—Voy poco a poco, día a día. Algunas veces, minuto a minuto.

Ella le estrechó entre sus brazos. ¿Qué podía decirle, que no le hubiera dicho ya?

Zach había vivido la vida como un hedonista. Por fin, había ingresado en la clínica Betty Ford, y llevaba semanas sobrio. Cada mañana, al despertarse, empezaba desde cero.

Dio un paso atrás y sonrió a su hija.

—No te preocupes por mí, nenita. Lo tengo controlado.

Ella no estaba tan segura, pero asintió.

—Bueno, como iba diciendo —continuó Zach—, eres una listilla. Pero, algunas veces, parece que no te das cuenta de nada.

—Y, como iba diciendo yo, Dakota Rain es un egocéntrico y, además, un idiota. ¿Has visto sus películas? Lo único que hace es enseñar los músculos y entrecerrar los ojos. Solo sabe gruñir y decir dos palabras seguidas: «Bonito vestido» —dijo Chris, gruñendo como si fuera un mono.

La cortina se abrió, y el señor Músculos apareció ante su vista.

Chris se sintió mortificada. La cara le ardió de vergüenza.

Sin embargo, si él la había oído, lo disimuló con una sonrisa. Y no había nada desdeñoso que pudiera decirse de aquella sonrisa. La exhibía en todas sus películas, y con ella les vendía tantas entradas de cine a las mujeres como vendían los muertos a sus novios, ansiosos por ver acción y peleas en la pantalla.

—Zach —dijo él—. He traído a una persona que se muere de ganas de conocerte.

Se hizo a un lado y le puso la mano a su madre en un hombro. Chris vio por primera vez a la mujer que había educado a los hermanos Rain.

Verna era menuda, delgada, y podría haber pasado por debajo del brazo estirado de Dakota sin rozarlo con el pelo.

Sin embargo, tenía algo muy especial: en su semblante había bondad, sentido del humor y determinación. Lo necesario para criar a aquellos chicos malos y convertirlos en las mayores estrellas cinematográficas de Hollywood.

Por otro lado, estaba claro que también tenía ídolos: al ver a Zach, se le abrieron mucho los ojos azules, y se le pusieron rojas las mejillas.

Zach le tomó la mano y le dio un beso muy galante en los nudillos.

—Es un placer conocerla, señora Rain.

—Oh, Dios mío —dijo ella, y se puso aún más colorada—. Señor Gray, soy admiradora suya desde siempre. Desde *Precious Love*.

Zach sonrió.

—Vaya, pues eso es mucho tiempo. Y, por favor, no me llame «señor Gray». Mis amigos me llaman Zach.

—Oh, Dios mío —repitió ella, con un hilillo de voz.

Chris miró a Dakota. Parecía que le divertía ver así a su madre, y estaba un poco perplejo. Cuando se dio cuenta de que ella lo estaba mirando, le lanzó una sonrisa espontánea, casi infantil. Y el doble de atractiva que la sonrisa de las películas.

A Chris se le aceleró el corazón, y le devolvió la sonrisa sin pensar.

Al instante, él fijó la mirada en sus labios.

Ella los cerró a cal y canto.

Zach le tocó el brazo.

—¿Puedo presentarle a mi hija, Christy?

Chris abrió la boca.

—Encantada de conocerla, señora Rain.

—Por favor, llamadme Verna —dijo ella, y le estrechó la mano a Chris.

—Qué nombre tan bonito. No lo había oído nunca.

—Claro, no creo que se estile ya el nombre de Verna en California. Sin embargo, en Wyoming todavía se sigue poniendo a las niñas —dijo ella, y le tocó la manga a Dakota—. ¿Te acuerdas de Verna Presky? En sexto curso tú estabas loco por ella. Y ella ni te miraba.

Zach soltó una risotada.

—Seguro que eso no te ha ocurrido mucho últimamente —le dijo a Dakota.

—Te sorprenderías —respondió Dakota.

Chris notó que estaba mirándola a la cara. Ella lo miró también.

Y Verna los pilló. Sonrió lentamente.

—Christy, querida, ¿estás casada?

—Um… No.

No tenía demasiados modelos de matrimonio en los que inspirarse, ni tampoco perspectivas matrimoniales.

Verna le dio una palmadita en la muñeca.

—No te preocupes, querida. Algún día llegará el hombre

adecuado. Tal vez llegue más pronto de lo que te imaginas —dijo, y miró deliberadamente a su hijo—. Yo conocí a tu padre en una boda, ¿sabes?

—Sí, mamá, ya lo sé. Había un centenar de personas, y tú lo encontraste con la mirada al otro lado de la sala.

—Exacto —dijo Verna, y se volvió hacia Chris—. Era la boda de mi prima segunda, Noreen. Yo tenía dieciséis años, y llevaba un vestido de muselina que me había hecho para la ocasión. Era lo más ajustado que me he puesto en mi vida —explicó, y se puso una mano en la cadera—. Yo estaba empezando a tener curvas, y aquel vestido llamó la atención de los chicos. Se reunieron a mi alrededor, como hacen los muchachos, pero yo los conocía a todos del colegio y no tenía interés en ninguno. En ese momento, entró Roy —continuó, con los ojos brillantes—. Era un poco mayor, y era de otro pueblo. No nos conocíamos, pero él me miró, yo lo miré a él, y nos fuimos juntos a ver al predicador.

Entonces, bajó la voz:

—En aquellos tiempos, antes del sexo venía el matrimonio, y no había tiempo que perder. Roy era así de guapo.

Dakota se echó hacia atrás con cara de horror.

—Espera, espera… ¿Quieres decir que papá y tú os lo habéis hecho?

—Oh, una o dos veces nada más. Pero aunque le dimos muchas oportunidades, Dios prefirió no enviarnos hijos hasta que llegasteis tu hermano y tú —dijo ella, y le dio una palmadita en la mejilla a Dakota—. Y la moraleja de la historia es: «Ten cuidado con aquello por lo que rezas».

Dakota tomó su mano delgada y le dio un beso en la palma.

—Los caminos del Señor son misteriosos.

—Pues sí, hijo mío —dijo ella, y le lanzó una sonrisa llena de amor. Después, lo tomó del brazo—. Ya les hemos robado suficiente tiempo a los cantantes. Vamos, llévame con tu padre.

—Sí, señora.

Chris los observó mientras se alejaban: un hombre altísimo con un esmoquin impecable y una mujer menuda con un vestido común y corriente.

Zach le dio un golpe con el hombro.

—Un tipo que quiere a su madre no puede ser tan malo.

—Yo no he dicho que fuera malo. He dicho que es idiota.

Sin embargo, tenía que admitir que era difícil no tomarle simpatía a un hombre que trataba a su madre como a una reina.

Y sería aún más difícil sacar provecho de su relación para el *Sentinel*.

Kota sonrió a la aspirante a actriz que atendía la barra.

—Dame un Johnnie Walker, ¿quieres, guapa?

—¿Un Johnnie Walker rojo, negro, azul o platino, señor Rain? —preguntó ella. Sonrió y le guiñó el ojo lentamente.

—Que sea rojo, cariño. Soy un hombre sencillo.

Como era lo que se esperaba, bajó la mirada hasta su pecho. Ella llevaba una camiseta con dos tallas menos de lo que necesitaba, y él la observó para demostrar que apreciaba lo bueno. Después, terminó el show con una media sonrisa triste con la que quería decir: «Ojalá no tuviera otros planes para esta noche». De ese modo, cuando ella le sirvió su copa, se separaron sin malos sentimientos.

Le dio un sorbito a su whiskey y se paseó por la carpa, diciendo cumplidos por doquier y flirteando. Pero estaba intranquilo. Insatisfecho.

Dejó el whiskey en una bandeja. No era lo que quería.

Lo que quería estaba detrás del escenario.

Sin embargo, ir babeando detrás de una mujer no era su estilo, así que hizo un esfuerzo y se encaminó hacia la mesa de sus padres.

Encontró a su padre con una rabieta.

—Seguro que le has hecho fiestas a Zach —le estaba diciendo Roy a Verna, con los brazos fuertes cruzados sobre el pecho.

—Pues sí, efectivamente —dijo Kota. Sesenta años de matrimonio, y su padre todavía se ponía celoso. Todos los hombres deberían ser tan afortunados como él.

Kota le dio la vuelta a una silla y se sentó a horcajadas. Su madre le dio un manotazo en el brazo.

—Mira quién fue a hablar. Tú te has quedado embobado con Christy.

—¿Embobado, yo?

—Sí, y no te hagas el listo conmigo. Ya era hora de que una chica te gustara de verdad. Deberías pedirle que saliera contigo.

Él emitió un ruido grosero que le costó otro manotazo. Apenas lo sintió, pero dijo «¡Ay!» para seguirle la corriente a su madre.

—Deja de intentar casarlo por todos los medios —gruñó su padre—. Que se lo trabaje él mismo.

En aquella ocasión, fue su madre la que emitió un ruido de desacuerdo.

—Ya se lo ha trabajado lo suficiente y…

—Eso no hay quien lo niegue —dijo Tana, que llegó en el momento preciso para meter baza.

Se sentó a horcajadas en otra silla y le dio una palmada en la espalda a su hermano. Esa palmada, Kota sí la sintió. Arrugó el labio superior a modo de advertencia, y Tana se echó a reír.

—Solo estaba diciendo —continuó su madre— que tu hermano debería pedirle a la hija de Zach que saliera con él.

Tana sonrió.

—Pero, mamá, la cosa no funciona así. Es al revés. Son las mujeres las que persiguen a Kota.

—Esta no —predijo su madre—. Es una chica con clase.

—En ese caso —respondió Tana— no va a salir con él.

Aquella fue toda la excusa que necesitó Kota. Con un suspiro, se levantó de la silla.

—¿Adónde vas? —le preguntó Tana.

—A tirarle los tejos a Christy Gray, ¿adónde voy a ir? Mamá no va a parar hasta que lo haga.

—Pues no, no voy a parar —dijo su madre.

Kota se alejó y encontró a Christy detrás del escenario, escribiendo en un sobre arrugado.

—Hola —dijo él.

Ella dio un respingo.

Él alzó las manos.

—Lo siento, lo siento. No quería asustarte.

Ella arrugó el sobre en el puño, y dijo:

—Si estás buscando a mi padre, está en el camerino —dijo, y se encaminó hacia el suyo.

Él la persiguió, esquivando a miembros de la banda y a admiradoras que estaban esperando junto a los improvisados camerinos.

—En realidad, te estaba buscando a ti. Has dejado impresionada a mi madre.

—Es una señora estupenda.

—Quiere que te pida una cita.

Christy se detuvo junto a la puerta de su camerino. La solapa de lona que servía de puerta estaba cerrada, y ella no hizo ademán de abrirla. Enarcó una ceja con una expresión divertida.

—¿Tu madre es tu celestina?

—Normalmente, no, pero lo de la boda la ha vuelto loca —dijo él, girando el dedo índice junto a su sien—. En este momento está un poco frágil, y creo que deberíamos seguirle la corriente.

Christy se echó a reír. Su risa era grave y seductora, y lo suficientemente atractiva como para hundirse en ella desnudo.

—Lo digo muy en serio —dijo él—. Podría desmoronarse en cualquier momento.

De nuevo, una de sus carcajadas. Él se metió el dedo índice en el cuello de la camisa; tenía la sensación de que encogía por segundos, tan rápidamente como su ropa interior.

—Estoy segura de que lo superará —dijo ella. Entonces, hizo algo impensable: abrió la solapa del camerino y lo ignoró.

Aquello era algo sin precedentes. Estaba fuera de todo guion.

Así pues, él improvisó. Puso la palma de la mano en su espalda y se deslizó suavemente al interior del camerino, junto a ella.

Para los estándares de una estrella de cine, era un espacio bastante pequeño. Él lo asimiló todo con una sola mirada. Unos Levi's desgastados y una camiseta rosa puestos en el respaldo de una silla. Unas sandalias debajo. Cosméticos de grandes almacenes sobre el tocador. Un bolso de lona bastante usado colgado del respaldo.

Parecía que, fuera del escenario, Christy Gray no era precisamente una diva.

—Entonces, supongo que estás saliendo con alguien —dijo él, continuando con la conversación como si no acabara de invadir su espacio.

—No, no estoy saliendo con nadie —dijo ella, con un ligero tono de molestia.

—¿Enamorada de un hombre casado? ¿Reservándote para Jesús?

Ella esbozó una sonrisa ligeramente desdeñosa.

—Sé que la excusa es «No eres tú, soy yo». Pero, en esta ocasión, no soy yo, eres tú.

—Ay.

Dakota se frotó el pecho como si le hubiera dado un puñetazo.

—Lo siento, pero soy alérgica a los famosos.

—¿Por qué? Solo somos gente.

—Y la gripe aviar solo es un virus.

—¿Y si yo no fuera un famoso?

—¿Qué otra cosa serías?

—Veterinario.

—Para eso se necesita cerebro —dijo ella.

Él se rascó la cabeza.

—Vaya, me estás confundiendo.

Ella se echó a reír otra vez. Si seguía así, lo iba a matar.

—Mira, mi madre no va a dejar de perseguirme hasta que salgamos juntos. Podrías salir conmigo por lástima. No me importa, siempre y cuando ella se crea que lo haces por placer —dijo Dakota, y sonrió—: Vamos, haz feliz a una mujer saliendo con el holgazán de su hijo.

—Yo no he…

—Por lo menos, ven a la fiesta que hay después del banquete. Que mi madre te vea antes de acostarse. Será como una cita, pero de mentiras.

Volvió a sonreír y, por un momento, pareció que ella tenía la tentación de aceptar, como si se sintiera tan atraída por él que hubiese empezado a olvidar su aversión por las celebridades. Pero, no. Comenzó a negar con la cabeza…

Y, en aquel preciso instante, se oyó la voz de Zach:

—Toc, toc.

Asomó la cabeza al camerino y, al ver a Dakota, dijo:

—Hola, tío. Parece que va a haber una fiesta estupenda después del banquete.

—Vas a ir, ¿no?

—Claro, claro.

Kota tuvo que contener una sonrisa. Algunas veces, parecía que las cosas iban muy mal y, de repente, de entre el estiércol brotaba una gran rosa roja.

Christy intervino.

—¿De verdad, papá?

—Sí, de verdad —dijo Zach, y le dio un pellizquito en la barbilla—. Te preocupas demasiado, nenita. Salimos a las diez.

Y, con eso, se marchó. Ella se giró hacia Dakota lanzándole puñales con los ojos.

—Tú sabes que acaba de salir de rehabilitación.

Por supuesto que lo sabía. Como sabía que ella se iba a sentir obligada a acompañar a su padre para vigilarlo. El granuja que había en él se frotó mentalmente las manos. Sin embargo, el tipo decente que había criado su madre le empujó a decir:

—Si quieres, puedo retirarle la invitación.

Ella lo fulminó un poco más con la mirada. Al final, exhaló un gran suspiro.

—Bueno, alguna vez tiene que volver a la circulación.

Él asintió con solemnidad.

—Aunque, seguramente, deberías vigilarlo un poco.

—Qué oportuno, ¿no?

—Bueno, solo era una sugerencia —dijo él, y se encogió de hombros.

—Ya… —dijo ella, y metió el sobre arrugado en su bolso—. Pues no va a ser una cita, así que ya puedes quitarte esa sonrisa petulante de la cara.

Y, con una sacudida de la melena, salió del camerino hecha una verdadera diva.

Chris derrapó al tomar la cerrada curva, como si estuviera en una carrera por las calles de Mónaco en vez de conducir por Laurel Canyon. Frenó bruscamente en la entrada de su casa, tomó su bolso y entró a toda prisa por la puerta de atrás.

Su compañera de piso, Raylene, se apartó de un salto de su camino.

—¡Chris! ¿Qué demonios pasa? —preguntó, y lamió el Riesling que se le había derramado por los nudillos.

—Lo siento, tengo mucha prisa —dijo Chris, caminando a toda prisa hacia la escalera de caracol.

—No, si ya lo veo. ¿Dónde está el incendio?

—En casa de Dakota Rain —gritó Chris, desde arriba.

Su dormitorio ocupaba toda la tercera planta, lo cual sonaba mucho más impresionante de lo que era en realidad, ya que la casa era una caja de zapatos colocada en vertical.

Raylene la siguió por las escaleras.

—¿Vas a ir a casa de Dakota Rain? ¿Puedo ir yo también?

—No —dijo Chris, mientras pasaba las manos por la ropa de su vestidor. Se quitó la camiseta rosa y se puso una camiseta de tirantes dorada y brillante—. Tengo que vigilar a mi padre. No puedo supervisarte a ti también.

—Me portaré bien.

—No, te portarás mal.

Raylene hizo un mohín.

—Se me acaba la condicional dentro de dos semanas.

—Eso, si no te detienen esta noche. Entonces, irías a la cárcel durante seis meses.

Al final, la mala costumbre de Raylene de conducir en estado de embriaguez le había causado problemas. La habían pillado por tercera vez y, si seguía así, por muy amiga suya de la universidad que fuera, Chris iba a echarla de la casa. No tenía sitio en su vida para dos alcohólicos.

Mientras Raylene se lamentaba, Chris se quitó los pantalones vaqueros y se puso una minifalda negra.

—Quiero tus piernas —le dijo Raylene, malhumoradamente—. Y tu trasero.

—Y yo quiero tus tetas y tus tríceps —replicó Chris—. Así que estamos en paz.

Entró rápidamente al baño para retocarse el maquillaje. Raylene la llamó desde el otro lado de la puerta.

—¿Y si te prometo que no voy a beber?

—Eso ya lo he oído más veces, Ray. No puedo cuidarte esta noche.

—Está bien. Lo que tú digas.

Ray bajó las escaleras sonoramente.

Chris dejó que se marchara. No tenía tiempo para contemporizar. Tenía que llegar a la orgía de borrachos de Dakota antes de que Zach se encontrara con una botella de Beefeater.

Se puso colorete, se pintó los labios con brillo y se calzó sus Louboutin dorados, que tenían unos tacones de diez centímetros y que le darían ventaja vertical para vérselas con Dakota. Iba disparada hacia las escaleras cuando Reed la llamó al móvil.

—Recoge tus cosas —le dijo su jefe, sin preámbulos— y sal de aquí.

Ella se quedó paralizada.

—No puedes despedirme. ¡Tengo el artículo!

—Me refiero a que salgas de Los Ángeles. La senadora va a demandar al periódico. El ayudante del sheriff acaba de entregarme la citación, y tú eres la siguiente de la lista.

—Mierda —dijo Chris, y miró a su alrededor por la habitación. No tenía ningún sitio para esconderse.

—Si estás en casa, lárgate de ahí —le dijo Reed—. Sal de Los Ángeles. Sal del país, si puedes. Le diré a todo el mundo que estás trabajando fuera. Así conseguiremos ralentizar las cosas mientras Owen se trabaja a Buckley para que retire la demanda.

Chris se frotó la frente.

—¿Y si no la retira?

Desempleo y deshonor, eso era lo que iba a sucederle.

—Mira, Chris, en este momento, Buckley está cabreada. Quiere retorcer el cuchillo. Así que mañana dará la rueda de prensa de los domingos, insultará a la prensa liberal, desacreditará al periódico y, cuando ya no tenga más para despotricar, aceptará magnánimamente nuestras disculpas —dijo Reed, con un resoplido—. Hazme caso, ningún político quiere que un juez revise sus gastos. Retirará la demanda antes de que llegue al juzgado.

Aquello le pareció muy bien, pero había algo que no casaba.

—Y, si estás tan seguro de que la va a retirar, ¿por qué tengo que desaparecer?

—Porque la jugada más fácil para Owen sería ofrecer un chivo expiatorio.

—Baaa.

—Exacto. Así que vamos a evitar que caiga en la tentación. Que lo consiga por el camino más difícil.

Chris se apoyó en la barandilla.

—Todo esto es culpa mía. Tal vez debiera enfrentarme a las consecuencias.

—Ni hablar —dijo Reed, con dureza—. Ya te diré yo cuándo ha acabado tu carrera de periodista, Christine. Por el momento, no pienso ir a decirle a Emma Case que me he quedado de brazos cruzados mientras su hija carga con toda la culpa de que un editor con demasiadas ansias intentara hacerse un nombre.

Aquello la entristeció aún más.

—Gracias, Reed, pero no te preocupes por mi madre. Ella no iba a enterarse de lo que estamos hablando.

—Yo, sí. Vamos, toma tu pasaporte y súbete a un avión. Llámame dentro de una semana. Seguramente, la tormenta ya habrá pasado para entonces, pero, por si acaso, asegúrate de que tu exclusiva de la boda es lo suficientemente jugosa como para convencer a Owen de que eres indispensable.

—En eso no hay ningún problema. Anoté el brindis de Dakota palabra por palabra. He conocido a su madre. Tengo un material muy bueno —dijo ella. Lo suficientemente bueno como para impresionar a Owen, sobre todo, después de su posible primicia de la fiesta posterior al banquete de boda.

—Muy bien —dijo Reed—. Y, ahora, desconecta el teléfono hasta que me llames la semana que viene. Cuando le diga a Owen que estás incomunicada, no quiero que se me note que miento.

—Pero es que… entonces, los de Seacrest no podrán localizarme —dijo ella. Seacrest era la residencia donde estaba ingresada su madre.

—Soy la segunda persona de la lista de llamadas. Si surge algo, yo me ocuparé de resolverlo. Vamos, haz las maletas y sal pitando.

Cinco minutos después, Chris estaba bajando por la ladera de la montaña, con la maleta en el maletero y el pasaporte en el bolso. Y con un gran cargo de conciencia.

Los hombres de negro rodeaban la mansión de Dakota Rain en Beverly Hills. El perímetro de seguridad era tan imponente que ni el más aguerrido de los paparazzi se atrevería a intentar atravesarlo.

Chris estaba esperando a que el gorila que la había inspeccionado acabara de inspeccionar también su coche.

—Cualquiera pensaría que está el presidente —murmuró.

Bueno, quizá sí estuviera. Los hermanos Rain eran la realeza de Hollywood, así que, ¿por qué no iba a ir el presidente a babear con ellos, como hacían todos los demás?

Le entregó las llaves al SEAL que hacía las veces de aparcacoches y pasó a una antesala temporal que estaba destinada a impedir que fotografiaran a los invitados desde el aire. Se dirigió hacia la puerta de entrada, pero se quedó paralizada cuando una mujer muy delgada le cortó el paso, armada con un iPad y, posiblemente, con una Glock.

—Nombre —dijo la mujer.

—Christy Gray.

La mujer la observó con sus ojos grises y, después, bajó la mirada al iPad. Mientras comprobaba su identidad, a Christy le caían gotas de sudor heladas por la espalda. Aquella mujer podía desayunarse a un par de tipos duros tranquilamente. Si descubría sus dos facetas, la policía nunca encontraría su cadáver.

Después de un largo momento, aquellos ojos oscuros se clavaron de nuevo en ella y la inspeccionaron de nuevo con frialdad.

—Puede pasar —dijo.

Chris atravesó el inmenso vestíbulo como si no tuviera nada que ocultar y entró por una de las puertas. Se encontró en medio de una habitación de juego, con todas las diversiones posibles, desde una máquina de pinball hasta videojuegos de última generación. El centro de atención era una mesa de billar sobre la que colgaba una lámpara de Tiffany, y que estaba rodeada de gente.

Chris ignoró las risotadas y los gritos, y tomó una copa de champán de la bandeja de uno de los camareros. Apuró el champán como si fuera agua y se secó el cuello con la diminuta servilleta de bar.

Tenía los nervios a flor de piel, y por un buen motivo. Era una fugitiva de la ley, y estaba preocupada por su madre, por su padre y por su trabajo.

Además, en aquel momento, estaba en una misión secreta detrás de las líneas enemigas.

—Hola, Christy.

—¡Aaah! —exclamó ella, y la copa se le cayó de la mano. Consiguió atraparla antes de que tocara el suelo.

—Lo siento —le dijo Em, y le tocó el brazo—. No quería asustarte.

Curiosamente, llevaba todo el día oyendo eso.

—No es culpa tuya —respondió Chris—. Estoy un poco nerviosa. La enfermera Ratched me ha asustado.

Em hizo un gesto, una media sonrisa, media disculpa.

—Lo creas o no, es la anfitriona del evento. Kota ha tirado la casa por la ventana con la seguridad.

—¿Amenazas? —preguntó ella. Eran una posibilidad en la vida de un famoso.

—Solo los chalados de costumbre. No, todo este despliegue de seguridad es para mantener a raya a la prensa.

A Chris se le revolvió el estómago.

—Me parece un poco extremo.

—Kota es un hombre de extremos —le dijo Em, y la tomó del brazo—. Vayámonos de antes de que alguien se dé cuenta de que estás aquí.

Chris se quedó petrificada.

—¿Qué quieres decir?

¿Acaso ya habían averiguado quién era ella y la enfermera Ratched estaba cerrando la finca a cal y canto y preparándolo todo para meterla en un maletero y llevarla a un pozo de alquitrán?

—Lo que quiero decir —respondió Em con una sonrisa—, es que eres lo más interesante de la fiesta. Hoy has acaparado la atención de todo el mundo. Todos quieren conocerte.

—Ah, si se trata de eso…

Vaya.

Em le señaló la mesa de billar con un gesto de la barbilla.

—Cuando termine esa partida, te van a ver. Seguro que ya te han abordado los fans en alguna ocasión, pero nadie lo hace como los de Hollywood.

Eso tampoco era bueno. Cabía la posibilidad de que alguien conociera su historia. Tenía que ir a echarle un vistazo a Zach y salir de allí antes de que se descubriera su coartada.

—¿Has visto a mi padre?

—Está fuera, en la piscina. Te llevo.

Em la guio a través del vestíbulo y a través de una habitación en penumbra que acogía varias estanterías llenas de libros… ¿Dakota Rain tenía libros? Y, después, la hizo salir por una puerta que daba a una rosaleda en flor.

—¡Vaya! —exclamó Chris. El olor de las rosas impregnaba el

aire húmedo, pero los bancos estaban vacíos—. Me sorprende que no haya nadie aquí fuera.

—Kota hizo esta rosaleda para Verna. Es un lugar privado —respondió Em, y siguió caminando por un camino que rodeaba la casa—. Tal vez te hayas fijado en que he utilizado la palma de la mano para abrir la puerta de la biblioteca. Esa zona también es privada. Kota valora mucho la privacidad.

Chris miró las alas de la casa que se extendían por detrás y por delante. Para ella, la riqueza no era algo extraño; Zach era millonario, y ella también estaba en buena situación económica. Sin embargo, Dakota estaba en otra dimensión.

—¿Cuántas habitaciones tiene?

—No estoy segura. Tiene todo lo de costumbre, solárium, galería, teatro, bla, bla, bla. Pero Kota solo utiliza unas cuantas habitaciones —explicó Em, y se encogió de hombros—. Yo le recomendé que no construyera esta monstruosidad, pero, ya sabes, cosas de hombres.

Por delante de ellas había una terraza enorme que rodeaba una piscina del tamaño de un lago. La luz de las antorchas arrancaba brillos de las lentejuelas y las joyas. Los camareros circulaban con champán. El bar estaba muy concurrido. Chris recorrió todas las caras en busca de su padre, rezando por no encontrárselo con una copa en la mano.

—No te preocupes —le dijo Em—. Le hemos asignado a un hombre.

Chris la miró con asombro.

—¿Cómo dices?

—Kota sabe que estás preocupada por él, así que ha puesto a un tipo para que interfiera si alguien le ofrece algo tentador.

—Ah. Eso es… ¿agradable por su parte?

Em se encogió de hombros.

—Kota es sensible a los problemas de adicción. Ha perdido a gente. Y, seguramente, se siente culpable, porque si lo conozco bien, ha usado a Zach para conseguir que vinieras tú.

Em debió de darse cuenta de la cara que ponía ella, porque volvió a encogerse de hombros.

—Sí, en eso es un poco cabrón. Pero, al mismo tiempo, también es muy considerado —dijo. Después, consultó un mensaje en su móvil—. Zach está a tres metros de la parrilla.

Señaló un monstruo de acero inoxidable más largo que una limusina, tras el cual había cuatro hombres con el gorro de chef, cocinando. Y allí estaba Zach, con un refresco en la mano, bromeando con su acostumbrado grupo de bellezas.

Como siempre, ella sintió envidia de su tranquilidad. Zach sabía exactamente quién era, dónde encajaba, mientras que ella era una pieza cuadrada en un mundo de agujeros redondos.

—Parece que está bien —admitió. Lo cual significaba que era seguro dejar a Christy Gray y convertirse en Christine Case, y tomar el primer vuelo que saliera de Los Ángeles.

Entonces, Em volvió a señalar, en aquella ocasión, hacia la casa. Y Chris siguió su dedo.

Craso error.

Dakota salió a la terraza y lo invadió todo con su presencia, destacando sobre los demás, meros mortales en su reino. La luz de las antorchas iluminaba sus pómulos de vikingo como si fueran un bajorrelieve y arrancaba brillos de su pelo.

Chris se humedeció por todas partes. Bajo los brazos, en la ropa interior. Se le hizo la boca agua.

Dakota se había quitado el esmoquin y se había puesto una camisa blanca. Iba remangado, y mostraba unos antebrazos musculosos. Llevaba unos pantalones vaqueros que se le ajustaban perfectamente al trasero, un trasero tan precioso que vendía millones de calzoncillos de los que anunciaba en las vallas publicitarias, en su mayor parte, a mujeres que esperaban que los traseros de sus maridos se convirtieran en algo similar.

Eso era imposible. Dios solo hacía uno.

Y el propietario se había tomado algunas molestias para conseguir atraerla a su casa. Eso significaba que ella podía, si quería, poner las manos en aquel trasero.

Quería. Oh, sí, quería. De hecho, si no faltaran dos semanas para que publicaran el reportaje de la boda de su hermano en las páginas centrales del *Sentinel,* tal vez se saltara su regla de «Nada de famosos» y se abandonara a una noche de sexo con el tipo más atractivo del planeta.

Pero, demonios, teniendo en cuenta las circunstancias, estaría muy mal. Peor aún que espiarlo y explotar a su familia.

Sin embargo, no tenía nada de malo ir a saludarlo. Olfatear por última vez aquellas feromonas poderosas antes de convertirse de nuevo en la aburrida Christine Case.

Permitió que Em la llevara hacia la luz.

Kota escaneó la terraza desde su estatura superior. Mercer le había avisado de que Christy estaba en la casa, pero ¿dónde?

Mientras giraba el cuello, estuvo a punto de tropezarse con la menuda Danni Devine.

—Hola, Kota —dijo ella, y se echó hacia atrás la sedosa melena rubia mientras le guiñaba uno de sus ojos color ámbar.

—Hola, Danni —respondió él.

Por decencia, tenía que concederle un minuto. Tan solo el mes anterior había llevado su cuerpo semidesnudo sobre el hombro, por la selva, mientras huían de unos señores de la droga colombianos. Habían continuado con sexo sudoroso en la jungla, delante y detrás de la cámara.

Desde entonces, ella había estado buscando una repetición; y, en circunstancias normales, él habría estado dispuesto. Sin embargo, no estaban en circunstancias normales. Ni siquiera pudo concentrarse en Danni cuando ella le puso la mano sobre el pecho y ladeó la cabeza con expectación.

Todo era culpa de Christy. Desde el primer momento, lo había dejado obnubilado con su impresionante belleza, sus curvas y su irresistible indiferencia.

Y, entonces… Dios Santo, había salido al escenario y él había perdido la cabeza por completo.

Los focos la adoraban, y hacían brillar lentejuelas y ondas brillantes de color castaño, e iluminaban su pálida garganta cuando ella dejaba caer la cabeza hacia atrás. Tenía una sensualidad pura, sostenía el micrófono como si fuera un amante, movía el cuerpo como si fuera una palmera mecida por el viento durante una noche calurosa de verano.

Él nunca había visto a nadie como ella.

Y su belleza solo era una parte. Su voz… Eso era lo que realmente le había conquistado. Era grave y rica, y conjuraba dormitorios oscuros y cuerpos resbaladizos y calientes enredados entre las sábanas.

Él se había quedado al final de la carpa, mirándola como si fuera un admirador enamorado, creyendo con toda su alma que él cantaba solo para él.

Al terminar, cuando ella había bajado del escenario, la realidad había sido como un cubo de agua fría: con una rápida mirada a su alrededor, había constatado que todos los hombres sentían lo mismo.

Desde ese momento, no le había importado otra cosa que acercarse a ella y dejar claro, públicamente, que era suya. Y si tenía que derribar a todos los tipos de Hollywood para hacerlo, que alguien llamara a la policía, porque iba a haber muchas bajas.

Danni le acarició un botón de la camisa.

—Parece que los novios están muy felices. Pero su padrino está un poco serio —dijo, y deslizó la palma de la mano de arriba abajo, con una caricia sugerente—. Seguro que puedo poner una sonrisa en su cara.

Él debería saber qué tenía que responder; lo llevaba grabado en el cerebro. Pero Christy le había chamuscado los circuitos.

Danni no se desanimó. Se puso de puntillas debajo de su nariz. Él percibió el olor de su champú: el aroma del melocotón.

Aprovechó un empujón por la espalda para pegar su pecho contra él, y llamó su atención hacia los melones que estaban a punto de salirse de su camiseta. Se relamió unos labios color cereza.

—¿En qué estás pensando?

—En la fruta.

Ella parpadeó.

—¿En la fruta? ¿Es un eufemismo?

—Normalmente, lo sería —dijo él, con desconcierto—. Pero, en este momento, solo es fruta.

Se oyó un bullicio a su derecha.

«Aquí viene».

«Es ella».

«¿Va sola?».

A él se le aceleró el pulso y, como todos los demás, miró a Christy, que se acercaba con una sonrisa en los labios, y con la melena suelta sobre unos hombros pálidos.

La gente le impedía ver su cuerpo, así que se concentró en sus ojos, que tenían una mirada cálida y cordial, y se olvidó de dónde estaba. Le hirvió toda la sangre.

Ella se acercó a él y, mágicamente, la multitud se abrió en dos y dejó libre un camino entre ellos dos. Christy resplandecía como si fuera una aparición. Brillaba como el fuego.

Entonces, ella bajó la mirada desde sus ojos a su pecho, y sonrió con ironía.

Oh, oh.

Él miró hacia abajo. Danni estaba enroscada en él como si fuera una liana.

Y, por algún motivo, tal vez por instinto, él había adaptado la palma de la mano a su trasero.

Apartó la mano y alzó ambos brazos, como si fuera un sinvergüenza a quien acababan de pillar in fraganti. Christy se detuvo a cierta distancia y miró a Danni.

—Un vestido muy bonito —dijo.

Danni la miró de manera vacilante.

—Eh… ¿Gracias?

—No, lo digo en serio —respondió Christy, con una sonrisa—. Ojalá yo pudiera llevar ese estilo.

Danni sonrió también, y se soltó de él para hacer una delicada pirueta.

—Es precioso, ¿verdad?

La respuesta de Christy quedó enmudecida por los tiburones que empezaron a rodearla: todos los hombres sin compromiso de la fiesta, y unos cuantos que habían dejado a sus acompañantes por ahí.

Kota se zafó de Danni.

—Scorsese está allí, viendo la actuación de la banda…

Fue suficiente. Ella desapareció como si fuera de humo.

Él se giró hacia Christy. En el centro del frenesí, su risa grave y suave era carnaza en el agua. Los pequeños tiburones gluglutearon como pavos. Gosling, el guaperas, flirteó como si fuera un adolescente. Y Clooney, el viejales, le había puesto la mano en el codo.

Kota entró a la melé. Él era el tiburón blanco, el más grande y el peor del mar.

Empujó a Clooney con el hombro y bombardeó a Gosling y a los demás con una mirada fulminante. Pasó una mano por la cintura de Christy.

—Zach te está buscando —mintió.

Y, abriendo un camino con el brazo a través de los tiburones, se la llevó a la casa.

Allí los abordó otra multitud. Él apartó a todo el mundo al estilo guardaespaldas y recorrió el pasillo, atravesó la galería y una sala de cine, utilizando su tamaño físico como Dios mandaba para llevarse a su mujer a la caverna.

Por fin, abrió la puerta de la biblioteca con la palma de la mano y volvió a cerrarla cuando estuvieron dentro.

Después, se alejó de ella. Los hombres tan grandes podían dar miedo; al menos, eso era lo que le había metido su madre en la cabeza. Él no quería darle miedo a Christy. Quería que ella se acercara a él.

No lo hizo.

Lo que hizo fue ponerse una mano sobre las cejas y mirar a su alrededor como si quisiera avistar tierra.

—Está un poco oscuro —dijo—, pero creo que, si mi padre estuviera aquí, lo vería.

Él presionó un interruptor y encendió la lámpara que había junto al sofá.

—Está fuera. Puedo ir a buscarlo.

—O puedes enviar a tu espía.

—O eso —dijo él, y se dirigió al sofá con la esperanza de que ella lo siguiera—. Pensé que te alegrarías de que alguien lo esté vigilando.

Ella se adentró en la habitación, pero se dirigió hacia el escritorio, no hacia el sofá.

—Eso significaría que no confío en él.

—Es difícil confiar en un adicto.

Ella pasó una mano por la caoba y, después, posó su precioso trasero en el borde. Por fin, lo miró.

Él sintió un cosquilleo eléctrico en la piel.

—Eso parece la voz de la experiencia —dijo ella.

Él se encogió de hombros y dio una respuesta indiscutible.

—Esto es Hollywood.

Se sentó en el sofá y estiró un brazo por el respaldo. En lenguaje corporal, aquello quería decir: «Ven aquí a sentarte conmigo».

Ella se cruzó de brazos.

De acuerdo. Podía mantener una conversación, si era obligatorio.

—Bueno, ¿y vives en Los Ángeles?

—Sí.

—Me sorprende no haberte visto por ahí.

—No salgo mucho de fiesta.

—¿No vas a discotecas?

—No a las que tú frecuentas.

Aquello le hizo sonreír.

—¿Sabes qué discotecas frecuento yo?

—Como todo el mundo. Creía que ese era el motivo por el que te peleas en la acera. Si no te están pagando por esa publicidad, deberías facturársela.

Él extendió las palmas de las manos.

—Entonces, tendría que darle el quince por ciento a mi agente. Hacienda también se llevaría un pellizco. Y los malditos extras querrían su parte —dijo, moviendo la cabeza—. No merece la pena.

Ella se rio. Su risa le causó un escalofrío, y tuvo que aferrarse al brazo del sofá para no levantarse e ir hacia ella.

—Y ¿cuánto tiempo llevas cantando con Zach?

—Años, pero de vez en cuando. Sobre todo, fuera de Estados

Unidos —dijo Christy. Descruzó los brazos y apoyó ambas manos en el escritorio. Su blusa brillante se tensó sobre sus pechos.

Él consiguió mantener los ojos en su rostro.

—Mi madre tiene todos sus discos. Dice que tú no cantas en ninguno de ellos.

—No me gusta el estudio de grabación.

—Entonces, ¿no has grabado nunca?

—No es lo mismo que actuar en vivo. No hay interacción con el público —respondió ella, y volvió a moverse. Tomó del escritorio un pisapapeles de cristal con la forma de un perro teckel.

Lo alzó para mirarlo a la luz de la lámpara y frunció el ceño.

—Este perro solo tiene tres patas.

—Es Tripod. Mi perro. ¿Quieres conocerlo?

—Eh… ¿y mi padre?

—Claro, él también puede venir a conocerlo.

Dakota se levantó antes de que ella pudiera pensarlo mejor, le puso una mano en la espalda y la llevó hacia unas puertas de cristal que daban a la rosaleda. El olor a rosas los envolvió.

Ella se detuvo e inhaló la fragancia.

—Em me trajo por aquí antes —dijo—. Es precioso.

—Sí, a mi madre le encantan las rosas —respondió él y, mientras ella estaba embobada con el olor, aprovechó para entrelazar sus manos y llevarla hacia su parte privada de la casa—. Hablando de mi madre, acuérdate de que piensa que tenemos una cita.

—Eh, no —dijo ella, y el efecto de las rosas se desvaneció—. Esto no es una cita.

—Solo vamos a fingirlo para hacerla feliz.

Sin soltarla de la mano, él abrió otra puerta y pasó a su salón. Su padre y su madre estaban cómodamente sentados en dos sofás reclinables, dormidos delante de la televisión.

Él cerró la puerta de golpe, y Christy le reprendió con un siseo.

—No hagas ruido, o los vas a despertar.

Él abrió la puerta de nuevo. Dio un enorme portazo.

Nada.

—Una vez hubo un tornado, pero no se enteraron porque no se despertaron —dijo, hablando en un tono normal.

Sin embargo, Tripod sí se despertó, y saltó del regazo de su madre para ir a hacerle fiestas. Él lo tomó del suelo y lo sujetó con un brazo.

—¿Qué le pasó? —preguntó Christy, observando la cicatriz que tenía en donde debería haber estado una de sus patitas delanteras.

—No la tenía cuando lo encontramos vagando por Sunset —dijo Kota, y le hizo cosquillas a Tripod en la barriga. El perro se movió como un pez.

Ella alargó el brazo y le rascó con un dedo.

—¿Quién le puso el nombre de Tripod?

—Yo. Le llamo Tri, para acortar —dijo Dakota, con una sonrisa—. Mono, ¿eh?

—Y original —respondió ella, mirándolo.

Y sonrió.

Él tragó saliva, pero se atragantó como si estuviera tragando un pedazo de filete. Por un momento, tuvo arcadas. Entonces, tosió con tal fuerza, que Tri salió disparado en busca de la seguridad.

La seguridad era Christy. El perro fue hacia su pecho como una bala de cañón. Ella lo agarró instintivamente, pero eso no fue suficiente para Tri. Entró en su camiseta y metió la nariz en su sujetador. Por el escote de Christy salía su rabo.

Christy gritó, se tambaleó hacia tras y tiró una lámpara de mesa que golpeó el suelo como un gong. Se le resbalaron los tacones en la tarima de madera. Ella trató de conservar el equilibrio.

Antes de que pudiera caerse, Kota la agarró del brazo y tiró de ella hacia su pecho. Tri serpenteó con el trasero entre ellos. Los dos metieron un brazo por la camisa de Christy.

Kota palpó más de lo que debía.

Y, entre los dos, sacaron a Tripod de allí.

Tri se acurrucó en el brazo de Kota. Tenía una sonrisa boba y movía la cola como si estuviera diciendo: «Qué divertido para los chicos». Él estaba de acuerdo.

Christy se colocó el escote de la camiseta en su sitio y lo miró con los ojos entornados.

—Me has toqueteado.

Él fingió una completa inocencia.

—Debe de haber sido Tri.

—Por favor. Él tiene zarpas. Tú tienes cinco dedos.

—Si quieres, podemos repetirlo a cámara lenta para ver quién hizo qué —respondió él, y le acercó a Tri al tiempo que miraba por encima del escote de su camisa.

Ella se dio una palmada en el pecho.

—Sé cuál es la diferencia entre una mano y una zarpa.

Él se dio cuenta de que estaba ruborizada. El calor emanaba de su piel en ondas, y le removía la sangre como una llamada de apareamiento. Tensó el brazo con el que todavía la estaba agarrando por la cintura, y la sujetó con sus bíceps.

Ella apartó la mano de su pecho y la posó en el de Dakota, pero no lo empujó. Se le oscurecieron los ojos, tanto, que casi se le volvieron negros. Separó los labios, y aquel sencillo gesto captó por completo su mirada.

Bajó la barbilla… y su padre, que seguía dormido, se tiró un pedo sin saberlo.

Al instante, ella se echó hacia atrás y le dio un empujón a Kota. Y el caballero que había educado su madre le soltó la cintura, aunque el animal que llevaba dentro rugiera con furia.

Su madre se incorporó en el sofá. El pedo de su padre la había despertado, cuando, sin embargo, era capaz de seguir dormida durante el fin del mundo.

—¿Kota?

—Estoy aquí, mamá. Christy está conmigo.

—Oh, vaya. Nos habéis pillado en plena siestecita —dijo. Alargó la mano y agitó a su padre—. Despiértate, Roy, tenemos visita.

Su padre se pasó la palma de la mano por la cara.

—No estaba durmiendo.

La misma conversación que tenían desde hacía años.

Kota empujó un poco a Christy hacia delante.

—Papá, te presento a Christy.

—Hola, jovencita —dijo su padre. Se levantó del sillón y le besó el dorso de la mano—. Me he enterado de que tienes obnubilado a mi hijo.

—¿De verdad?

—Sí, debe de ser así. No ha traído a una chica a casa para presentárnosla desde el sexto curso. Y aquella Verna Presky no era ni la mitad de guapa que tú.

Christy sonrió y, después, se rio. Su risa sonó feliz y ligeramente ronca, y el sonido hizo que su padre abriera mucho los ojos. Miró a Kota, diciéndole con los ojos que aprobaba su elección.

Su madre se hizo cargo de la situación.

—Christy, querida, siéntate aquí —dijo, señalándole un sofá que había junto a los sillones reclinables—. Roy, apaga la televisión. Kota, tráele algo de cenar a la pobre muchacha.

Bien pensado. Christy estaba un poco paliducha. Apretó un botón de su teléfono.

—Tony, trae algo de comer al salón privado.

—De verdad, no es necesario —le dijo Christy a su madre—. Aunque esté hecha un desastre…

—A mí no me eches la culpa —dijo Kota—. Tri se ha metido en su camisa.

Su madre se echó a reír.

—Ese pequeño pervertido me lo hace a mí también todo el tiempo.

Kota dejó al pequeño pervertido sobre su regazo. Tri giró sobre sí mismo y se acomodó, con los ojos fijos en Christy.

Alguien llamó a la puerta, y entró un camarero con un carrito lleno de bandejas cubiertas.

—Qué rápido —dijo Christy.

—Cuando Kota dice «salta», ellos saltan —le explicó su madre, agitando la cabeza como si no lo entendiera.

Kota empezó a levantar tapas.

—Tenemos filetes, costillas, brochetas de gambas y colas de langosta —dijo, y miró a Christy para comprobar qué le interesaba—. ¿No te gusta la carne? Hay pasta preparada de seis formas distintas. Y cosas verdes.

—Se refiere a ensalada —aclaró su madre.

—Eso es lo que he dicho —respondió él, y levantó otra tapa. Puaj—. Esto parece risotto, con algunas cosas.

—Son champiñones —dijo su madre—. Yo he tomado un poco. Está delicioso.

Su padre hizo un mohín.

—Elige el filete. Con la carne no puedes equivocarte.

Kota asintió.

—Exacto, papá. La carne construyó esta casa.

Su madre le clavó una mirada de desaprobación.

—Ya sabes que no me gusta que digas eso —dijo, y se giró hacia Christy—. A Kota le gusta decir que la carne sirve para formar los músculos, que sus músculos hicieron dinero, y que el dinero construyó esta casa. Es una forma de subestimar su talento.

Entonces, le ordenó a Kota:

—Sírvele a tu chica un plato con un poco de todo.

Christy saltó como el corcho de una botella.

—No, gracias, puedo hacerlo yo.

Entonces, se acercó al carrito; claramente, estaba ansiosa por demostrar que no era su chica.

Todavía.

Él se acercó a Christy todo lo que pudo. Había percibido su olor al sujetarla y, en aquel momento, volvió a olisquearla. Olía a rosas.

Nada de melocotón.

—Dime lo que quieres —murmuró—.Y te lo daré.

Por su media sonrisa, él supo que ella había captado el doble sentido de sus palabras.

—Gracias, pero yo me ocupo de mí misma.

Eso sí que era una imagen que se le iba a quedar grabada en la cabeza.

Ella se inclinó para tomar un plato del final del carrito, y él retrocedió para ver bien su trasero. Dos nalgas redondeadas, lo suficientemente amplias como para llenar sus manos.

Sus piernas kilométricas, bronceadas y bien torneadas estaban hechas para ceñirse a su cintura.Y las uñas de los dedos de los pies, que asomaban por la parte delantera de sus zapatos, estaban pintadas de rosa. Daban ganas de chuparlas.

Él nunca había sido aficionado a eso, pero aquella mujer podía cambiarlo.

Entonces, ella se irguió, y él se olvidó de sus pies, porque de nuevo tuvo sus pechos debajo de la nariz. Había conseguido palparlos, y eran de primera calidad. Una talla C, todo natural, y más suaves que el sujetador que los contenía.

Se moría de ganas de volver a palparlos.

Se metió las manos en los bolsillos.

Ella se sirvió un poco de pasta. Nada de carne, pero, al menos, no se asustaba de los hidratos de carbono. Gracias a Dios.

Tal vez la carne hubiera formado sus músculos, pero los hidratos de carbono habían formado el trasero de Christy.

Su madre lo pilló mirando. Él ni siquiera pudo fingir que se sentía culpable.

—Puede que a Christy le apetezca un poco de vino —dijo su madre, suavemente.

—Claro, claro —dijo él. ¿Cómo iba a tener buenos modales, si se le había bajado toda la sangre de la cabeza a los calzoncillos?—. ¿Te gusta tinto, o blanco?

—Lo que vayas a tomar tú —dijo Christy—. Tú también vas a comer, ¿no?

—Sí, claro —dijo él. Tomó un plato y se sirvió un filete. Después, llenó dos copas de Cabernet y lo llevó todo a la mesa de centro.

—Bueno, Christy —dijo su madre, y se inclinó hacia delante para empezar el interrogatorio—. ¿Vives cerca de aquí?

Kota era todo oídos.

—En el cañón —dijo ella—. A pocos kilómetros de aquí.

«Excelente noticia».

—¿Sola?

—Comparto piso.

«Oh, oh».

—¿Con una amiga?

«Bien hecho, mamá».

—Sí, una amiga de la universidad.

«Menos mal».

Christy giró unos linguine en el tenedor. La salsa goteó de su tenedor, y ella la atrapó con la lengua.

A él se le olvidó masticar la carne.

Entonces, ella cerró los labios alrededor del tenedor y lo succionó, dejándolo completamente limpio, y a él se le cayó el cuchillo de entre los dedos. Cayó sobre su plato, y su madre le lanzó una mirada de recordatorio para que tuviera buenos modales. Sí, claro. Él tenía que preocuparse de los buenos modales mientras Christy mantenía relaciones sexuales con la pasta.

Su madre se alisó la falda y sonrió a Christy con una falsa despreocupación.

—Y, dime, querida —dijo—, ¿a qué te dedicas cuando no estás cantando?

Kota se inclinó hacia delante.

Y su padre lo estropeó todo.

—Por Dios, dejad comer a la pobre chica. Eres peor que el dentista, haciendo preguntas cuando tiene las manos en tu boca.

Su madre se echó a reír.

—Roy tiene razón. Es que tengo curiosidad. Eres una cantante con un increíble talento. Me has dejado sin respiración. Y nadie te conoce.

—Puede que ella lo prefiera así —dijo su padre—. No todo el mundo tiene que ir a Oprah. Hay gente a la que le gusta la privacidad.

—Solo estamos hablando. Nadie está fisgoneando.

—Oh, claro que sí. Tú estás fisgoneando. La estás midiendo para el anillo de bodas.

Christy se atragantó con el vino.

Su madre le dio unas cuantas palmaditas en la espalda.

—No le hagas caso a Roy. Ya es hora de que se acueste.

—Sí, papá —dijo Kota—, puedes acostarte cuando quieras.

—No empieces tú también —le dijo su padre—. Tú no eres mi jefe.

Kota puso los ojos en blanco.

—Y ten respeto —añadió—. Yo no soy uno de tus admiradores.

En aquel momento, algo chocó contra la puerta e hizo vibrar el marco.

—Ya lo has conseguido, Roy —dijo su madre.

Se levantó y abrió la puerta, y un monstruo peludo entró como una fiera en la habitación.

Sin pensarlo, Chris intentó escapar de un salto del sofá en el que estaba sentada, mientras el monstruo se abalanzaba sobre Kota enseñando todos los dientes, directo a su garganta.

Aterrizó en su regazo. Le puso las patas en los hombros y lo baboseó mientras lo abrazaba, si podía decirse que un perro supiera abrazar.

—Dios mío —dijo Roy, tendiéndole la mano a Chris con un gesto de calma.

Verna se estaba riendo.

—Cy no soporta que Roy regañe a Kota. Tiene que venir a consolarlo.

Kota se tiró al suelo con la criatura. Él también se estaba riendo.

Chris no le veía la gracia. Podría haber jurado que el animal quería destrozarlos a los cuatro. Todavía no estaba segura de que esas no fueran sus intenciones, así que se mantuvo al borde del asiento, preparada para salir corriendo.

—Siéntate —dijo Kota, y la criatura se sentó—. Dile «hola» a Christy.

La enorme cabeza se volvió hacia Christy, y ella se encogió instintivamente.

La miraba con un solo ojo. Debía de ser el perro más feo del mundo.

—Es muy cariñoso.

—Ah —dijo ella. No tenía palabras.

El perro tenía la cara cuadrada y llena de cicatrices, y una de las cuencas oculares completamente cerrada y atravesada en vertical por un gran costurón blanco. Tenía los labios mutilados y parecía que estaba rugiendo. Incluso parecía que había lamido un alambre de espino, por cómo tenía la lengua.

—Se llama Cyclops —dijo Kota—. Cy, para acortar. Tuvo un mal encuentro con un alambre de espino, y el alambre ganó.

—Ah —dijo ella, y tuvo un sentimiento compasivo que superó la repulsión.

—Es parte pitbull y parte cobardica, ¿verdad, pequeño?

Cy miró a Kota con adoración, y él lo besó en la nariz.

A Chris se le encogió el corazón.

Verna debió de notarlo, porque sonrió.

—Kota tiene muy buena mano con los animales. Siempre la ha tenido. Los que están heridos siempre acuden a él.

Roy hizo un mohín.

—Coyotes cojos, liebres huérfanas… Debería haberles pegado un tiro, como cualquier ranchero que se precie, pero no, él se dedicaba a curarlos en el establo.

—Mis chicos tienen un corazón muy grande —dijo Verna.

Kota se puso rojo.

—Ya está bien, mamá —dijo, y miró significativamente un reloj.

Ella captó la indirecta.

—Vaya, ya es más de medianoche. Vamos, Roy, vamos a acostarnos.

—Bien dicho —dijo Roy, y se puso en pie—. Cuídate, jovencita —añadió, y le dio un beso galante a Christy en los nudillos—. Hasta que volvamos a vernos.

—Buenas noches —dijo ella. Ojalá no fuera un adiós definitivo. Sintió un inesperado nudo de emoción en la garganta. Se había enamorado de la figura materna de Verna y ¿quién no iba a adorar a Roy?

Verna le tomó ambas manos.

—¿Por qué no vuelves mañana, querida? Hay una rosaleda preciosa detrás de la casa. Podemos comer juntos antes de que Roy y yo nos marchemos a casa.

No era posible, pero la tentación hizo que ella titubeara. Los Rain eran gente buena y realista, de los que vivían en la misma casa durante cincuenta años. Lo contrario a sus padres, que no tenían raíces. Ella quería mucho a Zach y a Emma, pero sabía que nunca habían sido muy estables en la vida.

Aun así, eso no le daba derecho a apoyarse en aquella gente tan buena, y menos cuando iba a traicionarlos. Si Verna supiera cómo pensaba explotar a sus preciosos hijos, nunca se haría amiga suya. Le pararía los pies inmediatamente.

Y se lo merecería.

Así pues, se levantó, alisándose la falda.

—Ojalá pudiera, pero solo he venido para estar un rato aquí. Voy a estar fuera de la ciudad durante una temporada.

Verna se quedó decepcionada.

—¿Por trabajo, o por placer?

—Un poco de las dos cosas —dijo ella. Si tenía que exiliarse, iba a irse a un lugar cálido y soleado.

—Entonces, en otra ocasión —respondió Verna, dándole una

palmadita en el brazo, y se volvió hacia su hijo—. Kota, cuida de tu hermano.

—Sí, señora —dijo él. Le dio un beso en la mejilla, le estrechó las manos a su padre, y los Rain se marcharon.

Con ellos, la habitación perdió algo de su calidez.

—Yo también debería irme —dijo ella—. Tienes bien vigilado a mi padre. No me necesita.

Se habría movido hacia la puerta, pero Kota estaba en medio, y era demasiado grande como para rodearlo sin tocarlo, y demasiado impresionante como para tocarlo sin salir escaldada.

—Muy bien —dijo él—. Te acompaño.

Había sido demasiado fácil.

Entonces, él añadió:

—¿Te importa que termine antes de cenar? Casi no he comido nada en todo el día.

Ella lo miró, y él pestañeó con inocencia.

—No me gusta que me manipulen —dijo ella.

—A mí no me gusta comer solo —respondió él.

Y, entonces, sonrió. Ella intentó no quedarse embobada, pero, de todas formas, se encontró en el sofá de nuevo.

Él empezó a comer, y señaló con el tenedor el plato de pasta, que estaba prácticamente intacto.

—Si no te gusta, toma otra cosa.

—Está deliciosa, pero es que no tengo hambre.

Se recostó en el respaldo del sofá con la copa de vino en la mano. Dios debía de estar castigándola por su falsedad poniéndole a Kota delante de la nariz.

Tri saltó del sillón de Verna y subió al sofá. Movió su delgada cola, y miró el escote de Chris.

Ella se lo tapó con la mano libre.

—Baja, Tri —le dijo Kota, y el perro se tumbó junto a la pierna de Chris, con la nariz dirigida a su pasta. Kota deslizó el plato hasta el centro de la mesa.

Cy se relamió. Kota lo miró, y Cy se tumbó también, con la cabeza sobre las patas y el ojo fijo en el amor de su vida.

—Te adoran —dijo Chris.

No sabía qué pensar de aquello. Ella nunca había compartido su espacio con animales. Ninguno de sus padres había permanecido en el mismo lugar el tiempo suficiente como para tener mascotas. Y ella se había comprado su propio piso solo seis meses antes, así que no había tenido tiempo de considerarlo su verdadero hogar y, mucho menos, de hacerse con una mascota.

Kota encogió un hombro.

—Con los perros es muy fácil. Dales amor y comida, y ellos te darán su alma. Mira, el caso de Cy —dijo, y le dio al perro un pedacito de carne—. Un gilipollas lo tenía siempre atado a un poste con una cadena de metro y medio. El perro se escapó, se enredó en el alambre de espino y el dueño no lo llevó al veterinario. Volvió a atarlo al poste. El cartero lo denunció, pero no a tiempo de que le salvaran el ojo. Después, nadie lo quería, porque, a causa de las cicatrices, parecía que estaba adiestrado para pelear.

Y porque era terrible mirarlo.

—¿Y cómo terminó aquí?

—Conozco a una chica en la perrera. Ella me pidió que lo adoptara.

Eso le pareció raro a Christy.

—¿Y por qué te lo pidió a ti?

Él esbozó su maravillosa sonrisa.

—Porque yo soy el último recurso para los cojos y los ciegos, como dice Tana.

Ella acarició a Tri con las yemas de los dedos. El perro se puso boca arriba.

Kota se inclinó hacia Chris, con los ojos azules llenos de buen humor y de calidez. Rascó a Tri dos centímetros por encima del pequeño y grueso pene del perro.

—Le gusta justo ahí. Como a mí.

Ella miró significativamente el pene de Tri.

—Seguramente, tenéis mucho en común.

—Pues sí. Para ser un teckel, mi niño Tri está muy bien dotado.

Ella se echó a reír, porque era una buena respuesta, pero el calor que se había adueñado de su cuerpo no era cosa de risa. Alzó la copa de vino y bebió para intentar sofocar las llamas.

Sin embargo, arrojando alcohol en la hoguera solo consiguió avivarla.

Le lanzó una mirada fulminante al filete.

—¿Todavía no has terminado?

—¿Tienes prisa? ¿Es que vas a tomar un avión?

—Pues sí, mira por dónde.

Él se metió un pedacito de carne a la boca.

—Umm. ¿Y adónde vas? ¿Cuál es tu destino de trabajo y placer?

—Buena pregunta. Ya me lo pensaré cuando llegue al aeropuerto.

Él se animó.

—¿No tienes ningún destino en mente? ¿Vas a dejarte llevar por el viento?

—Más o menos —dijo ella. Dejó la copa en la mesa. Claramente, el vino le soltaba la lengua. Y tenía un efecto parecido en sus piernas. Eran dos cosas que debía mantener bien cerradas cuando estaba con Kota.

—Yo también me voy de viaje —dijo él, mirando el reloj—. Dentro de unas pocas horas. ¿Quieres venir?

—No —contestó ella. No tenía ni la más mínima intención de irse con él durante una semana, como si fuera una de sus conquistas.

—¿Y por qué no? —preguntó él. Olvidó su filete y se inclinó hacia ella, con los ojos muy brillantes—. Sería muy divertido. Vamos a ir a mi isla. Tana, Sasha y yo.

—¿Vas a ir de carabina en su luna de miel?

Él hizo un gesto de rendición con las manos.

—¿Por qué todo el mundo dice lo mismo?

—Tal vez porque eso es lo que vas a hacer.

—No es verdad. Ellos van a estar en la casa grande, y yo me voy a quedar en la casa de invitados, que está al otro extremo de la isla.

—¿Solo? ¿No te vas a llevar a ninguna actriz ni supermodelo para que te haga compañía?

—A nadie.

—¡Qué noticia!

—Hablando de noticias —dijo él, con una sonrisa—. Vamos a engañar a la prensa. Vamos a enviar a unos dobles a Italia en mi jet, mientras salimos por la puerta trasera para tomar el avión de mi amigo Adam. Él nos dejará en mi isla de camino a una importantísima reunión en no sé dónde.

Ella se tapó los oídos.

—No deberías contarme esto.

—Tienes razón. Ahora tendré que matarte. A menos que vengas conmigo —dijo él, y le puso la copa de vino en la mano—. Imagínate —prosiguió, en un tono seductor—: una isla entera para nosotros. Nada más que sol, arena y olas.

Ella echó más vino al fuego.

—Palmeras, arena blanca. Aguas cristalinas —continuó él—. Tomaremos el sol. Bucearemos. Nadaremos.

Ella se lo imaginó en traje de baño.

Y sin traje de baño.

Se puso en pie bruscamente.

—Gracias, pero se me ha olvidado meter el bañador en la maleta. Además, tengo que escribir.

Kota también se levantó. Era tan alto, y tan ancho de hombros…

—¿Eres escritora? —le preguntó con interés. Demasiado interés.

—Estoy escribiendo un libro —dijo ella.

Y era cierto. Estaba escribiendo la biografía de su madre, una historia que merecía ser contada.

—Eso es genial —dijo él—. Puedes quedarte en tu propia ala de la casa. Tendrás toda la intimidad que desees —añadió, con una sonrisa devastadora—. Y, cuando desees algo más, puedes venir a mi ala.

Como cualquier otro famoso, daba por sentado que todas las mujeres se arrojarían a sus brazos.

—No, gracias —dijo ella, esquivándole para dirigirse hacia la puerta.

Él la siguió, paso a paso.

—No hay teléfono —le dijo, tendiéndole el cebo—. No hay Internet. No hay televisión. No hay Twitter.

Aquello parecía un paraíso.

—¿Y por qué me iba a parecer bien todo eso a mí? —preguntó ella, solo por llevar la contraria.

—Porque estás cansada de todo eso —respondió él—. Quieres paz y tranquilidad. Olas rompiendo suavemente en la orilla.

La estaba hipnotizando. Haciendo que entrara en un trance sensual…

Alguien llamó con energía a la puerta y rompió el hechizo. Kota la abrió de par en par.

—No es buen momento, Tony.

—Lo siento, pero hay un ayudante del sheriff en la puerta. Busca a una mujer llamada Christine Case.

Chris se quedó helada.

—¿Está en la lista? —preguntó Kota.

—No. Le dije que, si no estaba en la lista, no había entrado, pero él dice que su compañera de piso dijo que venía aquí, así que ha pedido permiso para entrar y echar un vistazo.

Ella notó un sudor frío por la espalda.

—No, ni hablar —dijo Kota—. Dile que puede esperar fuera del perímetro, con los idiotas de la prensa, y detenerla si sale. Cosa que no va a suceder, porque no está en la lista.

Tony se marchó, y Kota frunció los labios con disgusto.

—Ahora, los periodistas dirán que estoy escondiendo a una fugitiva.

Chris asintió comprensivamente, como si lo supiera todo sobre los entrometidos de los periodistas, cosa que era cierta, puesto que ella era uno de esos periodistas, y se maldijo a sí misma por remolonear en aquella mansión en vez de salir pitando de allí.

Era demasiado tarde. Estaba atrapada. Cuando el ayudante del sheriff le entregara la citación, Owen se pondría furioso sin remedio, y los cámaras que había allí fuera grabarían toda la desagradable escena.

Con tan pocas noticias reales que dar sobre la boda del año, la jugosa historia de una reportera de incógnito daría la vuelta al mundo, sería una vergüenza aún más grande para el *Sentinel*, destruiría lo poco de credibilidad periodística que le quedaba a ella y, lo peor de todo, pondría al descubierto su traición ante toda la familia Rain.

Ella tenía la esperanza de poder ahorrarles a todos el insulto definitivo firmando el reportaje sobre la boda con un pseudónimo. Sin embargo, eso ya no iba a ser posible.

A menos que…

Se acercó con aire despreocupado al carro de la comida y tomó una fresa bañada en chocolate de un cuenco de plata que estaba colocado en una cama de hielo.

—Bueno, cuéntame más cosas sobre tu isla.

C A P Í T U L O **6**

El avión de la fuga estaba esperando en la pista de Burbank. Al estrecharle la mano a su propietario, el millonario playboy Adam LeCroix, Chris se dio cuenta de que era todo lo que la prensa decía de él: alto, moreno e increíblemente guapo, con una presencia que empujaba a los hombres a hacer lo que a él se le antojara y a las mujeres a hacer cualquier cosa.

Sin embargo, en Kota había encontrado la horma de su zapato. Al verlos estrecharse la mano, Chris pensó que eran dos lados de la misma moneda, una moneda acuñada en bronce por un dios benéfico. Una diosa. Una diosa a quien le gustaban los hombres con unos brazos increíblemente asombrosos.

La prometida de Adam, Maddie, era una rubia muy menuda con un enorme sentido del humor, y sabía exactamente cómo manejarlos a los dos. Le dio un codazo a Chris y murmuró:

—Mira esto.

Cuando Kota se giró para saludarla con su espléndida sonrisa, a Maddie le brillaron los ojos. Su cuerpo se puso lánguido como un espagueti.

—Hola, Dakota —dijo, con un susurro entrecortado.

—Maddie, querida —dijo él, y le dio un beso en la mejilla. Después, en la otra. Sujetó sus manos diminutas entre las suyas.

Y Adam se metió entre ellos.

—Ya está bien, a no ser que tengas a otra persona dispuesta a desviarse mil quinientos kilómetros de su ruta para dejarte en tu isla.

Kota le soltó las manos a Maddie con una muestra de desgana. Ella exhaló un suspiro tembloroso.

—Dios Santo —murmuró Adam, con un acento europeo que hizo que su exclamación sonara sexy.

Maddie le guiñó un ojo a Chris, que tuvo que contener una sonrisa.

La voz del piloto sonó por los altavoces, diciéndoles que se abrocharan el cinturón de seguridad para el despegue. Adam llevó a Maddie hasta un par de asientos de cuero, mientras que Kota la guiaba a ella hasta los asientos de enfrente. Sasha y Tana se acomodaron en el sofá, donde podían gozar de una relativa intimidad.

Kota le murmuró al oído:

—A Maddie le da pánico volar. Seguramente, se sentirá mejor si me agarras de la mano.

—¿Por qué?

—¿No ves cómo se agarra ella a Adam? Eso le da vergüenza. Así que, si tú te agarras de mi mano y te acurrucas contra mi hombro como si también estuvieras asustada, ella no se sentiría tan avergonzada.

Tentador. E incluso más tentador cuando él le acarició el interior de la muñeca con un dedo.

—Cualquiera diría —comentó— que estás intentando seducirme.

—Y, si así fuera, ¿estaría funcionando?

Ella soltó un resoplido.

—Olvídalo. Me prometiste que gozaría de una agradable soledad. Te veré el próximo domingo, cuando subamos de nuevo al avión.

Aquel dedo se movió por su brazo, lentamente, hacia arriba, hacia el interior del codo.

¿Cómo sabía que aquella era su segunda zona más erógena del cuerpo?

Se detuvo allí, con unas caricias suaves como plumas, y le causó un escalofrío que recorrió toda su espina dorsal y llegó hasta su primera zona más erógena del cuerpo.

Ella se armó de valor.

—Hay algunas mujeres que pueden resistirse a tus encantos —dijo—. Mujeres que pueden decirle que no a Dakota Rain.

Él se inclinó, y su pelo le rozó el hombro a Chris. Su voz fue tan solo un susurro.

—Dime una sola.

—Yo —susurró ella.

—Ya lo veremos. Dime otra.

—Maddie.

Él se echó hacia atrás lo suficiente como para lanzarle una mirada de negación.

Ella le devolvió una mirada de pena.

—Te habrás dado cuenta de que no le gustas, ¿no? Solo se queda mirándote así para molestar a Adam.

—Pfff. Podría conseguirla así —dijo, y chasqueó los dedos.

—Yo no se lo diría a Adam. Veinte mil pies de altura es una caída muy grande.

—Yo puedo con Adam.

Ella observó a Adam con atención.

—Umm… No, no lo creo.

—No lo dirás en serio. Mira, toca aquí —dijo. Le tomó la mano y se la puso sobre el brazo.

Bíceps que podrían hacer llorar a una mujer.

Él le rozó la oreja con los labios.

—¿Todavía crees que puede ganarme?

—Creo que…

En realidad, era una mentira. No creía nada, porque no podía pensar. Se le había derretido el cerebro.

Subió la otra mano e hizo un intento inútil de rodear su brazo con las dos.

—Oooh —susurró.

Él flexionó el brazo, y a ella se le secó la garganta.

—Grande —dijo ella, que se había quedado reducida a una sílaba—. Duro.

Kota respondió a la elocuencia de Chris con un silencio, porque no podía hablar.

Sí, grande y duro era una descripción exacta. Y no se refería a su brazo.

Entonces, ella alzó la vista hasta su cara, y el hambre que vio en sus ojos hizo que estuviera a punto de perder el control. Tenía dos opciones: o ponerse manos a la obra con ella, o alejarse de ella.

En aquel mismo momento.

Como no podía acostarse con ella en aquel avión, se desabrochó el cinturón de seguridad, murmuró «Disculpa» y se fue al baño. Allí estuvo encerrado todo el tiempo que pudo.

Cuando salió, Tana lo miró con una ceja arqueada.

—¿Estás bien? Has salido corriendo al baño como si hubieras comido unas almejas en mal estado.

—Sí, estoy perfectamente —dijo Kota. Se había mojado la cabeza con agua fría, y había conseguido que algo de la sangre de su cuerpo volviera a la parte norte—. Solo necesitaba un minuto de descanso. Ha sido un día muy largo.

—Dímelo a mí —dijo Tana.

Su hermano estaba sentado en el sofá, acariciándole un hombro a Sasha, que estaba dormida con la cabeza apoyada en su regazo.

Kota pasó por encima de Cy y del perro de Adam, John Doe. Los dos estaban tumbados en el suelo, roncando como sierras mecánicas. Se sentó frente a su hermano, y preguntó:

—Bueno, y ¿cómo te sientes?

—Asustado. Me asusta que le pase algo a Sasha. Que le hagan daño, o que… ya sabes.

Sí, lo sabía. Aquel mismo mes se cumplían treinta años desde que había desaparecido su madre, cuando ellos casi no sabían andar todavía. Después, su padre había ido a buscarla, y lo habían perdido a él también.

Muy terrorífico para un niño.

Muy terrorífico para un marido.

Kota se inclinó hacia delante y le dio una palmada en la rodilla a Tana.

—A tu mujer no le va a pasar nada. Es una promesa —dijo. Sasha era de la familia a partir de aquel día.

Tana lo miró con seriedad.

—Nadie puede controlarlo todo, Kota. Ni siquiera tú.

—Nada me va a impedir intentarlo —dijo él, repitiendo lo que Em decía a menudo.

Estuvieron en silencio un rato, pero el abatimiento no era su estado natural. Tana salió de su ensimismamiento primero, y señaló a Christy con la barbilla.

—¿Y cómo lo has conseguido?

Kota se rascó la cabeza.

—Pues, en realidad, no lo sé. No quería saber nada de la isla y, al instante, estaba dispuesta a venir.

—¿Haciéndose la dura?

—No tiene por qué hacerse la dura. Es dura.

Tal vez él le gustara a Chris, pero ella no iba a acostarse con él si él no la persuadía. El atractivo de la estrella de cine, que conseguía que otras mujeres se quitaran la ropa con facilidad, parecía algo negativo para ella. Además…

—No estoy seguro, pero no creo que yo le caiga muy bien.

Tana se echó a reír con ganas.

Kota le mostró el dedo corazón estirado.

Después, volvió a su asiento, y se encontró a Christy charlando con Adam y Maddie como si fueran viejos amigos, parloteando sobre la Riviera y St. Tropez y sobre un restaurante que había en lo alto de la Torre Eiffel.

—Nos casamos en mi yate el mes que viene —dijo Adam—. Después, vamos a hacer un crucero a las islas griegas. Maddie no las conoce.

Maddie puso los ojos en blanco.

—Yates, cruceros y bodas. Yo no recuerdo haber accedido a nada de eso.

—Pero lo harás, querida —dijo Adam. Se llevó su mano a los labios y le besó los nudillos.

Maddie lo miró con amor.

Kota le acarició el brazo a Christy para captar su atención.

—Todavía nos faltan un par de horas —le dijo—. El asiento es reclinable, por si te apetece dormir.

—No, gracias —dijo ella, y giró los hombros.

—Puedo darte un masaje y quitarte la tensión —dijo él, flexionando las manos. A las mujeres les encantaban sus enormes manos. ¿Y a quién no le gustaba que le dieran un masaje en los hombros?

—No, gracias.

A ella.

—¿Algo de beber? ¿De comer? Tiene que haber algo que pueda hacer por ti —dijo él, con un doble sentido.

Ella enarcó una ceja.

—No, gracias.

Bueno, entonces, volverían a la conversación.

—¿Sobre qué estás escribiendo?

Aquello sí captó su atención. Christy se puso muy roja.

—¿A qué te refieres? No voy a escribir nada. No sé de qué estás hablando.

—¿No me dijiste que estabas escribiendo un libro?

—Ah… Sí, el libro. Es una biografía.

—¿De quién?

—De una periodista.

—¿De una reportera?

—Una corresponsal de guerra. Estuvo en Vietnam. En Bosnia. En Somalia. En la primera guerra del Golfo. Es una heroína.

—De acuerdo.

Él intentó separar a los heroicos corresponsales de guerra del resto de los periodistas, pero no lo consiguió, así que cambió de tema.

—Entonces, ¿eres escritora? ¿Ese es tu trabajo?

—Umm.

—¿Y por qué dejaste de cantar con Zach?

—La vida en la carretera —respondió ella, encogiéndose de hombros—. Ya sabes cómo es.

Por fin, algo en común.

—Pues parece que a Zach le gusta.

—Es lo único que conoce. Tiene una casa en el cañón, cerca de la mía, pero casi nunca está allí.

A él le gustaba verla hablar, le gustaba cómo se movían sus labios, la línea de su mandíbula. Y su voz lo hipnotizaba. Era grave, como si acabara de tomarse una copa de whiskey. Sexy, como si acabara de tener un orgasmo.

Alguien le dio un golpecito en una pierna. Era Tri, que quería que lo subiera a su regazo. Kota lo agarró y se lo sentó en las piernas. El pervertido posó su patita delantera en el brazo del asiento y miró fijamente a Christy.

Ella se puso una mano en el escote.

Tri se rindió y se tumbó boca arriba. Kota le rascó dos centímetros por encima del pene, y Tri se retorció de alegría.

Christy soltó un resoplido.

—Hombres.

—Somos fáciles, solo hay que frotarnos en el lugar idóneo —dijo él con una sonrisa—. Te enseñaré el mío si tú me enseñas el tuyo.

Ella se echó a reír con su risa grave. Él no la había oído desde que habían subido al avión, y ya no quería nada más que oírla de nuevo, contra su garganta, contra su pelo.

Todo en Christy le desafiaba. Era increíblemente guapa, lista y divertida, y estaba totalmente hecha a prueba de tonterías.

Y lo deseaba. Al menos, deseaba su cuerpo. En aquel momento, a él no le importaba que fuera un deseo solamente físico. Cuando consiguiera quitarle la ropa, entre los dos iban a quemar la isla.

Después de eso… ¿quién sabía adónde podían llegar las cosas? Lo único que él sabía con certeza era que tenían una semana entera para averiguarlo.

Chris se frotó la sien. ¿Por qué demonios no se habría escapado escondida en uno de los camiones del catering? Ya estaría a medio camino a Cabo, en vez de estar a una hora de camino de su propia perdición.

Aquella situación solo podía ser fruto de la justicia cósmica, impartida por el santo patrón de los periodistas para castigarla por haber perdido la gracia divina.

Y el castigo no podría haber sido mejor concebido. Una semana en una isla tropical con el tipo más guapo del mundo. Un tipo que se le estaba insinuando a cada segundo, y con el que su cuerpo le pedía a gritos que se acostara.

Un tipo al que estaba engañando solo por estar allí sentada, a su lado.

Ya estaba angustiada. ¿Cómo iba a soportar siete días? Se iba a convertir en una eternidad.

Se movió en el asiento; ojalá hubiera una separación más efectiva que el brazo del sillón entre ellos.

—Creo que voy a dormir un poco.

—Buena idea —dijo Kota, y levantó el brazo—. ¿Quieres apoyar la cabeza en mi hombro?

Oh, Dios, claro que quería.

—No, gracias.

—Entonces, ¿te importaría que yo apoyara la mía en el tuyo?

Ella le lanzó una mirada de incredulidad.

—Puede que me olvide de dormir, después de todo —respondió, y bajó el brazo del asiento.

Él lo subió de nuevo.

—Bueno, de verdad, deberías dormir. No te voy a molestar.

—No te creo.

Él trazó una equis sobre su corazón, y ella sonrió sin poder evitarlo.

Cuando se despertó, unas horas después, él le estaba sujetando la mano. O, más bien, había conseguido deslizar la palma debajo de su mano, que estaba apoyada en el asiento.

Ella no podía denominarlo «una molestia», pero era un tipo de tortura, porque Kota estaba resultando ser muy dulce. Guapísimo y dulce era una combinación letal.

Sin embargo, en aquel momento era completamente inofensivo, porque estaba dormido como un bebé. Por primera vez, ella podía observarlo tranquilamente y buscar las inevitables imperfecciones que le hicieran humano.

Y resultó que tenía muchas. Para empezar, el pico entre las entradas del pelo no estaba en el centro de su frente, y tenía el pelo demasiado espeso como para poder peinárselo con un peine normal. En cuanto a sus pestañas, eran tan largas y abundantes como las de una modelo de máscara de pestañas.

Tenía la nariz demasiado ancha, los labios demasiado carnosos como para cobrar millones y millones por fruncirlos con rabia, y sus brazos...

Bueno, sí, aquello era un rasgo perfecto.

Pero su pecho sí era demasiado ancho, tanto, que siempre iba a necesitar camisas hechas a medida, y tenía la cintura más estrecha que la suya, y en cuanto a su entrepierna...

Vaya, su entrepierna. Parecía una secuoya de dos mil años de edad...

—Hola, preciosa. ¿Te gusta lo que ves?

Por supuesto, él la había sorprendido devorándolo con la mirada.

Ella disimuló estirándose y pestañeando como si acabara de abrir los ojos, como si se hubiera despertado mirando su entrepierna por casualidad y no se hubiera dado cuenta de nada.

Él sonrió burlonamente. No se lo creía.

Demonios, ¿cómo era posible que se sintiera tan inferior? ¿Acaso no acababa de revisar todas sus imperfecciones? Aquel hombre era un provocador.

Entonces, él la atrapó en su mirada azul. Al ver su rostro y su pelo revuelto de la siesta, ella tuvo que dejar de engañarse.

La verdad era que los dioses, en su inmensa sabiduría, habían elegido a uno de entre ellos y lo habían enviado a Hollywood. Y ella estaba tan subyugada como el resto de las mujeres del mundo mortal.

Thor, o Zeus, o fuera quien fuera, se enroscó uno de sus mechones de pelo en el dedo meñique y se lo apartó con delicadeza de la mejilla.

—¿Cómo puedes estar tan bien después de haber dormido en una silla? —preguntó.

Ella podría hacerle la misma pregunta, pero sería una locura.

—¿No hemos llegado todavía? —preguntó.

Él sacó la mano de debajo de la de ella y miró la hora.

—Nos quedan veinte minutos, más o menos.

Chris no supo si eso era bueno o malo. Aquel avión era el purgatorio, pero la isla iba a ser el infierno.

Fue al baño y, de camino, se dio cuenta de que todo el mundo estaba dormido. Maddie y Adam estaban acurrucados uno contra el otro, y Tana estaba abrazado a su mujer. Todos estaban descansando plácidamente. ¿Y por qué no iba a ser así? Cada una de aquellas personas había encontrado a su pareja perfecta para ser feliz.

Chris se encerró en el baño y se apoyó de espaldas en la puerta. Por primera vez, desde hacía varias semanas, pensó en Jason.

Después de haber estado un año juntos, habían roto en abril, cuando los Dodgers lo vendieron al Boston. En aquel momento, ella se preguntó qué habría sucedido si ella se hubiera ido con él, o si él se hubiera quedado en Los Ángeles.

¿Estarían casados? ¿Serían felices?

Nunca lo sabría, porque a la hora de la verdad, ninguno de los dos había estado dispuesto a sacrificar su carrera profesional por el otro.

No obstante, se lo habían pasado muy bien juntos. Y, claramente, ella echaba de menos tener a un hombre en su vida.

Aquellos seis meses en dique seco no la estaban ayudando a resistirse a los encantos de Kota.

Salió del baño. Todo el mundo se estaba despertando, frotándose los ojos y mirando por la ventanilla. Ella se sentó en su asiento y, pocos minutos más tarde, el avión se inclinó hacia la izquierda. El amanecer se reflejaba en el mar.

Kota le señaló un archipiélago en forma de coma que había al este. La mayoría de las islas estaban cubiertas de una vegetación muy densa en toda su extensión.

La más grande de todas tenía una casa en un extremo, una pista de aterrizaje en el otro, y una extensa pradera salpicada de…

—¿Son ovejas?

—Um… sí. Y caballos —dijo Kota, señalándole un pequeño rebaño—. Y cabras. Gallinas. Lo que quieras.

La ventanilla era pequeña, y ambos tenían juntas las cabezas. Kota le estaba rozando la oreja con la barba incipiente de su mejilla. Su pelo le hacía cosquillas en el hombro.

Chris inhaló profundamente su olor. Era un olor masculino, especiado y exótico. Se relamió. ¿Tendría un sabor tan delicioso?

Tri saltó desde el regazo de Kota al suyo, y apoyó la patita delantera en el borde de la ventana. Ellos tres no podrían haber estado más juntos, siempre y cuando Tri no se metiera otra vez dentro de su escote.

Entonces, el piloto les indicó que se abrocharan el cinturón de seguridad. Tri se metió entre las caderas de los dos. Todo era muy íntimo y agradable.

Demasiado íntimo.

Demasiado agradable.

Solo podía conducirles a cometer un gran error.

A menos que…

Chris sonrió a Maddie y a Adam.

—Bueno, ¿y adónde vais vosotros desde aquí?

China. El único país en el que Chris no se atrevería a poner a prueba su pasaporte.

Hacía veinte años, los chinos habían invitado cordialmente y categóricamente a Emma Case a abandonar su país y llevarse a su cámara, a su ayudante de edición y a su hija de diez años.

Aunque no era probable que le fueran a negar el paso en la frontera después de tanto tiempo, sí era seguro que la sacarían de la fila para interrogarla. Cuando Adam tratara de intervenir, descubriría, en la peor de las situaciones, que ella era periodista.

Entonces, le diría a su buen amigo Dakota que había estado con una espía.

Ella no podía permitir que sucediera eso. Quería preservar el anonimato. No podía soportar que Verna, Roy y Kota supieran que los había engañado.

Cuando el avión de Adam desaparecía a lo lejos, Kota apretó el acelerador del carrito de golf.

—¿Lista?

Más le valía, porque estaba atrapada.

Tri saltó desde el asiento trasero a su regazo, y Cy asomó la cabeza por encima de su hombro, abanicándole la mejilla con su respiración caliente mientras Kota la llevaba de tour.

—La isla tiene ocho kilómetros de largo por tres kilómetros de ancho. La casa principal tiene vistas a la bahía —explicó, señalando hacia la derecha, por donde habían desaparecido Tana y

Sasha, en su propio carrito de golf—. Ellos se han quedado con los atardeceres.

Kota giró a la izquierda y recorrió un camino bordeado de helechos y palmeras.

—La casa de invitados está en una preciosa cala. Nosotros nos quedamos con los amaneceres.

La miró y le lanzó una sonrisa, y ella se dio cuenta de que estaba más relajado que antes. Aunque, en realidad, nunca le había parecido que estuviera estresado; más bien, todo lo contrario. Parecía un hombre muy seguro. Sin embargo, ahora que lo conocía un poco más, el contraste era más evidente para ella.

Parecía más ligero, más feliz. Su acento era más marcado.

Y sus ojos no podían ser más azules.

—La casa de invitados tiene la mitad de metros que la casa principal —le explicó—. Es más acogedora. La verdad es que me gusta más que la grande, pero no se lo digas a nadie.

—¿Es un secreto?

—Sí. Mi imagen depende de que exija siempre lo más grande y lo mejor. Lo más caro.

Hablaba como si Kota y Dakota fueran dos personas distintas.

—¿Te gastas fortunas en casas grandes en las que no quieres vivir? Eso no tiene sentido.

—La fama no tiene sentido —respondió él.

—Pero a ti te encanta, ¿no? Las mujeres, la adulación, las ingentes cantidades de dinero.

—Cualquier hombre que te dijera que no le gusta que las mujeres se arrojen a sus brazos estaría mintiendo. Y el dinero también está muy bien —dijo Kota. Salieron de la vegetación y él detuvo el coche en una elevación del terreno que tenía vistas al mar—. ¿Cuánta gente posee una isla tropical?

—No mucha —admitió ella, mientras admiraba la vista.

El agua brillaba como un diamante. Las olas rompían en la arena blanca de una playa en forma de media luna. En la curva de la cala había una casa con un jardín lleno de flores, con varios porches y una piscina olímpica. Toda la parcela estaba rodeada de palmeras por tres costados y por el mar en el cuarto.

—Es un paraíso —dijo Chris.

—Exacto.

—¿Quién se encarga de cuidarlo?

—Selena y Jaime, pero se han marchado a casa esta semana a visitar a su familia. Tenemos toda la casa para nosotros solos.

Oh, no. Ella contaba con la presencia de alguien de servicio, o un cocinero. Incluso un jardinero le habría servido de carabina.

Tenía que haberse imaginado que las cosas no iban a ser así. Kota tenía fama de hedonista. Seguramente, aquel sitio a pleno rendimiento haría que la mansión de *Playboy* pareciera Disney.

Kota empezó a descender por el camino, y ella tuvo que contener una oleada de pánico.

—¿De veras no hay teléfono? —preguntó—. ¿Y si tenemos una emergencia?

—Hay un teléfono por satélite que se puede utilizar en caso de crisis, pero los únicos que pueden llamar son mis padres. Ni siquiera Em tiene el número.

—¿Y tampoco hay Internet? ¿Cómo es vivir así?

—Relajante —respondió él—. No hay que comprobar el correo electrónico, ni Twitter, ni la CNN. No tienes que buscar todas las palabras que no conoces, ni consultar quién fue aquel actor que salía en aquella serie de cuando eras pequeño —dijo él, y frenó en medio de un patio—. Te recuerda que todo no tiene por qué ocurrir en este mismo instante.

Mientras los perros saltaban al suelo y empezaban a olisquearlo todo, él se quedó inmóvil, mirando el hibisco florecido que había junto a la puerta trasera.

—Te recuerda —añadió— que prestes atención a lo que te rodea.

Chris no necesitaba ayuda con eso. Su verdadero reto era ignorar lo que la rodeaba.

Y, como si fuera para recordarle lo imposible que iba a ser eso, él inclinó la cabeza hacia atrás y se pasó la mano por el pelo para peinárselo hacia atrás, un movimiento descuidado que hizo que se le abultaran los músculos de los hombros y que podría haber vendido millones de camisas blancas como la que llevaba.

Parecía que no era consciente de su propio atractivo, pero, para ella, fue como si le prendieran fuego con una antorcha. ¡Siete días! Se cernían ante ella como el fuego del infierno.

No había tiempo que perder. Tenía que ir a su habitación, encerrarse y permanecer allí, alimentándose de las tres barritas energéticas que llevaba en el bolso, hasta que volviera el avión y la alejara de la tentación.

Bajó ambas piernas del carrito a la vez, sin recordar que llevaba unos tacones de diez centímetros. Los tacones se hundieron en la tierra y ella cayó de espaldas hacia el carro; se golpeó el codo, y la corriente de dolor ascendió por su brazo.

—¡Ay!

Kota rodeó rápidamente el carro. Los perros se acercaron corriendo. Ella enrojeció de vergüenza.

—Estoy bien —dijo, de malos modos. Se zafó de la mano de Kota y les hizo gestos a los perros para que se alejaran.

—¿Te has torcido algo? —preguntó él. Se puso de rodillas y le rodeó los tobillos con las manos.

—¡No! —exclamó ella, y tiró de uno de los pies para zafarse, golpeando el tacón contra el coche—. ¡Ay!

Él miró hacia arriba como si quisiera asegurarse de que ella no había perdido la cabeza, y el hecho de que tuviera los ojos entrecerrados hacía que parecieran aún más azules. El sol hacía brillar sus mechones más claros e intensificaba el rubio de su barba incipiente. Y su ceño fruncido era tan increíblemente atractivo como su sonrisa.

No era raro que ella estuviera a punto de perder la cabeza. Estaba empezando a ver con claridad la magnitud de su error.

Entonces, él se incorporó y, de repente, ella tenía la cabeza inclinada hacia atrás para poder mirarlo. Él le tomó el codo dolorido en la palma de la mano.

—No tienes por qué estar nerviosa.

—No estoy nerviosa —respondió ella, y tiró del codo. Sin embargo, él no la soltó.

—Bueno, pues no sé cómo estarás, pero será mejor que te calmes. Tengo botiquín en casa, pero tal y como caminas, vamos a tener que llamar a la marina.

Tenía razón. Debía calmarse. Aquel solo era el primer día.

Respiró lenta y profundamente, y expulsó el aire por la nariz. Después, con cuidado, tomó posesión de su propio brazo y salió de la zona del aura de Dakota.

—Estoy demasiado cansada —dijo con sequedad—. Y no me esperaba quedarme atrapada en la isla de Gilligan. Pensé que habría más gente.

¿Cómo podía haber omitido él un detalle tan importante?

Debía de haberlo hecho premeditadamente. Y una seducción premeditada, como un asesinato, hacía que el autor fuera aún más culpable.

Lo cual le daba todo el derecho a resistirse. Estaba sola; no tenía apoyo de ningún tipo. Tendría que disparar primero, y dar en el blanco.

—Pensaba —añadió en un tono condescendiente— que al menos habría alguien interesante con quien hablar.

Kota se llevó el balazo directamente en el corazón.

El mensaje de Christy estaba claro: «Puede que estés bueno, pero eres tonto de capirote».

Claro, ¿por qué iba a pensar ella algo distinto que el resto de la humanidad?

Él sacó su maleta del carrito de golf y se dirigió hacia la casa.

—Siento no estar a la altura —dijo por encima del hombro mientras caminaba—. Me mantendré apartado de ti para no matarte de aburrimiento.

Notó sus ojos en la espalda. En su espalda ancha y fuerte. Él no era nada más que un tipo guapo para ella. Nada más.

Entró por la puerta trasera a la cocina, sin mirarla, aunque era su estancia favorita. La había diseñado para que fuera el corazón de la casa, muy moderna pero, al mismo tiempo, hogareña, y tenía salida al patio trasero y al porche cubierto de la parte delantera.

—Tu zona de la casa está por aquí —dijo, y torció a la derecha. En aquel momento, no tenía ganas de ser cortés. No tenía nada que demostrarle a Christy Gray.

Siempre y cuando se acostara con él, no le importaba en absoluto lo que pensara de su cerebro.

Recorrió el pasillo.

—Puedes trabajar aquí —dijo, señalando una habitación. Después, entró en un salón con vistas al mar y soltó la maleta—. Hay tres dormitorios. Puedes elegir el que quieras. Y, para pasar el rato, puedes sentarte aquí y hablar contigo misma para no aburrirte.

Estaba asombrado de sus malos modales, pero también se sentía demasiado molesto como para fingir, así que se dio la vuelta y salió de allí.

Deshizo el camino que había recorrido y salió al patio por la cocina. Dejó atrás el carrito de golf a grandes zancadas. Los perros lo siguieron; Tri intentaba mantener su ritmo furioso.

Tomó al perro en brazos y lo apretó contra su pecho, y entró en los helechos. Llegó a la pradera en menos de un minuto.

Cuando el claro se abrió ante él, se quedó inmóvil y dejó que ellos se le acercaran. La yegua zaína fue la primera. Uno con setenta y tres metros de altura y brillante como una foca. Le tocó el bolsillo de la camisa con su morro blanco. Él le rascó la barbilla.

—Lo siento, Sugar, me los he dejado en la maleta.

Una bolsa llena de Jolly Ranchers, su golosina favorita.

Un segundo caballo le dio un empujón por la espalda. Blackie, por supuesto. Al gran caballo le gustaba intercambiar empujones de hombro con él. Kota le dio uno, y Blackie asintió como si quisiera decir: «Me alegro de que hayas hecho ejercicio».

Se acercaron a él desde todos los lugares de la pradera y lo acompañaron, dándole golpecitos con la nariz en los bolsillos, revolviéndole el pelo, rozando con los labios a Tri, pasando junto a Cy, que se cruzaba entre sus patas.

Tana se echaría a reír si lo viera. Le llamaría «Kota, el hombre que susurraba a los caballos». A él no le importaba. Que lo amaran. Él se bebía su amor.

Después de haber hablado con todos ellos, se metió a Tri en la camisa, se agarró a las crines de Sugar y montó en su lomo.

Y la dejó correr a través de la pradera. El resto de la manda los siguió, trotando a su alrededor, y Cy corrió a un lado, algo alejado del grupo.

Kota se estiró sobre el cuello de Sugar y se olvidó de todo, salvo del viento que le acariciaba las mejillas y le azotaba el pelo, y se liberó de la frustración y de la decepción.

Su cuerpo se fundió con el de Sugar, con los músculos tensos y tirantes. Ciñó las piernas a sus costados. Se urgieron el uno al otro, más y más. A él se le cayeron las lágrimas por las mejillas, y culpó de ello al viento.

Cuando Sugar se detuvo, con la respiración agitada, habían recorrido toda la isla. Kota se enjugó la cara con la manga y echó la cabeza hacia atrás para absorber el sol.

Había vuelto a su sitio. Había recuperado el control. Y se sentía mejor de lo que se había sentido durante semanas.

Chris reconocía a un hombre enfadado cuando lo veía.

Después de llevar su maleta a un dormitorio digno de una princesa, intentó no añadir el sentimiento de culpabilidad a la lista de motivos por los que despreciarse a sí misma. Ella solo pretendía pararle los pies a Kota, no hacerle daño.

¿Quién iba a saber que era tan sensible? Después de todo, ganaba una fortuna haciendo de forzudo en la gran pantalla. Y no elegiría aquellos papeles si no encajaran con él de forma natural.

Sin embargo, seguramente no le gustaba que le recordaran que no era Einstein, sobre todo porque a su hermano menor había ganado el premio gordo en cuanto a físico e inteligencia.

De cualquier modo, prefería que Kota estuviera enfadado a que estuviera persiguiéndola por la cocina, porque tenía que admitir que no iba a poder sobrevivir toda la semana con sus tres barritas energéticas. Ya estaba muerta de hambre, y el frutero lleno de fruta que había visto en la encimera era demasiado tentador como para resistirse.

Antes, no obstante, necesitaba unos minutos para calmarse los nervios.

Tomó una ducha templada y se secó con una enorme toalla. Después, se puso uno de los dos vestidos de tirantes que había metido en la bolsa.

Las cosas ya le parecían mucho mejor. Más manejables. Menos estresantes.

Colgó el otro vestido en el vestidor y metió el resto de la ropa en el cajón de una cómoda. Había pensado en comprar todo lo que pudiera necesitar en su lugar de destino, pero eso no iba a ser posible. Tendría que arreglárselas. Las cosas podían ser mucho peor. Siempre y cuando mantuviera la calma…

—¡Aah! —gritó, al notar el roce de un pelaje en la pantorrilla. Se asustó tanto que subió de un salto a la cama, con el corazón acelerado, buscando frenéticamente con la mirada por el dormitorio.

Junto a la cómoda había un gato negro sentado como una esfinge.

Pestañeó. Tenía los ojos verdes y una expresión de aburrimiento.

Ella se negó a dejarse vencer por el gato, así que se sentó en el colchón y botó unas cuantas veces, como si hubiera estado pensando en probar el colchón desde el principio.

Sí, era firme. Tenía la firmeza perfecta para el sexo. Y era lo suficientemente grande como para que cupiera medio equipo de fútbol.

O un modelo de ropa interior de talla grande.

«Vaya, gracias, gatito, por empujarme a esta vía de pensamiento».

Entonces, el gato se levantó de repente y salió del dormitorio, como si ya hubiera terminado el trabajo que había ido a hacer allí.

Chris se recostó en los cojines de la cama y miró al techo. Había un ventilador que giraba lentamente y movía el aire cálido y húmedo.

La ilusión de tranquilidad que había construido en la ducha

desapareció. Estaba en el mismo lugar donde había empezado, con los nervios de punta.

Siete días.

Siete días durante los que tendría que resistirse al irresistible Kota.

Siete días para escribir el artículo que salvaría su carrera profesional.

Siete días para fingir que era alguien que no era.

Maravilloso.

Kota tenía la camisa pegada a la espalda. Se la quitó.

Los pantalones vaqueros eran un peso muerto. Los dejó caer en la arena.

Su ropa interior le oprimía los testículos. Enganchó el elástico de la cintura con los pulgares y… se detuvo.

Demonios. La isla era para bucear desnudo, porque allí no había cámaras de largo alcance que pudieran fotografiarle la entrepierna. A sus acompañantes habituales les parecía bien, y estaban felices de poder desnudarse también.

Pero a Christy iba a darle algo.

El demonio le decía al oído: «¿Y qué? De todos modos, no le caes bien».

Sin embargo, le había prometido a su madre que Christy no iba a tener nada que temer. Y un hombre desnudo, sobre todo uno que pesaba el doble que ella, era posible que la pusiera nerviosa.

Así que se metió entre las olas con los calzoncillos puestos. Notó las olas rompiéndole en los muslos y, cuando el agua le rozó los testículos, se sumergió. Salió a la superficie y empezó a nadar a crawl, en paralelo a la orilla, hasta que sus hombros le pidieron piedad. Entonces, se puso boca arriba y flotó, siguiendo con la mirada una nube que flotaba sobre él.

Se preguntó qué estaría haciendo Tana. Bueno, no exactamente qué estaba haciendo; eso ya se lo imaginaba, sino qué estaba haciendo en general en su nueva vida de casado.

Lo más probable era que estuviera haciendo planes con su mujer, planes para construir una casa nueva a las afueras de Los Ángeles, tener hijos y formar una familia.

Debería sentirse feliz por Tana. Y así era. Estaba feliz por su hermano.

Entonces, ¿por qué estaba tan triste?

Demonios, aquel era el motivo por el que le había rogado a Em que lo acompañara a la isla. En aquellos momentos, ella ya le estaría tomando el pelo por su melancolía.

En vez de a Em, tenía a Christy, que pensaba que él era un aburrido.

Bueno, pues en la cama no era aburrido, y tenía muchos testimonios para demostrarlo. Si conseguía acostarse con Christy, ella no iba a pensar en la conversación, eso por descontado. Solo pensaría en su cuerpo y en las cosas que podía hacerle con él.

En realidad, ya estaba pensando en eso, y todavía no había visto lo bueno. Se había derretido con sus brazos. Cuando viera bien su pecho, y el resto del género, se le caería la baba.

Una gaviota lo sobrevoló y lo miró. Él la saludó para darle a entender que no era carroña, y ella perdió el interés y se alejó.

Claramente, solo era un pedazo de carne para los pájaros y los seres humanos.

Bueno, pues si su cuerpo era la debilidad de Christy, eso significaba que era su fortaleza. Llevaba años esculpiéndolo, fuera y dentro de la pantalla. Había sido su pasaje de ida al estrellato, y su entrada a cualquier cama que se le antojara.

En aquel momento, esa cama era la de Christy.

Nadó hacia la orilla y la vio sentada en el porche, con un vestido de color fucsia. Llevaba los brazos desnudos y estaba descalza, y se había recogido el pelo en un moño.

Fingía que estaba mirando al mar, pero él notó su mirada en la piel.

Y sabía perfectamente cómo debía interpretar aquella escena.

«Prepárate, guapa. Ha empezado el espectáculo».

CAPÍTULO 8

Kota salió de entre las olas como Poseidón, bronceado, musculoso y divino.

Chris intentó no mirarlo.

Sí, claro.

Él se detuvo en la playa y se echó el pelo hacia atrás con ambas manos. El movimiento extendió sus codos y mostró su pecho de granito, sus abdominales perfectamente marcadas y sus caderas estrechas. Su abdomen terminaba en un punto sobresaliente y envuelto en sus calzoncillos empapados.

Oh, Dios.

Apartó la mirada de aquel punto, pero solo después de haberlo visto bien.

Iba a alimentar sus fantasías durante varios meses.

Se concentró en los perros, que se estaban volviendo locos a sus pies, como si llevara un mes perdido en el mar y hubieran perdido toda esperanza de volver a verlo. Giraban a su alrededor como planetas mientras él caminaba hacia el porche. El agua resbalaba desde su pecho brillante.

¿Por qué no se había quedado a comer el mango en su habitación? Porque sentía haber herido sus sentimientos. La conciencia no le permitía soportar ser tan mala, aparte de todo lo demás.

Por otro lado, aquello era demasiado bonito como para quedarse dentro. El paisaje era espectacular.

Y mejoraba a cada segundo.

Sin embargo, ella no había ido allí a jadear y babear. Estaba allí para ser cortés e, incluso, amigable. Si el cuerpo de Kota le ponía difícil pensar en otra cosa que no fuera el sexo, tendría que negarlo descaradamente, como si se encontrara diariamente a Poseidón y no se sintiera impresionada.

Junto a los escalones, él se inclinó para recoger una pelota de goma. Sus cuádriceps largos y poderosos se flexionaron. Entonces, se giró y lanzó la pelota hacia las olas. El movimiento hizo que sus deltoides se tensaran.

Cy corrió detrás de la pelota o, por lo menos, eso fue lo que supuso ella. Su atención estaba centrada en la espalda musculosa que tapaba el sol. Kota se puso las manos en las caderas, y ella las siguió con la mirada. Después, descendió hasta el algodón blanco tensado sobre unos glúteos esculpidos en mármol.

Se humedeció los labios. Tragó saliva. Tiró del escote del vestido con un dedo y sopló en el interior.

Cy volvió saltando, y dejó la pelota a los pies de Kota. Sin embargo, en vez de volver a lanzarla, subió al porche, tirándola de una mano a la otra.

—Bonito vestido —dijo.

—Te habrás cansado de él antes de que me marche. He traído poca ropa.

—No pasa nada, aquí la ropa es opcional.

—Ya lo veo.

Él sonrió y posó el trasero en la barandilla, a poca distancia de ella, y cruzó los tobillos.

Ella siguió mirándolo fijamente a la cara.

«No mires hacia abajo. No mires hacia abajo».

Él le lanzó la pelota, así que ella tuvo que mirar hacia abajo. Vaya.

La pelota le golpeó la barbilla.

—Oooh —dijo él. Hizo un giro de cintura y alargó un brazo para capturar la pelota cuando botó—. ¿Estás bien?

—Sí —dijo ella, y se obligó a mirar la pelota. Era roja, de

goma. Memorizó sus detalles. Cualquier cosa, con tal de no mirar el cebo que él le había tendido.

—Si la lanzo de nuevo, ¿podrás agarrarla?

—Claro. Me has tomado por sorpresa.

—¿Estabas soñando despierta?

—Pensando.

—¿En qué?

Ella se quedó sin respuesta.

Él se echó a reír, y ella pasó la mirada de la pelota a su rostro. Poseidón nunca había estado tan guapo.

—Reconócelo —dijo él—. Estabas pensando en mí.

—Oh, por favor. Qué ego.

—Bueno, estoy aquí, delante de ti.

—Tapándome las vistas —dijo ella, y se inclinó hacia la izquierda para mirar alrededor de él.

Él se lo tomó como una invitación a sentarse en el columpio, que estaba hecho para dos personas de tamaño normal que se gustaban mucho la una a la otra.

El vello de su pierna le hizo cosquillas en el muslo, y su brazo se rozó contra ella mientras él se lanzaba la pelota de una mano a la otra.

Cy le dio la lata hasta que él la lanzó, y la explosión muscular de su movimiento hizo vibrar todo el columpio.

—Eh, que lo vas a tirar abajo.

—Lo dudo —dijo él, y le dio un tirón a una de las cadenas que sujetaban el columpio. Serviría para amarrar un crucero sin acusar la tensión.

De todos modos, ella lo utilizó como excusa para abandonar el asiento. Se sentó en el lugar que él había ocupado en la barandilla y se sacudió la parte del vestido que él había mojado.

—Mira. Estoy mojada.

Él esbozó una sonrisa perezosa, dándole tiempo a pensar en lo que había dicho. Ella sintió el rubor que surgía en su interior y se extendía por sus mejillas.

—Solo tengo dos vestidos, y no quiero que me los estropees —añadió, fingiendo no haber caído en el juego de palabras.

Con una sonrisa, él se levantó. Medía casi veinte centímetros más que ella, y resultaba abrumador. Chris dio un paso hacia un lado, no para escapar, sino solo para cambiar de posición, y Tri emitió un aullido de dolor desgarrador.

—Oh, Dios, no —dijo Chris, y se puso de rodillas para acariciar el pequeño cuerpecillo del perro, con miedo de haberle dejado paralizado.

Tri se tumbó boca arriba para mostrarle su barriga.

Kota se echó a reír, se agachó y le hizo cosquillas en su lugar preferido.

—Es un teatrero. Cualquier excusa es buena.

Ella se apoyó en los talones.

—Como todos los hombres de por aquí.

—Encantadores, ¿verdad?

—No es la palabra en la que yo estaba pensando —dijo ella. Cy eligió aquel momento para darle un golpecito con la cuenca vacía del ojo—. Más bien, necesitados —precisó, mientras le acariciaba la cara al perro.

—Somos fáciles. Si nos rascas en el lugar adecuado, te seguimos a cualquier parte.

Ella puso los ojos en blanco.

—A propósito de seguirme, un gato negro sin orejas ha entrado en mi habitación y ha intentado echarme un maleficio.

—Será Van Gogh. Perdió las orejas en algún momento.

—¿No es de nacimiento?

—No —dijo Kota. Se agachó con las piernas cruzadas, exhibiéndolo todo. Ella escondió la cara en el cuello de Cy. Cualquier puerto era bueno para la tormenta.

—Van Gogh tuvo una vida muy dura —dijo Kota—. Era el siguiente para la aguja cuando me llamaron.

—¿Tu amiga del refugio otra vez?

—Umm, umm. Los gatos negros no consiguen que los adopten fácilmente. Y, si no tienen orejas, menos.

—Y ahora vive en el paraíso.

—Eso demuestra que nunca se sabe lo que va a ocurrir al día siguiente.

———

94

Cierto. Veinticuatro horas antes, ella no tenía ni idea de que iba a acabar en la isla de Kota.

—¿Hay más? —preguntó. Más seres como Van Gogh y como ella. Más refugiados.

—Ocho gatos, la última vez que los conté. Seguramente, están debajo del porche —dijo él, y tocó el suelo con los nudillos—. Saldrán a dar una vuelta cuando se acostumbren a ti.

—¿Y los caballos?

—Se estaban muriendo de hambre en una granja a las afueras de Sacramento.

—¿Y cómo los trajiste hasta aquí?

—En barco.

—Ah, entiendo.

Sin embargo, no lo entendía. Parecía que había un corazón muy blando bajo aquellos pectorales tan duros. No era lo que se esperaba.

Su cuerpo tampoco era lo que ella esperaba. Era muy grande, sí, pero no musculoso como un culturista dopado. Tenía músculos, sí, pero no como si fuera un personaje de dibujos animados.

Su cuerpo, en toda su gloria, parecía cien por cien auténtico, como si se hubiera construido a fuerza de carne y trabajo duro, y él lo llevaba como si fuera suyo, no como si fuera un traje que se ponía para la cámara.

Era su persona. Encajaba completamente con él.

Y ella quería tocarlo.

Como si le hubiera leído el pensamiento, Kota se inclinó hacia atrás, apoyándose con ambas manos en el suelo. Aquel movimiento contrajo sus abdominales, flexionó sus pectorales y mostró sus brazos desde un ángulo nuevo y muy interesante. Ella podría pasarse el día estudiándolos sin cansarse.

Alzó la vista hasta su cara. Él le sostuvo la mirada con sus ojos azul índigo.

No se estaba riendo.

—Adelante —dijo—. Tócame.

Ella se relamió.

—Pfft. No te lo crees ni tú.

—Entonces, te toco yo a ti.

La miraba con fijeza, intensamente. Alargó el brazo y pasó un dedo por la parte posterior de su brazo.

Ella sabía que debía pararlo inmediatamente.

Movió el brazo.

Para acercarlo a él.

Kota pasó por encima de su hombro y bajó por la parte delantera de su brazo, añadiendo dedos a medida que avanzaba.

En la articulación del codo, dibujó un círculo con la yema del dedo pulgar. Fue un roce ligero, más suave que la brisa y más cálido que el sol. Sensual como el pecado.

Ella se mantuvo inmóvil. Tenía miedo de moverse. Tenía miedo de que él siguiera acariciándola.

Y más miedo, aún, de que dejara de tocarla.

Allí, allí mismo. La parte interior de su codo era sedosa y tierna, y él habría jurado que estaba conectada directamente con su sexo.

Se la acarició una vez más con delicadeza, y pasó un dedo hacia arriba, alejándose de allí. Vio que ella hacía un esfuerzo por no perseguirlo.

Pasó por encima de su hombro y siguió hacia abajo por la parte trasera de su brazo, dejando un rastro de carne de gallina. Ella se estremeció, y él le tomó el codo con la palma de la mano. Deslizó una vez más el pulgar por la parte interior de su codo, y notó que a Chris se le aceleraba el pulso.

Él mismo estaba medio salvaje, endurecido y dispuesto a tirar de su codo, colocársela en el regazo, rasgarle aquel vestido que ya no iba a necesitar y deslizarla por su miembro mientras él embestía hacia arriba con fuerza.

Pero siguió acariciándole el codo ligeramente, deslizando el dedo pulgar, avivando la llama que pronto iba a calcinarle a Chris la ropa interior.

Solo tenía que esperar, aunque eso fuera lo más difícil que había hecho en su vida. Esperar a que ella hiciera su siguiente movimiento, a que lo necesitara dentro de su cuerpo tanto como necesitaba respirar.

Entonces, ella misma se quitaría el vestido, se sentaría en su regazo y le arañaría los hombros, arquearía la espalda, gritaría su nombre…

—Déjalo —dijo Chris, apartándole la mano—. Yo no soy una de tus mascotas. No voy a ponerme boca arriba para que me rasques la tripa.

Kota se apoyó en los codos y subió las rodillas antes de que ella pudiera ver la elevación de sus calzoncillos. Ocultó su sorpresa y su frustración detrás de una mueca de diversión.

—Ya veremos —dijo.

—No, no vamos a ver nada, así que ya puedes quitarte esa sonrisita de la cara.

Él exageró una expresión de desilusión, y eso molestó aún más a Chris.

—Llevo toda la vida rodeada de famosos —continuó ella—. Sé que estáis acostumbrados a que las mujeres se quiten la ropa siempre que pueden. Lo esperáis. Pues yo no, gallito. Así que no te molestes en pasearte por ahí medio desnudo, pasándome los músculos y… lo demás por delante de las narices.

—¿Qué es lo demás? —preguntó él, arrugando la frente—. Vas a tener que especificar más.

Ella lo fulminó con la mirada.

Él se encogió de hombros.

—Bueno, pues entonces, no te enfades si sigo pasándote por delante de las narices lo que sea.

—Qué gracioso.

—Solo intento ser un buen anfitrión.

—Puedes ser un buen anfitrión cumpliendo tu promesa: que aquí tendría paz y tranquilidad.

Si eso era lo que verdaderamente quería, debería haberse quedado en su ala de la casa. Sin embargo, por algún motivo, estaba negándose a sí misma, y a él también, unas relaciones sexuales que deseaba.

No iba a poder contenerse durante mucho tiempo.

Se levantó, con cuidado de mantenerse de espaldas a ella, ya que su «todo lo demás» no había recibido el mensaje de que el sexo debía esperar.

—Si quieres privacidad, la tendrás —dijo, obedientemente—. Pero, si tienes hambre —añadió, por encima de su hombro—, voy a hacer pasta.

Ummm, pasta. A Chris le rugió el estómago. El mango había caído en un saco muy vacío.

La ventana estaba abierta, y oyó a Kota en la cocina. Abriendo cajones, moviendo cacharros, dejando correr el agua del grifo.

Como si fuera un perro de Pavlov, se le hizo la boca agua.

¿Qué daño podía hacer el hecho de ir a comer con él? Ya le había dejado claro que no iba a haber sexo.

Esperó un tiempo decente y entró en la cocina como si nada. Ignoró su pecho desnudo, que estaba detrás de la isla central, y abrió la nevera pensando en tomar una bebida fría.

—Tengo un vino blanco aquí —dijo él.

Ella sacó la cabeza de la nevera. El cubo de hielo sudaba sobre la encimera de granito. El vino pálido brillaba en su copa.

Él señaló uno de los armarios con la cabeza. Ella sacó otra copa, y él se la llenó.

¿Qué daño podía hacer?

Se sentó en un taburete y apoyó un codo en la encimera. Al otro lado de la isla, él estaba trabajando una masa con las manos.

—La vas a hacer fresca. Estoy impresionada.

—¿Te gustan los fettuccini? —preguntó él, y alzó su copa con una mano.

Chris observó cómo se movía su garganta al tragar.

—Claro —dijo, y bajó la mirada hasta la masa.

Él siguió amasando con destreza. Tenía unas manos grandes, pero no torpes. Sabían ejercer la cantidad exacta de presión necesaria.

Como bien sabía su codo.

Y otras partes de su cuerpo estaban seguras de ello, también.

Él dejó descansar la masa y tomó una máquina de hacer pasta

de una estantería, exhibiendo un trasero que había metido en unos pantalones cortos. Chris lo lamentó.

Aun así, era impresionante.

Ella mantuvo sus ojos en él mientras Kota se movía por la cocina. Puso un cazo con agua en el fuego, cortó brécol y lo salteó en una sartén y puso a derretir mantequilla en otro cazo.

Estaba utilizando tres veces más fuegos de los que ella había usado a la vez en toda su vida.

Tripod le dio un golpecito en la pierna con la pata.

—Le gusta mirar —dijo Kota. Así que ella lo tomó en brazos y lo sentó sobre otro taburete. Él saltó sobre su regazo, y Kota se echó a reír—. Si les das a elegir, los tíos eligen el regazo en todas las ocasiones.

Ella le dio un sorbito a su vino.

—Por eso es mejor no darles a elegir.

Él sonrió con picardía.

—Lo digo en serio. No he venido aquí a acostarme contigo —afirmó ella. Por desgracia.

—Ya te he oído.

—Pero no me crees.

Él empezó a extender la masa con un rodillo.

—Creo que lo crees.

—¿Y qué significa eso?

Él metió la masa en la máquina y atrapó los fettuccini que salían por el otro lado.

—Significa que creo que tú crees que no has venido aquí para acostarte conmigo.

—Ah, así que piensas que me engaño a mí misma, ¿no? Que, inconscientemente, sabía que no iba a poder resistirme a ti.

Él extendió la pasta en un papel de horno.

—Más o menos.

Ella soltó un resoplido.

—Qué arrogancia.

—Casi te consigo en el porche.

—Pff… Me picaba el brazo y tú, por casualidad, me lo has rascado.

Él soltó una risita burlona.

Chris le dio un sorbito a su vino. No podía emborracharse. Además, aunque en Los Ángeles fuera de noche, allí estaban en la hora del desayuno.

Lo cual significaba que estaba bebiendo en el desayuno. Vaya modo de empezar la semana.

Dejó la copa en la encimera.

—No deben de ser ni las nueve. ¿No sería más adecuado tomar beicon y huevos revueltos?

—Mira a tu alrededor —respondió él—. ¿Ves algún reloj?

Ella miró. No, no había ningún reloj.

—No sé tú —continuó él—, pero mi vida está programada al minuto. Estudio, set de rodaje, reuniones, lecturas de guion, más reuniones, sesiones de fotos, entrevistas.

Mientras hablaba, extendió otra porción de masa sobre el papel.

—Cuando vengo aquí, no me importa qué hora es. Hago lo que quiero, cuando quiero —dijo, y se encogió de hombros—. ¿Pasta para desayunar? ¿Por qué no? ¿Con vino? ¿Por qué no?

A Chris no se le ocurrió ninguna razón. Además, no había dormido en toda la noche, salvo una siesta en el avión. No había comido prácticamente nada desde hacía veinticuatro horas. Y, bueno, era pasta.

Ella tomó su copa.

—Me parece bien.

Comieron los fettuccini Alfredo a la sombra del porche, en una mesita en la que casi no cabían sus platos.

En una mesa tan pequeña, la intimidad estaba en el menú, motivo por el que la había elegido Kota. Estaba tan cerca de ella como para verle las manchitas doradas que tenía en los ojos de color caramelo.

La comida le había mejorado el humor.

—Esto es increíble —dijo, poniendo los ojos en blanco de

éxtasis—. La pasta, oh Dios, y la salsa. Tan cremosa, pero tan ligera a la vez.

Él le sirvió más vino, aunque, seguramente, la iba a dormir. Lo cierto era que a él también le iría bien dormir un poco. Solo una siestecita antes del sexo. Y, después, otra.

Mientras, disfrutó de su deleite y se alegró de contribuir a su maravilloso trasero.

A su alrededor reinaba la paz. Los perros roncaban debajo de la mesa. El sol hacía brillar el agua. La brisa movía los mechones que se salían del moño de Christy.

Él se fijó en sus hombros pálidos.

—Es mejor que te quedes a la sombra a mediodía, o te abrasará el sol.

—No te preocupes. Voy a ir directamente desde esta mesa a la cama.

Él sonrió.

—A dormir un poco —aclaró ella.

—Claro —dijo él, y asintió agradablemente—. Me parece bien.

—Sola.

—Como quieras. Me pelearé contigo por la hamaca —dijo él, y señaló con el dedo pulgar hacia atrás, por encima de su hombro, al lugar en el que la hamaca se mecía con el viento—. También podemos compartirla. Es grande como para que quepamos los dos.

—Ni lo sueñes.

—Tú te lo pierdes. Es el mejor sitio para las siestas de toda la isla. Y no se puede hacer el amor en ella, si es eso lo que te preocupa.

Ella puso los ojos en blanco.

—Créeme, lo he intentado —continuó él—, es el problema de tenerlo todo grande.

—Y tan modesto…

Él negó con la cabeza.

—Tienes una mente calenturienta. Ya me he dado cuenta más veces de que siempre le encuentras un doble sentido a todas las frases, por muy inocentes que sean.

Ella resopló.

—No, ese eres tú.

Él la miró con lástima.

—Puedes intentar echarme a mí la culpa, pero los dos sabemos que acabas de demostrarlo con la hamaca. Lo que quería decir es que peso demasiado. Empiezo a moverme, y la hamaca se da la vuelta. Y no hay nada que estropee más un buen momento que caer de cara al suelo.

Extendió las manos.

—Y, en cuanto a lo que has pensado que yo quería decir, bueno, nunca he llegado tan lejos antes de que la hamaca se diera la vuelta. Pero, ahora que lo mencionas, seguramente tienes razón, y todo lo tengo demasiado grande.

—Espera un minuto. Yo no he dicho eso.

—¿Y por qué ibas a decirlo? No es nada de lo que quejarse, ¿no? Al menos, yo siempre provoco muchas exclamaciones de admiración, pero ninguna queja.

Ella se echó a reír, finalmente, justo cuando él estaba empezando a preguntarse si había perdido el sentido del humor en el avión.

Con un giro perezoso de la muñeca, ella clavó el tenedor en la pasta y la succionó. Solo fue un sorbo rápido y una fugaz aparición de la lengua, pero a él le dio vueltas la cabeza.

Tal vez fuera el vino. Tal vez fuera la mujer. De cualquier modo, le gustaba.

Sus rodillas se rozaban ligeramente bajo la mesita. Y ella no se apartó.

A Chris ya no le parecía tan mala idea tomar vino para desayunar.

Sinceramente, a través de las lentes del vino, la situación le parecía mucho menos desesperada. Por supuesto, estaba en una isla desierta con un tipo sobre el que su mente quería abalanzarse, pero que su mente había decretado fuera de los límites. Esa parte no era divertida.

Pero también había muchas cosas buenas.

Para empezar, él sabía cocinar. Para continuar, le había enseñado su bodega, ¡y estaba llena! Para seguir, era divertido. Y, para terminar, era increíblemente guapo.

Oh, un momento. No, eso no era bueno. Eso era lo que hacía que su vida fuera tan difícil.

Apartó la copa de vino antes de que fuera demasiado tarde y cometiera alguna estupidez.

Como ponerle la mano en el muslo.

Su muslo, que era musculoso y estaba muy bronceado, y estaba tan cerca de ella que sus rodillas se tocaban. ¡No era culpa suya! La mesa era diminuta. Cuatro piernas no podían caber debajo de ella sin tomar contacto.

De todos modos, no podía tocarle el muslo. Pero quería. Él tenía unas piernas tan largas y tan delgadas…

Se apoyó en el respaldo de la silla y echó un vistazo de reojo. Y, justo en aquel momento, él alzó el pie para rascar a Cy; sus cuádriceps se flexionaron en toda su gloria.

Era de esperar. Toda su vida había tenido debilidad por los brazos y, ahora, tenía debilidad también por las piernas. Y todo por culpa de aquel muslo. Y su pantorrilla también era maravillosa.

Incluso su pie era bonito. Incluso sus dedos de los pies.

¿Quién tenía los dedos de los pies bonitos? Solo Kota. Podría ser modelo de dedos de pies.

Chris tomó de nuevo su copa. No merecía la pena renunciar al vino. Lo mejor era disfrutar antes de despertar de aquel sueño. Porque, cuando despertara, volvería a la realidad, a preocuparse por su carrera profesional y por el angustioso plan que tenía que cumplir para salvarla…

No, no iba a pensar en eso. Solo iba a disfrutar.

—Podemos echar un pulso para ver quién se queda con la hamaca —le dijo Kota.

Ella se echó a reír.

—Me pregunto quién va a ganar.

—Te doy ventaja —dijo él.

Recogió los platos vacíos y los puso en el suelo, y posó el codo en la mesa.

Ella se quedó mirándolo, pero él tomó su copa de vino y la puso también en el suelo. Después, le colocó el codo en la mesa y la tomó de la mano. Ella volvió a reírse ante lo cómico del contraste. El brazo de Kota era como cuatro veces el suyo, y su mano desapareció en su puño.

Dio un tirón por sorpresa, con la esperanza de pillarlo desprevenido.

Él la miró con lástima.

Ella se encogió de hombros.

—Merecía la pena intentarlo.

—Como tú digas. Ahora, escucha, porque te voy a enseñar cómo ganar cualquier cosa contra un hombre. Te será muy útil si alguna vez estás en las últimas y necesitas ganarte unos pavos rápidamente.

—Deja que lo adivine. Debería enseñar un poco la teta —dijo ella, y se bajó uno de los tirantes del hombro. Él dirigió los ojos a su pecho y, ¡zas!, ella derribó su brazo.

Entonces, se subió el tirante.

—¡Qué demonios!

Ella soltó una carcajada.

—He viajado con una banda. Conozco el poder de la teta.

Él se quedó asombrado y, después, ofendido.

—¿Así que les enseñabas un poco cada vez que querías conseguir algo? ¿Un poco de pezón a cambio de un asiento mejor en el autobús?

—Tú no eres quién para hablar de enseñar el género —replicó ella, clavándole un dedo en el bíceps.

Él no se dignó a responder.

En vez de eso, colocó el brazo para volver a competir.

—Vamos a intentarlo de nuevo.

Abajo fue el tirante. Abajo fue el brazo.

—Podría hacer esto durante todo el día —dijo ella.

—Yo, también —respondió él.

—Pervertido —dijo ella, y le apartó la mano—. Apártate de mi camino, perdedor. Tengo una cita con la hamaca.

Con el tamaño de media moneda de dólar y de color rosado. El pezón de Christy se le había quedado grabado a Kota en la cabeza.

La vio caminar con petulancia hasta la hamaca y meterse dentro como si fuera un saco de patatas. Tri bailoteó por debajo hasta que ella lo subió, mostrando un kilómetro de pierna y corriendo el riesgo de caerse al suelo mientras lo hacía.

Entonces, el afortunado perro se acurrucó en su axila y los dos se quedaron dormidos en cinco segundos.

Al tiempo que frotaba con los nudillos el lugar donde se habían golpeado con la mesa en dos ocasiones, él reflexionó sobre el asombroso poder de la teta. Los músculos no tenían nada que hacer a su lado. ¿El dinero? Una broma. ¿La inteligencia? Vamos, hombre…

La teta era el poder supremo.

Tenía que verla otra vez.

Dejó a Cy limpiando los platos en el suelo y recorrió de puntillas el porche. Con cuidado, se sentó a un lado de la hamaca. Entonces, con un suave movimiento, rodó, la empujó para colocarla de costado y se tendió a su lado, adaptándose a su cuerpo. Todo ello, sin apenas ruido.

Tri se salió de debajo del costado de Christy y le lanzó una mirada huraña. Después, se acurrucó contra sus pechos y volvió a quedarse dormido.

Christy roncó durante todo el rato.

Lo cual fue una gran decepción. Él esperaba un poco de lujuria somnolienta; que ella estuviera medio embriagada, medio dormida, y que sus defensas bajaran tanto que se derritiera contra él y terminaran en el suelo, pero después de que él demostrara que, después de todo, no era demasiado grande para mantener relaciones sexuales en la hamaca.

Sin embargo, ella siguió durmiendo, mientras que él luchaba contra su conciencia.

El deseo hizo que le bajara el tirante del hombro, lo suficiente para ver tan solo la curva de su pecho, pero también, para meter la mano entre el vestido y su piel si quería. Y, sí quería. ¿Qué tenía de malo? Ya había acariciado a mujeres dormidas otras veces.

A mujeres dormidas, según le recordó su conciencia, a quienes ya había acariciado antes, y que lo habían acariciado a él, cuando los dos estaban despiertos.

La conciencia tenía a su madre de su lado.

Con un suspiro de derrota, le subió la cabeza a Christy y puso un brazo debajo, a modo de almohada. Después, metió la nariz entre su pelo con olor a rosas y se quedó dormido, acurrucado contra ella.

Chris se despertó sudando, entre una diminuta bola de pelo y un hombre gigante.

Aquel calor que la hacía sudar era su temperatura menos favorita del mundo. Cuando hacía ejercicio, siempre iba a un gimnasio que tuviera aire acondicionado, y no a una pista de tenis.

Normalmente, saldría a codazos de aquel sándwich, lo antes posible.

Sin embargo, se quedó inmóvil, más concentrada en el gigante que tenía a la espalda que en la bola de pelo que tenía contra el cuello. Las largas piernas de Kota estaban adaptadas a las suyas como el mango de una cuchara. Uno de sus brazos era su almohada. Kota había estirado el otro sobre su costado y había apoyado su enorme mano en su cadera.

Y eso solo era la mitad. Su pecho se curvaba alrededor de su espalda. Y su entrepierna acogía su trasero.

No, no iba a ir a ninguna parte. Todavía, no. Hasta dentro de un rato.

Lo que hizo fue dormitar, pensar, soñar. Disfrutar.

Hasta que Kota se despertó.

Fue un proceso. Una respiración más profunda, un movimiento del brazo. Un apretón en su cadera, probablemente un movimiento reflejo.

Entonces, se despertó. Y se excitó al instante.

Ella fingió que todavía estaba dormida mientras su erección crecía hasta el tamaño adecuado para Kota.

Él volvió a apretarle la cadera, y la acarició. Deslizó el dedo pulgar por dentro del bajo de su vestido. Ella casi podía notar que él estaba conteniendo el deseo de subir hasta su trasero. No lo hizo, y ella le concedió varios puntos por ser decente, y después le quitó unos cuantos por subir hasta el borde de sus bragas.

Se quedó allí, moviendo el dedo pulgar hacia delante y hacia atrás, aparentemente satisfecho.

El problema era que ella no estaba satisfecha.

Sabía que estaba mal. Era peor que una traidora, era una traidora lujuriosa, y estaba muy cerca de hacer algo imperdonable, tan imperdonable que tal vez se lanzara al mar y terminara con todo.

Pero… Su dedo. Y su pecho.

Entonces, él movió la pierna con un deslizamiento sensual que hizo que la parte trasera de sus rodillas se convirtiera en la primera zona erógena de su cuerpo.

Él le sopló en el cuello, un movimiento suave del aire que hizo que ella sintiera más calor.

Kota debió de notar el cambio en su respiración, porque le rascó el hombro suavemente con los dientes. Movió la mano que tenía sobre su muslo, y metió el dedo pulgar bajo el borde de encaje de sus bragas.

Era hora de pararlo. No podía cruzar aquel límite.

Entonces, él le puso la nariz en la oreja.

—Tu olor me vuelve loco —dijo él, y aquel susurro sexy y ronco le hizo la boca agua.

—No… no llevo perfume.

—Lo sé —dijo él, y siguió deslizando la pierna lentamente. Su mano subió más. Y más.

—Escucha, Kota…

Él le mordió el lóbulo de la oreja. Su dedo pulgar siguió hacia arriba, levantó el elástico y les abrió paso al resto de los dedos.

Los deslizó dentro de las bragas, por encima de su vientre, y más abajo. Ella olvidó lo que estaba diciendo mientras se abrían las puertas del infierno. Las llamas escaparon y crepitaron.

Entonces, desde debajo de la mesa, Cy pasó de la siesta al estado de alerta en un segundo. Tri saltó desde la hamaca y corrió a su lado. Chris intentó sentarse, Kota intentó mantenerla tumbada y, en un abrir y cerrar de ojos, acabaron en el suelo.

—¡Demonios, Cy! —gritó Kota—. Más vale que haya insurgentes en la playa.

Él estaba tendido boca arriba, debajo de ella, y se había llevado lo peor de la caída. Ella intentó rodar para bajar al suelo, pero él la sujetó con los brazos.

—¿Estás bien, nena? —le preguntó, en un tono mucho más delicado.

—Me he vuelto a romper el codo, pero, por lo demás, estoy bien.

Demasiado bien. Lo suficientemente bien como para retomar las cosas donde las habían dejado.

Lo cual no sería nada bueno.

Kota debió de tener la misma idea, porque no perdió el tiempo. Ella tenía los muslos abiertos, y él fue directamente al calor húmedo…

Y Cy apareció por la esquina de la casa, acompañado de los recién casados.

—Qué tal, vecinos —canturreó Tana. Los vio en el suelo, y dijo—: Demonios, Kota, ya te he dicho que pongas un colchón debajo de esa cosa.

Kota se golpeó la cabeza en el suelo varias veces, como si quisiera despertar de un mal sueño.

Ayudó a Chris a ponerse de pie y se dirigió a su hermano, hablando entre dientes.

—¿Es que no tienes nada mejor que hacer en tu primer día de casado que venir a molestar?

—Nos apetece hacer un descanso. Pensábamos que a vosotros también —dijo Tana, con una sonrisa, y Chris se ruborizó de vergüenza y de excitación. Bajó los ojos e intentó alisarse el vestido.

Kota tiró de ella hacia su pecho, seguramente, para ocultar la erección que ella notó clavada en su espina dorsal. Sin embargo, le puso las manos en los hombros de un modo protector. Y posesivo.

—Estábamos echando una siesta —dijo.

Tana emitió un murmullo de escepticismo y le pasó un brazo por la cintura a su mujer.

—Le he contado a Sasha lo de que les susurras a los caballos. Quiere verlo con sus propios ojos.

Chris se dio cuenta de que Kota apretaba los dientes. Sin embargo, cedió con amabilidad a la petición de su cuñada.

—Claro —dijo—. Nos vemos en la pradera.

Entonces, le dio la vuelta a Chris por los hombros y la metió en casa.

Una vez dentro, Kota la empujó contra la pared.

—Puedo rasgarte el vestido ahora mismo —le dijo— y hacerlo rápido. O podemos esperar y hacerlo con todo el tiempo del mundo cuando nos libremos del idiota de mi hermano. Tú decides.

Él prefería aquel mismo momento, para quitarse de encima aquel ataque de lujuria. Ella tenía el vestido arrugado, el pelo revuelto y la piel brillante del sudor, y él quería seguir con aquello más de lo que quería respirar.

Sin embargo, no quería asustarla, así que le dio a elegir mientras hacía trampas desvergonzadamente. Le tomó la cara entre las manos y la besó para no dejarle ninguna salida.

Y funcionó, por supuesto. Ella le agarró de las muñecas y le devolvió el beso mientras frotaba sus caderas contra él.

Y, entonces… unos pasos en el porche.

¿Qué demonios…?

La mosquitera se abrió, y él se retiró del cuerpo de Christy, con sus formas grabadas a fuego en la piel.

—Oh… perdón —dijo Sasha que, al menos, tuvo la decencia de aparentar que lo lamentaba, al contrario que Tana, que sonrió sin escrúpulos detrás de ella—. Siento molestaros otra vez —prosiguió ella—, pero necesitaría ir al baño.

Kota le señaló el final del pasillo. Estaba demasiado frustrado como para hablar.

Christy se marchó en la otra dirección, tan roja como un tomate.

Tana dio un paso atrás para alejarse de Kota y le provocó con una sonrisa.

—No le eches la culpa a Sasha. Le metí en la cabeza la idea de que tenía que hacer pis. Le dije que no debía bajarse las bragas en el bosque, con todas las arañas y las serpientes que hay.

Kota avanzó hacia él.

Tana estalló en carcajadas.

—Tenías que haberte visto la cara, hermano. Las dos veces.

Kota lo empujó hacia la puerta. Tana siguió riéndose.

Salieron al porche. Tana no dejó de reírse.

—¿Es que quieres morir, mierdecilla?

Más hilaridad.

Entonces, Kota también empezó a reírse, del idiota de su hermano y de la cara que se imaginaba que había puesto.

Aquello era lo mejor de Tana. Ponía las cosas en perspectiva tan solo estando vivo.

El sol estaba bajo en el cielo cuando llegaron a la pradera. Kota dejó a los demás esperando a la sombra de los árboles mientras salía al claro iluminado, moviéndose lentamente, tocando la hierba alta con los dedos.

Los caballos sintieron inmediatamente su presencia. Sugar alzó la cabeza y abrió las ventanas de la nariz. Echó a andar hacia él, pero se detuvo al percibir el olor de los demás seres humanos. Había aprendido de la peor manera posible a ser cautelosa.

Pero la atracción de Kota era muy fuerte. Él chasqueó la lengua y ella le respondió con un relincho, y se acercó hasta que él pudo rascarle la barbilla. Le tocó con la nariz los pantalones vaqueros e intentó sacarle del bolsillo los Jolly Ranchers.

—Impaciente, ¿eh? Como todas las chicas que hay por aquí.

Desenvolvió una de las gominolas y se la dio. Ella la tomó de la palma de su mano con sus labios suaves.

Cy pensó que él también quería una hasta que la probó. La escupió al suelo, de donde la recogió Blackie.

Los caballos acudieron a Kota desde todas partes de la pradera, rodeándolo y empujándolo suavemente. Él repartió Jolly Ranchers por todas partes, y le dio una segunda gominola a Sugar porque a ella le gustaban más que a nadie.

Entonces, le acarició el cuello y le habló al oído:

—Es hora de actuar para esas damas impacientes. Tú interpretas a la yegua traumatizada, y yo, al héroe que te domó.

Se agarró a sus crines, subió a su lomo y, con las rodillas, le indicó que caminara hacia los árboles.

Chris los vio acercarse con el corazón en la garganta. Era impresionante, como la escena de una película. El guerrero que volvía de la batalla con el pecho descubierto, a lomos de su orgulloso corcel, ambos bañados por la luz dorada del sol.

—Vaya —susurró Sasha, a su lado—. Es… increíble.

Los demás caballos siguieron a Kota con confianza. Tenía a la manada en la palma de la mano.

Él detuvo al animal frente a Chris, y le hizo una señal para que se acercara.

Sin dudarlo, ella alzó los brazos, y Kota la subió por delante de él.

—Pasa una pierna por encima de su cabeza —le dijo, y ella obedeció, alegrándose de haberse puesto los pantalones cortos. Entonces, él le pasó un brazo por la cintura y la ciñó contra su pecho. Con una presión de las rodillas, estaban galopando.

—¡Eeh!

El viento se llevó el grito de Chris y liberó el pelo de su moño. Entrelazó los dedos con las crines del caballo castaño, y se agarró con todas sus fuerzas, mientras que Kota la protegía como una fortaleza. Su cuerpo se movía en sincronía con el del caballo, como si compartieran la mente.

Recorrieron la pradera al galope, y Tana y Sasha cabalgaron a su lado, a lomos de un gran caballo negro. Sasha tenía los ojos muy abiertos y una mirada salvaje. Alzó los brazos como si estuviera montada en la montaña rusa, completamente confiada en que Tana iba a mantenerla a salvo.

—Quiero hacer eso —gritó Chris.

—Adelante, te tengo agarrada —respondió Kota, y aumentó la presión de su brazo.

Ella soltó las manos de las crines del caballo y se dejó llevar. Intentó alcanzar el cielo mientras el viente chocaba contra su pecho. En su interior, empezó a formarse una risa temeraria que se le salió por la boca, más feliz que una canción, más salvaje que el sexo. Era una alegría pura.

Era increíble.

Y lo cambió todo.

—Oh, Dios mío, oh, Dios mío —decía Sasha, que no podía parar de hablar de ello—. Ha sido increíble.

Se agarró a Tana con una mano, y a Kota, con la otra.

—¿Cómo lo hacéis? ¿Cómo habéis conseguido que os acepten así, que os adoren?

Chris también quería saberlo, pero no tenía palabras para hacer la pregunta. Estaba verdaderamente maravillada, casi atemorizada.

Por una vez, Tana no le tomó el pelo a su hermano.

—Es Kota. Tiene mano con los animales. Siempre ha sido así.

Para Chris, aquello era algo más que «tener mano». Era místico.

Después de galopar durante varios kilómetros, habían vuelto a la pradera caminando, con los caballos a su alrededor, como si ellos también formaran parte de la manada. El negro, llamado Blackie, no dejaba de darle golpecitos a Kota como si fueran amigos del colegio. La yegua castaña, llamada Sugar, le metía la nariz en el bolsillo. Y los demás, todos ellos, se empujaban los unos a los otros intentando llegar a él.

—Yo solo puedo acercarme porque Kota responde por mí. Si no, no me lo permitirían. Y, teniendo en cuenta el lugar tan espantoso en el que estaban cuando él los salvó, no los culpo por no confiar nunca más en un ser humano.

—Debes de estar muy orgulloso —le dijo Sasha a Kota, con

una sonrisa resplandeciente—. Cambiaste su vida. Les diste una vida nueva y completa.

Kota se encogió de hombros.

—Como pastan, cortan la hierba y me ahorran el trabajo.

Tana soltó un resoplido.

—Que no te engañe. Tiene ranchos en seis estados. Caballos, perros, gatos, hámsteres…

—Solo tengo un hámster —dijo Kota—. Del amigo de un amigo.

—Por no mencionar que ha llenado el rancho de nuestros padres de animales abandonados. Tiene el corazón más tierno de todo el Oeste —dijo Tana—. Si la gente supiera que el tipo duro de las películas no puede ver un vídeo de gatitos sin echarse a llorar…

—Pues a mí me parece muy dulce —le dijo Sasha a Kota, y le acarició un brazo—. Y resulta que yo sé que tu hermano es igual de tierno que tú.

Entonces, le pasó el brazo por la cintura a su marido.

—No os preocupéis, chicos, vuestro secreto está a salvo con Christy y conmigo. ¿Verdad, Christy? —preguntó, y le guiñó un ojo como si fueran grandes amigas.

Chris consiguió sonreír, aunque tenía los ojos empañados de la emoción.

Se había equivocado por completo con Kota. Por supuesto, era arrogante y lascivo, y esperaba que ella cayera en la cama con él como todas las demás mujeres del planeta.

Sin embargo, también era leal y generoso, y no tenía un pelo de tonto.

Ella había estado negando todo eso, seguramente, para poder justificar el hecho de traicionarle, pero las pruebas eran irrefutables. Su primera pista había sido el brindis del banquete de bodas, una oda a la familia y a la fortaleza que no había dejado un ojo seco en toda la carpa. Después, estaba Em, una mujer que no le habría concedido ni cinco minutos de su vida a Kota, y mucho menos diez años, si él no mereciera la pena.

Y sus padres, gente normal, con los pies en la tierra que, obviamente, eran lo más importante para Kota. También estaba Cy, Tri y Van Gogh, animales heridos y desechables para la mayoría de la gente, pero mucho más preciosos para Kota por ese mismo motivo.

Y, ahora… aquello con los caballos.

Era una especie de chamán.

Tana, el otro hombre al que estaba a punto de traicionar, era bueno y divertido, y quería con toda el alma a su hermano, a su mujer y a sus padres. Y Sasha era dulce y sincera, y estaba dispuesta a hacerse amiga suya, sin saber que era una espía que iba a explotar su intimidad con tal de salvar el pellejo.

Llegaron a la casa de invitados y se detuvieron en los escalones.

—¿Estás bien? —le preguntó Sasha, tocándole el brazo con un gesto de consuelo.

—Estoy un poco mareada —dijo ella, y era cierto—. Seguramente, he tomado demasiado el sol —añadió, y era mentira.

—A mí también me pasó eso —dijo Sasha—. Tienes que beber mucha agua. Kota, procura que beba mucha agua.

—De acuerdo, ya me encargo yo —respondió él, y acarició a Chris en el hombro, con tanta delicadeza que ella casi no pudo soportarlo.

Tana tomó de la mano a su mujer.

—No te preocupes, cariño, Kota sabe lo que tiene que hacer —dijo, y le lanzó una sonrisa afable a Chris mientras los dos se marchaban hacia la casa principal—. Te encontrarás mucho mejor por la mañana.

Pero ella lo dudaba. Lo dudaba mucho.

Kota se dio cuenta de que no iban a retomar las cosas donde las habían dejado. Christy estaba demasiado pálida.

La tomó en brazos y la llevó al dormitorio donde ella se había instalado.

—Eh —dijo Christy. Incluso aquella protesta era débil.

—No te preocupes, no voy a aprovecharme de ti en tu estado

—le dijo él, y le besó la mejilla desvaída—. Necesitas darte una ducha fría, beber un buen vaso de agua y dormir toda la noche.

Abrió la puerta del dormitorio con el pie, la dejó en el baño y abrió el grifo de la ducha.

—Tú date esa ducha, yo voy a buscar el agua y, entre los dos, te acostamos.

Él se marchó rápidamente a la cocina, con miedo de dejarla sola demasiado tiempo, sirvió un vaso de agua con hielo y puso algunas fresas en un tazón. Después, volvió a la habitación antes de que ella saliera de la ducha.

Él asomó la cabeza por la puerta del baño.

—¿Necesitas algo?

No estaba de más preguntar. Tal vez el agua fría la hubiera revivido y necesitara ayuda para enjabonarse.

—No, gracias —dijo ella. Su voz todavía sonaba débil.

El grifo se cerró y, un minuto más tarde, ella salió al dormitorio con un camisón de algodón que le llegaba por la mitad del muslo. A él se le disparó la adrenalina, pero disimuló su lujuria. Ella debía de encontrarse realmente mal para salir así delante de él sin preocuparse.

Se fue directamente a la cama. Él apartó la sábana de algodón y vio cómo se le subía el camisón al deslizarse bajo ella.

Entonces, se sentó al borde del colchón.

—Bébete el agua —le dijo.

Ella se la bebió y se desplomó sobre la almohada. Estaba tan blanca como la sábana.

—¿Tienes hambre?

Ella negó con la cabeza, mirando fijamente el ventilador del techo. Él le acarició la frente con una mano y, con la otra, le agarró la muñeca. A ella se le aceleró el pulso bajo su pulgar.

Si antes ya le había parecido bella, en aquel momento le parecía impresionante. Sus ojos eran como lagos oscuros y llenos de misterio.

Sintió una abrumadora necesidad de cuidarla.

—Puedo quedarme contigo, preciosa. Esta cama es tan grande que ni siquiera te vas a enterar de que estoy aquí.

Eso debería haber provocado una contestación maliciosa, aunque él lo había dicho con sinceridad. Sin embargo, ella se limitó a responder:

—No, gracias, estoy bien.

Así que él le dio un beso en la mejilla y le acarició la mandíbula con los nudillos. Y, de mala gana, la dejó a solas.

En la cocina, se ocupó de los animales. A los perros les tocaron las sobras de la pasta, mezcladas con su cena. Los gatos comieron un pienso que él había formulado especialmente y que había sido fabricado con sus indicaciones. Todo el mundo tomó agua fresca, y él sacó una Corona de la nevera y se la llevó al columpio del porche.

El anochecer era su momento favorito de la isla. Las estrellas brillaban sobre el océano, en el cielo de terciopelo azul oscuro. Las criaturas iban a la caza entre la vegetación, aprovechando el aire fresco de la noche.

Y, como siempre, la serenidad de la isla calmó su mente y le puso más contemplativo de lo normal.

Mientras tomaba despacio su cerveza, se preguntó qué habría ocurrido si hubiera seguido con sus planes originales, si hubiera terminado los estudios preuniversitarios y hubiera continuado en la facultad de Veterinaria, en vez de irse a Los Ángeles con Tana.

Era seguro que no estaría allí sentado. Y solo Dios sabía qué habría sido de Tana, solo en la jungla Hollywood. Se estremeció solo de pensarlo. Tenía muy pocas cosas de las que sentirse orgulloso en la vida, pero siempre había cuidado de su hermano.

Se meció con un pie y reflexionó sobre la boda, con una sensación de satisfacción petulante. En cuanto a la seguridad, había sido perfecto. No habían tenido ni un solo problema con admiradores demasiado entusiasmados o dementes, ni había conseguido colarse un solo periodista.

«Chúpate esa, Em». A ella le encantaba burlarse de su obsesión por el control. A Tana, también. Pero nadie se quejaba cuando las cosas salían a la perfección.

De hecho, la única complicación imprevista de la boda había

sido Christy. Su atracción instantánea había sido como un golpe en el estómago para él, y no conseguía recuperarse.

Desde el momento en que la había conocido, ella había pasado como una apisonadora por encima de todos sus planes. Él había hecho todo lo que se le había ocurrido por meterla en vereda, pero ella era impredecible. En un momento dado, era apasionada y receptiva y, al momento siguiente, lo paraba en seco. Todavía no estaba seguro de dónde estaba con ella.

De hecho, lo único seguro que sabía sobre Christy era que no podía estar seguro de nada.

Cy se sentó frente a él, mirándolo fijamente con su único ojo. Él cerró un párpado y le devolvió la mirada.

Cy fue el primero en pestañear. Después, fue hacia la puerta del porche, insinuando que era hora de acostarse. Tri no estaba por allí; seguramente, se había metido a la cama con Christy, su nueva amiga.

Se había hecho de noche mientras él rumiaba aquellas cosas. La única luz que había en el porche era la que salía de la cocina.

En la casa principal, Tana y Sasha estarían en la cama. Bien por ellos. Sasha era una buena chica. A él le caía bien. A sus padres les caía bien. Y a Em.

A Charlie también le habría caído bien.

Aquel pensamiento salió de la nada y se le clavó en el pecho como un puñal, robándole el aliento. La frente se le cubrió de sudor.

Su primera reacción fue intentar huir del dolor, pensar en otra cosa, como siempre.

Sin embargo, aquella noche se sentía solo y estaba cansado, y el abatimiento le aplastó los hombros. ¿Qué derecho tenía él a quitarse a Charlie de la cabeza? El mejor amigo que había tenido en Los Ángeles estaba muerto y, en parte, él tenía la culpa.

Lo menos que podía hacer era respetar su memoria.

Apuró la cerveza y observó la botella a la luz. ¿Qué era lo que estaban bebiendo el día que habían conocido a Charlie? Algo barato, seguro, porque Tana y él acababan de llegar a la ciudad.

Estaban medio borrachos, y se les había acercado un representante en la barra. El tipo reconoció la carne fresca y les hizo una oferta tentadora: protagonistas de una película para la que él estaba haciendo el casting. Lo único que tenían que hacer era firmar en la línea de puntos.

Como eran más listos de lo que parecían, intentaron leer el contrato. El representante se cabreó y llamó a su amigo, un tipo enorme, dos veces más grande que él.

Las cosas se estaban poniendo feas cuando Charlie entró en escena. Se puso las gafas Ray-Ban sobre la cabeza y dijo, con una sonrisa desdeñosa:

—Eugene, ¿ya sabe tu agente de la condicional que has vuelto a las andadas? ¿Qué estás obligando a jóvenes ingenuos a hacer porno?

Eugene intentó hacerse el respetable, pero solo pudo responder:

—Vete a la mierda, Charlie Brown.

Salió por la puerta con su gorila, y Charlie los observó mientras se marchaban. Después, dijo:

—Chicos, si lo que queréis es hacer películas porno, podéis encontrar a alguien mejor que Eugene. Si preferís quedaros con la ropa puesta, venid conmigo y os invito a una hamburguesa. ¿Habéis estado alguna vez en un In-N-Out?

Y así era como Charlie había entrado en sus vidas.

Él también era representante, pero no firmó con ellos aquel día. No firmó ningún contrato con ellos. Se hizo amigo suyo y, en Hollywood, encontrar un amigo era mucho más difícil que encontrar representante.

Con la ayuda de Charlie, consiguieron trabajo de asistentes personales en el rodaje de un gran éxito de taquilla, donde pudieron codearse con estrellas de cine y un famoso director. Eso les consiguió más trabajos, algunos papeles menores, un montón de fiestas salvajes y mucho sexo.

Y, durante todo aquel tiempo, Charlie les libró de cometer errores graves. De verdad quería lo mejor para ellos. Tanto, que cuando otro representante, uno de los grandes, les ofreció un contrato, Charlie instó a Kota a retirarse y dejar que Tana viajara a solas por el camino de Hollywood.

—Cuando empieces a ganar dinero de verdad —le dijo, con unas palabras que luego resultaron ser una profecía—, no podrás dejarlo. Tendrás que despedirte de los estudios de Veterinaria.

En aquel momento, él se había echado a reír con incredulidad. Sin embargo, después de quince años trabajando en la industria del cine, tenía millones en el banco, iba a rodar tres películas más y aún no había terminado la escuela universitaria.

No iba a quejarse, porque otras muchas personas no tenían nada. Además, no cambiaría lo que había hecho. ¿Quién sabía qué desastre podía haberle ocurrido a su hermano si él no hubiera estado a su lado?

Pero, ahora, las cosas habían cambiado. Tana había sentado la cabeza. Se había establecido, había madurado y era feliz.

Se había casado.

Ya no lo necesitaba como antes. Y, Charlie… Bueno, Charlie había muerto hacía diez años. Estaba muerto y enterrado.

Así pues, ¿qué iba a hacer ahora? Por primera vez, Kota no tenía propósito en la vida.

Por primera vez, el hombre de los planes no tenía ningún plan.

Cuando Chris entró a la cocina soleada, a la mañana siguiente, se encontró a Kota sentado en un taburete, haciendo un crucigrama y tomándose un café.

—Buenos días, preciosa —dijo él, y sonrió de aquella manera que le aceleraba el corazón. Se levantó y le sirvió una taza—. ¿Te encuentras mejor?

—Mucho mejor.

Después de dormir durante diez horas, gracias a un somnífero que apenas utilizaba, sin preocuparse, sin inquietarse y sin sentir lujuria, se sentía casi normal.

Pero eso no iba a durar, a menos que se mantuviera alejada de aquella sonrisa.

—Hoy voy a quedarme trabajando —dijo. Encerrada en su habitación—. ¿Te importaría que me llevara el desayuno allí? ¿Tienes cereales?

A él se le borró la sonrisa de la cara, y ella sintió una punzada de dolor en el pecho. En un mundo perfecto, toda la semana habría sido una aventura sexual en un paraíso con Poseidón, retozando en el mar, montando a caballo y montándolo a él. Había estado a punto de llegar a eso el día anterior, un error que había atribuido al exceso de vino y a la falta de sueño.

Les agradecía a Tana y a Sasha que hubieran aparecido antes de que ella se condenara a sí misma para toda la eternidad. Ya era lo suficientemente malo que fuera una mentirosa. Puso el límite en ser una mentirosa que se acostaba con la persona a la que estaba mintiendo.

Además, después del día anterior, estaba en juego algo más que su ética. Kota no era solo un famoso, sino un hombre extraordinario, y la situación se había convertido en algo personal. Lo respetaba. No podía soportar pensar que, si alguna vez él descubría que ella era la autora de la crónica que iba a publicarse sobre la boda de su hermano, pensara que se había prostituido a cambio de un artículo.

—Como quieras —dijo él—, pero voy a hacer tostadas francesas —añadió, y puso un frasco de sirope de arce de Vermont sobre la encimera.

Aquello era jugar sucio. Ella se mordió el labio.

—Con fresas —dijo Kota.

Umm, fresas. Una fruta inofensiva, jugosa y dulce. Amontonada sobre una tostada francesa. Rociada con sirope de arce.

Él sacó un taburete y se lo ofreció.

Las buenas intenciones de Chris empezaron a debilitarse. Entonces, Tri le tocó el tobillo con la patita, y... se fueron al garete.

Se dijo a sí misma que tenía que ser amable y acompañar a su anfitrión durante el desayuno. Tomó al perro en brazos y se sentó en el taburete.

Ya se encerraría en su habitación después de desayunar, y se quedaría allí durante el resto del día. Y de la noche.

Mientras, las vistas. Kota estaba otra vez sin camisa, moviéndose por la cocina, sacando harina y huevos y una barra de pan francés. Cuando él la miró, ella le preguntó:

—Pusiste azulejos azules a propósito, ¿verdad? Para que intensificaran el color de tus ojos.

Él sonrió.

—¿Y funcionó?

Como un hechizo.

Ella bajó la vista al cuenco donde iba a preparar las tostadas. Entre sus manos, parecía de juguete, pero él lo manejaba como un profesional.

—¿Quién te enseñó a cocinar?

—Mi madre. Quería que sus hijos supieran valerse por sí mismos cuando salieran al mundo. Sé planchar una camisa, fregar la bañera hasta que brilla y cocinar carne, pescado y verduras.

Sonrió de manera seductora, y continuó:

—Hace tiempo que no plancho ni friego, pero sí mantengo al día mis habilidades en la cocina. Las mujeres adoran a los hombres que saben cocinar. No lo niegues.

Ella se dio cuenta de que también estaba sonriendo.

—No, no puedo negarlo.

¿Y para qué iba a negarlo, si no dejaba de caer rendida a sus pies cada vez que él agarraba una cuchara de madera?

—¿Sabe Verna que utilizas tu buen hacer en la cocina para seducir a las mujeres?

Él se hizo el ofendido.

—Nunca he cocinado por el sexo. Bueno, hasta ayer, quiero decir, y mira lo que me ocurrió. Te quedaste dormida —dijo, mientras vertía la leche en el cuenco—. Cocino para que el sexo sea mejor. Una mujer bien alimentada es una mujer feliz, y una mujer feliz es más divertida en la cama.

Ella enarcó una ceja.

—¿Eso es una conclusión científica basada en miles de estudios prácticos?

—Cientos, no miles. No puedo cocinar para todas ellas. ¿Quién iba a tener tanto tiempo?

Chris se echó a reír. En sus películas apenas se veía su sentido del humor, y nunca en las entrevistas de promoción, durante las que él sufría visiblemente. Sin embargo, tenía unos golpes muy buenos; siempre daba en el clavo.

—Deberías hacer una comedia —le dijo.

—Sería un fracaso. La gente no quiere verme haciendo bromas. Quieren verme romper cabezas.

—No lo creo —dijo ella, tomando la taza de café con ambas manos—. Estás muy guapo cuando te ríes. Las mujeres pagarían dinero por verlo.

—Pero sus novios se quedarían en casa. Yo perdería mi

reputación de tipo duro. Eso es lo que me dice mi representante.

—Tu representante debería verte ahora —dijo, mientras él servía café con una mano y batía mantequilla con la otra—. Llamaría por teléfono inmediatamente al Canal Cocina. *Cocinando con Kota*.

—¿Crees que eso tendría tirón? —preguntó él. Entonces, endureció el gesto de la mandíbula y entrecerró los ojos. Parecía un tipo duro. Un tipo malo guapísimo y casi desnudo. Con harina en la mejilla.

Ella tragó saliva.

—Sí, lo creo.

Oh, estaba perdida.

Tomó a Tri bajo el brazo y fue a meter la cabeza en el frigorífico, donde encontró una jarra con zumo de naranja recién exprimido.

—Sírveme un poco, por favor, cariño.

Ella lo hizo, preguntándose por qué aquel «cariño» no la había enfadado, como debería ser.

Sirvió un vaso para ella también y, después, se acercó a los fuegos, fingiendo que estaba mirando la preparación del desayuno en vez de sus bíceps mientras él empapaba el pan.

No tenía nada de malo mirar. ¿Qué daño podía hacer?

Nada… hasta que la primera rebanada tocó la plancha con un chisporroteo que provocó una reacción en cadena. La mantequilla caliente saltó a sus abdominales. Él saltó hacia atrás con un «ay».

Y, entonces, él bajó la barbilla para mirarse el estómago, un movimiento que hizo aparecer seis tabletas perfectas bajo su piel.

Ella observó embobada como él tomaba la mantequilla con un dedo y se lamía aquel dedo.

Que Dios la ayudara, pero ella quería ser la mantequilla.

Se dio la vuelta y comenzó a abrir armarios al azar, en busca de los platos. Cualquier cosa con tal de dejar de mirarlo. Nadie podía ser como él. Debía de ser cosa del Photoshop.

—Los platos se están calentando en el horno —dijo él, con

una calma absoluta—. Pero puedes abrir el champán y verterlo en la exprimidora. Te gustan las mimosas, ¿no?

Kota sonrió para sí mientras llevaba los platos al porche. No podía haberlo planeado mejor aunque hubiera querido.

En marcha el segundo día intentando llevarse a Christy a la cama. Ella podía resistirse, pero era una batalla perdida, porque con solo unas gotas de mantequilla, le fallaban las rodillas.

Y ni siquiera lo había hecho a propósito. Cuando pusiera todo su empeño…

Dejó los platos en la mesa y le dio un minuto para que se acomodara antes de agacharse para tomar la pelota de Cy, girándose solo un poco para que ella clavara los ojos en sus abdominales. Entonces, se irguió, casi en cámara lenta, y lanzó la pelota hacia el agua, girándose hacia el otro lado para darle un plano de su espalda.

Oyó que a ella se le cortaba la respiración. Una vez satisfecho, se sentó en su sitio y dejó de posar lo suficiente como para permitir que actuara la tostada francesa.

Ella la empapó de sirope y la probó. Echó la cabeza hacia atrás y cerró los ojos.

—Qué buena. Buenísima —dijo, y gimió.

Él sonrió. La próxima vez que gimiera así, estaría en su cama. O en su ducha. O debajo de la hamaca.

Rellenó su mimosa y, repitiendo la escena del día anterior, metió la rodilla entre las de ella. Todo iba según lo planeado.

Hasta que ella apartó las rodillas.

¿Qué demonios…?

Él no perdió los nervios.

—Voy a preparar otras dos tostadas.

La observó por la ventana de la cocina. El vestido de aquel día era de color morado y tenía florecitas blancas con tallos verdes. Tenía los brazos desnudos alrededor de Tri, que estaba en su regazo, y su pelo espeso y brillante estaba recogido, de nuevo, en uno de aquellos moños despeinados.

Un pintor podría pintar con aquella cara la obra de arte de su vida, pero ella tenía una arruga entre las cejas, una arruga reciente, que le llamó la atención. Eso significaba que estaba preocupada. Por él.

Y era lógico. Él estaba escalando una fortaleza, y llegaría al punto más alto antes de que anocheciera.

Volvió a la mesa y le sirvió otra tostada.

—Gracias —dijo ella—. Por cocinar para mí. Y por esto —añadió, moviendo el brazo para señalar el mar.

—Me alegro de que estés aquí —respondió él. Se recostó en el asiento y le dio un sorbo a su mimosa. Disfrutaba viéndola comer. Le gustaba oír su voz y su risa ronca.

—Entonces, ¿vives en el cañón? —preguntó—. ¿Por dónde?

—Oh, es difícil de explicar. Las carreteras son… —dijo, y trazó un camino sinuoso con la mano.

—Conozco la zona. Mi representante vive en Willow Glen. Y mi mejor amigo vivió varios años en el cañón.

—¿Y se mudó?

—No, murió.

—Lo siento —dijo ella, con una mirada de compasión—. ¿Estaba enfermo?

—Sobredosis —respondió él. ¿Cómo habían llegado a aquel punto? Él no quería hablar de Charlie.

Antes de que él pudiera cambiar de tema, ella dijo:

—Yo también perdí a un amigo por eso. Era una especie de noviete, o eso pensaba yo. Estaba en la banda, era el saxofonista cuando yo tenía dieciocho años. En aquellos tiempos, yo no conocía los síntomas. Ahora estoy mucho más familiarizada.

—Mi amigo estaba limpio cuando yo lo conocí. Fue cuando llegamos a Los Ángeles. Pero tenía secretos, y salieron a la luz. Y, en vez de acudir a mí, se fue a buscar a un camello —dijo Kota, y apuró las últimas gotas de la copa para refrescarse la garganta seca. Aquello era mucho más de lo que quería decir sobre Charlie.

Rellenó las copas.

—Bueno, entonces, no quieres decirme dónde vives, ¿es eso?

Ella se encogió de hombros.

—No suelo decirlo.

—Te prometo que no te seguiré hasta casa ni me pondré a aullar debajo de tu ventana.

—Eso ya me lo han dicho antes.

—¿Alguna mala experiencia?

—Más de una.

—¿Alguien a quien conociste por Internet?

—No, admiradores locos. Seguro que sabes a lo que me refiero, multiplicado por diez.

Pues sí, lo sabía. Lo que significaba que, cuanto más insistiera, menos posibilidades tenía de que ella se lo dijera. Podía averiguarlo por otros medios, pero entendía que, si era la propia Christy quien se lo decía, eso significaría algo.

Y él quería que significara algo.

Un pelo suave se frotó contra sus piernas, y los dos miraron debajo de la mesa.

—Oh, no —dijo Christy, en tono apenado—. ¿Qué le pasó?

—Es Scar. Un chiflado le echó alcohol y le prendió fuego.

El gato no tenía pelo en el lomo, y parecía que le habían quemado con agua hirviendo.

—Dios mío —dijo Christy. Se tragó la repugnancia y le acarició la cabeza anaranjada—. No puedo entender la mente de alguien que hace algo así.

Kota tampoco podía. Sin embargo, sabía que para la mayoría de la gente, incluso para la más compasiva, era difícil aceptar a los animales que tenían un aspecto tan terrible.

El hecho de que Christy sí pudiera, de que estuviera dispuesta a acogerlos con afecto, la hacía aún más bella a sus ojos.

Kota sintió una emoción pura en el pecho.

—Tengo que decírtelo, cariño. Creo que me he enamorado.

Chris se quedó inmóvil, con la mano paralizada sobre la cabecita del gato.

—Lo dices en broma, ¿no?

Aquella era una pregunta tonta. Por supuesto que estaba de broma. Nadie se enamoraba en cuarenta y ocho horas.

Él se limitó a sonreír.

—¿Otra tostada?

Ella se puso una mano en el estómago.

—Si se me queda pequeño este vestido, no tendré nada que ponerme.

Él sonrió aún más.

—Ahora mismo vengo.

Ella sonrió también, burlonamente, y empezó a recoger los platos. Él se encogió de hombros, como si ella no supiera lo que se perdía. Lo cual era una equivocación, porque ella sabía bastante bien lo que se estaba perdiendo.

Tomó sus vasos y la siguió dentro de la casa. Después, le dijo que se quitara de en medio mientras él fregaba y recogía los platos.

Desde el taburete, ella devoró con los ojos su trasero mientras él cargaba el lavaplatos, un proceso que requería muchas flexiones, muchos estiramientos y giros.

—*Cocinando con Kota* es mi nuevo programa de televisión favorito.

Su rápida sonrisa le dio a entender a Chris que tenía la lujuria escrita en la cara. Se la borró de la expresión e intentó mantener una conversación ligera.

—Hablando de Kota —dijo—, ¿Dakota es tu verdadero nombre?

—Sí —respondió él. Se secó las manos en un trapo y lo dobló—. Nuestros padres biológicos iban de aquí para allá, sobre todo para no pagar el alquiler. Yo nací en algún lugar de Dakota del Sur. Tana nació en Butte.

Ella notó cierta vergüenza en su tono de voz, disimulada con sentido del humor. Ella tomó a Tri y lo sujetó delante de su cara, y le dijo con mucha seriedad:

—Eso explica su gusto por los nombres originales. Es genético.

Kota se quedó sorprendido.

—Vaya.

Ella sonrió.

—Hay algunas cosas que están inscritas en el código genético. Como esta —dijo ella, y cantó la escala de do mayor ascendente y descendentemente.

A él le brillaron los ojos.

—Hazlo otra vez.

Ella obedeció.

Él soltó el trapo en el mostrador.

—¿Podrías cantar para mí?

Los hombres ya se lo habían pedido más veces. No era inusual. La diferencia era que la petición de Kota no le causaba azoramiento. Le parecía una parte de la conversación.

Él extendió las manos.

—Cualquier cosa. El tema de *Cheers*.

Ella cantó un verso.

Él sonrió como un niño.

—¿Y de Adele? O, espera... ¿No tienes canciones propias? ¿Compones...?

Ella alzó una mano.

—No, yo no compongo canciones. Mi padre ha escrito algunas para mí, pero dejemos este tema.

El hecho de cantar era algo íntimo, aunque sonara raro decirlo cuando cantaba delante de miles de personas. Sin embargo, cantar solo para uno era algo íntimo de verdad.

Lo último que necesitaba en aquella situación era más intimidad.

Dejó a Tri en el suelo.

—Gracias por el desayuno, pero tengo... cosas que hacer.

Él bajó las manos.

—Está bien. Yo también tengo cosas que hacer. Guiones, y rollos de esos.

Ella se giró con desgana, deseando en secreto que...

—Lo cierto es que... —dijo él, y ella se volvió hacia él, todo oídos—. Me vendría bien ayuda para curarle la pata a Blackie. No sé si le has visto la venda.

—No me he dado cuenta. ¿Qué le ha pasado?

—Es solo un rasguño, pero, con este clima… —Kota se encogió de hombros—. Pero si estás ocupada…

—No, voy por mis sandalias.

En su dormitorio, ella recuperó el sentido común.

—Es mentira, y lo sabes —se dijo, mirándose al espejo—. Blackie sería capaz de andar sobre las patas de atrás por Kota. Claramente, estará muy quieto si le va a cambiar la venda. Debería quedarme aquí. Es demasiado guapo. Vamos, vamos, esos abdominales… —se estremeció, y siguió diciendo—:Y me gusta. ¿Por qué tiene que gustarme?

Van Gogh entró en la habitación. Chris lo señaló.

—Tú. El gato sin orejas. Por eso es por lo que me gusta —dijo ella, y él maulló en silencio—. ¿Qué me está ocurriendo? ¿Cómo puedo hacer esto?

Ni siquiera estaba segura de qué era «esto». ¿Ir a ver los caballos con Kota? ¿Conseguir mantenerse firme durante toda la semana? ¿Escribir una crónica a costa de su hermano? ¿Poner algún detalle jugoso sobre sus desastrosos padres?

—Cualquiera de esas cosas —le dijo a Van Gogh— no son más que partes de un engaño completo.

—Eh, nena —dijo Kota, llamándola desde el pasillo—. Ponte algo con lo que puedas montar y vamos a dar un paseo con Sugar.

Su conciencia le arañó el cerebro.

«No vayas», le dijo. «Dile que has cambiado de opinión, que tienes mucho trabajo. Que no tienes tiempo para galopar por la pradera entre sus brazos desnudos».

Abrió la boca con la mejor de las intenciones, pero dijo:

—Me parece bien. Ahora mismo voy.

La conciencia se rebeló de nuevo, pero la negación la aplastó.

«Vamos, tranquila. Solo es un paseo por la pradera. ¿Qué daño puede hacer?».

C A P Í T U L O 12

Blackie estaba atado a la pared del cobertizo, completamente inmóvil, mientras Kota le quitaba la venda de la pata delantera y estudiaba atentamente el arañazo.

—Tiene buen aspecto —dijo, con satisfacción.

Se incorporó y le dio una palmada en el hombro al caballo. Blackie le dio un buen empujón.

—Tranquilo, chico. Deja que te vende antes de irte por ahí de juerga.

Kota se agachó de nuevo para darle una pomada. Christy se quedó tras él, mirando por encima de su hombro.

Cuando terminó, él le pasó el frasco. Ella lo giró.

—No tiene etiqueta —dijo—. ¿Qué es?

—Es una mezcla que he hecho yo.

—¿Tú lo has inventado? —preguntó ella con asombro.

—«Inventar» es una palabra un poco exagerada —dijo él. Volvió a vendarle la pierna a Blackie y se puso en pie—. He combinado algunos remedios naturales en la proporción que me pareció más efectiva.

Chris se quedó sin respuesta.

Él le puso el dedo índice bajo la barbilla.

—Si hace que te sientas mejor, nena, te diré que pienso con el pene la mayor parte de las veces y que solo recurro al cerebro en momentos de crisis.

Aquello hizo que ella sonriera. Y qué sonrisa tenía: sus labios carnosos se curvaban de una manera que le cortocircuitaba el cerebro e iba directamente a su sexo. Tenía que probarla.

Le puso la mano en la mejilla, bajó la barbilla, inclinó la cabeza para darle un beso… y Blackie le dio un empujón que lo tiró a una bala de heno.

—¡Mierda!

Se sentó, agarrándose el codo y fulminando a Blackie con la mirada. El caballo se echó a reír.

Y Christy, también. Ella tenía las manos en las rodillas y se estaba desternillando a su costa.

—¿Y si me he roto algo? —les preguntó a los dos—. ¿Qué os parecería eso?

Su pregunta cayó en saco roto.

Fingió que cojeaba, pero no le sirvió de nada, así que desató a Blackie y señaló la salida del cobertizo.

—Vete a contarles a tus amigos que has estropeado nuestro primer beso. Seguro que tienen algo que decir al respecto.

Chris se inclinó contra la pared, enjugándose los ojos.

—Ojalá lo tuviera filmado. Lo vería una y otra vez.

Él se señaló el codo con una expresión acusatoria, mostrando un buen arañazo.

Ella alzó un dedo.

—Tengo lo mejor —dijo, mostrándole el frasco de pomada—. Un bálsamo hecho de remedios naturales combinados en la proporción más efectiva.

Él le quitó el frasco de la mano y lo lanzó a su espalda.

—Muy graciosa —dijo, empujándola hacia la pared.

—No sabes cuánto —dijo ella, metiéndole un dedo en las costillas.

Él se estremeció, y le clavó su famosa mirada de tipo duro.

—No me gusta que me hagan cosquillas.

—A mí no me gusta que me arrinconen.

—Mentirosa —murmuró él, avanzando hasta que no quedó sitio entre ellos. Metió las manos entre su pelo. Era tan suave como el satén. Bajó la barbilla y fue directamente por el beso que le habían robado.

Ella miró hacia su izquierda.

—¡Blackie!

Él se giró, cayendo como un primerizo en su trampa, y ella aprovechó para deslizarse hacia abajo y salir corriendo del cobertizo.

Él la encontró entre los árboles, inclinada hacia delante.

—Tienes que hacer más ejercicio —le dijo él, secamente—. Así no correrás el peligro de que te dé un infarto.

Sin embargo, cuando ella miró hacia arriba, él se dio cuenta de que no estaba sin aliento. Se estaba desternillando otra vez. Él volvió a fulminarla con su mirada de tipo duro.

—Oooh, qué malo. Por favor, no me hagas daño —dijo Christy, agarrándose los costados.

Eso fue el colmo. Él se la puso sobre un hombro.

La risa se convirtió en indignación.

—¡Eh! —exclamó, dándole puñetazos en la espalda, mientras él caminaba hacia Sugar. La dejó sobre el lomo de la yegua, y dijo—: Disfrutarás más sentada, pero a mí me parece bien de ambas formas —entonces, le dio un buen azote en el trasero—. Tú eliges.

—Me voy a sentar —respondió ella. Sus palabras sonaron amortiguadas, pero con un tono letal—. Será mejor que vigiles tu espalda de ahora en adelante.

—Claro, claro —respondió él. La levantó con facilidad, y la puso erguida en la yegua. Después, recogió a Tri—. Sujétalo bien, se retuerce un poco.

Y, después, se agarró a las crines de Sugar y montó tras ella.

Hablando de intimidad, ¿podía haber algo más íntimo que ir protegida por el cuerpo de Kota? Sus brazos la sujetaban. Su entrepierna acogía su trasero. Su calor la abrasaba a través de la fina tela de algodón de la camiseta.

Todo estaba mal, pero parecía que estaba muy bien.

Él llevó a Sugar tranquilamente, paseando entre los helechos y por la pradera, bajo la luz del sol y a la sombra. El resto de los caballos los siguieron. Los pájaros cantaban.

Chris sabía que debía estar enfadada con él por haberla mangoneado, pero ella se lo había buscado. Y ¿cómo iba a quejarse, si estaba donde quería estar?

Siguieron paseando en silencio, y ella pensó que Kota estaba relajado y feliz allí, entre los caballos.

—¿Por qué Hollywood? —le preguntó.

Nunca se había parado a pensarlo, porque le parecía evidente: Kota había ido a Hollywood a hacerse famoso, a alimentar su ego insaciable y a ganar dinero a espuertas.

Sin embargo, ya no le parecía evidente.

—¿Por qué no empezaste a trabajar con animales? Es lo que te pide el corazón.

—El plan era estudiar Veterinaria —dijo él—, pero me desvié del camino.

—Pero ¿no es muy difícil entrar en la universidad de Veterinaria? Me refiero académicamente.

—Sé que esto te va a causar un shock, pero tenía la máxima calificación cuando dejé el instituto.

—Venga ya.

—Ya me habían aceptado en la facultad de Veterinaria de Cornell.

—¿En serio? ¡Vaya! Eh…

—Bueno, pues gracias —respondió él, con sequedad.

—Escucha, lo siento mucho. Lo cierto es que no vas por ahí publicitando tu inteligencia. Tus películas…

—Hacen taquillas millonarias, de las cuales yo me llevo un buen porcentaje.

—Sí, pero…

Él la interrumpió. Claramente, estaba molesto.

—Soy asquerosamente rico. No podría gastarme todo el dinero que tengo ni en tres vidas.

—Pero…

Él explotó.

—¿Qué es lo que no entiendes? Dinero, fama, mujeres. Coches, un avión, una isla propia. Es el sueño americano, nena. Lo que quiero, lo tengo —dijo.

Entonces, le tomó la barbilla con los dedos y le dio un beso feroz, que no tenía nada que ver con el deseo y todo con la necesidad de controlar.

Ella no intentó resistirse. Sencillamente, alargó el brazo hacia atrás y le agarró los testículos.

Él se quedó helado.

Ella apartó la cara.

—Dime que lo sientes —le exigió.

La tensión se apoderó del gran cuerpo de Kota. Sugar se detuvo. La manada se reunió a su alrededor.

Entonces, él exhaló un suspiro. Su cuerpo se deshinchó.

—Lo siento. Soy un imbécil.

—Sí, lo eres. Un absoluto imbécil —dijo ella, y reprimió el deseo de darle un buen apretón antes de soltarlo—. ¿Qué demonios te ha pasado?

Él agitó la cabeza como si no pudiera explicarlo.

—Has disgustado a todo el mundo —dijo ella.

—Lo sé. Es culpa mía.

Kota acarició a Tri hasta que dejó de temblar. Los caballos volvieron a la calma. Cy volvió a patrullar.

Sin embargo, Chris no iba a ponérselo tan fácil. Él no le había hecho daño, pero la había asustado mucho.

—Eres demasiado grande para hacer esas cosas. Das miedo.

Todo su cuerpo irradiaba arrepentimiento.

—No volverá a suceder, te lo prometo.

—Me sentiría mejor si supiera por qué lo has hecho la primera vez.

Sugar se detuvo en un acantilado y, por un momento, se limitaron a mirar el mar y el horizonte.

Entonces, él guio a Sugar por un sendero que bajaba a la playa. Cuando sus cascos tocaron la arena, la detuvo con una palabra y bajó de su lomo.

Ayudó a bajar a Chris, y dijo:

—No puedo explicártelo sin parecer un imbécil desagradecido. Soy rico y famoso. Tengo todo lo que se puede comprar con dinero. No hay nadie que no se cambiaría conmigo.

Chris lo miró, y vio más allá de la estrella de cine, vio al hombre apesadumbrado que había detrás.

—Excepto tú —dijo—. No te cambiarías por ti.

—Ya ves. Un imbécil desagradecido.

Ella le acarició la mejilla, y él sonrió. Las sombras desaparecieron de sus ojos. Parecía que Kota no podía permanecer mucho tiempo de mal humor, y eso era otro rasgo que a ella le encantaba de él. La lista seguía aumentando.

—No me malinterpretes —dijo él—. En mi vida hay muchas cosas maravillosas, y yo saco gran partido de todas ellas. Esta isla es una de las principales. Y es toda nuestra, así que desnúdate y vamos a bañarnos.

—No creo que…

—No te lo pienses. Solo nada —dijo él. Se quitó las botas y se desabotonó los pantalones vaqueros. Ella siguió con la mirada su cremallera.

Él se detuvo con los vaqueros enganchados en las caderas.

—Cariño, el agua está caliente y, cuando estemos dentro, te vas a sentir mucho mejor. Así que quítate la ropa y te prometo que no haré nada que tú no quieras.

Ese era el problema No podía imaginarse nada que no quisiera que él le hiciese.

Kota entró en el agua, intentando concentrarse en las olas que rompían contra sus muslos en vez de en las bragas y el sujetador rosa oscuro de Christy.

Rosa oscuro.

El color se le había grabado en la retina. Se tiró de cabeza a una ola y emergió un poco más allá, nadando para mantenerse a flote e intentando no mirar a Christy. Sin embargo, ella se estaba tomando su tiempo para meterse al agua, y la espuma de las olas le salpicaba la piel.

Entonces, se tiró a una ola y salió a la superficie, y nadó a braza hacia él.

Se detuvo a treinta centímetros de él y entrecerró los ojos para protegerse del sol.

—¿Hay tiburones en esta zona?

—No lo sé. Voy a comprobarlo.

Kota se sumergió y atisbó unas piernas plateadas y largas y unas nalgas vestidas de color rosa.

Buceó alrededor de sus muslos y le acarició la piel. Enganchó el elástico con un dedo y lo soltó de golpe, le agarró el dedo gordo del pie y lo soltó.

Después, salió por el mismo lugar por donde se había sumergido.

—Solo hay uno, pero es grande.

Ella sonrió con suficiencia y se hundió. Él vio reflejos plateados y rosas mientras ella giraba a su alrededor, más como una sirena que como un tiburón. Él esperó, con el corazón acelerado, a que ella pasara la mano por su piel...

Y notó un pellizco.

—¡Ay!

Ella salió a la superficie, riéndose.

Entonces, él se le acercó hasta que estuvieron a pocos centímetros. Sus piernas se rozaban, pero ninguno de los dos se retiró.

—Primero, me haces cosquillas —dijo él—. Después, me agarras por las pelotas y, ahora, me pellizcas. Eres una chica mala.

—Primero, me aplastas contra la pared. Después, me echas sobre tu hombro. Luego, me secuestras a caballo. Eres un cavernícola —dijo ella, con desdén.

Él le tocó la nariz con la suya.

—Yo, Tarzán, tú, Jane.

—Habla por ti.

—Los cavernícolas no hablamos mucho. Solo arrastramos a las mujeres de los pelos —dijo él, y le agarró la melena con el puño.

—No te atreverías.

—No hay muchas cosas que no me atrevería a hacer —dijo él.

Le soltó el pelo y la tomó de las caderas. Ella estaba hecha para él; sus curvas se adaptaban perfectamente a sus manos.

Tiró de ella hacia sí, y sus senos se aplastaron y se hincharon contra su pecho, saliéndose del bonito sujetador rosa.

Hasta que él lo desabrochó con dos dedos.

Se echó hacia atrás lo justo para permitir que el sujetador flotara y se alejara. Después, deslizó una mano para tomar uno de sus pechos. El pezón se endureció bajo su roce.

—Sí, claramente, eres una chica.

—Y tú, claramente, eres un cavernícola —dijo ella, con la voz ronca, como si le gustara mucho aquel cavernícola.

Entonces, él le tomó una nalga con la mano y besó sus labios brillantes de agua de mar. Ella gimió suavemente, y deslizó las palmas de las manos por sus brazos, hacia arriba, hasta que se aferró a sus hombros. Sus pechos se deslizaron por los pectorales de Kota.

—Tenemos que parar —murmuró.

—No, no tenemos que parar —respondió él.

Extendió la mano y apretó su vientre contra su erección. Ella se resistió moviéndose, y ambos se excitaron aún más.

Él le lamió los labios.

—Nena, déjame entrar.

Ella negó con la cabeza, pero débilmente. Estaba plegándose como el papel.

Entonces, él metió los dedos dentro de las bragas de color rosa, y a ella le brillaron los ojos de pura lujuria. Kota encontró su calor con las yemas de los dedos. Era más húmedo que el agua.

Christy dejó de resistirse. Dejó que entrara entre sus piernas, entre sus labios, y lo besó igual que cantaba, con toda el alma y todo el cuerpo. Sabía a sal y a rendición, y él tuvo ganas de devorarla.

Lucharon contra las olas, golpeándose las piernas, arrastrándose el uno al otro hacia el fondo. Si estuvieran en la playa, él ya estaría haciéndole el amor. Sin embargo, por muy fuerte que fuera y muy motivado que estuviera, en el agua, a tres metros del fondo y con olas, se iban a ahogar.

Al final, él se separó de ella.

—Vamos a la playa —dijo.

Y nadaron hacia la orilla como si les persiguiera Tiburón.

Chris salió tambaleándose a la arena seca, y cayó de rodillas, inhalando bocanadas de aire.

Kota salió tras ella. La tomó por la cintura, le dio la vuelta y la levantó del suelo. Ella le rodeó con las piernas de una manera natural.

Puso la palma de una mano sobre su nuca y la sujetó mientras tomaba su boca y su lengua. Con la otra mano, la sujetó por el trasero, metiendo los dedos en sus bragas, en su cuerpo.

Ella tuvo remordimientos de conciencia. Los ignoró y siguió pasando las uñas por sus bíceps y por sus hombros. Besándolo, absorbiendo su calor y su fuerza.

Él dejó sus labios y empezó a besarle el cuello.

—Nena —dijo, con la voz ronca—, supongo que es demasiado pedir, pero... ¿has traído condones?

A ella se le escapó una carcajada de frustración y consternación.

—Sí, claro, los tengo en el bolsillo, aquí mismo.

Él posó la frente en su hombro y dejó escapar una exhalación. Cuando alzó la cabeza, tenía la mandíbula tensa y los ojos llenos de calor.

—No voy a correrme hasta que esté dentro de ti, pero no hay ningún motivo por el que tú tengas que esperar.

Presionó más profundamente, y ella echó hacia atrás la cabeza. Oh, Dios, si podía hacer eso solo con dos dedos...

—¿Cuánto tardamos en llegar a casa? —le preguntó. Si eran más de diez minutos...

—Diez minutos al galope.

Chris soltó los tobillos y dejó que sus piernas se deslizaran por los muslos de Kota, pasando la seda rosa y empapada por el bulto cubierto de algodón blanco.

Aquel hombre era grande por todas partes.

Entonces, él le rompió los tímpanos con un silbido, y Sugar se acercó al trote.

—Querrás tus pantalones —le dijo él, y la soltó para ponerse los suyos.

Ella metió las piernas mojadas en las perneras del pantalón y miró a su alrededor en busca de su camiseta. La vio colgando del bolsillo trasero de los vaqueros de Kota.

—Eh —dijo ella, y trató de tomarla.

Él se giró.

—No necesitas camiseta para montar a caballo —dijo él, con una sonrisa llena de planes.

—¿Y si me quema el sol?

—Yo te tapo.

Ella intentó tomar la camiseta de nuevo, y él volvió a girar. La tomó de la cintura y la subió a lomos de Sugar. Después, le puso a Tri en el regazo y subió tras ella de un salto.

—Sugar, ¡corre como el viento!

Él la protegió del sol con su cuerpo y, por delante, con una mano. Aquella enorme mano se adaptaba a su pecho como un guante, y ver cómo la sujetaba mientras atravesaba volando la pradera era lo más excitante que le había sucedido en la vida.

Llegaron en un instante al cobertizo, y Kota llevó apresuradamente a Chris por el camino que conducía a la casa.

—Podría llevarte —le dijo, como si ella no fuera lo suficientemente deprisa.

—No soy un saco de patatas —respondió ella. No le parecía divertido que se la echara al hombro.

—¿Y qué te parece esto?

Él le pasó un brazo por debajo de las rodillas y otro por la espalda.

Eso no estaba mal. Sin embargo, Kota dijo:

—No, no puedo hacerlo. No puedo mirarte el pecho sin acariciarte.

Le soltó las piernas y la arrinconó contra el tronco de un árbol, manteniendo la mano en su espalda para que la corteza no le arañara la piel, y tomando uno de sus senos con la otra mano.

—Precioso —dijo él. Inclinó la cabeza y le lamió el pezón. Después, se lo sopló.

—Mis pechos —dijo ella, con la voz entrecortada mientras él se trasladaba al otro pezón— no hacen mucho por mí, normalmente —explicó. No eran una zona demasiado sensible de su cuerpo.

—Nena, están haciendo mucho por mí —respondió él.

Le movió la mano desde la cintura hasta su erección, y se acarició a sí mismo con su palma.

Ella perdió el poco sentido común que le quedaba.

Apartó la mano y le bajó los pantalones, y volvió a acariciarlo. Era terciopelo sobre acero.

Él tomó aire entre los dientes y se apoyó en un árbol.

—Solo un segundo —susurró mientras ella lo acariciaba—. Solo un segundo.

Se inclinó hacia ella y emitió un suave gemido, hinchándose en su mano y palpitando contra su palma.

Entonces, él se irguió y le apartó la mano. Ella intentó volver, pero él la sujetó por la muñeca. Cerró los ojos con fuerza y contuvo la respiración.

Pasaron unos segundos. Entonces, él soltó un siseo y abrió los ojos.

—Eso ha estado muy cerca.

Ella sonrió. Oh, cuánto le gustaba tener aquel poder en sus manos.

—Vamos —dijo él, y la tomó del codo para continuar por el sendero.

Cuando llegaron al borde del bosque, vieron la casa y oyeron que alguien llamaba a la puerta.

—¿Kota? —pregunto Sasha—. ¿Estás en casa?

Frenaron en seco y volvieron a ocultarse entre los árboles, pero los perros siguieron corriendo y los delataron.

—Demonios —dijo Kota, y le dio una patada al suelo—. Para ser una isla desierta, está llena de gente.

—Dame la camiseta.

Él se la sacó del bolsillo y se la puso sobre la cabeza.

—¿En serio? —preguntó ella, con una mano en la cadera.

Él observó su pose.

—Si sigues así, no la vas a recuperar nunca.

—¿Es así como quieres que te encuentre tu cuñada? ¿Comportándote como un cavernícola?

Él sonrió como un idiota. Ella intentó agarrar la camiseta. Él le permitió que la tomara, y le rodeó la cintura con un brazo.

—Puedes ponértela —le dijo, acariciándole la oreja con la nariz—, si me prometes que te la vas a quitar en cuanto ella se marche.

Eso era fácil.

—Te lo prometo.

—¿Kota? —preguntó Sasha, en un tono de voz de preocupación, adelantándose por el camino con los perros.

Chris se puso la camiseta y, después, salió de entre los árboles como si nada.

—Ah, estáis ahí —dijo Sasha, con alivio—. Me he preocupado al ver que aparecían los perros sin vosotros.

—Estábamos dando un paseo, disfrutando del día —dijo Kota, con una sonrisa sincera.

Sasha miró la camiseta rosa de Chris, que estaba arrugada y húmeda y que, seguramente, se transparentaba.

Chris se ruborizó, y el azoramiento le dio paso a la conciencia. Recordó que no tenía derecho a acostarse con Dakota Rain. Era una espía, estaba escondiéndose en su isla para escribir un artículo sobre su hermano y sobre aquella mujer tan agradable que nunca le había hecho ningún daño.

De repente, le pareció mal que Kota tuviera la mano en su cintura. Se apartó, tomó a Tri en brazos y se mantuvo a distancia de él.

—Supongo que estabais montando a caballo —dijo Sasha—. Y nadando, y eso.

—Sí —dijo Kota—. Me sorprende verte levantada a estas horas, siendo tu luna de miel.

Sasha sonrió.

—Ayer nos acostamos pronto. Además, normalmente me

despierto al amanecer, así que esto no es demasiado temprano para mí.

Kota miró a Chris a los ojos. Él se frotó el pecho con la palma de la mano, y fue un movimiento fascinante para ella. Chris tragó saliva y se obligó a sí misma a mirar a Sasha, que seguía parloteando sin enterarse de nada.

—Así que he pensado en venir a invitaros a cenar. Tana se muere de ganas de probar la nueva parrilla —dijo, sonriendo afablemente a Chris—. Ya verás. Es típica de Kota. Más grande que un autobús.

Chris sonrió sin ganas para no desilusionar a Sasha.

—Claro que iremos a cenar —dijo Kota, y movió los pies. Prácticamente, estaba empujando a Sasha para que se fuera.

Por fin, ella captó la indirecta.

—Bueno, pues venid cuando tengáis hambre.

Acababa de desaparecer por la esquina de la casa cuando Kota la tomó de la mano.

—Vamos, nena. Te necesito debajo de mí ahora mismo.

Kota llevó a casa a Christy a rastras, prácticamente. Cuando llegaron al porche, ella vaciló.

—Escucha —dijo.

—Después —respondió él. Ninguna frase que comenzara con «Escucha» podía terminar bien—. Después puedes contarme todo lo que quieras, y yo memorizaré hasta la última palabra. Pero, ahora, tengo las pelotas de cincuenta matices de azul.

Él empezó a subir los escalones, pero ella no se movió.

—No puedo hacer esto —dijo Christy.

—Cariño, llevamos haciéndolo una hora. Estábamos llegando a la mejor parte.

Ella se miró los pies.

Dios, la estaba perdiendo. Se tragó la exasperación y volvió a métodos cuya eficacia ya había probado.

—Está bien. Tú decides —dijo él, intentando que pareciera una rendición.

Cuando ella alzó la cabeza, él se apartó, echó el pelo hacia atrás con ambas manos, y se las puso en la nuca como en la pose que tenía en los carteles de publicidad.

Fingió que miraba al mar mientras ella lo miraba a él. Entonces, se puso las manos en las caderas y giró los hombros. Se pasó una mano por los abdominales, lentamente, como si estuviera pensando en otra cosa...

Y ella subió las escaleras y entró en la casa, en dirección a su zona. Se oyó un portazo.

—Vaya, demonios —murmuró él.

Tri subió las escaleras y fue tras ella, el muy traidor.

Kota miró a Cy.

—Adelante, vamos. Sabes que también quieres ir.

Cy metió la cola entre las patas. Era culpable.

—Lo que queráis —dijo Kota.

Se fue a grandes zancadas a su habitación y se encerró allí.

Una ducha fría le sirvió de ayuda durante cinco minutos, hasta que se dejó caer boca abajo en la cama. La cama en la que Christy debería estar con él en aquel momento.

¿Qué demonios?

Todo iba perfectamente, de acuerdo con el plan. Habían jugueteado en el cobertizo, en el agua, en la arena. Si se hubiera acordado de llevar el maldito preservativo, lo habrían hecho en la playa.

Rodó, se tendió boca arriba y se quedó mirando el ventilador, que giraba suavemente. ¿Por qué no la había dejado que siguiera acariciándolo en el bosque? Había tenido que reunir todo el poder de un Jedi para no tener un orgasmo allí mismo. Y todo, ¿para qué? Para que apareciera Sasha y todo se estropeara.

¿Qué demonios?

Le dio un puñetazo a la almohada para darle forma y se la colocó bajo la cabeza. Mierda. Tenía unas cuantas cosas que decirle a Christy Gray. Sin embargo, iba a parecer un tonto balbuceante si antes no se masturbaba como un adolescente.

Se tomó a sí mismo con una mano, se puso el otro brazo sobre los ojos y pensó en sus pechos.

Chris se tomó los pechos y se pasó los pulgares por los pezones.

Nada, como de costumbre. Sus pechos eran zonas muertas. Nadie lograba excitarla por la vía de los pechos.

Salvo Kota. Parecía que las palmas de sus manos conducían

una corriente eléctrica que infundía vida a sus senos y hacía que sus pezones se pusieran rígidos.

¿Acaso porque sus manos eran más ásperas de lo que deberían ser las manos de una estrella de cine, como si realmente trabajara con ellas?

No. Jason tenía las palmas de las manos ásperas de jugar al béisbol durante años, pero sus pechos habían permanecido dormidos durante toda su relación.

Bueno, eso era irrelevante. Lo que importaba era que ella estaba fuera de control.

Tenía que mantenerse concentrada en su objetivo: conservar su trabajo, salvar su carrera profesional y conseguir que su madre se sintiera orgullosa de ella. Aunque no se enterara.

Sobre todo, porque su madre no iba a poder enterarse.

Por ese motivo, todo tenía más significado y era más honorable, ¿no? Aquello no era un intento de ganarse la aprobación de Emma. Había perdido ese tren.

Quería convertirse en una gran periodista porque Emma se merecía a una hija que estuviera a su altura, que llevara su testigo al futuro. Los colegas de su madre dirían de ella que «de tal palo, tal astilla».

O, tal vez, quería convertirse en una gran periodista para acallar la voz de la duda que resonaba en su cabeza, que le decía que no tenía la fuerza suficiente para ser el tipo de reportera que era su madre.

O la gran cantante que era su padre, aunque eso era harina de otro costal.

De vuelta a Emma. Al *Sentinel*.

Chris intentó dirigir su pensamiento, pero Kota seguía apareciendo en su cabeza, distrayéndola con sus brazos, con su pecho y con su anatomía.

—Déjame en paz —dijo.

Entró en la ducha y abrió el grifo del agua fría. Se estremeció y apretó los dientes.

Incómodo, ¿verdad? Era lo que se merecía. Era una mujer desvergonzada. Aunque esa fuera una frase anticuada, resumía lo ocurrido aquella mañana. Gracias a Dios que Kota no tenía preservativos, o habría perdido el último retazo de respeto por sí misma allí, en la playa.

Aunque, al menos, la frustración sexual no estaría comiéndosela viva.

Estaba disgustada consigo misma. Salió de la ducha y se envolvió en una toalla, y se dejó caer sobre la cama. Tri le dio un golpecito en el tobillo, y ella lo subió al colchón. Él se acurrucó contra su costado.

Chris miró el ventilador del techo. ¿Por qué no podía ser Kota el idiota inaguantable que se suponía que era?

Toc, toc. Un puño hizo temblar la puerta.

—Demonios, Christy, abre.

—Y, hablando de idiotas inaguantables… —murmuró ella. Se levantó y abrió la puerta—. ¿Qué pasa?

Él entró en el dormitorio señalando a Tri de manera acusatoria. Después, se giró y la señaló a ella.

—Me lo prometiste.

Chris enarcó las cejas para preguntar de qué le estaba hablando.

—Me prometiste que ibas a quitarte la camiseta en cuanto Sasha se fuera.

Ella se miró el pecho y lo miró a él.

—¿Ves alguna camiseta?

—No. Pero tampoco te veo el pecho. Que era el objetivo de quitarte la camiseta.

—Puede que ese fuera tu objetivo. Mi objetivo era ponerme la camiseta antes de que Sasha me viera medio desnuda.

—Estaba implícito en el contexto —dijo él, y metió un dedo en la toalla, entre sus pechos—. El contexto, que eran unos excitantes jugueteos preliminares, durante los que tú jugueteaste con mi pene y yo, con tus pechos. Y lo implícito era que íbamos a volver a ello en cuanto nos libráramos de Sasha.

Tiró de la toalla. La toalla cayó al suelo.

Ella se quedó inmóvil mientras él devoraba su pecho con los

ojos y descendía, centímetro a centímetro, tan ardiente como una antorcha.

Cuando habló, su voz sonó ronca y entrecortada.

—Dios debe de haberte hecho especialmente para mí.

Le acarició los pechos con delicadeza. Bajó por los costados, dibujó su cintura y sus caderas. Después, volvió hacia arriba, con la ligereza de la brisa, dejando un rastro de carne de gallina.

Era tan erótico, que ella casi no podía soportarlo.

Él se sacó un puñado de preservativos del bolsillo y los tiró sobre la cama.

—Nena, vamos a hacer todo lo que pueden hacer dos personas. Y vamos a empezar ahora mismo.

Ella no podía respirar, no podía tragar.

Kota dio un paso hacia ella.

Ella dio un paso atrás, guiada por la última neurona funcional que había en su cerebro.

—No… no puedo.

—Sí puedes —dijo él, y acortó la distancia.

—No puedo —replicó ella, con más firmeza—. Acabo de conocerte, y yo no mantengo relaciones sexuales superficiales.

—Nena, esto no tiene nada de superficial —dijo él, con convicción.

—Lo digo en serio, Kota. Puede que con dos días ya seamos viejos amigos para ti, pero, para mí, no. Yo no me hago amiga de los demás fácilmente y, por muy tentada que esté, no tengo relaciones con un hombre hasta que no me siento cómoda con él.

Aquello detuvo en seco a Kota. Frunció el ceño con desconcierto.

—¿No te sientes cómoda conmigo?

—Pese a lo que pueda parecer, no. Pero, por si te sirve de consuelo, ningún hombre me ha visto desnuda después de las primeras cuarenta y ocho horas, ni ha tenido mi mano en sus calzoncillos, tampoco. Así pues, eres único en tu clase.

—Y tú me deseas, ¿no?

Ella se quedó callada.

Aquello aplacó a Kota ligeramente, aunque su mirada seguía siendo penetrante.

—Entonces, cuando me conozcas más, ¿podemos hacerlo?

Ella misma se había ganado aquella pregunta. Y era una pregunta lógica que estaba basada en los hechos que ella misma había enunciado. El problema era que había omitido unas cuantas cosas que no podía revelar.

Así pues, le dio una evasiva.

—Cuando te conozca más, tal vez no me caigas bien.

—Demonios, lo estás complicando todo muchísimo.

«No te haces una idea».

Entonces, él la miró con astucia.

—Puede que la tentación te gane la partida.

Él la tentaba con solo respirar.

—Eso ya lo veremos —respondió Chris, y se inclinó para tomar la toalla del suelo. Cuando se levantó, él estaba sonriendo—. ¿Qué es lo que tiene tanta gracia?

Kota señaló algo que había detrás de ella, y Chris se giró.

Un espejo de cuerpo entero.

Christy se puso muy roja. Se envolvió en la toalla, y dijo:

—Eso es una trampa y…

Él alzó una mano para cortarla.

—Todo vale, cariño, y, para que lo sepas, pienso hacer todas las trampas que se me ocurran. Y se me pueden ocurrir muchas cosas.

Se frotó la mandíbula reflexivamente, y a ella le brillaron los ojos al oír la aspereza de su barba incipiente. Él contuvo una sonrisa. La pobrecilla pensaba que podía esperar hasta conocerlo mejor; y, en el fondo, él la respetaba por ello. Era un cambio agradable.

Sin embargo, aquella moralidad tan admirable era también muy inconveniente. Aunque había aliviado lo peor de su lujuria en la habitación, estaba más excitado que un chico de diecisiete años, y no acostarse con ella en aquel mismo instante era lo más difícil que hubiera hecho en su vida.

Bien, si a ella le apetecía torturarlo, él podía devolverle la pelota. Podía tentarla para que rompiera las reglas, y sería muy excitante. Cuanto más avivara el fuego, más abrasador sería el momento culminante.

Se rascó por última vez la barbilla y enganchó los pulgares en los bolsillos del pantalón, atrayendo la mirada de Christy hacia su entrepierna.

Ella jugueteó con los picos de la toalla, intentando no mirar.

—¿Tienes hambre? —le preguntó él.

Ella se encogió de hombros.

—Bueno, no me importaría comer algo.

—Te espero en la cocina —dijo él—. Voy a preparar alguna cosa.

Ella apareció diez minutos después, con el vestido morado de tirantes, que le cubría demasiada piel.

«Disfruta de la persecución», se dijo Kota. Al final, todo sería más dulce.

—¿Te apetece pasta? —le preguntó él, mientras espolvoreaba harina en la encimera—. ¿Quieres ayudar?

Ella se quedó vacilante.

—Nunca he hecho pasta.

—Y no vas a empezar hoy. Los principiantes tienen que cortar —dijo él, y le puso dos tomates delante.

—Um… Hay un motivo por el que como a menudo de restaurante —dijo Chris.

—Me tomas el pelo.

—Me pasé toda la infancia en la carretera con alguno de mis dos progenitores. Nunca he tenido a nadie como Verna.

Él tomó el cuchillo con un suspiro de sufrimiento. Después de todo, ella tenía otras cualidades.

—Se hace así —dijo, y cortó un tomate en dados, lentamente.

—Bueno, en el Canal Cocina lo hacen mucho más rápido.

Él cortó el otro tomate a toda velocidad.

Entonces, Chris se sentó en un taburete con la sonrisa del gato de Cheshire.

—¿Cómo voy a aprender si lo haces tú en mi lugar?

—Qué listilla —dijo él, y volvió a ocuparse de la masa—. No te creas que has terminado. Hay un huerto de hierbas aromáticas en la parte sur del porche. ¿Crees que sabrás distinguir la albahaca?

—Es verde, ¿no?

—Sí, como todas las otras hierbas.

Kota le dio las tijeras y ella se levantó del taburete con reticencia.

—Se supone que tienes que tentarme —dijo, gruñendo, mientras él la empujaba hacia la puerta—. Hacerme trabajar no me va a ablandar el corazón.

Él se detuvo en la puerta.

—Podrías cantar para ganarte la comida.

Ella sonrió.

—Ni hablar. Ya adivinaré cuál es la albahaca.

Cuando volvió, lo hizo con un puñado que dejó asombrado a Kota.

—Pues haré pesto, entonces —dijo, y se puso a lavar las hojas y a picarlas.

Chris tomó el molinillo de la pimienta para utilizarlo como micrófono.

—Bienvenidas todas las amas de casa lascivas. Hoy, lunes, es el día del tío bueno en *Cocinando con Kota*. En el programa de hoy nos va a enseñar el uso adecuado de los pectorales mientras pica la albahaca.

Kota alzó la vista, y le cortó la respiración a Chris con sus ojos azules. Entonces, hizo una flexión muscular, y ella perdió también la voz.

—Tú lo has querido —le dijo.

Ella dejó el molinillo en la encimera. ¿En qué estaba pensando? Estaba jugando con fuego. Debería irse a su habitación. Incluso se dio la vuelta para salir corriendo.

Y… ¡Zas! Un gato blanco entró en la cocina. Estaba muy delgado.

—Aquí estás, Bumble —dijo Kota. Se agachó y le lanzó unos cuantos besos—. Debes de tener hambre.

—¿Hambre? Debería estar muerto —dijo Chris, agachándose junto a Kota—. ¿Qué le pasa?

El animal se frotó con las rodillas de Kota. Kota inclinó su carita hacia Chris y le separó los labios. No tenía dientes.

—Ni siquiera voy a preguntar —dijo ella.

—No te lo contaría —dijo Kota.

Abrió una lata y puso un cuenco con la comida blanda en el suelo, advirtiéndole a Van Gogh que no se acercara con un gesto del dedo.

Bumble empezó a comer del cuenco, mirando a Chris de vez en cuando.

—Es muy tímido —dijo Kota, sentándose junto a Chris. Luego le acarició el lomo huesudo al animal—. Nunca sale cuando hay alguien, salvo conmigo.

—Supongo que a mí también se me dan bien los cojos y los ciegos —dijo ella, y se sorprendió al darse cuenta de que era cierto.

—Pues sí, se te dan bien —dijo él, y le acarició el pelo con la otra mano—. Eso me gusta de ti.

Ella abrió la boca para responder, pero sintió una emoción que la dejó sin palabras.

Kota y sus animales estaban adueñándose de su corazón.

Él deslizó la mano bajo su pelo y le tomó la nuca.

—Puedo ayudarte con esos nudos —murmuró, apretándola suavemente.

A ella se le escapó un gemido de entre los labios, algo como un ruego, y él se puso detrás de ella y la sujetó entre las rodillas.

Con las dos manos, le masajeó los músculos de los hombros.

—Nena, me alegro de que hayas venido a la isla. Necesitas unas vacaciones.

Ella se rio sin ganas. Ojalá. Ojalá fueran de verdad unas vacaciones. Ojalá su presencia allí no fuera una mentira.

Sin embargo, ya lo pensaría más tarde. Por el momento, tragó saliva e intentó no babear.

—Dios, qué gozada.

Él le acarició la oreja con la nariz.

—Puedo hacerlo mejor.

—Si lo haces mejor, me matas.

—Todavía no he perdido a nadie —respondió él, y le mordisqueó el lóbulo mientras seguía dándole el masaje y convirtiendo sus hombros en gelatina—. Puedo quitarte toda la tensión —le susurró, seductoramente—. Déjame que te haga correrte. Te relajarás, te lo prometo.

Eso sí era tentador. Sería muy fácil inclinarse hacia atrás, contra él, y abandonarse a sus manos mágicas.

—Estás haciendo trampas otra vez.

—Y funciona, ¿no?

—Todavía no, pero sigue intentándolo. Nunca se sabe.

Él se echó a reír, y su risa excitó aún más a Chris, debilitó su capacidad de resistir.

Entonces, él detuvo el movimiento de las manos.

—Vaya, si no lo veo, no lo creo —dijo, en un tono de reverencia.

—¿Qué? Vamos, no pares —dijo ella. Abrió los ojos; estaba sentada en el suelo, con las piernas cruzadas, y el vestido se le había subido demasiado. Bumble entró cautelosamente en el hueco que había entre sus muslos.

—Bumble nunca se ha sentado en el regazo de nadie, salvo en el mío.

—Así que deberíamos seguir con este karma —dijo ella, moviendo los hombros para que él continuara con el masaje.

Él volvió al trabajo. Ella le acarició la garganta a Bumble con un dedo, y el gato empezó a ronronear. Era un gatito muy agradable y muy útil. Había alejado el sexo dela situación. Kota nunca molestaría a Bumble, ni siquiera para darse un revolcón.

Al menos, eso pensaba ella, hasta que él le bajó la cremallera del vestido.

—Es para poder acceder mejor —le dijo, antes de que ella pudiera poner alguna objeción.

—¿A qué?

—A tus hombros, ¿a qué va a ser?

Kota apartó la tela, y ella no pudo negar que el masaje ganaba mucho piel con piel. Los nudos de sus músculos fueron disolviéndose bajo el poder de sus pulgares.

Chris se arqueó y puso los ojos en blanco cuando él descendió, y sus largos dedos le rodearon la cintura mientras le masajeaba la parte inferior de la espalda.

—Yoga —dijo él—. Te voy a enseñar algunas posturas.

El yoga no era lo suyo, pero, al menos, ya no estaban hablando de sexo.

—Primero, un orgasmo —dijo él—, para soltarte un poco y, después, yoga, para mantenerte flexible.

Ella se echó a reír, porque él era divertido y le gustaba, y porque tenía que romper el hechizo que él estaba creando con sus manos, antes de que descendiera aún más con los pulgares.

Era hora de parar aquella locura. Y lo haría.

Sin embargo, antes se concedió un momento para empaparse del hombre más sexy del universo. Su pecho, su barba incipiente, sus manos todopoderosas. La felicidad cálida que se estaba extendiendo por todo su cuerpo.

Entonces, como si estuviera quitándose un esparadrapo, se alejó de él. Dejó a Bumble en el suelo y se puso en pie. Y cometió el error de mirar a Kota, que tenía un aspecto muy sexy, con los pantalones vaqueros desabotonados y la erección abultada junto al muslo.

Él se pasó los dedos entre el pelo rubio y la miró con los ojos entrecerrados.

—Sabes que vamos a hacerlo —gruñó—. ¿Por qué lo haces tan duro?

Christy sonrió, y señaló su erección.

—¿Y me culpas a mí por poner las cosas duras?

—Pues sí —dijo Kota. Se levantó, y le lanzó una mirada amenazante que no tuvo ningún efecto. Después, hizo un gesto de advertencia con el dedo.

Ella le devolvió otra miradita, pero permitió que él le subiera la cremallera, y consiguió palparla un poco durante el proceso. Ella se alejó, pero no tan rápidamente como podría haberlo hecho.

Más excitado que nunca, pero con la satisfacción de haber hecho progresos, volvió a la pasta, mientras Christy ocupaba su lugar acostumbrado, con Tri en el regazo. Cy roncaba como una sierra mecánica. Bumble miraba mal a Van Gogh, que estaba olisqueando su cuenco vacío.

Aquella era una escena doméstica única, y él sintió una calidez inesperada en el pecho. Un deseo abrumador de proteger y defender. Una avalancha de afecto, no solo por los animales, sino también por Christy.

¿Qué demonios pasaba?

Él entendía la lujuria. Era algo cotidiano que le provocaban diferentes mujeres con diferente intensidad. Cierto era que Christy había llegado a un nivel desconocido, pero, al final, era una mujer con la que quería acostarse. Eso lo convertía todo en algo familiar.

Por otra parte, aquella sensación cálida y confusa que le envolvía el corazón estaba reservada para la familia, unos cuantos amigos íntimos y todas las criaturas de cuatro patas.

—¿Qué ocurre? —preguntó ella, mirándolo con extrañeza.

«Todo, eso es lo que ocurre».

—Nada, nada. Vamos a tomar un poco de vino —dijo él.

—No debería. Acabo de recuperarme de las mimosas.

—Entonces, es el momento perfecto.

Kota sacó un Prosecco de la nevera, lo descorchó y lo sirvió.

Ella se rindió sin oponer resistencia. Dio un sorbito y arrugó la nariz al sentir las burbujas.

—Me avergüenza admitirlo, pero me resultaría fácil beber alcohol con todas las comidas.

Entonces, su mirada se deslizó sobre el pecho de Kota, y se ruborizó como si se sintiera culpable.

Él dejó de obsesionarse con sentimientos desconocidos de felicidad doméstica y volvió a lo básico: darse un buen revolcón con ella.

La miró a los ojos e hizo chocar las copas.

—Son tus vacaciones, cariño, puedes permitirte todo tipo de disipación. Yo estoy encantado de poder ayudarte.

—Seguramente, tus niveles aceptables de disipación superan con mucho los míos.

—Solo hay un modo de averiguarlo.

Ella bajó los ojos para estudiar las burbujas.

—No soy una chica disipada.

—Yo te enseño los rudimentos.

Ella se echó a reír.

—Tengo que reconocer que eres muy persistente.

—Mi madre dice que es el rasgo dominante de mi personalidad —dijo él, mientras aplanaba la masa con el rodillo—. Lo llama «terquedad», pero todo depende de cómo lo mires.

—Es una mujer estupenda.

—Sí, es cierto. Tú también le caes bien a ella, y créeme, es muy quisquillosa.

—Me la imagino protegiendo a sus cachorros como una

leona, manteniendo a distancia a todas las chicas que os podrían haber atrapado a Tana y a ti.

Él sonrió, porque era cierto.

—No siempre fuimos tan buen partido como ahora.

—Seguro que, ahora, Verna Presky se está tirando de los pelos.

Kota metió la plancha de pasta en la máquina.

—Me llamó hace unos meses.

—¿Por qué?

—Para preguntarme si iba a ir por el rancho dentro de poco.

—¿Y qué le dijiste tú?

—Que tenía novia —dijo él, y la miró. Christy tenía el ceño fruncido—. Lo cual era mentira —continuó—, y demuestra que soy el sensiblero que dice Em.

Christy se echó a reír.

—Debilucho, sí, pero más bondadoso que decirle que ya has superado lo suyo.

—Debería haberle dicho que desperdició la oportunidad que tenía conmigo hace veinte años, así que por qué no se iba a visitar a Earl Quigley, a ver cómo le había tratado la vida.

Christy se rio de nuevo, con ganas.

—Earl debía de ser todo un semental para ganar a Dakota Rain.

—El bueno de Earl estaba bien. Pero, casualmente, sé que su concesionario de Ford ha quebrado durante la crisis. No es que me satisfaga eso, entiéndeme.

—Seguro que no —dijo ella, con una sonrisa sarcástica en los labios.

Él quería mordérselos.

—¿Y tú? —le preguntó él—. ¿Quién le ha roto el corazón frío y duro a Christy Gray?

La historia no debía de ser tan divertida como la de Verna y Earl, porque, en vez de responder, ella dejó su copa en la encimera y empezó a dibujar círculos en la condensación del cristal.

—Yo no diría que me rompieron el corazón. Más bien, fue una decepción.

Él echó la pasta en el agua hirviendo y esperó.

—Juega al béisbol —dijo, por fin.

—¿Dodgers?

—No, ya no. Lo compró un equipo de la costa Este en abril. Y, no, no te voy a decir quién eso.

—¿Por qué no? —preguntó Kota. Ardía en deseos de saberlo.

—Porque es una figura pública, y yo respeto su privacidad.

No era ningún problema. Él no era muy aficionado al béisbol, pero Tana sabría seguro qué jugador de los Dodgers había pasado al Este la primavera anterior.

—¿Y por qué no te llevó con él? —preguntó Kota. Aquel tipo debía de ser idiota perdido.

—Me lo pidió. Pero… —Christy se encogió de hombros—. No lo quería lo suficiente como para ir.

Kota no lo entendió.

—Entonces, él te pidió que lo acompañaras, y tú decidiste que no ibas con él porque no lo querías. ¿Por qué es eso decepcionante?

—Porque yo pensaba que lo quería. Quería quererlo.

—Ah.

Kota coló la pasta, la aderezó con aceite, y la mezcló con los tomates, la albahaca y un poco de sal y pimienta, mientras intentaba descifrar el motivo por el que su historia le molestaba.

Llenó dos platos, ella llevó el vino y ambos se sentaron en la mesita del porche.

Debería haber sido un momento relajado, pero él se sentía nervioso. Tenía algo que le molestaba, algo como si se le hubiera clavado un pincho en una vieja herida.

Tomó algo de pasta con el tenedor, pero no llegó a probarla. Se había quedado frío por dentro.

—Lo que me estás contando —dijo— es que le rompiste el corazón a ese tipo. Le dejaste un enorme agujero en el pecho y lo mandaste al otro lado del país a que sufriera solo.

Ella debió de percibir el tono de rechazo de su voz, porque dejó el tenedor en el plato.

—Podía haberse quedado. Yo me habría casado con él.

—¿Aunque no lo quisieras?

Pobre tipo. ¿Qué podía ser peor que amar a alguien a quien no le importabas un comino?

—No es tan sencillo. Ya te he dicho que yo creía que lo quería.

—¿Y qué habría pasado cuando te hubieras dado cuenta de que no era así? Lo habrías abandonado —dijo él, con un sudor frío por la espalda—. Una mañana se habría despertado y se habría dado cuenta de que tú ya te habías marchado. Porque te preocupabas más de ti misma que de él.

Ella se echó hacia atrás.

—Si él se hubiera quedado, y yo me habría dado cuenta algún día de que no lo quería, cosa que podría no haber sucedido porque yo habría podido enamorarme de él con el tiempo. Pero, si eso no hubiera sucedido y nuestro matrimonio se hubiera roto, yo me habría quedado hundida.

—Oh, pobrecita —dijo él, apartando su plato—. Pobrecita Christy, hundida de dolor. ¿Y tus hijos? Los habrías abandonado también, ¿verdad?

Ella se puso en pie, presa de la indignación.

—Que te den —dijo. Recogió su plato y se marchó.

Él le dio una patada a la mesa, y agarró las copas antes de que se cayeran.

—Mierda.

Cy salió del porche y desapareció por una esquina de la casa. Tri salió corriendo detrás de Christy.

A Kota le ardían los párpados.

—Claro. Déjame aquí solo. ¿Por qué no?

Miró la silla vacía de Christy como si pudiera carbonizarla con los ojos.

—¿Qué demonios? —se preguntó, al final.

Chris se paseó por su dormitorio como si fuera un tigre enjaulado.

Dakota Rain, famoso por evitar el compromiso y las relaciones duraderas, ¿atreviéndose a juzgarla? ¿Acusándola de abandonar a unos hijos que ni siquiera había tenido todavía?

Muy bien, que se fuera a la mierda. No le debía nada.

Abrió su ordenador portátil y apretó los dientes.

—Claro que voy a escribir el artículo para Reed.

En la boda del siglo, las guapísimas y talentosas estrellas de cine Montana Rain y Sasha Shay recorrieron el camino hasta el altar ataviados de Armani, él, y de Carolina Herrera, ella.

El padrino, Dakota Rain, el desgraciado e insensible idiota conocido por protagonizar taquillazos tan tontos como Machine Gun Mayhem *y* Kill Everyone in Sight, *envolvió sus músculos con un traje de Tom Ford.*

El egocéntrico hermano del novio también hizo el brindis nupcial, un tributo emocionante a su trágica infancia, escrito sin duda por alguien capaz de verdad de tener sentimientos.

Chris se cruzó de brazos y miró la pantalla. Reed iba a rechazar el título. Y los títulos inventados de las películas. Y la mayor parte del tercer párrafo. Sin embargo, por lo demás no era un mal comienzo.

Cerró el portátil y giró el cuello. La tensión había vuelto, como si Kota nunca se la hubiera quitado.

Tri le dio un golpecito en el tobillo. Ella lo agarró y lo miró a los ojos.

—Si lo defiendes —le advirtió—, sales de aquí.

Se lo metió bajo el brazo y caminó hasta la ventana. Fuera, el sol del mediodía teñía la arena de blanco, y las olas rompían en la orilla. No era hora de estar en la playa, pero allí estaba Kota, mirando al horizonte.

Solo.

A Chris se le encogió el corazón. Ella sabía lo que era la soledad.

Un asco.

Él alzó ambas manos para pasarse los dedos entre el pelo, un movimiento deslumbrante que extendía su espalda en una amplia uve, que le tensaba las nalgas y que exhibía sus poderosas piernas, todo a la vez.

No era de extrañar que lo hiciera en todas sus películas.

Pero, en aquel momento, no estaba en el guion. Solo era un hombre solo en una playa, mirando al mar, como habían hecho los hombres desde tiempos inmemoriales.

Y, como las mujeres de todos los tiempos, ella tuvo el anhelo de ir a su lado, para consolarlo y ser consolada. Para que ni él, ni ella, se sintieran solos.

Un impulso estúpido. Le dio la espalda a la ventana y volvió al ordenador. Abrió un archivo diferente.

En directo desde zona de guerra, Emma Case.

Un título atrayente. Y, sin embargo, solo había escrito los comienzos de algunos capítulos: Vietnam. Bosnia. Somalia. Bagdad.

No era por falta de material. Tenía los diarios de su madre, cincuenta en total. Miles de vídeos. Miles de fotos. Cientos de personas a las que entrevistar.

Su madre había recorrido casi todo el mundo. Y, sin embargo, como de costumbre, ella se quedó mirando el parpadeo del cursor, con los dedos paralizados, mientras sus propios recuerdos lo invadían todo. Mercados al aire libre, llenos de olores y colores. Callejuelas en las que se escuchaban idiomas extranjeros.

Había visto el mundo con su intrépida madre. Había montado en camello, había vivido en tiendas, había llevado un burka durante meses. Había jugado a la pelota con refugiados y al Scrabble con la hija de un dictador genocida.

No era una infancia común y corriente y, no obstante, salvo por los veranos que había pasado con Zach, siempre estaba con su madre. ¿Cuántos niños podían decir lo mismo? Y, si Emma estaba a menudo absorta en su trabajo, también era una mujer dinámica y brillante, y estaba decidida a que su hija fuera todo eso y más.

Así que, ¿por qué cuando ella se sentaba delante del ordenador para hacerle un homenaje, sus dedos no se movían? ¿Por qué no podía empezar a contar la increíble historia de su madre?

Como hacía a menudo cuando no llegaban las palabras, recurrió a las fotos. Organizarlas por fecha le daba la ilusión de que había progresado. También, el hecho de añadir pies de foto.

Y, algunas veces, cuando una foto le recordaba algo en particular, escribía más, un párrafo. O, incluso, una historia sobre el momento capturado en la imagen.

En aquel momento, abrió el archivo donde guardaba todas las fotografías y, mirando la triste imagen de una niña muy delgada vestida con un harapo rojo, volvió al polvoriento campo de refugiados de algún lugar de África. Olía a mucha gente hacinada y a falta de condiciones de salubridad. Se oía el llanto de los niños hambrientos.

En la foto, la niña miraba a la cámara con los ojos muy abiertos. Chris recordaba nítidamente el escuálido brazo de la niña, que salía por un agujero de la valla para tomar el pan que ella tenía en la mano.

Tenían más o menos la misma edad, pero sus vidas eran completamente distintas. Chris dejó el campamento cuarenta y ocho horas después, pero era posible que aquella niña permaneciera allí un año más. Tal vez muriera allí.

Chris le había dado su pan; después había conseguido más, y se lo había dado también. Se había sentido afortunada, y había comprendido de verdad lo que era el azar de la vida, la suerte que la había puesto a ella a un lado de la valla y a aquella niña, al otro.

Llevaba más de veinte años preguntándose qué le habría sucedido a aquella niña. Algunas veces, la duda no la dejaba dormir por las noches.

Había aceptado que nunca lo sabría, pero se había imaginado cientos de finales para aquella historia. Había escrito algunos, finales felices para algo que, probablemente, había sido una muerte terrible por desnutrición, o violación, o asesinato.

Había escrito aquellos finales para sentirse mejor, pero eran simplistas. Ella quería que la historia acabara bien, pero, por encima de todo, quería ser sincera.

Inquieta e insatisfecha, cerró el archivo. Las fantasías frívolas podían esperar, pero la historia de Emma debía ser contada.

Y, sin embargo, cuando cerró el ordenador una hora después, Chris no había escrito ni una sola palabra sobre su madre.

El carrito de golf iba dando tumbos por el camino, a una vertiginosa velocidad de ocho kilómetros por hora.

—Podríamos ir más deprisa andando —gruñó Christy. Desde que se había despertado de la siesta, estaba de mal humor.

Kota pasó por alto la exageración.

—Gracias de nuevo por venir conmigo.

—No me des las gracias. Todavía estoy planeando la venganza.

—He dicho que lo sentía.

Y lo sentía de veras. Otra tarde sin sexo por el desagüe.

Ella mantuvo un silencio obstinado durante todo el trayecto hasta la casa principal.

Él aparcó junto al enorme porche con vistas a la bahía. Los perros saltaron al suelo. Cy se fue a patrullar. Tri esperó a que Christy lo tomara en brazos.

Sasha apareció en el porche con una sonrisa.

—Espero que tengáis hambre. Tana lleva todo el día cocinando.

Le dio un beso en la mejilla a Kota y, después, a Christy.

—Hay cerveza, vino, ginebra y tónica. Lo que queráis.

—Para mí, solo agua —dijo Christy, en tono de aguafiestas.

—Ah, claro —respondió Sasha. Su sonrisa se apagó un poco—. ¿Kota?

—Espera un momento —le dijo él—. Tengo que decirle a Christy una cosa que se me había olvidado.

La agarró del brazo y la llevó de nuevo al carrito de golf.

—¿Qué? —preguntó ella.

—Esto —dijo él—: Sasha está dando su primera cena de casada, y tú acabas de borrar toda la diversión del ambiente.

Ella se avergonzó.

—Lo siento. Lo haré mejor.

—Son buena gente. Puede que te caigan bien si les das la oportunidad.

—Ya me caen bien —dijo ella—. Es parte del problema.

—¿Qué problema?

Ella agitó la cabeza.

—No me hagas caso, estoy medio dormida.

—No tienes por qué beber alcohol. No me refería a eso.

—Ya lo sé —dijo ella, y sonrió—. Seré una buena invitada, te lo prometo.

Él enarcó una ceja con escepticismo.

—Después de la enorme mentira que me has dicho sobre lo de quitarte la camiseta, tu palabra no vale por aquí.

Ella se echó a reír, y él sintió un gran alivio. Detestaba que estuvieran enfadados.

Sasha los recibió en el porche con un vaso de agua con hielo. Christy se lo bebió entero, como si acabara de cruzar el desierto para llegar allí.

—Gracias, tenía mucha sed. Un gin tonic me apetece mucho. ¿Puedo ayudar en algo?

Kota le apretó el brazo con agradecimiento.

—Tráeme uno a mí también, ¿de acuerdo? Yo tengo que ir a ver a un hombre y a una parrilla.

Al torcer la esquina de la terraza, Tana estaba enfrentándose con un enorme monstruo metálico. Miró a Kota.

—Es complicada.

—Pff. No será para tanto.

—¿La has usado ya?

—Es una parrilla, tío. Enciéndela, asa la carne y comamos.

Tana se la señaló.

—Adelante. Enciéndela tú.

Diez minutos más tarde, ambos tenían la nariz metida en el libro de instrucciones, cuando las mujeres aparecieron con las bebidas.

—¿Está ya caliente? —preguntó Sasha—. ¿Podemos poner las chuletas?

Silencio.

Christy le puso un gin tonic en la mano a Kota.

—Estáis completamente perdidos, ¿no?

—No, no estamos completamente perdidos. Lo que pasa es que queremos sacar el máximo partido de todas las prestaciones.

Ella se acercó al panel de control y giró algunos mandos. Después, los miró con una sonrisita de superioridad.

Kota tiró el manual a su espalda, por encima de su hombro.

—Dime que Zach tiene una.

—No, pero yo ya había usado una como esta.

Seguramente, la de su exnovio. Mientras ella charlaba con Sasha, él se llevó a Tana a un rincón.

—¿Quién de los Dodgers fichó por un equipo del Este la pasada primavera?

—El único que se fue al Este es Jason Pendergast. Está jugando de tercera base en los Red Sox.

Kota intentó recodar al jugador.

—Uno noventa —dijo Tana—, ochenta kilos, ojos y pelo castaños. Tiene una cicatriz en la ceja derecha. Yo estuve con él una vez.

—¿Es guapo?

—¿Por qué? ¿Estás pensando en cambiar de orientación sexual? —preguntó Tana, riéndose de su propia broma.

—Ja, ja. Christy estuvo a punto de comprometerse con él.

—Tiene sentido. Me preguntó dónde le había comprado el anillo de compromiso a Sasha.

Pobre tipo.

Mientras Tana entraba a la casa en busca de la carne, Kota le dio un sorbito a su copa y disfrutó de las vistas. Dos preciosas mujeres con vestidos de verano cuyas siluetas se recortaban contra el mar brillante. Se oía a Chopin, algo muy distinto al rock and roll ruidoso que emitía el equipo de música antes de Sasha, cuando aquella terraza estaba llena de chicas guapas.

Él no echaba de menos aquello, tal y como había creído.

Se acercó a ellas.

—Estoy intentando sobornar a Christy para que cante —le dijo Sasha—. Sé que no debería, porque detesto que los fans me pidan que recite frases de su película favorita —dijo, con una risa contagiosa—. Tú lo sabes bien, Kota. Nadie tiene más coletillas que tú.

Él reprodujo su gesto más amenazante y utilizó un tono letal:

—«Puedo matarte ahora, o puedo matarte después. De cualquier forma va a ser doloroso».

—*Terror Train*. ¡Me encanta esa película!

—A Sasha le van las películas de acción —le dijo Kota a Christy.

—Nadie lo hace mejor que él —dijo Sasha—. Y los músculos —añadió, poniendo los ojos en blanco—. Ya verás cuando vayas por la calle con él. La gente le para constantemente. «Saca músculo, Kota. Déjanos ver lo que tienes?». Y, en los bares, olvídate. Todos los motoristas quieren echarle un pulso.

Christy sonrió.

—Yo le he ganado dos veces.

—¿Teta? —preguntó Sasha, y le dio un codazo—. Tana me ha enseñado el truco.

—Christy ya se lo sabía —dijo Kota, mientras le pasaba un brazo por los hombros—. Es una experta con la teta.

Cy se metió en el grupo y le dio un afectuoso cabezazo a Sasha. Ella le acarició el lomo, lejos de su espeluznante cabeza.

Entonces, le dio un empujón a Christy y le dedicó su sonrisa rasgada. Ella le devolvió la sonrisa y le rascó la barbilla. Y a Kota se le hinchó el corazón en el pecho.

Incluso su madre había necesitado tiempo para acostumbrarse a Cy. Pero Christy pasaba directamente a través de su cara destrozada y llegaba a su alma.

Sin poder evitarlo, tiró de ella y la abrazó con fuerza, como si se fuera a ir volando si la soltaba.

Qué mujer.

Ella le dio una palmadita en el hombro, murmurando algo que él no pudo descifrar. Aflojó un poco los brazos. Ella tomó aire.

—La estás aplastando —dijo Sasha, riéndose. Tenía una expresión de celestina en la cara.

A él no le molestó en absoluto.

Tana la llamó desde la parrilla.

—Eh, Christy… ¿por casualidad sabes cómo ajustar el tiempo?

—Ahora mismo voy —dijo. Le pasó los nudillos a Kota por el punto más sensible a las cosquillas y a él se le escapó una risita poco masculina. Él la convirtió en un gruñido y entrecerró los ojos amenazadoramente.

—Señor Malote —dijo ella. Lo empujó hacia atrás con un dedo y se atravesó la terraza para enseñar a su hermano pequeño a manejar la Grill-osterone 5000.

Qué mujer.

—Por la experta en parrillas —dijo Sasha, elevando la copa hacia Chris. La luz de las velas hizo brillar las burbujas—. Los chicos se han convertido en tus esclavos.

Chris sonrió.

—Yo domino la parrilla y la teta.

Solo tres gin tonics habían conseguido que se lo creyera.

Sasha iba por el cuarto.

—Está loco por ti, ¿sabes?

Chris hizo rebotar a Tri en su regazo.

—Ya lo sé. Se metió por el escote la primera vez que nos vimos.

—¿En serio? Eso está muy mal, incluso tratándose de Kota.

Chris soltó una risita.

—No, me refiero a Tri.

Sasha soltó otra risita.

—Yo me refería a Kota. Kota está loco por ti.

—Ah —dijo Chris. Aquello la despejó un poco de repente, y miró a Kota, que estaba jugando con Tana en la piscina—. No creo. Hoy se ha enfadado mucho conmigo cuando le he contado que no estaba enamorada de mi exnovio.

Sasha se quedó un poco sorprendida por eso.

—Tuvo que ser por algo más.

—No, en realidad, no. Le dije que habían traspasado a Jason a la Costa Este, y que yo me había dado cuenta de que no me importaba lo suficiente como para irme con él. Y Kota se enfadó y empezó a decirme que iba a abandonar a mis hijos para hacer realidad mis sueños, por mi egoísmo.

—Ah. Eso es —dijo Sasha, asintiendo sabiamente—. Kota tiene un trauma con el abandono. Tana también. Es por lo de sus padres.

—¿Sus padres los abandonaron?

Sasha sonrió con lástima.

—Sé que tú no eres de las que se interesan por la prensa del cotilleo —dijo ella, y Chris se marchitó como una hoja de lechuga al sol—, pero yo no puedo contártelo. Tana no me lo contó a mí hasta que no llevábamos juntos un año, así que no te sientas dolida si Kota tarda en explicártelo.

—Nosotros no… —Chris tuvo que carraspear a causa del nudo de culpabilidad que tenía en la garganta—. No somos pareja. Esto solo es… una semana.

Sasha sonrió.

—Una semana es más que suficiente. Cuando es lo definitivo, ya sabes. Y esos dos —dijo, señalando a los hermanos— son más anticuados que la abuela Moses.

Chris debió de poner cara de escepticismo, porque Sasha insistió:

—Lo digo en serio. Tienen un gran corazón, y son muy leales. Yo no me habría casado con Tana si no creyera que es para toda la vida.

—¿Cómo os conocisteis? —preguntó Chris. Aquella sería una historia muy jugosa para añadir a su artículo, si finalmente conseguía escribirlo.

—Participo en un programa que lleva el teatro a las escuelas del centro de la ciudad. Tana vino a darles una charla a los niños —respondió ella, con una mirada soñadora—. Los dejó cautivados, y a mí, también. Después, me invitó a un café. Aquella noche fuimos a cenar a un restaurante italiano, y me quedé a dormir en su casa. Nunca me marché.

Se echó a reír.

—Pensarás que soy una fresca, ¿no? Pues no lo soy. Tana es el segundo hombre con el que me he acostado en toda mi vida, lo cual me convierte en una anomalía de Hollywood. Pero, como dijo Julia en *Pretty Woman*, «yo quería el cuento de hadas».

Y lo había conseguido. Tana salió de la piscina, se acercó a ella chorreando agua y la levantó de la silla.

—Hora de mojarse, nena.

El grito que dio Sasha la siguió hasta que él se tiró con ella en la parte más profunda de la piscina.

Kota salpicó a Chris.

—Yo haría lo mismo, pero seguro que me pegarías un mordisco.

—Un buen mordisco.

Entonces, él volvió a salpicarla agitando el pelo. Tri abandonó el barco, pero a ella le gustó.

Él se lo echó hacia atrás.

—¿Quieres que vayamos a casa?

—Tana ha hecho una tarta.

A Kota se le abrieron mucho los ojos.

—¿De moras?

—Eso tengo entendido.

Entonces, él se sentó en diagonal a ella y tomó un trago de su vaso.

—Eh, consíguete la tuya.

—No, tengo que conducir.

—Sí, claro. No me gustaría morir en un tremendo accidente. A ocho kilómetros por hora.

—Los accidentes de los carritos de golf no son ninguna broma —replicó él—. Pero tengo que decirte que los padres de Sasha…

—No me lo digas —le pidió ella, tocándose la frente con la mano—. Murieron en un accidente.

—No. Los dos estaban en la boda. El padre acompañó a su hija hasta el altar. Pero beben mucho… aunque el hermano de Sasha muriera en un accidente.

A Chris le dolió el corazón, y le echó una mirada taciturna a la copa de Sasha.

Kota la deslizó hacia ella.

—Pruébala.

Chris lo hizo. Tónica, pero no ginebra.

—Habría podido jurar que estaba achispada.

—Se emborracha por contacto, pero hace años que no bebe una gota de alcohol.

—Me alegro. Me cae verdaderamente bien —dijo ella. Sasha era bondadosa y muy normal. Y, aunque su vida pareciera perfecta, sobre todo después de haberse casado con Montana Rain, tenía penas y demonios y traumas familiares, como todo el mundo.

Y, como todo el mundo, confiaba en que sus amigos no airearan sus asuntos en *Los Angeles Sentinel*.

Chris succionó la lima de su copa para torturarse.

Los recién casados se reunieron con ellos. Sasha tenía el vestido empapado.

—Tengo que cambiarme antes de comer la tarta —dijo, y le dio un empujoncito a Chris en el brazo—. ¿Vienes?

Por dentro, la casa principal era como la casa de invitados, pero con esteroides. El dormitorio de Sasha podría abarcar la mitad del ala que ocupaba Chris.

—¿Puedes creértelo? —le preguntó Sasha—. Solo las vistas.

Chris se acercó a la ventana. El sol ya se había puesto. Solo se veía una línea dorada en el horizonte, donde el mar oscuro se encontraba con el cielo índigo.

Sasha se metió en el vestidor y siguió hablando con Chris a través de la puerta abierta.

—Todavía estoy alucinada con Kota y los caballos.

—Sí, no me extraña. Es asombroso.

—Tú tienes algo de eso también. Esa conexión con los animales.

Chris le rascó a Tri el punto de las cosquillas.

—Voy a echarles de menos.

—¿Por qué? Kota bebe los vientos por ti.

Ojalá fuera tan sencillo.

Sasha salió del vestidor con un vestido blanco que contrastaba con su piel bronceada.

—¿No te acuerdas de lo que te he dicho? Son muy leales —dijo, y se encaminó hacia la cocina—. Ya verás cuando conozcas a Roy y a Verna. Vas a querer ir a vivir con ellos.

—Ya los conozco. Son geniales.

Sasha se quedó parada.

—¿Los conoces?

—Kota llevó a Verna a conocerme antes del concierto, y después me llevó a mí a su casa para que los saludara a los dos —dijo Chris, y sonrió—. Verna pregunta mucho, ¿verdad?

A Sasha se le iluminó la cara.

—Vaya, esto sí que es bueno. Tana no me los presentó hasta después de tres meses. Fue como el rito final del proceso, y te prometo que, si Verna no me hubiera dado su aprobación, yo no estaría aquí. A ti también debe de haberte dado un aprobado, porque, de lo contrario, tú tampoco estarías aquí —explicó, y se frotó las manos, como si ya estuviera preparando la boda.

—Espera, espera. No fueron más de diez minutos...

—Eso es suficiente. Verna sabe lo que quiere —dijo Sasha. Tomó unos platos, y Chris tomó la tarta, y ambas se encaminaron hacia la terraza—. Estoy impaciente por contárselo a Tana. Él estaba preocupado.

—¿Por qué?

—Por su hermano, como es natural. Kota ha estado un poco deprimido desde que nos comprometimos —dijo Sasha, deteniéndose en la puerta—. Kota es una persona muy tierna. Seguramente, ya te habrás dado cuenta por lo de los animales, y todo eso. Pero también lo es con la gente. Cuida de sus amigos y de su familia. Y lleva toda la vida cuidando de Tana, desde que eran niños.

—Y ahora Tana ya no lo necesita.

—Tana siempre lo va a necesitar, pero no de la misma manera —dijo, y miró a los dos hermanos, que estaban en la mesa, concentrados en una conversación—. En este momento están analizando el próximo movimiento de Tana. Quiere dirigir, pero ha estado esperando a tener en las manos el guion adecuado. Cree que lo ha encontrado, y su representante, también. Y yo, también. Pero él quiere contar con la aprobación de Kota.

—Ya no estás enfadada conmigo, ¿verdad, nena?

Kota miró de reojo a Christy y, después, al accidentado camino. Ella había permanecido en silencio desde que habían salido de la casa grande.

—No, no estoy enfadada —dijo ella, y lo dejó asombrado al acariciarle la mejilla, tiernamente, con los nudillos.

Él le tomó la mano y se la besó y, después, la apretó contra su corazón.

—Dime que te alegras de haber venido —le pidió él, impulsivamente—. A la isla. A la cena.

—Yo… —Christy titubeó—. Todo es distinto a como me esperaba.

—¿En qué sentido? ¿Qué es lo que encuentras diferente?

—A ti. A mí. Todo —dijo. No parecía muy contenta al respecto.

—¿Y en qué sentido somos diferentes?

—Tú no eres un imbécil. Yo, sí.

—No, tú no eres una imbécil —replicó él. De eso estaba bien seguro.

—No me conoces de verdad, Kota.

—Te conozco lo suficiente. Sé que estabas enfadada cuando llegamos a la casa principal, pero cambiaste de actitud por Sasha. Sé que mi hermano piensa que puedes caminar sobre el agua.

Quieres a los animales, y ellos te quieren a ti. A mis padres les caes bien. Demonios, mi madre te invitó a comer, incluso.

Aquello no le sirvió de ayuda. De hecho, se zafó de él y se sentó sobre su mano.

Él no la entendía. En su opinión, había sido una noche mágica. Había empezado a pensar que todo era perfecto. Estaba verdaderamente embobado con ella.

Intentó mantener un tono ligero.

—¿Y qué más has sacado en claro?

—Nada. No he sacado nada en claro —respondió ella con lástima.

Él le acarició el pelo.

—¿Qué te ha pasado, nena? ¿Ha dicho Sasha algo que te haya molestado?

—Sasha es la persona más agradable que he conocido en la vida —dijo ella, como si fuera algo trágico.

—Entonces, ¿qué ocurre?

En vez de responder, escondió la nariz en el cuello de Tri. Y a Kota se le encogió el corazón como si fuera una pasa.

Cuando entraron en casa, la tomó por los hombros.

—Vamos, cariño. Explícamelo.

Ella no lo miró a los ojos.

—No pasa nada. Estoy cansada. Hasta mañana.

Y lo dejó allí solo, con la mejor noche de su vida hecha pedazos.

«Soy una gilipollas. Soy una gilipollas. Soy una gilipollas».

Chris escribió línea tras línea. O eso, o nada, porque sobre la boda, los recién casados y la luna de miel, no pudo plasmar ni una sola palabra.

Aquello sí que era un bloqueo.

Se alejó del ordenador y se quedó parada en el centro de la habitación, sin saber adónde dirigirse. Por la ventana solo se veía negro. Tan negro como su corazón. Tan negro como la tinta sobre una página.

Al otro lado de la puerta, solo dolor. No podía mirar a Kota. Estaba dispuesta a morir de hambre en su habitación, porque no podía volver a mirarlo a los ojos.

Intentó girar el cuello, pero estaba paralizada.

—¿Qué me pasa? —le preguntó a Tri.

Él le lamió la barbilla, pero ella no se merecía aquel beso.

—¿Por qué no estás con Kota? Él te salvó. Él me salvó a mí —dijo, y se agarró el cuello con la mano—. Pero esta vez rescató a una traidora. A una espía. A una mentirosa. ¿Qué diría Verna sobre eso? ¿Qué dirían todos ellos? Y ¿qué diría mi madre? Que fuera detrás de la historia, eso es lo que diría.

¿O no?

A Chris se le aceleró el pulso.

—Un minuto. Mi madre nunca mintió para escribir un buen artículo. Nunca fingió que era alguien que no era.

Se paseó por la habitación.

—Mi madre tiene orgullo. Se respeta a sí misma. Ella conseguía la información con agallas y determinación, no a través del engaño y la traición. Era un orgullo para su profesión.

Se detuvo junto a la ventana, ignorando la oscuridad del exterior, mirando su reflejo en el cristal, y viendo a Emma en el fondo de sus propios ojos.

—Dios mío —dijo, al entender la verdad—. Mi madre odiaría esto. Ella no se sentiría en absoluto orgullosa de mí.

Bollos. Bollos ligeros y esponjosos, con pasas y nada más, como debía ser.

Chris tomó dos, se sirvió una taza de café grande y salió al columpio.

Kota ya estaba allí, con su taza en la mano y un taco de papeles en el asiento, a su lado. Su sonrisa hizo que su corazón, recién liberado, aleteara como un colibrí.

Él tomó el taco de papeles y se lo puso en el regazo, y ella se sentó a su lado.

—Los bollos están impresionantemente buenos —dijo. Se terminó el primero, hasta las migas que le cayeron en el pecho.

—Me alegro de que te gusten —respondió él, con aquella sonrisa otra vez.

Ella quería devolvérsela con todo el corazón, pero todavía no podía hacerlo.

Primero tenía que confesarlo todo.

Aquella noche había estado a punto de convencerse de que no era necesario. ¿No era bastante que hubiera decidido dejar el trabajo del *Sentinel* en vez de escribir el artículo de la boda? Kota nunca iba a saber que lo había engañado.

Sin embargo, a la luz del día vio que su razonamiento tenía puntos débiles. Para empezar, si mantenía una relación con él, él conocería su doble identidad de todos modos, y eso hablaría muy mal de ella.

Para continuar, aunque no llegaran a nada, ella ya había estado a punto de sacrificar su integridad. Necesitaba desesperadamente recuperarla por completo.

No podía librarse. Aunque Kota la echara de isla, iba a contarle la verdad.

Después del desayuno.

Mordió el segundo bollo y señaló con la barbilla los papeles que él tenía en el regazo.

—Guiones —dijo él, sin entusiasmo.

—¿Lo de siempre?

—Si funciona, no lo cambies —dijo él, encogiéndose de hombros, como si no le importara.

Chris miró la primera página.

—*Al borde de la destrucción*. ¿Qué significa ese título?

—Significa que a Sasha le va a encantar.

Ella lo observó por encima del borde de la taza.

—Podrías volver a estudiar.

Él sonrió burlonamente.

—Lo digo en serio. ¿Cuánto tiempo tardarías en estudiar Veterinaria?

—Cinco años. Tendría cuarenta cuando terminara.

—Y, si no vas a la universidad, ¿cuántos años tendrás dentro de cinco años?

Pareció que aquello le dejaba perplejo. Chris cabeceó.

—Bueno, no importa, no eres lo suficientemente inteligente, después de todo.

Él sonrió.

—Nunca lo había mirado de ese modo.

Ella se chupó los dedos, mirándolo de reojo mientras él reflexionaba.

De repente, a Kota se le apagó el brillo de los ojos.

—Demasiados compromisos —dijo—. Ya tengo confirmadas las tres siguientes películas.

—¿Y qué haría falta para que te libraras de ellas?

—El western empieza a rodarse el mes que viene.

—¿Y las otras dos?

Él se frotó la nuca.

—Podría librarme de la última. No hay nada firmado. Pero, la segunda… —negó con la cabeza—. Hay demasiadas cosas que dependen de mí. Demasiada gente.

—Bueno; terminarías de rodar el western y la otra película el próximo verano, ¿no? Podrías empezar la universidad en otoño —dijo ella. Al ver que él iba a objetar, alzó una mano—. Sí, sí, ya lo sé. Tendrías cuarenta y uno cuando terminaras. De todos modos.

Él miró la pila de guiones que alegremente echaría al fuego. Sin embargo, dijo:

—En cinco años puedo ganar doscientos millones. Mi cuerpo vale mucho más que mi cerebro. Y el dinero puede hacer muchas más cosas que un veterinario.

—Si me permites la paráfrasis, salvar a un veterinario no va a cambiar el mundo, pero va a cambiar el mundo para ese veterinario.

Kota se echó a reír. Chris se daba cuenta de que todavía no estaba preparado para el cambio, pero al menos, ella había plantado la semilla.

—¿Y tú? —le preguntó, balanceándose con el pie—. Em me dijo que ya no actúas mucho. ¿Por qué?

Ella se encogió de hombros.

—Me cansé de vivir siempre pegada a una maleta. Quería echar raíces.

—¿Casarte, y tener hijos?

Ella enarcó una ceja.

Él se encogió.

—¿Demasiado pronto?

—Pues claro.

—Siento haberte dicho lo que te dije.

—Ya me lo has dicho. Yo acepté tus disculpas. Pero no me apetece hablar más de eso.

Él asintió y cambió de tema.

—Entonces, ¿por qué no actúas en Los Ángeles? No necesitarías maleta.

—Estoy concentrada en otras cosas. En escribir la biografía.

Su carrera profesional en el Periodismo estaba muerta, pero se redimiría escribiendo un tributo a su madre merecedor del premio Pulitzer.

—¿Cómo puedes pasar sin cantar? Es como si Rembrandt se negara a pintar.

—Eso es muy amable por tu parte, pero es mentira. Además, yo todavía canto algunas veces con mi padre. De hecho, hace poco canté en la boda de un famoso. Puede que lo hayas oído decir.

—¿Eras tú? —preguntó él, y la miró de arriba abajo. A ella le subió la temperatura.

Cantó unas cuantas frases seductoras de *Fever*. A él le brillaron los ojos.

—El hecho de que tenga buena voz no quiere decir que tenga que venderla —dijo ella, y miró significativamente hacia su pecho musculoso.

—¿Crees que debería malgastar todo esto? —preguntó Kota, con una media sonrisa.

Entonces, fue ella la que lo miró de la cabeza a los pies.

—Veo un miligramo de grasa colgándote en la cintura. ¿No deberías estar haciendo ejercicio?

Su sonrisa se hizo aún más grande.

—¿Quieres mirar?

—Pfff… ¿Por qué iba a querer…? Bueno, está bien, sí quiero.

Él dejó los guiones en el suelo.

—Pues ven. Te voy a enseñar cómo lo hacen los hombres grandes.

El gimnasio ocupaba más de la mitad de su zona de la casa.

—¡Madre mía! —exclamó ella—. ¿Usas todas estas cosas?

Había máquinas de todo tipo: un circuito de entrenamiento equipado con máquinas Nautilus, pesas, una docena de máquinas de cardio de aspecto futurista, un circuito de obstáculos con muros de escalada y cuerdas para trepar y una cama elástica rodeada de colchonetas.

—Yo hago muchas de mis escenas de acción, sin especialistas —dijo él. Subió de un salto al trampolín, dio unos cuantos tumbos y le tendió la mano.

Ella retrocedió hasta la pared.

—Ni lo sueñes. En una de esas cosas te puedes romper el cuello.

Él se elevó aún más e hizo un tripe salto mortal. Después, bajó, con las mejillas sonrosadas y los ojos brillantes, y caminó hacia ella.

—Vamos, ven. Yo te miro.

—No, no.

Él se detuvo frente a ella. Su tamaño hizo que se sintiera menuda, cosa que no era. Su poder hizo que se sintiera frágil, cosa que tampoco era.

En realidad, era como una yegua en celo, cosa que seguramente él notaba, siendo el semental que era.

Kota apoyó una mano en la pared, junto a su cabeza, y la miró a los ojos. Le pasó el dedo por la mandíbula, y ella se estremeció.

—Christy, querida —le dijo él—. Has venido al gimnasio por algún motivo. ¿Quieres decírmelo?

Kota notó que a Christy se le aceleraba el pulso bajo su dedo.

—Eh… no —dijo ella.

—¿No quieres decírmelo?

—Exacto.

—¿Por qué no? —insistió él, mientras descendía por su cuello y le acariciaba la clavícula.

—Porque no —susurró ella.

Él inclinó la cabeza. Ella abrió unos ojos como platos, y se le separaron los labios.

En el último segundo, volvió la cabeza.

—No es justo. Tienes muchísima testosterona, y no es justo.

—He oído que se transfiere a través de la saliva —dijo él, y le lamió la mejilla.

—Puaj —dijo ella, sin mucho convencimiento, y le dio un empujón en el pecho.

Él se apartó de la pared con una sonrisa. Tal vez Christy conociera el poder de la teta, pero estaba a punto de conocer también el poder del bíceps.

Se dirigió a la barra fija e hizo unas cuantas dominadas. Después, como si acabara de ocurrírsele, bajó y le hizo una señal a Christy para que se acercara.

—Sube —le dijo, poniéndose de espaldas a ella— para probar la resistencia.

Ella se quedó indecisa, pero, al cabo de unos segundos, se agarró a sus hombros y se aferró a su cintura con las piernas.

Él se tomó un momento para ajustarse la erección. Hacer dominadas con una erección; aquello era una novedad.

Entonces, subió a la barra de un salto y, en aquella ocasión, hizo el ejercicio lentamente, para que ella pudiera apreciar sus brazos en toda su gloria.

Como era de esperar, a Christy se le aceleró la respiración. Alargó una mano y tocó su bíceps.

—Oooh —dijo, en un tono lleno de lujuria.

Flexionó los dedos, que se convirtieron en garras, y le arañó el músculo trazando un camino curvo hasta la parte trasera del brazo. Después, volvió a su pecho y bajó por sus abdominales, y descendió hasta sus pantalones cortos.

Gimió en su oído. Aquel gemido resonó por todas su venas, como un canto de sirena, y fue aún más sexy porque ella lo había emitido involuntariamente.

Él soltó la barra con un gemido propio, y ella dejó que sus piernas se deslizaran hacia abajo por sus caderas. Sin embargo, cuando él se dio la vuelta, ella retrocedió, con las palmas de las manos elevadas.

—Lo siento. Todavía no.

Él apretó los puños para contenerse.

—¿Cuándo?

—Vamos a dar un paseo. Podemos hablar…

Él tomó una toalla y escondió la cara en ella. Su pene tenía intenciones, y no eran precisamente conversar.

—Nos vemos fuera —le dijo él, entre los pliegues de la toalla.

Cuando la puerta se cerró con un clic, soltó una exhalación.

—Demonios.

—Lo siento —dijo ella, de nuevo, cuando él salió al porche—. Yo… Tú… Está bien, lo reconozco. Eres irresistible. ¿Contento?

—¿Te parece que estoy contento? Si soy tan irresistible, ¿por qué no estamos botando en la cama elástica en este momento?

—Antes tenemos que hablar. Conocernos el uno al otro.

—¿Y cuándo podemos hacerlo?

Ella sonrió sin comprometerse a nada. Si él todavía quería hacerlo después de oír su confesión, se desnudaría allí mismo.

—¿Hay algún camino para pasear por la orilla del mar? —preguntó.

—Sí —dijo él, y se volvió hacia la playa. Ella lo siguió. No podía culparlo por no estar de buen humor. Incluso ella se sentía frustrada por las señales contradictorias que le enviaba.

Aquel no era su estilo. A ella le gustaba flirtear como a todo el mundo, pero no era una provocadora. Cuando le interesaba un hombre, no se andaba con jueguecitos.

Sin embargo, con Kota había sido fría y caliente, porque su cuerpo y su mente luchaban por mantener el control. Cuando su cuerpo se hacía con las riendas de la situación, ella permitía que Kota viera lo que sentía. Cuando su cerebro mandaba, se retiraba como si fuera un ser virginal.

Era tan frustrante para ella como para él. Tal vez, cuando hubiera salido a la luz toda la verdad, pudieran empezar de nuevo. Tal vez él siguiera deseándola.

O tal vez no.

Kota y ella caminaron en silencio por la orilla. Había rocas y playa. En algunos lugares, el camino se alejaba del mar y entraba a la sombra del bosque, otro mundo distinto. Al cabo de unos momentos, volvía a salir al sol.

Una vez más, Kota demostró que no podía estar demasiado tiempo de mal humor. Aunque lo intentara, los perros no se lo permitirían. Cy entraba y salía del agua y se sacudía sobre ellos todo el rato. Tri iba en el hombro de él, disfrutando del paisaje a vista de pájaro.

La brisa marina los acariciaba, y el mar brillaba bajo el sol. Y, al poco, él la había tomado de la mano y estaba canturreando una canción.

—¿Qué canción es esa? —preguntó ella. No la distinguía.

—*Crazy* —dijo él—. ¿No la reconoces?

—Eh… no. Es más bien así —respondió ella, y cantó unas frases.

—Está bien, ya lo tengo —dijo él, e intentó canturrearla de nuevo.

—Patsy Cline se está revolviendo en su tumba —dijo ella, y cantó la canción entera.

Después, él destrozó *Stormy Weather*, hasta que ella tomó el control. Y cortó *Misty* a la primera nota desafinada.

Cuando ella se dio cuenta del truco de Kota, habían hecho varios kilómetros.

—Eres idiota —dijo ella—. Y yo soy una pánfila.

—Una pánfila con una voz prodigiosa —dijo él, y le besó los nudillos—. Si no quieres venderla, ¿qué te parecería donarla? El refugio va a recaudar fondos. Están abarrotados. Demasiados animales. Demasiados marginados.

En aquel momento, Cy llegó y puso un palo a sus pies. Tenía la lengua colgando por sus labios mutilados.

—¿Cuándo es? —preguntó ella.

—Te diré los detalles cuando hayamos vuelto a Los Ángeles.

Lo cual significaba que él esperaba seguir viéndola en casa. Tuvo una sensación cálida en el pecho.

Que Dios la ayudara; se había enamorado de un famoso.

Tomaron una curva del camino y salieron de entre los árboles, y descendieron hacia otra cala de arena blanca. De repente, Kota paró en seco.

Chris se chocó contra su espalda.

—¿Qué pasa? —preguntó.

Él no respondió. Se había quedado horrorizado mirando algo que había en la playa.

Ella siguió su mirada y jadeó.

Sobre una manta roja extendida en la arena, Tana estaba haciéndole el amor a su flamante esposa como si fuera una apisonadora.

Kota apartó los ojos antes de que se le salieran de las órbitas.

—Dios, Dios, Dios —murmuró, rogando al cielo que le borrara la memoria. Cualquier cosa, con tal de quitarse de la cabeza el trasero blanco de su hermano.

Intentó llevarse a Christy hacia arriba de nuevo, pero ella no se movió.

—¿Qué ocurre? ¿Es que quieres mirar? —preguntó él con incredulidad.

—¿Tú no? —preguntó ella, también incrédula.

—Es mi hermano.

—¿Y qué? —inquirió Christy, con los ojos fijos en la acción—. No me digas que no habéis compartido mujeres.

—¿Al mismo tiempo? ¡No! —exclamó él, y trató de tirar de ella, pero Christy se había agarrado a un árbol.

Cy pasó trotando a su lado, hacia la playa, y a Kota le entró pánico. Dejó a Tri en el suelo y persiguió a Cy, sin atreverse a gritar, aunque los recién casados estaban tan concentrados en sí mismos que, seguramente, ni se darían cuenta.

Pero sí que iban a notar el baboseo de un perro.

Agarró a Cy y volvió con él en brazos a lo alto del camino.

Ya solo tenía que sacarlos a todos de allí, y rápido. Si Tana los sorprendía allí, los dos quedarían marcados de por vida.

Hizo que Christy soltara ambas manos del tronco del árbol e intentó girarla. Sin embargo, ella le agarró los brazos.

—Espera —dijo.

Siguió mirando hacia la playa sin pestañear, con los ojos brillantes y las mejillas sonrojadas.

Dios Santo. A aquella mujer le gustaba de verdad mirar.

Entonces, ella soltó un pequeño jadeo y se mordió el labio.

Y su pene, que estaba escondido desde que había visto el trasero de Tana, se puso en guardia.

Era algo muy raro, claramente, pero lo raro nunca había sido obstáculo para él. Se mantuvo de espaldas a la playa, dejó a Cy en el suelo y le sacó el vestido a Christy por la cabeza.

Sus pezones sobresalían de la tela del sujetador como cabezas de clavos. Él le desabrochó la prenda, atrapó uno entre los labios y acarició el otro con la yema del dedo pulgar. Ella metió las manos entre su pelo y lo atrajo más hacia sí, ahogándolo entre sus pechos.

—Oh, Dios —susurró—. La ha puesto de rodillas… —gimió, y aquello fue la gota que colmó el vaso.

Él perdió completamente la cabeza.

La apoyó contra el árbol y metió la mano en sus bragas, buscando el calor y gruñendo al notar que ella le empapaba los dedos.

Sin embargo, no era suficiente. Ella también se había vuelto loca. Sacó las uñas y le arañó la espalda y los hombros mientras se retorcía contra su mano.

—Por favor, Kota —dijo, entre jadeos—. Por favor, por favor, por favor.

—Sí, sí —dijo él, y le quitó las bragas. Sacó un preservativo y lanzó los pantalones cortos a un lado.

—¡Ahora, ahora, ahora! —exclamó ella, y se aferró a su cuello como si fuera a ahogarse.

A él le temblaban las manos como si fuera un adolescente. Cuando se puso el preservativo, ella trepó por su torso mientras él la agarraba por el trasero, envolviéndolo en sus piernas, y él se hundió en su cuerpo.

—Oh, Dios, sí —murmuró ella, aferrándose a él mientras él embestía.

Sus senos estaban resbaladizos por el sudor, y se deslizaban contra su pecho. Él apoyó una mano en el árbol y la sujetó mientras seguía acometiendo, y ella acogió todos sus golpes.

Entonces, ella metió una mano entre sus cuerpos y echó la cabeza hacia atrás, con frenesí.

Y él le hundió los dientes en el cuello, como un semental, dio una última y dura embestida, y explotó.

Chris se apartó el pelo húmedo de la frente.

Bien, tenía que reconocer que se había adelantado un poco a sus planes. Pero, Dios, ver a Tana y a Sasha la había enloquecido.

Kota alzó su pesada cabeza de su hombro, y la miró con unos ojos soñadores.

—¿Están haciéndolo todavía?

Ella miró por encima del hombro de Kota.

—No, están en el agua. Desnudos, pero sin tocarse.

—¿Decepcionada?

Ella enrojeció.

—Nunca me vas a dejar que olvide esto, ¿verdad?

—No —respondió él, y le dio un beso en los labios—. Es una herramienta de chantaje, nena. Soy tu dueño y señor.

Ella se encogió de hombros.

—Bueno, pues confesaré y así me libraré del chantaje. Diré: «Tana, solo miramos un poco, porque enseguida nos excitamos tanto viendo cómo le hacías el amor a tu mujer que…».

—Está bien, está bien. Es nuestro pequeño secreto.

Ella respiró profundamente. Era la hora de las confesiones.

—Hablando de secretos…

—Espera, espera —dijo él—. Tengo que ocuparme de esto antes de que se monte un lío —dijo, y la bajó suavemente, hasta que sus pies tocaron el suelo—. ¿Estás segura de que puedo darme la vuelta?

—Completamente apto para todos los públicos.

Kota dio un paso atrás y despertó a los perros, que se estaban dormitando. Cy se puso en pie de un salto, y Tri le dio una patadita en el tobillo a Christy para que lo tomara en brazos.

Tardaron unos instantes en organizarse, pero, cuando iban hacia la casa de nuevo, Kota la tomó de la mano. Estaba sonriente y relajado.

—Bueno, ¿y qué me decías de un secreto?

Chris lo pensó mejor. Aquella noticia era de las que se aceptaban mejor después de una copa de vino.

Ella también sonrió.

—Ignora cualquier cosa que diga diez minutos después de tener un orgasmo. Sobre todo, después de un orgasmo como ese.

A él le brillaron los ojos. Era como el rey de la selva, orgulloso y lleno de endorfinas.

Cuando llegaron a casa, estaba dispuesto a más.

—Vaya, espera —dijo ella, agarrándose al marco de la puerta de la cocina—. Tengo que beber agua.

—Hay una nevera en mi habitación —dijo él. La soltó del marco de la puerta y la hizo caminar por el pasillo, y abrió la puerta de una enorme habitación en la que había una gran cama.

—Siento el desorden.

Sábanas arrugadas, calcetines de ayer y otra pila de guiones. Todo cayó al suelo con una pasada de su brazo.

—Pero yo necesito…

—¿Una ducha? Yo, también —dijo él.

Le sacó el vestido por la cabeza y le desabrochó el sujetador. Las bragas se habían quedado perdidas por el camino. Después, dio un paso atrás para contemplarla.

—Cariño —le dijo—, podría comerte viva.

Aquello conjuró una imagen poderosa en su mente.

Entonces, él dejó caer los pantalones cortos al suelo, y ella pudo ver bien lo que antes solo había podido atisbar.

Gulp.

Su ducha también era enorme, lo suficientemente grande como para una cuadrilla de animadoras.

Ella no preguntó nada.

—Vamos a mojarte —dijo él.

La metió bajo una enorme alcachofa que la caló como un chaparrón. Ella cerró los ojos y dejó que el agua le enfriara la piel.

Entonces, Kota deslizó las manos enjabonadas por sus pechos, y volvió a subirle la temperatura.

Ella abrió los ojos y lo devoró con la mirada. Tenía los hombros el doble de anchos que ella, y el pecho duro y musculoso, y todo estaba al alcance de su mano. Tomó algo de jabón de sus pechos y deslizó las palmas de las manos por su cuello, y hacia abajo, por su estómago y sus caderas.

Ella notó su pene contra el vientre; tomó más jabón y lo agarró en sus puños. Había soñado con aquello, con tocarlo y hacer el amor con él. Durante tres días, le había parecido imposible. En aquel momento era real, y muy, muy excitante.

—Bonitas manos —murmuró él, y deslizó las suyas por su espalda—. Bonito culo —dijo y, con las palmas de las manos, hizo que su trasero pareciera pequeño.

Ella alzó la cara y lo besó, y succionó su lengua mientras él le rodeaba las nalgas con sus largos dedos y la abría para alcanzar su calor.

Ella deslizó las manos por su pecho y le tomó por las nalgas para pegarlo a su cuerpo, y le masajeó el pene con el vientre hasta que él separó los labios de ella y dijo, con la voz ronca:

—Si no quieres que lo hagamos de pie otra vez, tenemos que salir de aquí.

No se molestaron con las toallas. Él la arrojó a la gigantesca cama y la atrapó bajo su cuerpo.

—¿Preservativo? —preguntó ella.

—Todavía no hemos llegado ahí —respondió él, y se deslizó hacia abajo con una sonrisa de picardía—. Separa las piernas, nena.

Ella las separó, y él se las abrió aún más con los hombros. Pasó los brazos por debajo de sus muslos, la alzó y la tomó con la lengua, sin preámbulos, causándole una oleada de placer.

Ella se arqueó entre jadeos y clavó los talones en el colchón, agarrándose con los puños a las sábanas. Él jugueteó también con los dedos, y encontró sus lugares más sensibles como si ya los conociera.

Era una sublime tortura, perpetrada por un hombre que sabía cómo hacerlo. Una y otra vez, la llevó al límite, mantuvo el clímax fuera de su alcance, preparándola durante horas, durante días, con los labios, la lengua, y la yema del dedo pulgar.

Su mente se inclinó hacia la locura. El universo se convirtió en un solo pensamiento. Su cerebro solo pudo procesar una cosa:

—Por favor —dijo, con un gemido—. Por favor, por favor...

Por fin, él levantó la cabeza.

—¿Por favor, qué, cariño?

Ella se estrujó la mente para dar con una respuesta.

—Por favor... ¿mi amo?

Kota se echó a reír.

—Eso me vale.

Y enterró la cabeza entre sus muslos para enviar a la bella, sexy e increíble Christy directamente a la superficie de la luna.

Mientras esperaba a que volviera a la tierra, se sentó sobre los talones y disfrutó de las vistas. Ella tenía el pelo húmedo pegado a las mejillas, y la piel le brillaba por el agua de la ducha y el sudor. Tenía los brazos extendidos a ambos lados del cuerpo, y unos cuantos mechones de su pelo enredados en los dedos.

Sí, Dios la había hecho especialmente para ella.

Le agitó una pierna.

—Despierta, cariño. Tu amo quiere un orgasmo.

Ella abrió un ojo y lo miró torvamente.

—Eso era una broma.

—Bueno, bueno. Ya hablaremos después de las condiciones

—dijo él. Abrió el cajón de la mesilla, sacó un preservativo y se lo puso.

—Por ahora —dijo—, vamos a ponerte de rodillas.

En opinión de Kota, las mujeres desplegaban su máxima belleza en los lánguidos momentos de después de las relaciones sexuales. No les preocupaba el maquillaje, ni el peinado, ni lo que pudiera suceder al día siguiente. Simplemente, brillaban con una belleza interior que realzaba sus dones naturales.

Apoyó la cabeza en una mano y miró a Christy, la criatura más deslumbrante del universo. Con la yema del dedo, escribió su nombre en su estómago, girando el rabillo de la i griega alrededor de su ombligo.

Ella sonrió.

—Me haces cosquillas.

—Me haces cosquillas, mi amo.

Ella abrió los ojos y los puso en blanco.

—Eso lo has dicho tú —le recordó él— y, por suerte para ti, yo estoy dispuesto a casi todo. Vendas en los ojos, esposas…

Captó un brillo en los ojos de Christy.

Así que le gustaba jugar, ¿eh?

La atrajo hacia sí y la atrapó con la pierna, y le acarició la oreja con la nariz.

—Puedo ir a buscar cualquier cosa que quieras al armario. Podemos jugar a la chica mala y al policía pervertido. O a la alumna y al profesor libidinoso —le dijo, y le mordisqueó el lóbulo de la oreja. A ella se le cortó el aliento.

Sin embargo, intentó disimular.

—¿Y por qué piensas que a mí me gustan esas cosas?

—No tienes por qué avergonzarte, cariño. Te puedo atar, si quieres. Pero no me pidas que te pegue, porque no sería capaz de levantarte la mano ni siquiera para salvar mi propia vida.

Sus ojos, del color del caramelo, se derritieron. Christy tomó la cara con ambas manos.

—Si la gente supiera lo blandengue que eres.

—Te equivocas, guapa —replicó él, y frunció los labios con un gesto sádico.

Ella lo mordisqueó.

Él lo intentó entrecerrando los ojos de una forma que atemorizaba hasta a los más curtidos criminales.

Ella se echó a reír.

—Eres muy mono.

—¿Mono? —él rodó sobre ella y la atrapó con su cuerpo—. Retíralo.

—Qué mono —dijo Christy, y le pellizcó las mejillas—. Qué ricura, chiquitín.

—Y un cuerno.

Ya estaba bien.

Kota dejó de hacer el tonto y la besó.

Chris sirvió el Orvieto mientras Kota servía su pollo al limón con pasta.

—Dios, me muero de hambre —dijo ella. Pasó un dedo por la mantequilla de limón y se lo lamió. Orgásmico.

—Nos ha entrado apetito, sí —dijo él, y la abrasó con la mirada—. Espero que mañana por la mañana estemos igual de hambrientos.

Si él seguía dirigiéndole la palabra, claro. Ella le dio un trago a su vino. Era hora de dejar de remolonear y contárselo todo.

«Después de la cena».

Cualquier persona razonable estaría de acuerdo en que una noticia como aquella era mejor dársela a alguien con el estómago lleno.

Se sentaron en la mesita, y los perros se tumbaron debajo. Los gatos fingían que dormitaban sobre los alféizares y las barandillas, pero todos estaban esperando a que les dieran algo.

Kota le frotó el muslo con el suyo.

—¿Qué te parece si montamos al atardecer?

Ella enarcó una ceja.

—Si montamos a Sugar —aclaró él, y agitó la cabeza—. ¿Es que no puedes pensar en otra cosa aunque sea cinco minutos?

—No.

Él sonrió.

—Eso me gusta de ti —dijo él, y señaló su plato—. Vamos, come.

—He estado comiendo desde que te conocí. Pasta con esto, pasta con lo otro. Va directamente a mi trasero.

—Eso espero.

—¿En serio? ¿Te gustan los culos gordos?

—Cariño, tú no tienes el culo gordo. Es amplio.

Ella se echó hacia atrás con horror.

—¿Amplio? ¿Tengo un culo amplio?

Él se quedó desconcertado.

—¿Abundante? ¿Generoso?

Ella frunció el ceño, y él abrió las palmas de las manos.

—Nena, es perfecto. Me encanta tu culo. Lo seguiría a cualquier parte.

Aquello tampoco sirvió.

—No está flotando en el espacio como si fuera incorpóreo. Está unido al resto de mi persona —dijo, y se dio unos golpecitos en la sien—. Hay un cerebro que va con este culo.

—Y yo estoy loco por todo el conjunto, pero no puedo evitar sentir debilidad por tu culo. Como tú sientes debilidad por mis brazos —dijo él. Flexionó un brazo, y ella se quedó boquiabierta.

Él recogió un poco de linguine con el tenedor y lo llevó hacia su boca. Ella cerró los labios.

—Cariño.

Ella volvió la cabeza.

—Tu amo dice que abras la boca.

—¿Sabes? Ya está bien de...

Cy pegó un salto y comenzó a ladrar, y les dio un buen susto.

Tana torció la esquina, y los ladridos del perro se convirtieron en gemidos para conseguir caricias.

—Mierda —murmuró Kota, pellizcándose el puente de la nariz—. Todavía no estoy listo para esto.

—¿Y lo dices tú? —preguntó Chris, irónicamente. Notó que le ardían las mejillas, porque ella había visto entero el espectáculo para mayores de dieciocho años.

—¿Qué tal, chicos? —preguntó Tana, y subió las escaleras saltando, sin saber que su trasero estaba grabado en sus mentes.

Chris fue la primera que pudo hablar.

—Hola.

Aquello fue todo lo que pudo decir, pero no fue capaz de dejar de mirarlo de arriba abajo.

Kota se dio cuenta y miró muy mal a su hermano.

—¡Y pensar que Em me dijo que iba a molestaros durante vuestra luna de miel!

Tana acercó una silla a la mesa.

—Sasha está haciendo la cena. No podía verlo —dijo, y olisqueó con apreciación la comida—. Pollo al limón. ¿Te importa? —preguntó, y tomó un poco del plato de Kota—. ¿Cómo puedes conseguir que te quede tan tierno?

—Le doy martillazos —dijo Kota, entre dientes—. ¿Quieres que te lo demuestre?

Tana sonrió y bebió el vino de Kota. Después se apoyó en el respaldo de la silla y miró a Chris.

—Sasha me ha dicho que estás escribiendo un libro.

—Ummm, umm —murmuró ella, y se frotó la frente para intentar quitarse de la cabeza la escena sexual de la playa.

—¿Y sobre qué trata?

—Es la biografía de una periodista.

Tana miró de reojo a Kota. Sin embargo, Kota ya sabía eso, y estaba demasiado ocupado fulminando a su hermano con la mirada como para preocuparse.

—Esa es una elección interesante —dijo Tana—. ¿Alguien a quien conoces?

—En realidad, es mi madre.

Aquello hizo que Kota volviera la cabeza para mirarla.

—¿Tu madre es periodista? —preguntó, como si fuera lo mismo que ser nazi, o terrorista.

Chris alzó la barbilla. No estaba dispuesta a pedir disculpas por Emma.

—Era corresponsal de guerra. Cubrió la guerra de Vietnam y la del Golfo. Todas las zonas más peligrosas.

—Parece un trabajo peligroso —dijo Tana, diplomáticamente.

—Muy peligroso. Mi madre es una heroína y, ahora, tiene Alzheimer. No puede escribir sus propias memorias, así que voy a escribirlas yo —dijo, y miró a Kota—. ¿Tienes algún problema con eso?

Él tragó saliva.

—Es… admirable —dijo. Era obvio que había tenido que buscar una palabra con la que no fuera a atragantarse.

Chris apretó los puños en el regazo. Se había enfadado.

Y estaba muy preocupada. Si Kota no podía soportar a una valiente corresponsal de guerra, ¿qué sentiría con respecto a una alimaña que se había colado en la boda de su hermano?

Y, peor aún, en su cama.

—¿Estás despierto? —preguntó Chris, casi con la esperanza de que no lo estuviera.

—Umm dijo Kota, y la acurrucó con más fuerza contra su costado.

Ella frotó la mejilla en su pecho. Si fuera un gato, estaría ronroneando. La felicidad le producía en el vientre el mismo cosquilleo que las burbujas del champán.

Pero pronto se convirtió en ansiedad.

Había esperado demasiado para darle la noticia. Ahora que ya habían desnudado sus cuerpos, y parte de sus almas, su traición iba a hacerle a Kota mucho más daño que antes.

En Los Ángeles, él había sido la menor de sus preocupaciones. Le preocupaba haberle fallado a Reed. Le preocupaba conservar su trabajo. No decepcionar a su madre. Y, si se sentía culpable por colarse en la boda de un famoso, era porque el engaño no formaba parte de su forma de ser. Todavía no había tenido oportunidad de poner a prueba sus vagas nociones de integridad periodística.

Sin embargo, aquella prueba ya había sido realizada, primero, por Verna y Roy y, después, por Sasha y Tana. Y, sobre todo, por el propio Kota. Al irse a su isla para salvar el pellejo, había descubierto al hombre que había tras la estrella de cine, y se había enamorado de la colección de animales heridos a los que él había dado una segunda vida.

No había nada que pudiera justificar que los traicionara.

Tenía que decir la verdad.

Carraspeó y empezó a hablar.

—Eh… ¿Te acuerdas de que hemos estado hablando de la prensa? Bueno, pues…

—Escucha —dijo él, interrumpiéndola—. Sé que tienes que defender a tu madre. Incluso lo respeto, a un nivel madre-hija. Pero no esperes que yo me suba a ese carro. La prensa mató a mi mejor amigo y, después, expusieron su cadáver en primera página.

Ella se quedó inmóvil. Aquella era una noticia muy grave, muy mala. Desgarradora.

—Lo siento —dijo—. ¿Quién era?

—Charlie Fitz, se llamaba.

Ella intentó recordarlo.

—Hace diez años —dijo él.

—Yo estaba en la universidad, en el Este —dijo ella, y le acarició el pecho suavemente—. ¿Puedes hablar de ello?

Él le cubrió la mano con la suya, apretándosela contra el corazón.

—Charlie tenía una historia antes de llegar a Los Ángeles. Cuando tenía quince años, mató a toda su familia. A sus padres y a su hermano pequeño. Les disparó con un rifle.

—Dios mío…

—Sé lo que estás pensando, pero no era un psicópata —dijo él, y le apretó los dedos—. Estaba ciego de metanfetaminas. Llevaba despierto cinco días seguidos. No había comido. Pesaba menos de cuarenta y cinco kilos.

Cierto, las metanfetaminas eran algo muy malo, pero, de todos modos…

—No recordaba nada después —dijo Kota—, pero no había ninguna duda de que fue él. Los vecinos lo vieron entrar solo y salir empapado en sangre. Los policías lo esposaron a los diez minutos.

—¿Fue a la cárcel?

—No. Su amigo, el que le dio el arma, las drogas y lo envió

dentro de su casa, sí. Pero el abogado de oficio de Charlie era una idealista que acababa de salir de la universidad y se dejó el pellejo por evitar que lo juzgaran como adulto. Le condenaron a seis años en un reformatorio. Y a una vida entera de culpabilidad.

Dios.

—¿Y cómo terminó en Hollywood?

—No podía quedarse en Vermont. Todo el estado sabía quién era. Tenía que mudarse, así que su padrino de Narcóticos Anónimos le presentó a un amigo de Los Ángeles. Era representante, y le enseñó el oficio. Nosotros lo conocimos en nuestro primer día en la ciudad. Él era diez años mayor que yo. Siempre me pregunté si ese fue el motivo por el que nos tomó a Tana y mí bajo su ala. Para expiar la muerte de su hermano pequeño.

Chris se apoyó en un codo. Veía su expresión de tristeza a la luz de la luna.

—¿Qué ocurrió?

—Una periodista, eso es lo que ocurrió. Empezó a investigar para escribir algo sobre mí, sobre mis primeros días en Los Ángeles. Ese tipo de mierda. Averiguó que yo era amigo de Charlie, y se imaginó que había descubierto mi oscuro secreto.

Kota se pasó una mano por el pelo, y continuó:

—Charlie llevaba una vida discreta. No iba a discotecas, y solo iba a fiestas por cuestiones de trabajo. Así que, cuando quedábamos para relajarnos, normalmente era en su casa, para jugar al billar o ver la televisión. O nos marchábamos de la ciudad. Íbamos a Yellowstone y acampábamos durante una semana, o íbamos a esquiar a Park City. Todo eso le pareció sospechoso a Lois Lane, y decidió que yo era gay. Y se imaginó que sacar del armario a Dakota Rain sería su gran oportunidad.

La mujer no se había equivocado en aquello último. Eso la habría hecho muy famosa.

—Husmeó por toda la ciudad. Incluso fue a Wyoming a acosar a mis padres con preguntas. Pero no pudo encontrar nada que confirmara su teoría, así que comenzó a investigar a Charlie.

Tragó saliva, y siguió hablando.

—Charlie no era su verdadero nombre. Se lo había cambiado, y había tomado otras precauciones. Sin embargo, él era consciente de los riesgos, y más aún en la era de Internet. La periodista tardó menos de un día en relacionarlo con los asesinatos. Mi historia quedó en tercera página, y Charlie se quedó con la primera página.

—Dios Santo.

—Las cosas se vinieron abajo muy rápidamente. Sus clientes huyeron como ratas. Sus vecinos pidieron que se mudara. Y sus amigos… ¿qué amigos? Desaparecieron de la noche a la mañana.

Kota se había puesto a sudar, y tenía la piel pegajosa.

—El artículo se hizo viral antes de la hora de comer —dijo—. Los tiburones olieron la sangre y lo cercaron. *ET. 60 Minutes.* La mierda de *Los Angeles Sentinel.*

Dios Santo.

—Yo estaba en Ucrania, rodando alguna porquería del fin del mundo. Nos llegó la noticia veinticuatro horas después. Pero, por el amor de Dios, él tenía teléfono. Podía haberme llamado. Yo habría venido —dijo, en un tono de agonía.

—Lo encontraron boca abajo en la piscina, un par de periodistas. Le hicieron cien fotografías antes de molestarse en comprobar si tenía pulso.

Se tapó los ojos.

—No podían salvarlo, pero… Dios, ni siquiera lo intentaron.

Se le cayó una lágrima por la sien. Chris apretó sus labios contra ella. Su dolor era profundo y, sin duda, la culpabilidad y la vergüenza lo alimentaban.

Porque, por mucho que culpara a la prensa, era obvio que se culpaba mucho más a sí mismo.

—Kota —dijo Christy, con la voz tomada de emoción—. Lo siento muchísimo. No sabes cuánto. Pero no fue culpa tuya. Hay muchos culpables, pero tú no.

Él agitó la cabeza e intentó que lo comprendiera.

—Yo me enteré de que la periodista estaba preguntando por Charlie y por mí. Debería haberme dado cuenta de adónde iban a llegar las cosas. Podía haberla distraído, haberme acostado con ella. Cualquier cosa, para que se olvidara de mi supuesta homosexualidad. Pero yo tenía que dejar claro que no me afectaba lo que dijeran los medios de comunicación. Tana dijo que debía enfrentarme a ella, pero yo me encastillé. Todavía me oigo preguntando que para qué tenía que dar explicaciones si no importaba lo que yo fuera.

—En eso estabas equivocado. ¿Cuántos años tenías, veinticinco? Eras casi un niño. ¿Cómo ibas a saber todo lo que podía ocurrir?

Él giró la cabeza hacia ella y la miró con los ojos empañados, pero con cariño y calidez.

Ella le acarició la piel febril, y sonrió con ternura.

—Te mantuviste firme en tus principios, aunque eso podía haber dañado tu carrera. No te flageles por eso. Fuiste el bueno de la película.

Él quería creerlo. Además, ella tenía razón en cuanto a la culpabilidad. Había muchas cosas sobre las que pensar, y muchas de ellas eran atribuibles a los medios de comunicación. Desde el paparazzi más mercenario hasta los gerifaltes de las grandes cadenas, todos tenían parte de culpa en la tragedia de Charlie. Y cualquiera entendería que la sobredosis de Charlie la habían provocado todos los titulares que se habían escrito sobre él. En *Los Angeles Sentinel* nadie había perdido el sueño por el horrible final de un buen hombre.

Christy se inclinó y lo besó con dulzura y con ternura. Su pelo, una melena de ondas brillantes, cayó sobre ellos y formó un refugio íntimo. Un santuario en el que no podía entrar la fealdad.

Él le acarició el hombro y puso la mano en su nuca, bajo su pelo, para protegerla, para que estuviera a salvo.

Su pecho, que unos segundos antes estaba atenazado, se expandió como si pudiera respirar por primera vez. El corazón se le hinchó tanto que sus costillas apenas podían abarcarlo.

La puso boca arriba y enmarcó su cabeza con ambos brazos, y la miró profundamente a los ojos.

—Christy Gray —le dijo, en un susurro lleno de reverencia—, creo que me estoy enamorando de ti.

Chris sintió dolor y alegría a partes iguales, porque ella también se estaba enamorando de él.

Cerró los ojos por temor a que él percibiera su consternación y malinterpretara el motivo. ¿Por qué no podía ser fácil todo aquello? ¿Por qué tenía que haber aquel feo secreto entre ellos?

No podía contarle la verdad con la historia de Charlie todavía fresca en los labios.

Explicaba muchas cosas, algunas de las cuales ni siquiera entendía él mismo. Por supuesto, tenía buenos motivos para odiar a los medios de comunicación, porque habían contribuido a que su amigo muriera.

Pero aquello no era todo.

Lo que Kota no quería analizar era el papel del propio Charlie en todo aquello. Era obvio que Charlie estaba lleno de culpa, y que esa mecha se había prendido con mucha facilidad. Y ¿quién podía reprochárselo? Los remordimientos debían de causarle un enorme dolor del que no podía librarse.

Sin embargo, Kota, por su naturaleza bondadosa, había aceptado a su amigo herido. Y, ahora, se culpaba a sí mismo por haber provocado que la historia de Charlie saliera a la luz, y por no estar a su lado en el peor momento. Creía que le había fallado a Charlie, y él también tenía el corazón atenazado por la culpabilidad.

Y la culpabilidad, como ella misma había aprendido durante aquellos últimos días, era un catalizador. Con una pequeña chispa de recriminación... ¡Zas! Uno tenía un infierno entre las manos.

En el caso de Kota, necesitaba a alguien más que a Charlie para compartir esa culpa, así que su repulsa hacia los medios de comunicación, cosa justificada, se había convertido en una obsesión contra toda la profesión. Por eso había sitiado la boda de su hermano y su propio hogar.

Ella nunca iba a poder convencerlo de todo eso. Lo más duro de la culpabilidad era que no se podía convencer a nadie de que la desechara. Ni las explicaciones lógicas, ni la comprensión, ni el sentido común, podían debilitar a la culpabilidad cuando ya había clavado sus colmillos y sus garras.

Solo una crisis podía conseguir eso; algo como un tsunami emocional que lo arrastrara todo a su paso, que abriera el paisaje y aclarara los límites de las vistas.

Su propia crisis había tenido lugar veinticuatro horas antes, y solo porque estaba atrapada en una isla desierta con tres personas a las que iba a traicionar. El hecho de estar con ellos y establecer lazos con ellos había convertido la idea de escribir aquel artículo en algo repugnante, y todo su ser se rebelaba contra ello.

Bajo aquella presión, se había dado cuenta de algo que, seguramente, ya estaba claro para la mayoría de la gente: que el sentimiento de culpabilidad por decepcionar a su madre la había llevado a elegir una profesión que no quería y, más aún, la había obligado a aceptar un trabajo que iba contra todas sus convicciones.

Para ella, era una revelación que tenía el poder de cambiar una vida.

Sin embargo, para Kota no iba a significar nada. No solo lo había traicionado, sino que esa traición estaba en el centro de la más profunda de sus heridas. ¿Cómo iba a perdonarla, si su propio sentimiento de culpabilidad lo tenía agarrado por la garganta?

Si intentaba decírselo en aquel momento, su disculpa caería en saco roto. Él solo sería capaz de ver el engaño, que era real e innegable.

Vería mentiras. Vería al enemigo.

Vería a una prostituta que había vendido su cuerpo a cambio de un artículo.

Chris vio su mirada de amor, y se dijo que tenía cuatro días para convencerlo de que ella merecía la pena.

Cuatro días que iban a pasar muy rápido.

Cuatro días para hablar, reírse y hacer el amor en la playa.

Cuatro días para demostrarle todo lo que significaba para ella.

Cuatro días antes de tener que decirle la verdad.

Lo entendió. Mirando el rostro de Christy, sus pestañas largas, sus mejillas pálidas y sus labios rojos, ligeramente separados como si esperara un beso, Kota lo entendió.

Eso era lo que sentía Tana.

Antes, la cara de bobo que se le ponía a su hermano, como si el sol saliera y se pusiera en los ojos de Sasha, le causaba risa. En aquel momento, miró a Christy a los ojos y sintió que se hundía en ellos.

Y eso era enamorarse; otra revelación asombrosa.

Sonrió con todo el corazón. Por fin se habían resuelto todos los misterios del universo. Por fin entendía por qué la gente deseaba aquello, por qué se lanzaban a ello con todas sus fuerzas, costara lo que costara. Por qué sufrían tanto cuando lo perdían.

Le dio un beso en los labios y la tocó con la barbilla. Le acarició el pelo y trazó pequeños círculos con las yemas de los dedos en su cráneo. Metió la rodilla entre sus piernas.

—Christy, cariño —susurró—. Te voy a hacer el amor ahora.

Ella le acarició la espalda, deslizó las manos por su piel con lentitud, con ternura.

—Kota —dijo ella, con la voz entrecortada—. No me esperaba esto. No esperaba que fuera a sentir eso.

—Yo tampoco, cariño. Pero me gusta. Me gusta todo lo que está pasando.

Unió la segunda rodilla a la primera, y ella separó las piernas para hacerle espacio. Él le cubrió de besos la mandíbula y a ella se le escapó una suave risa. Después, abrió los labios para acoger su lengua.

Él quería hacerlo con calma, como el príncipe que despierta a la princesa con un beso después de veinte años de encantamiento. Sin embargo, ella tenía otra idea. Levantó la cabeza de la almohada para besarlo con más fuerza, y alzó también las caderas para invitarlo a que entrara en su cuerpo.

Se olvidó de todas las ideas de una relación de cuento de hadas. Aquello era real, y quería estar dentro de ella. Ella ya estaba dentro de él, recorriéndole las venas, hinchándole el corazón y el sexo.

Con un movimiento ágil, la agarró por las caderas y se sentó de rodillas, sujetándola contra sus muslos y sentándosela sobre el pene. Una sola acometida, y estuvo dentro de ella, y a ella se le abrieron mucho los ojos de la sorpresa y la maravilla. Había desencadenado al animal que había dentro de Kota .Y le gustaba.

Él la sujetó erguida y entró aún más en ella, y le mordisqueó un pezón mientras ella se arqueaba hacia atrás. Le sujetó con las manos el glorioso trasero para ayudarla a cabalgar sobre él, y se caló los dedos con la humedad que ambos habían creado.

Ella se agarró a sus hombros y se dio impulso con los muslos hasta que ya no pudo más. Entonces, él tomó de nuevo las riendas, se puso de rodillas y se colocó las piernas de Christy alrededor de la cintura.

—Espera, nena —murmuró, y la tendió boca arriba, intentando no aplastarla pero muriéndose por aplastarla y absorberla a través de la piel.

Era sexo y era algo más, y aquel extra lo convertía en algo mejor, mucho mejor de lo que nunca había sido. Ella lo agarró del pelo y atrajo sus labios para besárselos, y aquello fue algo más que un beso; fue lava que se extendió por encima de ellos, que se coló por todos los intersticios de sus cuerpos hasta que latieron con un solo corazón, piel contra piel.

Y, cuando llegaron al orgasmo, llegaron juntos, y no había Kota ni Christy. Eran solo una llama, una llama que ardía brillantemente.

CAPÍTULO 19

Le dolían todas las células del cuerpo. Todos los folículos del pelo. Todos los cabellos.

El cuerpo de Chris había pasado de estar infrautilizado a trabajar como una mula en un lapso de veinticuatro horas, pero veinticuatro horas extremadamente asombrosas.

Los grifos de la ducha no habían tenido piedad, y el agua le había golpeado el cuerpo dolorido. Tenía moratones en las piernas, en forma de marca de dedos. Y se los había ganado todos y cada uno de ellos.

Pero ya era suficiente. Cuando Kota entró al baño y se detuvo tras ella, gimió.

—Primero, comida. Y café.

Él la rodeó con un brazo y le puso una taza de café humeante debajo de la nariz.

—Oh, Dios mío. Te quiero.

Aquello se le escapó de la boca.

Él le besó la nuca.

—Yo también te quiero, nena.

Oh, Dios... ¿podía ir peor todo?

—Yo... eh...

Chris se rindió. ¿Qué podía decir? La pasta de dientes había salido del tubo.

—Haré lo que te apetezca más —dijo él—. ¿Tortitas? ¿Una tortilla? ¿Una frittata?

Pese a todo, Chris notó que le rugía el estómago.

Él la rodeó con un brazo y extendió la mano por su vientre, que ya no tenía nada de plano.

—Me encanta que comas en condiciones. Las mujeres delgaduchas ya no me valen.

Ella apretó los dientes. Primero, un trasero amplio. Ahora, no delgada.

Bueno, las dos cosas eran ciertas, pero ¿qué sería lo siguiente? ¿Pechos caídos?

—Una tostada —dijo ella.

—¿Una tostada? —preguntó él, con una evidente desilusión.

Ella suspiró.

—Está bien, una tostada francesa.

—Volando —dijo él, y le dio otro beso en la nuca.

Cuando la puerta se cerró tras él, ella apoyó la frente en el azulejo y se dio unos golpecitos.

«¿Qué voy a hacer? Decírselo, eso es lo que tengo que hacer. No puedo esperar cuatro días. No puedo posponerlo más. Nada de sexo, ni de «Te quiero», hasta que las cartas estén sobre la mesa».

Cuando llegó a la cocina, se encontró con otro episodio de *Cocinando con Kota*, en aquella ocasión, sin camisa.

Tomó a Tri y se sentó en el taburete. Él sonrió y le puso otra taza humeante en la encimera.

Mientras tomaba el café, lo vio agacharse, remover y espolvorear, y devoró la visión de los movimientos de sus músculos con la mirada, descaradamente. Era deslumbrante, tanto, que ella tardó un momento en darse cuenta de que él estaba sobreactuando.

Sin embargo, cuando Kota agarró con fuerza el salero para que se le abultaran los músculos del brazo, ella lo miró a la cara, y él se echó a reír.

—Qué gracioso —dijo Chris, y se cruzó de brazos.

—Cariño, yo me pongo igual de bobo cuando te miro el trasero.

—Mi amplio trasero. En mi cuerpo no delgado. Con mis tetas caídas.

Él se quedó escandalizado.

—Tú no tienes las tetas caídas.

—Todavía, no, pero estoy segura de que, cuando ocurra, me lo dirás.

Él la señaló con una cuchara de madera.

—Hablando de tus tetas.

—¿Qué? ¿Demasiado grandes? ¿Demasiado pequeñas? No me importa lo que digas, no voy a cambiarlas.

Entonces, él sí que se quedó horrorizado.

—No quiero que las cambies. Son perfectas para mis manos. Y, nena, yo tengo unas manos grandes.

Volvió a señalarla con la cuchara, en aquella ocasión, al pecho.

—Lo que quería decir es que no sé por qué dices que no sientes nada ahí. No me lo ha parecido.

Ella se suavizó.

—Eso es por ti. Tú les gustas.

Él sonrió.

—¿Les gusto a tus tetas?

—Eso parece, porque nunca han notado nada con otros hombres. Pero contigo, es diferente.

Él dejó la cuchara y rodeó la isla.

—Deja que me las coma —le dijo, y se metió debajo de su camiseta—. Umm, no llevas sujetador. Me gusta.

Ella se hinchó y le llenó las palmas de las manos.

—No sé lo que les pasa —murmuró—. Han perdido la cabeza.

Él dejó a Tri en el otro taburete y sentó a Chris en la encimera. Después, le quitó la camiseta y dio unos pasos atrás para admirarla.

Después de un estudio largo y lento, alzó los ojos y los clavó en los de ella.

—Puede que tus tetas me gusten tanto como tu trasero.

Ella sonrió.

—Y puede que a mí me gusten tanto tus hombros como tus brazos.

Él se quedó sorprendido.

—¿Lo que más te gusta de mí son mis brazos? ¿De todo?

Ella se encogió de hombros inocentemente.

—¿Qué podría ser mejor?

Entonces, él se acercó a ella y la tomó del trasero, y la atrajo hasta el borde de la encimera para que sintiera su erección.

Ella gimió, en parte por excitación, en parte por consternación.

—Está bien, me rindo. Eso es lo que más me gusta. Pero, si lo utilizas ahora, voy a morir.

Él le tomó la cara entre las manos.

—¿Te he hecho daño, cariño?

—No —dijo ella—. Pero estoy agotada. Y hambrienta. Podría pelearme con Bumble por su comida.

Los dos se dieron la vuelta y miraron al gato, que estaba comiendo.

—Es más duro de lo que parece —dijo Kota.

—Eso no es difícil —respondió ella, porque Bumble estaba escuálido—. ¿No va a engordar nunca?

—No. Tiene cáncer.

—Oh, no —dijo ella, con una punzada de dolor.

—Bueno, ha tenido una buena vida. Ha pasado cuatro años aquí, a lo grande. Va a venir a Los Ángeles con nosotros para que, cuando llegue el momento, pueda dormirlo.

Aquella era la desventaja de querer tanto a tantas criaturas.

Chris entrelazó sus dedos con los de Kota.

—Es afortunado por tenerte a ti. Todos son afortunados.

Y ella quería, desesperadamente, ser así de afortunada también.

Tana apareció después del desayuno, y se quedó con ellos una hora. Una hora a solas con Christy que Kota no iba a recuperar nunca.

Cuando, por fin, su hermano se marchó, él la puso en la hamaca.

—Dios, pensaba que no se iba a ir nunca.

Ella se rio con su risa grave y sexy.

—Te estaba molestando. Cuanto más intentabas librarte de él, más insistía.

—No, no se entera de nada.

Ella puso los ojos en blanco.

—Mira quién fue a hablar. Tú eres la persona más fácil de engañar que he conocido en la vida.

—Retira eso, nena —le dijo él, con una mirada amenazante—. Di: «Kota es el tipo más malo que conozco».

—Pfff.

Él hizo malabarismos con ella. La hamaca se movió peligrosamente, pero Kota consiguió ponerla donde quería, estirada sobre su cuerpo, con los senos aplastados contra su pecho y sus piernas entrecruzadas con las de él.

Ella se apoyó con los puños en su pecho y puso la barbilla encima. Tenía los ojos del color del caramelo, y sonrió deliciosamente.

Aquel día estaba más tranquila. Era como si tuviera el corazón más ligero. Como si, finalmente, hubiera dejado de resistirse y estuviera dispuesta a dejarse llevar.

Como si estuviera enamorada.

Entendía aquel sentimiento. Él también estaba más tranquilo, más ligero.

Eso le predispuso a perdonar.

—Voy a dejar pasar lo que has dicho con una condición: Tenemos que demostrar que es posible mantener relaciones sexuales en esta hamaca.

—¿Cómo?

—No importa cómo, ni quién esté encima, siempre y cuando consigamos hacerlo.

Y lo consiguieron.

También lo consiguieron en la cama elástica.

Y en la piscina.

Y en una tabla de surf. Aunque con algo de agua en la nariz.

Él intentó conseguirlo también sobre el lomo de un caballo,

mientras estaban dando un paseo al atardecer con la manada, pero Christy puso allí el límite.

—Tal y como están las cosas, no voy a poder montar a caballo durante una semana. Claramente, no puedo montar a caballo y montarte a ti.

Él le dio una palmada afectuosa a Sugar en el flanco trasero, y ella se marchó con la manada.

—Supongo que puede esperar. Tengo caballos también en Los Ángeles.

Los Ángeles. En aquel momento, le parecía otro mundo. Sin embargo, cuando bajaran del avión, él volvería a tener jornadas de doce horas de trabajo. Tendría que hacer algunos cambios para tener tiempo de estar con Christy. Y, entonces, se preguntó cuál sería su horario.

—Bueno, ¿y qué haces tú en Los Ángeles? ¿Quién es Christy Gray?

Ella se tropezó y estuvo a punto de caer de bruces.

Kota la agarró por la cintura.

—¿Estás bien? ¿Te has torcido algo?

—Sí, sí, estoy bien —respondió ella, disimulando una pequeña cojera.

Él la llevó hasta el tronco caído.

—Siéntate un momento. Voy a mirarte el tobillo —dijo, y se agachó—. Se te está hinchando.

—Siempre ha sido más grande que el otro.

Él la miró con lástima.

—Te lo has torcido. Habrá que ponerte hielo cuando lleguemos a casa.

Por el momento, tenían que disfrutar de la puesta de sol.

En el tronco solo había espacio para uno, así que él se la sentó en el regazo.

—Cuéntame cómo son tus jornadas.

—Escribo.

—¿Amigos?

—Tengo unos cuantos de la universidad, pero la mayoría viven en el Este.

Aunque era difícil sonsacarle información, él insistió.

—¿No tienes amigos del instituto?

Ella jugueteó con los dedos.

—Estaba viajando con mi madre. Ella me educó en casa, más o menos. Tengo mucha experiencia en accidentes geográficos y hechos reales.

—Pero te perdiste la interacción social. Las fiestas de los viernes por la noche. Los bailes.

—Pandillas. Chicas malas. Perder la virginidad debajo de las gradas. ¿A cuántas chicas desvirgaste?

—A Verna Presky, no.

Chris se echó a reír. Era obvio que se sentía más cómoda bromeando que hablando de sí misma.

—Seguro que eras el capitán del equipo de fútbol.

—Compartía el puesto con...

—No me lo digas. Con Earl Quigley —dijo ella. Se puso una mano sobre el corazón, y pestañeó soñadoramente—. Quiero conocer a ese hombre. Parece un tipo seductor.

Él gruñó como si fuera un enorme perro.

Ella le dio un beso en la nariz, como si fuera un cachorrito.

—«Antes me parecía que tenías aspecto de tipo peligroso, pero, perro ladrador, poco mordedor».

Al oír aquello, Kota se echó a reír.

—Te has estado leyendo el guion.

—Te lo dejaste en la mesilla de noche —respondió ella, con una sonrisa—. Se lee rápidamente. No tiene mucho diálogo. Tienes que entrecerrar mucho los ojos a lo lejos, entrecerrarlos para mirar a los malos, y entrecerrarlos para mirar a Sissy como se apellide hasta que averiguas que solo es una bailarina del salón que tiene un corazón de oro. Después, entrecierras los ojos para mirar a su chulo y, después, para mirar a los malos otro poco.

—Y, al final, los mato a todos a tiros, ¿no?

Ella asintió.

—Es bastante gratificante, en realidad. Un buen argumento construido sobre un río de sangre. Y me gusta que te dejes al chulo para el final —dijo, y se frotó las manos.

—Sedienta de sangre, ¿eh?

—Y vengativa. Deberíais añadir una escena en la que Sissy bailara sobre su tumba. Y, de paso, podíais cambiar el final para que te quedes con ella, o ella se vaya contigo. Porque es realmente triste que, después de todo lo que pasáis juntos, tú termines más solo que la una.

Él la miró a los ojos. Sí, el sol salía y se ponía en ellos.

—A mí nunca me ha importado estar solo. Pero esto me gusta más.

—Oh —murmuró ella. Ladeó la cabeza, y sus ojos se llenaron de calidez. Él le acarició las mejillas con las manos, como si fuera lo más precioso que había tocado en la vida.

Y ella lo besó con ternura.

Con ternura.

Nunca lo hubiera imaginado.

Kota apartó el paquete de hielo del tobillo de Chris y lo examinó con cuidado.

—Tienes que guardar reposo en cama —le recetó—. Boca arriba. O boca abajo. O de rodillas.

Ella exhaló un suspiro de falsa resignación.

—Intentaré aprovechar el tiempo lo mejor posible.

Él apagó la luz y se tendió a su lado en la cama. Ella apoyó la cabeza en el hueco de su hombro, y posó la pierna sobre las de él. Por la ventana se veían las estrellas, y parecía que estaban tan cerca que era posible tocarlas. La luna brillaba sobre los árboles.

Chris apoyó la palma de la mano sobre su pecho caliente.

—Sigo pensando en lo de la escuela de Veterinaria —le dijo.

—Yo, también —dijo él. Se sorprendió a sí mismo con aquella contestación, pero continuó—: Tana ya se ha establecido. Sasha está con él, y lo cuida. Ya no me necesita como antes.

Ella alzó la cabeza para mirarlo a la luz de la luna.

—¿Quieres decir que te has quedado en Hollywood todos estos años para cuidar de Tana?

¿En serio? Tana tenía treinta y cuatro años y era alguien muy poderoso en la industria cinematográfica, y tenía la fuerza suficiente como para romper una casa con sus propias manos.

—Soy su hermano mayor —dijo Kota, como si eso lo explicara todo—. Llevo cuidándolo desde que empecé a andar.

—¿Y tus padres? ¿No os cuidaban ellos?

Él soltó una carcajada seca.

—Mi madre biológica era yonqui. Nos daba de comer cuando se acordaba, pero lo que más le interesaba era su siguiente dosis. Sin mí, Tana se habría muerto de hambre.

—¿Y tu padre?

—Él también era drogadicto, pero no tanto como ella, seguramente porque la quería. Para mantenerla con vida, tenía que darle un techo y alimentarla cuando ella no se preocupaba de comer —explicó Kota, y encogió un hombro—. Así que también nos mantuvo vivos a nosotros. Cuando ella tenía techo, nosotros también lo teníamos. Cuando ella comía, nosotros, también.

Chris intentó imaginárselo, pero no pudo. ¿Cómo era posible que dos drogadictos débiles y egoístas hubieran tenido a dos hijos tan inteligentes y exitosos?

—En mi opinión —prosiguió Kota, como si le hubiera leído el pensamiento—, mi padre era un buen hombre que se enamoró de la mujer equivocada. Puede que ella fuera distinta antes de las drogas, no lo sé, pero la mujer que yo recuerdo era un despojo. La mayor parte del tiempo estaba drogada, o llorando, o tenía el mono, o embobada de felicidad, mirando a la pared. Pero mi padre nunca dejó de quererla. Cuanto más se hundía ella, más salía él para poder cuidarla.

Qué príncipe.

—Al final, él se desenganchó —siguió Kota—, lo cual es más difícil de lo que yo pensaba, e incluso empezó a interesarse por Tana y por mí. No nos llevó a la guardería, ni nos dio una vida normal, porque no podía. Nos mudábamos cada pocos meses. Pero, por lo menos, nos hacía ver *Barrio Sésamo* en vez de los concursos.

El padre del año.

—Tenía un amigo en Casper, seguramente el único al que no había engañado. El tipo era un constructor especializado en cubiertas y tejados, y le dio trabajo fijo a mi padre. Y a mi padre se le daba bien. Era un tipo grande y fuerte. Vivíamos en un hotel, pero mi padre estaba ahorrando dinero para comprar un apartamento. Incluso nos llevó al colegio a Tana y a mí. Nos prometió que nos dejaría tener un cachorrito. Se suponía que íbamos a empezar de cero.

Chris se preparó para escuchar la tragedia que se avecinaba.

—Pero mi madre encontró el dinero, y desapareció con él. Y mi padre se enfadó. Llevaba años trabajando como una mula, y el dinero se había ido por el desagüe en cuestión de minutos. No era un tipo violento, pero, cuando encontró el libro en el que guardaba los billetes, que estaba abierto sobre la cama, lo lanzó contra la pared y gritó: «No te vas a meter el futuro de mis hijos por el brazo».

Ella le cubrió una mano y se la apretó contra el corazón. A él se le había quebrado la voz de la emoción.

—Sé que tardó demasiado en llegar a aquel momento, pero más vale tarde que nunca, ¿no?

Ella dio una contestación neutral y se guardó la opinión. Si él necesitaba creer que su padre se había redimido, ella no iba a contradecirle.

Kota respiró profundamente y siguió hasta el final.

—Estaba sucio del trabajo, pero se dio la vuelta para ir tras ella. Por primera vez, nos antepuso a nosotros a todo lo demás. Se detuvo en la puerta y miró hacia atrás; Tana y yo estábamos paralizados. Y me miró a los ojos. «Cuida de tu hermano», me dijo. Me lo dijo como si supiera que no iba a volver.

Chris notó, bajo la palma de la mano, que a Kota se le aceleraba el corazón.

—Estuvimos solos cinco días —dijo él—. Hasta que el encargado del edificio llegó a cobrar el alquiler. Él llamó a la policía. Los policías nos llevaron a comisaría y nos dijeron que papá había muerto. El camello de mi madre le había pegado un tiro, y a ella se la había llevado. Estaban en paradero desconocido. Una hora después, Tana y yo estábamos bajo la tutela del estado.

Así, la última instrucción que le había dado su padre, en quien acababa de empezar a confiar, se convirtió en el propósito de la vida de Kota.

Eso explicaba muchas cosas. No solo el trauma de abandono que tenían los hermanos, sino por qué Kota era una persona tan tierna. Por qué había sacrificado los estudios de Veterinaria para seguir a Kota a Los Ángeles. Por qué intentaba controlar todas las situaciones, llegando hasta el punto de comprarse una isla.

Explicaba por qué, película tras película, interpretaba a un personaje que acababa con los malos y hacía del mundo un lugar más seguro para los padres y los hijos y, después, desaparecía solo entre la humareda.

Era algo profundo que conmovió a Chris. Ella empezó a llorar silenciosamente por aquel niño que se había convertido en hombre demasiado pronto, y por el hombre que seguía atrapado en la peor pesadilla de un niño.

Él había compartido todo aquello con ella, y ella ni siquiera le había dicho dónde vivía.

Se acurrucó contra él y escondió las lágrimas en su pelo.

—Vivo en Lookout Mountain Avenue —dijo, con la voz entrecortada—. En la casa que tiene un león de piedra en el jardín delantero.

A él se le escapó una carcajada corta, rasgada. La abrazó con fuerza. Sin embargo, todavía no había terminado.

—He omitido una parte de la historia —dijo él, con un susurro—. Todo fue culpa mía. Si no la hubiera dejado que tomara el dinero, mi padre no habría tenido que ir a buscarla. No habría muerto.

Aquella última parte le rompió el corazón a Chris.

—Dios mío, Kota, eras un niño. No habrías podido detenerla. No me importa que fueras grande para tu edad. Meterse entre un yonqui y su dosis es peligroso incluso para un adulto.

Se abstuvo de decir que habían sido las malas decisiones de su padre las que habían puesto a sus hijos en aquella situación.

Kota se sentía más confortable culpándose a sí mismo que haciendo responsable a su padre.

—Solo quería que lo supieras —dijo él— antes de que nuestra relación siga adelante.

—Claro. Gracias —dijo ella, y sintió ira, no por causa de Kota, sino por causa de los padres que lo habían maltratado—. Yo no querría enamorarme de un hombre a quien su madre destrozó cuando tenía cinco años. Vaya un perdedor. Debería haber manejado mejor la situación. Debería haberla golpeado y haber recuperado el dinero, porque eso sería mucho más impresionante.

Por un momento, él se quedó callado, y ella se preguntó si no habría llegado demasiado lejos.

Entonces, él dijo:

—Bueno, está bien, creo que he sido un poco melodramático.

—¿Tú crees?

Kota se echó a reír con ganas y, después de un segundo, ella también se rio. Las risas aumentaron hasta que la cama vibró. Eran de alivio y de hilaridad. De catarsis.

Seguido de un buenísimo sexo.

Chris se incorporó en la cama y se sentó.

—Necesito hacer una llamada de teléfono.

—No lo dirás en serio —dijo Kota—. Estamos en mitad de la noche.

—Aquí, sí, pero en Los Ángeles no es tan tarde.

Él se sentó y encendió la luz. A ella se le encogió el corazón al verlo, cálido, despeinado y gruñón.

—¿No puede esperar hasta mañana?

—No. Necesito llamar para preguntar por mi madre.

Eso era cierto, pero solo en parte. Tenía que llamar inmediatamente a Reed para dejar su trabajo. En realidad, ya lo había dejado veinticuatro horas antes, pero, ahora que Kota se había abierto a ella, necesitaba hacerlo oficial.

Y, entonces, se lo contaría todo. Quería compartir una vida con él, y quería empezar aquella misma noche.

Él se levantó y ella lo siguió por el pasillo hasta la cocina. Tenía un cosquilleo en el estómago, en parte de impaciencia y en parte, de temor. Él sacó el teléfono, le enseñó cómo utilizarlo y le dio un beso en los labios.

—Estaré en la cama, esperándote —le dijo, y ella lo vio desaparecer hacia el dormitorio—. Espero que tu madre esté bien.

Chris sonrió. Tal vez a Kota no le cayera bien su madre por principios, pero, después de todo lo que había pasado en la vida, sabía apreciar a una madre que cuidaba de su hija.

Marcó el número de Reed. Él respondió con una voz somnolienta.

—Hola, soy Christine. Siento haberte despertado.

—Chris —dijo él, y ella se lo imaginó pasándose una mano por la cara para despejarse—. ¿Va todo bien?

—Sí —dijo ella. Por el momento—. ¿Qué tal está mi madre?

—Hoy mismo he ido a verla. Está bien —dijo. De repente, su tono se endureció—. Owen me está acosando para que te encuentre. Te dije que no llamaras.

—No pasa nada. Owen puede utilizarme de chivo expiatorio si quiere. Voy a dejar el *Sentinel*. Voy a dejar el periodismo.

Hubo un silencio.

Después, Reed dijo:

—Mira, Chris, sé que esto es muy duro. Estás cargando con algo que no es culpa tuya. Pero tienes que endurecerte. Esta no es la última vez que te van a patear en la profesión.

—Bueno, en realidad, sí, porque voy a dejarlo. Y no es por culpa de Owen, o no directamente, al menos.

Ella tomó aire y lo dijo en voz alta:

—Me he enamorado de Dakota Rain.

Reed soltó un resoplido.

—Vamos, Chris. No vas a abandonar tu carrera profesional porque te hayas encaprichado de un actor.

—No es un encaprichamiento. Y, de todos modos, solo es uno de los motivos. Me cae bien esta gente. No tengo agallas para utilizarlos. Y a mi madre le espantaría —dijo. Reed no podía contradecir aquel argumento.

Una pausa. Después, él dijo:

—A tu madre le espantaría, sí, pero porque ella trabajó en una época distinta. Si todavía estuviera en la profesión, entendería que las cosas han cambiado.

—Y eso también le produciría repulsión. Si se viera obligada a hacer algo así, ella también dejaría la profesión. Querría que yo la dejara también. Piénsalo, Reed: investigar de incógnito grandes sucesos es un trabajo honrado, si es la única manera de conseguir la verdad. Y cubrir eventos sociales también es un trabajo honrado, aunque sea aburrido. Pero ¿colarse en un evento social para informar sobre él? Eso combina lo peor de los dos mundos, y mi madre no lo incluiría en la definición de Periodismo. Colarse en la boda de un famoso no haría que se sintiera orgullosa. Haría que se estremeciera.

—No me gusta lo que estás queriendo decir, jovencita.

—No te estoy criticando. Tienes razón en que debes adaptarte si quieres seguir en el juego, y gracias a Dios que sigues ahí, manteniendo el nivel en un lugar cercano al que estaba. Pero, en mi caso, me dediqué al Periodismo porque era lo que quería mi madre, y me sentía culpable por decepcionarla. Quería que ella estuviera orgullosa de mí. Pero, Reed, ella quería que yo fuera una periodista seria. Una periodista de las que cambian el mundo. Y yo no estoy hecha para esto. No me gusta.

Otro silencio. Entonces, él dijo, en tono de cascarrabias:

—Me jugué el cuello por ti.

—¿De verdad? ¿De verdad que no lo hiciste por mamá?

—Demonios, Chris. Si supiera que he permitido que ocurriera esto, me despellejaría.

Chris apoyó la cabeza en la nevera.

—Estoy intentando decirte que todo esto al final ha sido una suerte. Yo empecé en el Periodismo por mamá, y tomé la decisión equivocada. Todo este asunto de la boda me ha empujado a tomar otra decisión. Y es mejor que lo haga ahora, antes de malgastar diez años en tratar de ser alguien que no soy.

Tri le dio un golpecito en el tobillo. Ella lo tomó bajo el brazo.

—Siento haberte causado problemas con mi equivocación. Owen se va a poner como un basilisco.

Reed soltó un resoplido.

—Se va a poner furioso por lo del reportaje sobre la boda, pero se va a quitar a Buckley de encima —le dijo—. ¿Estás segura, Chris? ¿Qué vas a hacer ahora?

—Escribir la biografía de mamá. Tal vez, cantar un poco.

Lo intentaría en Los Ángeles, si Kota quería seguir con ella.

—No te preocupes por mí. Estoy bien. Estoy muy muy bien.

Le dio un beso en la nariz a Tri.

Ya solo tenía que decírselo a Kota.

Lo encontró boca abajo, completamente dormido, ocupando tres cuartos de la enorme cama.

Le dio un golpecito con los nudillos, pero él no reaccionó. Siguió durmiendo, incluso aunque le golpeó de nuevo con los nudillos en las costillas.

Sintió un gran alivio, y decidió no dar el gran paso en aquel momento. Se acurrucó contra su costado. Una vez que lo había hecho oficial con Reed, la urgencia se había mitigado un poco. Podía esperar hasta la mañana siguiente para decírselo a Kota.

¿Qué daño podía hacer?

Algo sacó a Kota de un sueño muy agradable y muy erótico. Estaba en la fiesta de la boda, pero él era el único invitado, y Christy estaba en el escenario, también sola. Estaba desnuda, con sus pezones rosados y su trasero redondo, y los labios carnosos y rojos, cantándole la más ardiente de sus versiones de *Fever*.

Era tan real que casi podía saborear el sudor salado de su piel.

Entonces, se entrometió un mosquito que empezó a zumbar alrededor de su oreja, molesto e insistente, que pronto iba a aplastar entre las palmas de las manos.

Abrió los ojos. La luz del día borró de un plumazo el sueño. Miró a su alrededor, pero el mosquito no estaba en la habitación.

Era un avión que sobrevolaba su isla.

Apartó la sábana de golpe y se levantó de un salto.

—¿Qué ocurre? —preguntó Christy, con sueño, desde el otro lado de la cama.

—Alguien está sobrevolando mi isla —dijo él.

No se había comprado una isla para que cualquier imbécil pudiera entretenerse despertándolo al amanecer. Se puso los pantalones cortos y salió a la puerta.

Cy lo siguió, completamente alerta, por el pasillo.

Christy los alcanzó en el patio.

—Vuelve dentro —le gruñó él. Si era un paparazzi, no iban a poner fotos de su mujer en Internet. Aquel día, no.

Se protegió los ojos del sol con una mano y buscó el avión. Cuando lo vio, bajó la mano y se quedó perplejo.

—Es mi Cessna.

A ella se le encogió el corazón. Él se fue corriendo hacia el carrito de golf, y ella lo siguió, junto a los perros. Todos fueron juntos hacia la pista de aterrizaje.

—Vaya —dijo Christy, agarrándose al salpicadero.

—Lo siento, pero esto no puede ser nada bueno. Mis padres tienen el número de teléfono. No hay ningún motivo para que nadie venga aquí si es que a ellos no les ha ocurrido nada.

—Oh, Dios…

El avión ya había tomado tierra cuando llegaron a la pista. Em estaba bajando por las escalerillas.

—Em, ¿qué ocurre? —preguntó Kota, agarrándola del brazo antes de que tocara la pista.

Entonces, Mercer apareció en la portezuela del avión vestido con un traje negro. Tenía una expresión adusta.

—Tus padres están bien —dijo Em, que le había leído el pensamiento.

A Kota le temblaron las piernas de alivio. Se agarró a la barandilla con una mano y, con la otra, a Christy. Ella se colocó bajo su brazo para darle su apoyo.

—Dios, pensé que…

—Lo sé, y lo siento mucho. Ojalá pudiera haberte llamado, pero es mejor así.

Él se rehízo y respiró profundamente.

—Está bien, ¿cuál es el problema? ¿Qué hace Mercer aquí?

—Hay una cosa que tienes que saber —dijo ella, y miró a Christy—. Es periodista.

Él soltó un resoplido.

—Trabaja para el *Sentinel*. La enviaron a la boda para espiar.

Empezó a sentir dudas. Negó con la cabeza, lentamente.

—No. Vino con la banda de música. Es cantante.

Hacía tan solo diez minutos que le había cantado a él, personalmente, en sueños.

—Kota —le dijo Em, tomándolo del brazo—. Sabes que no habría venido si no estuviera completamente segura. Mercer lo ha comprobado todo. Es cierto que antes cantaba con Zach, y estamos seguros de que él no sabía nada de lo que pretendía su hija. Sin embargo, ella es la periodista de asuntos del corazón del *Sentinel*, y nuestras fuentes nos han confirmado que la enviaron a hacer un reportaje de la boda para el suplemento del domingo.

Él se giró hacia Christy. Ella estaba pálida.

—Espera —dijo él—. Diles que no es verdad.

Ella lo miró a los ojos, pero él vio a una extraña, asustada y desesperada. Sintió que el suelo se abría bajo sus pies.

—Lo… lo he dejado. Lla… llamé a Reed y…

—No —dijo él. Se alejó de ella y apartó la mirada de su cara—. Em… Dios, sácala de aquí. Recoge sus cosas y métela al avión.

Em agarró a Christy de la muñeca cuando ella intentaba alcanzarlo.

—Ni se te ocurra —le dijo, y tiró de ella, haciéndola girar hacia el carrito de golf. Christy se tropezó con el tobillo malo. Tri saltó al suelo desde sus brazos, y ella cayó sobre una rodilla.

Kota le dio la espalda. Tenía hielo líquido en las venas. Se encontró a Mercer delante, y lo zarandeó con ambas manos.

Mercer retrocedió un paso, pero su expresión no se alteró.

—La mujer de tu hermano la puso en la lista en el último momento —dijo. Aquella era la única explicación que iba a darle. Pero se tiró de los puños de la camisa. Giró el cuello. Un lenguaje corporal que quería decir: «Apártate».

A Kota no le hubiera importado que sacara una pistola y le pegara un tiro.

—Cuéntamelo todo —dijo, con rabia.

Mercer se lo contó al estilo militar.

—El nombre legal del sujeto es Christine Case.

Así que incluso su nombre era una mentira.

—Después de cantar en la banda de su padre, Zach Gray, durante seis años, la contrató el *Sentinel*, hace veintiséis meses. Ha trabajado en sociedad hasta que, hace aproximadamente un mes, se pasó a las noticias, pero su primer gran reportaje salió mal, y provocó la ira de la senadora Buckley, a quien se mencionaba en el reportaje. Reed Washington, el editor jefe del *Sentinel* y gran amigo de su madre, Emma Case, intervino en su nombre.

Qué habilidosamente había mezclado verdades y mentiras. Kota se pellizcó el puente de la nariz.

—Me estás aburriendo, Mercer. Ve al grano.

—Reed Washington le ordenó a Christine Case que se infiltrara en la boda y escribiera sobre el evento.

Pero ella había conseguido muchas más cosas, ¿no? Mucha más información. Porque él era un estúpido y se había dejado fascinar por ella, y no había mantenido la boca cerrada.

El corazón se le convirtió en hielo.

Fulminó a Mercer con la mirada.

—Has tardado mucho en averiguar todo esto.

Mercer se puso rígido.

—Teníamos la información el domingo al amanecer, pero tú ya te habías marchado con ella. Tus padres se negaron a darnos el número del teléfono por satélite. Y tu madre… —dijo Mercer, con desdén— se empeñó en que no empleáramos nuestros métodos normales para acceder a esa información.

Kota le enseñó los dientes.

—Tú trabajas para mí, no para mi madre.

Mercer también sacó los colmillos.

—Al principio me informaste de que, cuando estás incomunicado, tu asistente personal tiene potestad para actuar en tu nombre. Ella accedió a los deseos de tu madre.

Así que la culpa era de Em. Le iba a patear el trasero antes de despedirla. Nunca más trabajaría en Los Ángeles.

Eso ocurriría después.

—Entonces, ¿por qué has venido? ¿Es que las damas te han soltado la correa?

Mercer mantuvo la calma pese al desprecio de Kota.

—Mi gente instaló un dispositivo de grabación de números

para todos los teléfonos de Reed Washington a las seis de la mañana del domingo. Grabamos todos los números de las llamadas entrantes, verificamos su origen y decidimos si debíamos tomar más medidas. Reed Washington no recibió ninguna llamada de un número asociado con Christine Case. Sin embargo, anoche a las once, interceptamos un número que más tarde conseguimos identificar. Era el de tu teléfono por satélite. Suponiendo que la llamada se hizo sin tu consentimiento, me puse en contacto con tu ayudante, que rechazó mi sugerencia de hacer una llamada a ese número inmediatamente. En su opinión, una llamada a altas horas de la noche podía provocar una confrontación desagradable con el sujeto que podía descontrolarse.

En eso, Em tenía razón.

—Sin embargo, estuvo de acuerdo en que, si el sujeto había establecido contacto con Reed Washington, había que tomar medidas. Después de hablar de ello, decidimos venir al amanecer y supervisar la filtración.

—Bien hecho —dijo Kota, controlando con esfuerzo la rabia que sentía—. Ahora, sacad a esa zorra de mi isla.

Chris se miró las manos vacías en el regazo mientras el carrito avanzaba por el camino dando tumbos. Tri se había quedado con Kota.

Nunca podría volver a abrazar a ninguno de los dos.

Em conducía con tranquilidad, aunque tenía los nudillos blancos en el volante. Chris lo intentó de nuevo.

—He dejado el trabajo —dijo con serenidad, aunque tenía un nudo de pánico en la garganta—. Anoche llamé a Reed y le dije que lo dejaba. No voy a escribir el reportaje. No le voy a hacer eso a Kota.

—Llamaste a Reed —dijo Em—. Eso es cierto. Pero tu especialidad es mezclar las mentiras con la verdad. Así que perdóname si no me creo el resto.

—Pregúntaselo a Reed. Él te lo dirá. Intentó convencerme de que no me marchara, pero yo no quiero ser periodista, de todos modos. Nunca quise.

—Sí, claro. Ahora, cállate la boca, o te empujo fuera del carro y tendrás que hacer el resto del camino a pie.

Chris aceptaría gustosamente aquel ofrecimiento. El rechazo instantáneo y férreo de Kota le había roto el corazón, y el disgusto de Em era como echar ácido en la herida. Sin embargo, tardaría treinta minutos en llegar a la casa a pie, incluso aunque tuviera bien los dos tobillos, así que cerró la boca.

En la casa, Em caminó con zancadas furiosas hasta la habitación. Allí, Chris la miró estoicamente mientras ella metía a presión toda su ropa en la bolsa de viaje. Después, tomó también su portátil y lo sujetó debajo del brazo.

—Lo recuperarás cuando Mercer haya terminado con él. Si tienes algún problema, lo siento.

Chris se encerró en el baño y vomitó.

Kota no estaba allí cuando volvieron al avión. Mercer extendió un brazo y Em le entregó el portátil. Entonces, los dos miraron a Chris mientras ella subía su maleta por la escalerilla.

El avión era más pequeño que el de Adam, pero igual de lujoso.

—Siéntate ahí —le dijo Mercer, señalándole el asiento de la mesa— y abróchate el cinturón.

Él se sentó frente a ella.

Em se sentó en uno de los asientos de cuero reclinables y se abrochó el cinturón. Al minuto siguiente, habían despegado. Ascendieron sobre la isla, y Chris vio a los caballos en el prado, abajo, corriendo a una velocidad frenética con los cuellos estirados y las colas volando al viento. Sugar encabezaba la manada, y Kota iba sobre ella, estirado sobre su lomo.

A Chris se le encogió el estómago de angustia. Ella había hecho aquello. Se lo había hecho a sí misma, y a él.

Entonces, el avión dejó de ascender. Mercer abrió el ordenador.

—¿Tiene clave de acceso?

Ella asintió. Él la miró sin pestañear. Ella le dio la contraseña. ¿Por qué no? En el ordenador no había nada que pudiera empeorar la situación.

Con impotencia, lo vio revisar todos sus archivos. Había muchos. Todos los artículos que había escrito para el *Sentinel* durante los dos años anteriores, toda la información que había recopilado, detalles de eventos, impresiones. Sus notas para la biografía de Emma. Sus propios recuerdos de los viajes que había hecho con sus padres.

No tenía nada de lo que avergonzarse, pero, de todos modos, se retorció en el asiento.

Al final, apoyó la cabeza en la mesa, sobre los brazos. Así podía compadecerse a sí misma. Despotricar contra sí misma. Invocar la venganza sobre Mercer.

Y podía sufrir, porque había perdido la única cosa que había deseado de verdad en su vida, y por Kota, porque él se había enamorado de ella, y ella le había roto el corazón. Tal vez nunca volviera a abrirlo para nadie, y eso sería una gran pena, porque… ¡qué corazón era! Enorme, tierno, leal y sincero.

Sin embargo, aquel corazón se había vuelto de piedra en un instante. Ella conocía a Kota lo suficiente como para saber eso, y mucho más.

Al final, dormitó un poco, y tuvo sueños, pero ninguno bueno. Cuando aterrizaron en Burbank, ella alzó la cabeza y, por la ventanilla, vio California.

Nadie le dirigió la palabra mientras bajaba la maleta por la escalerilla. En la pista, Em le entregó las llaves de su Eos y se marchó con Mercer sin mirar atrás.

Chris condujo directamente a Seacrest. Se le caían las lágrimas y tenía un nudo de arrepentimiento en el estómago vacío.

Estaba desesperada, y quería ver a su madre.

Cuando llegó, las actividades vespertinas estaban en pleno auge. En el salón, había un cantante de karaoke que tenía a los residentes dando palmas con The Beatles. En una sala más pequeña, un empleado aburrido decía, en voz alta: «Be ocho, be ocho. Miren sus cartas, señoras».

Chris encontró a su madre sentada en el jardín, con una taza de té. Parecía más una empleada que uno de los residentes. Tenía solo setenta y dos años y era una de las pacientes más jóvenes, y una de las pocas que no necesitaba andador.

Sin embargo, su enfermedad progresaba y, dentro de muy poco, ella no sería más que una desconocida para Emma.

Aquel día, sin embargo, Emma sonrió y le apretó la mano a su hija cuando se sentó a su lado.

—¿Dónde has estado? —le preguntó—. Te he echado de menos.

—Yo también te he echado de menos, mamá —dijo ella. «Todos los días, más de lo que puedo explicar con palabras»—. Estaba cubriendo una noticia.

Al oír aquella frase tan familiar, Emma se animó, y aquel fue todo el ánimo que necesitó Chris para contarle toda la historia: su metedura de pata en el *Sentinel*, el trato que Reed había hecho con Owen, la boda, la isla. Kota.

Divagó hasta el final de la historia, enjugándose los ojos con un pañuelo que le dio su madre. Cuando terminó, esperó la respuesta sensata de su madre.

No llegó.

Por supuesto que no llegó. Emma había perdido el hilo de la historia casi al principio. Su atención estaba puesta en los pájaros que picoteaban semillas en el comedero y salían volando a los árboles cercanos.

—¿Ves el rojo? —preguntó, señalando.

—Es un cardenal, mamá.

—¿De verdad? Nunca lo había visto.

Chris se apoyó en el respaldo de la silla. El cardenal se pasaba diez horas al día en el comedero. Ella lo veía cada vez que iba de visita. Sin embargo, para su madre, era un pájaro nuevo cada día.

A Chris se le escapó un suspiro que se convirtió en sollozo. Entre ellas siempre había habido fricciones y resentimiento, pero, también, amor, compasión y curiosidad intelectual. Compartían el amor por el arte y la música. Mantenían conversaciones estimulantes que ella nunca había apreciado, hasta que se le habían escapado de entre los dedos como el agua.

Qué no daría en aquel momento por recibir una buena reprimenda de su madre. Deseaba que Emma le echara un sermón por el hecho de confiar en editores inútiles, por dejar que su jefe le impusiera un trabajo inaceptable y por multiplicar sus problemas enamorándose.

Desde el principio, Emma le habría aconsejado a Chris que

aceptara las consecuencias de lo que había hecho mal y no se colara en la boda.

Ahora, todo aquello le parecía obvio.

Y tan trivial… Comparado con todo lo que había perdido su madre, sus problemas se quedaban en agua de borrajas. Ella todavía tenía su memoria, su voluntad y la plena posesión de sus facultades. Podía empezar de nuevo, comenzar una profesión nueva. Si perder el amor de Kota era lo peor que iba a ocurrirle, también podía enfrentarse a eso. Podía superar el dolor y la pérdida.

Lo que nunca iba a poder superar era el hecho de saber que le había hecho daño de un modo muy particular. Le había golpeado donde más vulnerable era, y nunca se lo perdonaría a sí misma.

Se acercó uno de los empleados de la residencia.

—Están bailando en el salón, Emma. Stephen te está buscando —dijo, y sonrió a Chris—. Es un residente nuevo que ya le ha echado el ojo a tu madre.

¿Y quién podría culparlo? Emma era la paciente más guapa de todo Seacrest. Las mujeres superaban a los hombres en una proporción de diez a uno, pero Emma siempre estaba solicitada. Cambiaba de novio con más frecuencia que una animadora.

La verdad era que, aunque su madre ya no era la persona de antaño, concentrada en sus objetivos, involucrada en las cosas y, a menudo, demasiado estresada, la persona en la que se había convertido se lo pasaba mucho mejor.

Para Chris, aquello era un pequeño alivio.

—Vamos, mamá, te acompaño.

Dejó a Emma bailando con un hombre alto, y se fue sola a casa a lamerse las heridas.

Kota miró el ordenador portátil de Christy, que estaba abierto sobre su escritorio.

Emma estaba sentada frente a él.

—No hay nada sobre la boda —le dijo—. No tomó notas, ni tampoco hay ningún artículo, salvo ese fragmento que tú estás viendo y que, obviamente, no es un borrador en serio.

Eso era indiscutible. *El hermano del gilipollas da el «sí quiero»* era solo una rabieta. Él había enfadado a Christy, seguramente, con su propia rabieta sobre su exnovio, y ella se había vengado escribiendo. No era algo destinado a publicarse.

—La fuente de Mercer del *Sentinel* le ha confirmado que ella ha dejado el trabajo —continuó Em—. No envió ningún reportaje ni artículo, ni siquiera volvió a recoger su escritorio. Su jefe la echó a los lobos, la policía le entregó la citación judicial y tuvo que contratar a un abogado y presentar un escrito de contestación antes de que Buckley retirara la demanda.

Kota giró la silla y se quedó mirando hacia la rosaleda.

—Así que dijo la verdad.

—Con respecto a eso, sí. Negarse a escribir ese reportaje le ha costado el trabajo, ha estado a punto de costarle un juicio y ha manchado su reputación de periodista para siempre.

Y todo porque, al final, no lo había traicionado.

—¿Y qué? —preguntó él. No estaba dispuesto a ablandarse—. Mintió para colarse en la boda. Le mintió a su propio padre. Después, mintió para meterse en mi casa…

—Eso no es verdad, Kota. Tú la enredaste trayendo aquí a Zach.

—No le busques tres pies al gato. Si hubiera sabido quién era, no le habría permitido entrar por la puerta. Cuando mintió sobre su identidad, manchó todo lo demás.

Todas sus palabras. Todos sus besos. Todas sus caricias.

—Tienes razón —dijo Em.

Él se giró para mirarla.

—Tú nunca estás de acuerdo conmigo sobre nada.

Ella se encogió de hombros.

—No es divertido pincharte cuando estás hundido.

—No estoy hundido. Estoy furioso.

—Estás las dos cosas a la vez. Estás furioso porque Christy te engañó. Y estás hundido porque te enamoraste de ella.

Él la fulminó con la mirada.

—Tal y como predijo Verna. Por eso no quiso darnos el número de teléfono. Dijo que tú eres un hombre adulto y que podías manejarte, y que Christy era una buena persona y haría lo que estaba bien.

—Sí, a mí me dijo las mismas tonterías.

—Bueno, tenía razón.

—No empieces tú también.

—Yo no estoy empezando nada —replicó ella, y se puso en pie—. De hecho, dame el ordenador para que se lo lleve a Christy y así puedas olvidarte de ella.

Él cerró el portátil y puso la mano encima.

—Todavía no.

—Tiene las notas del libro que está escribiendo para su madre.

—Si ha esperado dos semanas, puede esperar un poco más —dijo él, y metió el ordenador en uno de los cajones de su escritorio—. ¿Dónde se supone que tengo que estar ahora mismo?

Em consultó su teléfono móvil.

—En la oficina de Peter, entrevistando a mi sustituta.

Él puso los talones en la mesa.

—Eso lo he cancelado. Puedes quedarte.

—Oh, qué bien —dijo ella, y siguió consultando el horario—. El entrenador va a venir a las nueve para darte una sesión de tres horas de ejercicio y, después, Peter va a dar una comida a las doce y media en su casa con la gente de Levi's. Vas a tener que salir antes de las dos, porque Sissy —explicó Em, arrugando la nariz— va a venir a repasar el guion.

—¿Tienes algún problema con eso?

—Por favor. Vosotros dos no tenéis que ensayar el guion. Solo tenéis una escena juntos durante la primera semana de rodaje, y ninguno dice más de diez palabras.

—¿Desde cuándo te lees mis guiones?

—Desde que tengo insomnio. Me dan somnolencia instantánea. Dakota les pega un tiro a quince extras. Dakota hace volar un edificio por los aires.

Por lo menos, Em le hacía reír. Eso era mucho más de lo que conseguía cualquier otra persona. No conseguía reírse, ni comer, ni dormir. Se estaba quedando vacío. Aquella sesión de tres horas de ejercicio iba a matarlo.

—De todos modos —estaba diciendo Em— es un truco de Sissy para meterse en la cama contigo.

Él sonrió.

—Lo dices como si fuera algo malo.

—Es horrenda.

—Es impresionante.

—Está famélica. Creo que es anoréxica.

—¿Y qué?

—Lleva meses intentando acostarse contigo.

—¿Y qué?

—Que puedes conseguir a alguien mejor.

A él se le borró la sonrisa de la cara. Eso lo había intentado, pero no le había salido bien. El sexo superficial; eso era lo único para lo que él valía.

Bajó los pies al suelo.

—Despéjame el horario dos horas. El sueño de Sissy está a punto de convertirse en realidad.

Raylene miró los platos sucios que había sobre la mesa de centro.

—¿Otra vez espaguetis? ¿No estás harta?

Chris desvió la vista del maratón de *CSI* que estaba viendo en la televisión.

—Es fácil —dijo.

—Y engordan mucho. Y no combinan con tu pijama.

Chris se miró el manchurrón rojo que tenía en el pijama amarillo de Bob Esponja. Lo recogió con un dedo, miró a Ray y se lo chupó con deliberación.

Ray gruñó con frustración y subió las escaleras.

Misión cumplida. Su compañera de piso estaba más molesta de lo normal, diciéndole a todas horas que moviera el culo, que dejara de mirarse el trasero y que sacara el culo de casa.

Ya estaba bien de hablar de su culo.

Y llevar el pijama durante todo el día no tenía nada de malo. Era cómodo. No apretaba el cuerpo. Si la gente pudiera ir a trabajar en pijama, sería mucho más feliz.

Aunque sí que debería haberlo lavado ya.

Subió las escaleras mientras se maldecía por haber comprado una casa de tres pisos. Al pasar por el segundo, Ray le dijo, desde su habitación:

—Ese tipo no merece la pena.

Pero sí la merecía. Merecía todo su sufrimiento, y más. Se había portado mal con Kota, y lo pagaría durante toda su solitaria vida.

Se desnudó y se miró al espejo. Dos semanas, y su culo ya había aumentado dos tallas.

Kota no lo miraría dos veces tal y como estaba ahora.

Se puso unos pantalones de yoga y una camiseta larga para taparse el trasero.

—Ya está —dijo. Se puso unas zapatillas y se ató los cordones.

Cuando bajó a la cocina, se encontró a Ray junto a la encimera. Ella le echó una mirada a Chris y se atragantó con el vino.

—¡Aleluya! Ya era hora.

Chris le hizo burla y siguió caminando hacia la puerta. La más pequeña de las distracciones podía debilitar su determinación.

En la calle, se encogió como si fuera un vampiro. El sol del mediodía le atravesó los ojos como si fuera un escalpelo.

No pensaba correr, y no por culpa de su tobillo, porque después de pasar dos semanas metida en casa, ya se le había curado. Lo que ocurría era que le pesaba el corazón como el plomo, y casi no tenía fuerzas para llevarlo.

Además, hacía mucho calor, y aquella era otra razón para maldecir a Ray por inducirla a dejar el sofá.

De todos modos, se había hartado de Ray. Su relación era difícil. Solo la soportaba porque Ray había utilizado con maestría su sentimiento de culpabilidad desde el segundo curso de la universidad, cuando la había pillado enrollándose con Evan Graves. Ray ya no estaba saliendo con él, porque él la había dejado una semana antes, pero ella todavía no había perdido la esperanza. Y, aunque a Chris no le cayera mejor mientras estudiaban que en el presente, el código ético de los compañeros de habitación prohibía tocar la propiedad ajena.

Sin embargo, ya era suficiente. Durante aquellas últimas semanas, había aprendido que las decisiones motivadas por la culpabilidad nunca llegaban a buen puerto. La culpabilidad la había hecho acoger a Ray en su casa, y la había empujado a trabajar en el *Sentinel*. La convergencia de esas dos malas decisiones la tenía en aquel momento caminando por la acera bajo un sol abrasador, sintiéndose gorda, fea e inútil.

Allí había una lección, pero estaba demasiado irritada como para resumirla en una frase que mereciera la pena.

Rumiando el resentimiento hacia Ray, recorrió todo el bulevar bajo el calor asfixiante. Se le hundieron los hombros. Aquel paseo le proporcionó todo lo que prometía: sudor, respiración dificultosa y dolor en más de un lugar. Lamentaba cada paso que había dado.

Se dio la vuelta para volver al sofá y, mientras esperaba en el semáforo, jadeando como un perro, con unas grandes manchas de sudor en la camiseta, con el pelo sucio y grasiento y la cara hinchada, vio que Dakota Rain frenaba su descapotable ante el paso de peatones, con las gafas de aviador puestas y el pelo revuelto por el viento.

Chris se quedó inmóvil. El corazón dejó de latir en su pecho.

Como un conejito petrificado, rezó para que el lobo pasara por delante de ella sin verla. Apareció la luz verde para los peatones. Ella la ignoró. Ni una explosión nuclear podría obligarla a cruzar la calle por delante de su coche.

Los segundos pasaron a cámara lenta. Kota se echó el pelo hacia atrás, como siempre, y se giró para decirle algo a la persona que iba a su lado.

De repente, ella ya no pudo soportarlo más, y cometió un error: intentó esconderse.

Solo dio un paso hacia el semáforo, pero el movimiento captó su atención, y él la reconoció. Por fin, se abrió el semáforo, y el resto de los coches comenzó a pitarle para que avanzara.

Ella se dio la vuelta y echó a correr, con el trasero bien gordo rebotando tras ella.

Kota metió la primera marcha y salió disparado del semáforo. Em se agarró al asiento.

—¡Demonios! ¿Qué pasa?

—Christy. Chris —dijo él. ¿Cómo debía llamarla?—. La mentirosa.

Em se giró hacia atrás.

—¿Dónde?

—Te la has perdido. Tenía muy mal aspecto —dijo él. Parecía que llevaba un mes enferma—, pero se le debe de haber curado el tobillo, porque salió corriendo al verme.

—Seguramente ha pensado que ibas a atropellarla.

—Pff. No merece la pena tomarse la molestia.

Policía. Seguros. El registro policial del Porsche.

—Tal vez debieras…

—¿Qué? —preguntó él, fulminando a Em con la mirada—. ¿Pedirle que salga conmigo? ¿Invitarla a comer a casa en Acción de Gracias?

—Intentar olvidarla.

—Ya lo he hecho.

Em cerró la boca y mantuvo un silencio que decía más que las palabras.

Él se negó a morder el cebo.

Ella dobló las manos de aquella manera que quería decir que era idiota.

Él se concentró en la conducción.

Pasaron diez segundos. Él se rindió.

—Vamos, suéltalo ya.

—Estás negando la realidad.

—Vaya, ahora resulta que eres psiquiatra.

—Tú no eres tan complicado. Un mono podría hacerte un diagnóstico.

Él sonrió.

—Tú lo has dicho, no yo.

Ella le clavó un dedo.

—Sé que este es un terreno desconocido para ti. No has pensado dos veces en la misma mujer desde que te conozco. Pero a la gente normal le rompen el corazón mucho antes de los treinta y cinco años, y siguen con su vida. Y tú también lo harás. Pero, primero, tienes que admitir que estás enamorado de ella.

—No es cierto.

—Lo digo en serio. Es el primer paso del camino hacia la recuperación.

—¿Es que es un programa de doce pasos?

—No sé cuántos pasos hay, pero hasta que no reconozcas que te enamoraste de ella y te hizo daño, vas a seguir hundido en la miseria.

—No estoy hundido en la miseria —dijo él, y frenó en seco delante de la casa de Peter, a diez centímetros de un Lexus—. Y hemos terminado de hablar de esto. Tengo problemas de verdad, como, por ejemplo, el contrato de Levi's. Peter espera que lo firme.

—Creía que ya tenías decidido que sí.

—Es un contrato de tres años. No sé si quiero comprometerme tanto tiempo.

Ella se giró en el asiento para mirarlo.

—Esto es algo nuevo. ¿Qué pasa?

Él se encogió de hombros. Por mucho que odiara concederle méritos a Christy, ella había conseguido que pensara sobre la escuela de Veterinaria, y no podía dejar de hacerlo. De hecho, era lo único que le entusiasmaba últimamente.

Em le pinchó con un dedo.

—Vamos, dilo.

—Me voy a tomar una temporada sabática.

Ella se quedó boquiabierta.

—Pero sí tú eres adicto al trabajo.

Kota se encogió de hombros otra vez.

—Bueno —dijo Em—. Has tenido una gran impresión, y ahora estás evaluando los daños. Lo entiendo. Pero, Kota, octubre no es buen momento para tomar grandes decisiones.

—No tiene nada que ver con octubre, ni con Christy —dijo él, y abrió la puerta del coche—. No me cabrees, Em. No soy idiota.

Ella lo alcanzó corriendo, de camino a la puerta de la casa.

—Es posible que no, pero es que tú a veces eres muy impulsivo. Si sueltas esto ahí dentro —dijo ella, señalando hacia la casa—, a la hora de la cena se sabrá en toda la ciudad. Estás comprometido para tres películas. La gente se retirará. Los estudios perderán millones…

Él la tomó por los hombros.

—Tranquila —le dijo, y la apartó con delicadeza.

Peter lo recibió en la puerta. Era muy alto y delgado, y tenía el pelo rubio y greñudo, y los ojos azul oscuro. Habían estado juntos desde el papel que lanzó a la fama a Kota; Peter era su representante, su amigo y su consejero, todo en uno. Y se iba a quedar alucinado cuando le diera la noticia.

Peter hizo las presentaciones.

—Kota, te presento a Nancy Rhodes. Ella es la vicepresidenta de la compañía y ha venido a cerrar el contrato. Y ella es su secretaria, Ashley Ames —dijo.

Ashley era la chica guapa, la que debía hacer uso de sus artimañas si él ponía algún obstáculo.

Kota se sabía su papel. Le hizo un cumplido al traje de Nancy y miró de pies a cabeza a Ashley, y se comportó como una gran estrella de cine que se dignaba a mezclarse con el resto de los mortales.

No era su papel favorito, pero era el esperado. Tal y como le gustaba decir a Peter, una pizca de polvo de estrellas servía para convertir millones en más millones, porque los ejecutivos de las empresas sacaban partido contándoles a sus colegas que habían comido con la realeza de Hollywood.

Peter acompañó a todo el mundo al borde de la piscina, donde se había puesto la mesa para cinco bajo un toldo verde. El camarero le llevó a Kota una cerveza artesanal, y Em pidió una copa de vino. Era demasiado pronto como para que ella pidiera alcohol, y él la miró con una ceja enarcada. Ella se rascó la mejilla con el dedo corazón.

Mientras servían la comida, hubo charla trivial. Durante aquel tipo de eventos, Em solía hacer bromas que solo entendían ellos dos, y que pasaban desapercibidas para los demás, pero aquel día estuvo callada y, a Kota le pareció que la hora de la comida se transformaba en dos.

Em sí intervino cuando Nancy intentó conseguir un compromiso de él durante los postres. Y, cuando Ashley se lo llevó aparte para el café, Em fingió que tenían una llamada importantísima que requería su presencia inmediata en otra parte.

Fue algo aburrido y, seguramente, una pérdida de tiempo, porque mientras comía mejillones al vapor con mantequilla de ajo, su idea de dejar todo aquello había tomado la forma de un plan concreto para el futuro.

Fue aquella comida aburrida, y la perspectiva de tener que pasar treinta años más acudiendo a comidas como aquella, lo que terminó de convencerlo.

Ver a Christy en la acera no había tenido nada que ver.

Peter lo acompañó a la puerta.

—Bien hecho —dijo, en voz baja—. Ahora van a ofrecer un millón más. Voy a darle duro a los detalles y te llamo luego.

Kota titubeó. Él era el mayor cliente de Peter. Las comisiones de sus contratos habían pagado aquella casa y habían pagado la carrera de la hija de Peter en Stanford. Peter se había ganado hasta el último centavo.

Kota le debía sinceridad, más que ninguna otra cosa.

—Las cosas han cambiado —le dijo—. No estoy dispuesto a firmar.

Peter pestañeó, lo cual era una muestra de emoción muy fuerte, tratándose de él. Salió a la calle y cerró la puerta a su espalda.

—¿Qué ocurre? ¿Es por tus padres? ¿Están bien?

—Todo el mundo está bien —dijo él. Sin embargo, no podía darle la noticia en aquel momento, así que contestó con una evasiva—. Tres años es demasiado tiempo. Intenta que ofrezcan un contrato por un año.

Peter no era tonto. Miró a Em, que puso cara de póquer, y volvió a mirar a Kota.

—Estás muy nervioso desde la boda. ¿Qué pasa?

—Llámame después y hablamos. Pero, por ahora, un año, ¿de acuerdo?

—Como tú quieras. Pero puede que decidan retirar toda la oferta.

—Lo sé, y sé que tú has trabajado mucho en esto —le dijo Kota, y lo tomó del hombro—. Lo siento, pero solo puedo comprometerme a un año.

Peter asintió lentamente, y entrecerró los ojos mientras su cerebro se ponía a trabajar para recalcular las cifras del contrato.

—Te llamo después, y hablamos.

Em arremetió contra Kota cuando estuvieron en el coche.

—No tienes derecho a tomar esta decisión en octubre. Te has vuelto loco. Te van a demandar tres grandes estudios. Te van a quitar las casas, los coches…

Él dejó de escucharla.

Ella le dio un puñetazo en el brazo.

—Deja de ignorarme. ¿Y por qué vas por aquí?

—He tomado la ruta del paisaje —respondió él. Lookout Mountain Avenue. Antes no había tenido la tentación de hacerlo, pero, después de ver otra vez a Christy, se le había movido algo por dentro.

—Parecía que estaba enferma —dijo él, más para sí mismo que para Em.

—Oh, Dios mío, estás buscando su casa —dijo ella, haciendo rebotar la cabeza contra el asiento—. ¿Es que tienes dieciséis años?

—Es solo porque me pregunto qué casa se puede comprar uno hoy día con el sueldo del mal —dijo, y vio el león de piedra—. Es esa de la derecha.

—Mierda, hay alguien en la calle —murmuró Em, y se deslizó hacia abajo.

Él mantuvo la cara hacia delante, y miró la casa de reojo.

—No es ella —dijo. Era una rubia esquelética que no tenía nada que ver con Christy—. Debe de ser su compañera de piso.

—Que, seguramente, conoce toda la historia. Y que ahora mismo le va a decir a Christy que la estás acechando.

Ray se colocó delante de *CSI*.

—Adivina quién acaba de pasar por aquí disimulando en su Porche negro.

A Chris se le aceleró el pulso.

Se contuvo.

—Su agente vive en Willow Glen. Seguramente, había ido a verlo.

—Nadie pasa por Lookout para ir de Willow Glen a Beverly Hills. Ha pasado por aquí a propósito.

Chris se olvidó de *CSI*. De todos modos, no estaba siguiendo el argumento. ¿Cómo iba a poder seguirlo, si no dejaba de revivir la escena de la acera?

Dios, qué guapo estaba. Tal vez un poco pálido, pero, por lo demás, tan impresionante como siempre.

Al verlo así, inesperadamente, se le habían despertado todos los recuerdos. Su preciosa cara entre las manos. Su cuerpo entre sus brazos.

Gracias a Dios que llevaba las gafas de sol. Si hubiera visto sus ojos, habría caído de rodillas.

Ray dio una patada en el suelo.

—¿Es que no te importa que te aceche?

—No está acechando —dijo Chris. A menos que fuera para matarla, pero no creía que Kota pudiera llegar tan lejos.

—Seguro que quiere volver contigo. Seguro que piensa que tú caerías rendida a sus pies.

Chris se sujetó la cabeza entre las manos. ¿Por qué le habría contado la historia a Ray?

Porque estaba desesperada por hablar de ello, y no tenía a quién contárselo. Sus verdaderas amigas, que eran muy pocas, vivían en el Este, y estaban concentradas en sus familias, sus maridos. Ray no era la amiga ideal, pero al menos, estaba a mano.

—Hazme caso, Ray. Puede que Kota me quiera ver muerta, pero no quiere volver conmigo —dijo. Se levantó y se encaminó hacia las escaleras—. Deja de escribir un final feliz, ¿de acuerdo? Porque eso no va a pasar.

«No va a pasar». Aquellas palabras se superpusieron a la escena de la acera como si fueran su banda sonora.

«No va a pasar». Se desnudó y se metió en la ducha. «No va a pasar». Apoyó un hombro en la pared y se deslizó hasta el suelo. «No va a pasar».

Empezó a llorar como una niña.

Y, una vez más, se lo recriminó todo a sí misma. ¿Por qué había aceptado el encargo? ¿Por qué había ido a la isla? ¿Y por qué había postergado su confesión a Kota hasta que había sido demasiado tarde?

La respuesta estaba clara: porque, a cada disyuntiva, había elegido el camino más fácil. Tal vez fuera el sentimiento de culpa lo que la había empujado a tomar aquel camino al principio, pero, una vez en él, en vez de enfrentarse a las consecuencias de sus actos, había tomado el camino más fácil.

Era la historia de su vida: durante años, había hecho lo que querían Zach y Emma porque era más fácil que elegir su propio camino y hacer las cosas por sí misma. Era más fácil culparlos a ellos por controlar su vida que tomar las riendas.

Los quería, y no tenía nada de malo que ellos quisieran sentirse orgullosos de su hija. Sin embargo, ¿cómo iban a respetarla, y cómo iba a respetarse ella a sí misma, si no sabía lo que quería y no dedicaba trabajo a conseguirlo?

Por eso le había fallado a Kota. Después de darse cuenta de que lo deseaba, después de haberlo conseguido, no había hecho el trabajo necesario para conservarlo. En vez de echarle arrestos y decirle la verdad, lo había pospuesto una y otra vez, con la esperanza de encontrar una salida fácil.

Y en aquel momento, seguía haciendo lo mismo: esconderse en casa. Acobardarse en la ducha como una niña que se escondía en un armario durante una tormenta, en vez de enfrentarse al desastre en que había convertido su vida.

Había tocado fondo. Su madre no podía ayudarla. Tampoco podían sus amigos. Incluso su padre, que nunca se alteraba por nada, estaba un poco enfadado, porque ella lo había utilizado para conseguir su nefasto objetivo.

No había una solución fácil. Tenía dos opciones: o quedarse parada lamentándose durante los siguientes cincuenta años, o levantar su amplio trasero del suelo, pedir perdón y pensar qué iba a hacer durante el resto de su vida.

Sissy se había llevado el traje de baño.

—Con este tiempo —dijo, abanicándose—, pensé que podríamos ensayar en la piscina.

Em puso los ojos en blanco, pero Kota asintió. Aquello no tenía nada de difícil. Sissy estaba muy bien en bañador.

Em se puso terca; se sentó en una mesita, a la sombra, y empezó a trabajar en su portátil.

Sissy hizo un mohín con los labios carnosos.

—¿No puedes mandarla a Malibú, o algo así?

Kota se hizo el tonto.

—¿Qué hay en Malibú?

Sissy movió la cabeza para apartarse del hombro los rizos dorados.

—Líbrate de ella para que podamos… ya sabes —dijo. Movió las cejas, y algo más.

Todo aquel movimiento terminó de convencer a Kota.

—Eh, Em… Tómate la tarde libre.

Ella arrugó el labio superior y no se movió.

Él salió de la piscina y fue, chorreando agua por todo el camino, hasta su mesita.

—¿Es que ahora estás haciendo de carabina para mí?

—Es poco más que una estrella del porno.

—¿Y cuándo te has vuelto tú una mojigata?

—Antes tenías principios.

—¿Cuándo?

—Desde que cumpliste treinta y cinco.

—Puede que esté en plena regresión.

—No, estás negando la realidad, que no es lo mismo —dijo Em, y movió la cabeza para señalar a Sissy—. Manda a esa fulana a casa. Tenemos que hablar.

Él se irguió y arrugó el labio como había hecho ella.

—Llevo dos semanas sin darme un revolcón. Lo que menos me apetece es hablar. Y lo cierto es que no creo que Sissy esté buscando conversación.

Él se inclinó y le cerró el ordenador.

—Hasta luego, Em.

Ella se marchó con el ceño fruncido.

Él nadó hasta la parte menos profunda de la piscina y se apoyó en la pared, estirando los brazos sobre el borde.

Sissy nadó a braza hasta él, como si fuera una esbelta balsa que flotaba sobre dos enormes boyas. Llevaba unas lentillas verdes, y le pasó los ojos apreciativamente por el pecho.

—He oído hablar de ti, Kota. Las chicas hablan, ¿sabes?

—¿De verdad? —preguntó él, devolviéndole una mirada sexy—. ¿Y qué has oído?

Ella se puso en pie, y sus pechos bambolearon.

Con la yema de un dedo, trazó una línea desde su garganta hasta su cintura.

—He oído que eres un semental —dijo, y metió un dedo en su bañador—. Y quiero cabalgar.

Kota había oído cosas peores. Y él mismo había dicho algunas. Pero, en aquella ocasión, tal vez Em tuviera razón y él hubiera dejado caer sus niveles de calidad, porque Sissy, con sus pechos enormes y sus labios carnosos, y su pelo rubio de Barbie, no le estaba excitando. Ni siquiera un poco.

Y lo descubriría enseguida, si le daba un tirón a la cintura de su bañador.

No podía permitir que sucediera eso; estaba en juego su reputación.

Necesitaba una erección, y rápidamente.

Le tomó la mano con una de las suyas y, con la otra, le deshizo el nudo de los tirantes del bañador. Sus pechos quedaron desnudos, y Kota vio que llevaba un piercing en cada pezón.

Entonces, como si fuera parte de un guion, ella se tomó uno y se lo ofreció. Él se obligó a sí mismo a tomar uno de los anillos entre los labios, y lo lamió. Ella echó la cabeza hacia atrás como una… bueno, como una actriz porno.

Su pene se encogió como una pasa.

—Kota —dijo Tony, desde la puerta—. Tu madre, al teléfono.

Gracias a Dios.

Kota escupió el anillo, salió de la piscina de un salto y tomó el teléfono antes de que Sissy pudiera articular palabra. Él le hizo un gesto de disculpa con la mano y entró rápidamente en casa.

—Hola, mamá. ¿Qué tal estás?

—Yo estoy bien, papá está bien, todo está bien —dijo ella, y fue directamente al grano—: Hoy me ha llamado Christy, y hemos tenido una conversación telefónica de lo más agradable.

—¿Qué? —explotó él—. ¡No puedo creer que os esté acosando! Voy a llamar a la policía y a conseguir una orden de alejamiento.

—Kota —dijo su madre, en su famoso tono de «Cállate y escúchame»—. Fue una llamada agradable, y me he alegrado mucho de hablar con ella.

—¿Sobre qué? ¿Ha intentado sonsacarte información? Espero que no le hayas dicho nada…

Ella lo cortó.

—Ha llamado para pedirnos disculpas a tu padre y a mí por hacerse pasar por alguien que no era.

Él se mordió la lengua para no decir lo que pensaba.

—Me ha explicado la situación. No es que haya dado ninguna excusa. Solo quería que entendiéramos que estaba muy presionada por sus jefes del periódico y que tomó decisiones equivocadas…

—¿Decisiones equivocadas? —preguntó él, sin poder contenerse—. Mamá, se coló en la boda de Tana para contarlo todo en un periódico. Mintió a todo el mundo, incluidos papá y tú.

Y, por si eso no fuera suficiente, se coló en mi casa y tomó notas para su reportaje...

—Espera, jovencito. Sé de buena tinta que tú la enredaste para que fuera a tu casa.

Em era una bocazas.

—También sé —dijo su madre— que en el ordenador de Christy no había ninguna nota para eso.

—Estaba tomando notas mentalmente —dijo él, con obstinación—. Y fue a la isla conmigo para seguir espiando.

—¿Se invitó ella sola?

Él apretó la mandíbula.

—Si hubiera sabido quién era, no se lo habría pedido.

—Pero lo hiciste, y dudo mucho que tus intenciones fueran inocentes y puras, hijo mío. ¿Puedes decirme que no tenías intención de aprovecharte de ella?

Él enrojeció.

—Por lo menos, yo no oculté mis intenciones en algún momento. Ella sabía a lo que se exponía; yo, no. Pensé que estaba interesada en mí, no en Tana.

—Seguro que eso debió de dolerte.

—No me refiero a eso —dijo él—. No me gusta que me tomen por tonto.

—Entonces, ¿ella fue la que se aprovechó de ti? Cuando estaba en la isla, ¿trató de fisgar lo que hacían Sasha y tu hermano?

Él empezó a pasearse por la habitación.

—No. En realidad, no.

—¿Me estás diciendo que desperdició esa oportunidad de oro para conseguir información sobre el novio y la novia?

—Supongo que sí —dijo Kota. Se detuvo ante la ventana y miró al exterior. Cy se tiró en plancha a la piscina y nadó hacia Sissy, que subió las escaleras corriendo, espantada.

—¿Y tu vida? —preguntó su madre, sin flaquear—. ¿Intentó averiguar tus secretos? ¿Te sonsacó detalles jugosos?

—No exactamente —respondió él. Se lo había dicho todo voluntariamente—. Pero fingió que le importaba. Que le importaban los animales. Que le importaba yo —dijo, y se encogió a causa de la humillación que sentía—. Dijo que… me quería. Y yo pensé que la quería a ella. Así que le dije cosas. Cosas de las que yo no hablo normalmente.

Su madre se ablandó.

—Y, cuando tú hiciste eso, hijo mío, ¿qué hizo ella?

—Ella…

Ella escuchó. Lloró. Le dijo dónde vivía.

Y, después, llamó a su jefe y dejó su trabajo para no tener que traicionarlo.

Él apoyó la cabeza en la ventana.

—¿Qué quieres de mí, mamá?

Verna se rio suavemente.

—Solo quería decirte que he mantenido una agradable conversación con Christy. El resto, hijo mío, es cosa tuya.

Con las piernas bien afeitadas, las cejas bien depiladas y el pelo limpio, ondulándose sobre sus hombros, Chris se puso un vestido de tirantes de color fucsia, con flores negras.

El espejo le dijo que le favorecía y disimulaba la amplia forma de su trasero. Decidió que estaba de acuerdo con él.

Cuando bajó a la cocina, a Ray se le salieron los ojos de las órbitas.

—Sé agradable —dijo Chris—. Es una ilusión frágil.

—Pues funciona —respondió Ray, con un mohín—. Quiero tus piernas y tu trasero.

—El trasero te lo puedes quedar. Tengo el doble de lo que necesito —dijo ella. Encontró las llaves en la encimera, donde las había dejado dos semanas antes.

Ray se animó.

—¿Adónde vas?

—A la tienda de Apple.

—Qué aburrido.

—Necesito un ordenador nuevo.

—Deberías obligarle a que te devolviera el tuyo.

Esa sería una llamada de teléfono muy graciosa.

—No merece la pena. De todos modos, lo tenía todo en la nube.

—Es un gilipollas.

—Está enfadado. Tiene derecho a estarlo.

Alguien golpeó la puerta con fuerza. Ellas se miraron.

El puño golpeó de nuevo. Ray bajó del taburete y miró por la ventana.

—No puede ser —dijo, y abrió la puerta.

Allí estaba Dakota, grande como la vida misma, guapo como el demonio, y con un patente enfado.

A Chris se le secó la garganta.

—¿Qué quieres? —le espetó Ray a Kota.

Él se quitó las gafas de aviador. Tenía el ceño fruncido.

—Estoy buscándola a ella —dijo, y señaló a Chris.

—¿Por qué? —preguntó Ray, manteniéndose firme y ganándose el respeto de Chris por ello.

Él entrecerró los ojos. Ray se encogió, y Chris consiguió hablar.

—No la asustes.

Él abrió unos ojos como platos.

—¿Asustarla? Pero si casi no he abierto la boca.

—Y tampoco te hagas el tonto. Tú conoces el poder de la mirada —le dijo. Se puso delante de Ray y se cruzó de brazos para disimular que temblaba—. ¿Para qué has venido?

—Has llamado a mi madre.

Chris alzó la barbilla.

—¿Y qué?

—La has irritado.

—Mentira. Estuvo muy tranquila y fue muy agradable. Eres tú el que estás enfadado, pero no hay por qué. Me disculpé, y eso fue todo. No voy a llamarla de nuevo.

Él quería amenazarla, pero ella le había quitado fuelle.

—Sí, será mejor que no lo hagas —contestó. Fue todo lo que pudo decir.

Ella aprovechó la ventaja.

—También llamé a Sasha, como sabrás muy pronto. También

le pedí perdón, y ella me perdonó amablemente. Eso es todo. No estoy intentando que se convierta en mi mejor amiga.

—Entonces, le has pedido perdón a todo el mundo, menos a mí.

Ella bajó la mirada.

—No sabía cómo ponerme en contacto contigo.

—Pues ya estoy aquí.

Sí, estaba allí, llenando el hueco de la puerta como un guerrero, con los brazos de acero cruzados sobre el pecho.

Ella reunió valor y alzó los ojos. Miró la cara que adoraba. Era bella y tenía una expresión de furia. Y se le rompió el corazón de nuevo, porque su gesto era pétreo; tenía los labios apretados y sus ojos, que antes eran cálidos y suaves como el mar, en aquel momento eran de un azul oscuro y frío.

—Lo siento —dijo ella.

Cuánto lo sentía. Lo había tenido todo. Había tenido aquella cara deslumbrante entre las manos.

Aquellos ojos glaciales se habían derretido por ella.

Sin embargo, en aquel momento la miraban con desprecio.

—¿Y eso es todo? ¿Dónde está la avalancha de excusas que le has dado a mi madre?

—No eran excusas —dijo ella—. Eran motivos. Motivos egoístas y estúpidos, que entonces me parecían importantes, pero que ahora me resultan ridículos.

Respiró profundamente, y continuó:

—No espero que te importe por qué hice lo que hice. Lo que importa son mis actos, y no estoy orgullosa de ellos. Colarme en la boda fue una idiotez, y muy embarazoso. Y, cuando tú y yo… —se obligó a sí misma a mirarlo a los ojos, cuando lo que quería en realidad era que la tragara la tierra—. Cuando tú y yo empezamos nuestra relación, no decírtelo fue imperdonable.

—Pues sí, lo fue —dijo él—. Así que no esperes que me importen tus razones.

—No espero nada —respondió ella. Sin embargo, lo deseaba todo.

Su mirada de furia era como ácido en la piel; demasiado dolorosa como para soportarla.

—Lo siento —dijo ella, de nuevo, y dio un paso atrás para cerrar la puerta.

Él la detuvo con la mano.

—Todavía no hemos terminado —le dijo, y la miró de arriba abajo—. Tienes mejor aspecto —añadió, con la voz ronca.

Ella no reaccionó. Al menos, visiblemente.

—Una ducha lo cura todo.

—¿Por qué echaste a correr?

—Sentí vergüenza. Tenía una pinta horrible. No me esperaba verte. Elige.

—Me quedo con la vergüenza, porque tienes que estar avergonzada.

Ella alzó las manos.

—Si pudiera volver atrás, dejaría el trabajo en vez de colarme en la boda. Me arrepentiré durante el resto de mi vida. No pierdas el tiempo restregándomelo por la cara. Ya lo hago yo.

—Lo dudo —dijo él—. Dudo que seas consciente del daño que has causado.

Ella soportó su mirada feroz.

—Siento haberte hecho daño.

—Olvídate de mí —replicó él, y se irguió sobre ella—. Tri no come. Ese pequeño idiota no come desde que te marchaste.

—Oh, Dios mío. ¿Está en el coche? —preguntó Chris. Intentó mirar alrededor de Kota, pero él llenaba todo el hueco de la puerta.

—¿Y de qué iba a servir? Te vería una vez, pero no sería suficiente. Seguiría echándote de menos. Pensando en ti. Soñando contigo.

Ella dejó de intentar mirar a la calle y lo miró a él, a la cara.

—Kota, yo…

—¿De qué serviría? —preguntó él, con amargura—. Le recordaría cómo eran las cosas cuando creía que podía confiar en ti.

—Sí puede —dijo ella, tragando saliva para intentar deshacerse el nudo de la garganta—. Puede confiar en mí. Lo quiero.

Oh, cuánto deseaba Kota poder creerlo. Lo deseaba con toda el alma.

Su corazón, el mismo corazón que había dejado de latir dos semanas antes, en la pista de aterrizaje, latía en aquel momento como un émbolo. Cada fibra de su cuerpo se tensaba para llegar a ella, para abrazarla contra su pecho, para absorberla a través de la piel y que ella cantara por sus venas.

Tenía que marcharse de allí antes de cometer una estupidez.

—Espera aquí —le dijo, y se fue hacia el Porsche. Intentó inclinarse para recoger el ordenador portátil de Christy, pero allí estaba Tri, sobre las dos patas traseras, como una bailarina. Él también había oído su voz grave y, como Kota, había dejado que el corazón dominara a la cabeza.

—Olvídalo —le dijo al perro—. Solo te he traído para que tomaras un poco de aire fresco.

Sin embargo, el perro se entusiasmó aún más y comenzó a saltar, a moverse en círculo, a jadear como si hubiera corrido un maratón. Gimoteó, y Tri nunca gimoteaba, a menos que…

Kota se dio la vuelta desconfiadamente, y se encontró a Christy tras él.

—Apártate —le ladró.

—No. Déjame verlo —dijo ella, e intentó rodearlo.

Él le bloqueó el paso.

—No quiere verte.

—Acabas de decir que me echa de menos.

—Eso no significa que quiera verte —dijo él, y se cruzó de brazos, ignorando la histeria canina que había tras él—. No es tan tonto como para dejar que lo engañes dos veces.

Ella lo miró con firmeza.

—Ya está bien, Kota. No me estoy lanzando a tus brazos. Ya entiendo que no quieres saber nada de mí. Pero Tri… —a Chris se le quebró la voz—. No pude despedirme de él.

—No te lo mereces...

Se oyó un golpe y, después, un gemido. El perro había saltado por encima de la puerta y había caído al pavimento. Rodeó el coche y se lanzó contra la pierna de Christy. Ella lo tomó en brazos, y él se volvió loco lamiéndola, mientras ella reía y lloraba a la vez.

Solo un canalla insensible les negaría su demostración de afecto.

—Ya está bien —dijo, y le quitó a Tri de las manos—. Deja de crearle falsas expectativas.

Ella se quedó con los brazos vacíos. Por un momento, lo miró con un semblante lleno de tristeza y dolor.

—Lo siento —dijo en voz baja—. Siento mucho haberte hecho tanto daño como para que tú seas capaz de hacerle daño a Tri con tal de castigarme.

¿Era eso lo que estaba haciendo?

Él se metió al perro, que no dejaba de retorcerse, debajo del brazo.

—Tri no te conoce como yo. Lo estoy protegiendo.

—No es cierto. Lo has traído para que lo viera —dijo ella, y se le hundieron los hombros—. Sé lo que he perdido, Kota. No puedo pensar en otra cosa. No puedo dormir. Lo único que puedo hacer es comer, y mira adónde me ha llevado eso —dijo, y se señaló a sí misma con un movimiento de la mano.

Él aprovechó para mirar todo su cuerpo, que seguía tan increíble como siempre. Tragó saliva.

—Estás bien —dijo, con la voz enronquecida—. No has acusado el golpe.

A ella se le escapó una carcajada débil.

—Este vestido oculta el segundo culo que me ha salido.

Más saliva.

—Es bonito. El vestido, quiero decir —Kota carraspeó—. Bonito vestido.

Ella estuvo a punto de sonreír. Después, irguió los hombros.

—¿Para qué has venido, Kota?

¿Para qué había ido? ¿Por qué estaba allí, torturándose a sí mismo, torturando a Tri, que se retorcía como un gusano bajo su brazo?

Tomó el ordenador del asiento y se lo entregó.

—Oh —dijo, como si fuera lo último que se esperaba—. De acuerdo. Gracias —dijo ella.

Se lo metió bajo el brazo, se dio la vuelta y se marchó hacia casa. Tri, el muy traidor, se retorció con más fuerza que nunca.

—Espera —balbuceó él, y ella se volvió con una expresión de tristeza e incertidumbre—. Espera.

Él tomó aire. Entonces, se acercó a Chris y le entregó a Tri. Ella lo tomó con el brazo libre y él se acurrucó contra su pecho. Qué afortunado.

Kota dio un paso atrás y dijo con severidad:

—Si le dejas, comerá de más. Así que no le dejes, porque si engorda, no podrá moverse.

Ella se quedó boquiabierta, y tembló.

—Es perezoso —añadió él, con aspereza—. Querrá que lo lleves en brazos a todas partes. No lo hagas, porque…

—Engordaría —dijo ella, y se le cayó una lágrima por la mejilla—. No lo haré. Lo voy a cuidar.

—Más te vale —dijo él con la voz llena de emoción. La convirtió en un gruñido—. O volveré por él.

Ella escondió la nariz en el cuello de Tri.

—Te prometo que no voy a permitir que sufra ningún daño.

Kota la creía, pero eso no le hizo más fácil dejar a Tri con ella. Se mordió el interior de la mejilla. Si no se marchaba ya, iba a echarse a llorar.

Entonces, ella alzó los ojos, y él se dio cuenta de que estaban llenos de lágrimas. El nudo que tenía en la garganta se tensó.

Y menos mal, porque, de lo contrario, habría podido decir alguna estupidez.

Abrió la puerta del Porsche y se sentó al volante, y se marchó a toda prisa si mirar por el espejo retrovisor.

—¿Que has dejado a Tri con ella? —preguntó Em, y se dio una palmada en la frente.

—¿Y qué? —dijo Kota, mirándola de manera fulminante desde el espejo del baño.

—Que es una excusa para volver a verla.

—No se trata de mí. Él estaba suspirando por ella.

—¿Suspirando?

—Significa que la echaba de menos.

—Ya sé lo que significa. Y a mí no me tomes el pelo. Tú eres el que suspira.

No lo negó. Se limitó a poner pasta en el cepillo y comenzó a lavarse los dientes.

Ella se puso un puño en la cadera.

—Dime qué ha pasado.

—No ha pasado nada —farfulló él, a través de la espuma. Nada, salvo que se le había formado una erección que no se había calmado hasta la medianoche, cuando él se había ocupado personalmente de solucionar el problema.

—¿Por lo menos te dijo que lo sentía?

—Sí —respondió él—. Y parecía que era sincera.

—¿La has perdonado?

—¡Pues claro que no! —exclamó él. No la iba a perdonar. Nunca.

—Pero has dejado a Tri con ella.

Él frunció el ceño.

—Ya te he dicho que suspiraba por ella. El muy tonto no quería comer.

Em se cruzó de brazos.

—¿Le has mandado su comida? ¿Su comida formulada especialmente para él, de cien dólares el medio kilo?

Él se secó la cara con una toalla.

—Está en el coche. Se la voy a llevar de camino al estudio. Silencio. Él bajó la toalla.

Ella lo miró en el espejo.

—Eres patético.

Él tampoco negó aquello.

Alguien llamó a la puerta a porrazos. A Chris le sonó familiar.

Con el corazón en la garganta, abrió, temerosa de que Kota hubiera cambiado de opinión con respecto a Tri. Estaba dispuesta a resistirse.

Tri salió a la entrada, moviendo el rabo y saltando. Kota lo tomó en brazos.

—¿Quieres volver a casa conmigo, pequeñín?

Tri debió de entenderlo, porque le tendió la pata a Chris como si fuera un bebé.

Ella lo agarró, y él se tranquilizó. Se conformó con mirar amorosamente a Kota desde los brazos de Chris.

Ella ladeó el cuerpo para mantenerlo fuera del alcance de Kota, y dijo:

—Ha comido. Le he sacado a pasear. Ha dormido conmigo —tragó saliva, y añadió—: Por favor, deja que se quede.

Él la miró fijamente con sus ojos azules.

—Quiero el derecho de visita.

—De acuerdo —dijo ella. Estaba dispuesta a acceder a cualquier cosa. Acurrucada con Tri, había conseguido dormir bien por primera vez desde hacía dos semanas.

Kota se inclinó y recogió del suelo un saco.

—Su comida especial.

Ella sonrió sin poder evitarlo.

—¿Hecha de ingredientes naturales combinados en la proporción más efectiva?

A él se le movieron los labios.

—Más o menos. ¿Dónde te lo pongo?

—En la encimera.

Kota entró en la cocina y, rápidamente, vio los fuegos Viking. Miró el electrodoméstico con ojo de experto.

—Parece que está sin utilizar.

—Ya te dije que soy un desastre en la cocina.

—Mucho dinero para nada.

—Pensé que tal vez era una persona de las que cocinan —dijo ella, y se encogió de hombros—. No lo soy.

Él la estudió.

—¿Qué clase de persona eres?

—Estoy intentando descubrirlo.

Sin embargo, no quería hablar de aquello con él. El problema era que resultaba muy fácil hablar con Kota. Incluso en aquel momento, con un abismo infranqueable entre ellos, deseaba mucho más.

Se cambió a Tri de brazo y puso la mano en el pomo de la puerta, como si quisiera despedirse ya.

Kota la ignoró y apoyó una cadera en la encimera.

—¿Y tu compañera de piso? ¿Le parece bien que tengas a Tri? Porque, si no…

—Ella está de acuerdo —dijo Chris. Sin embargo, al final ganó la sinceridad—. En realidad, a Ray no le gustan mucho los perros. Pero es mi casa. Si uno de los dos tiene que irse, no va a ser Tri.

Él asintió, como si la creyera, lo cual era todo un progreso. Después, volvió a mirar los fuegos de la cocina.

—¿Sabes utilizarla?

—Sé hervir agua y hacer una pizza congelada.

Él soltó un resoplido.

—Eso es como dejar que se oxide un Lamborghini porque no sabes conducir con marchas —dijo. Se acercó a la cocina. Abrió la puerta del horno. La cerró. Levantó el hervidor de agua como si fuera un inspector de Sanidad para mirarlo por debajo.

Ella apretó los dientes.

—Si tanto te molesta, puedes comprarla.

—Ya tengo una —dijo él, y jugueteó con los mandos.

—Bueno, pues si eso era todo…

Por fin, él se alejó de los fuegos, pero se paseó por el resto de la cocina, abriendo y cerrando armarios y mirando en el interior de la nevera. Si protestaba, solo iba a conseguir azuzarlo, así que se quedó callada todo el tiempo que pudo. Sin embargo, cuando Kota se encaminó hacia el salón, lo siguió.

—Si buscas el baño —le dijo, entre dientes—, está por ahí.

—Ya iré al final —dijo él. Apretó los cojines del sofá e inspeccionó la televisión.

Cuando empezó a fisgonear sus revistas, ella llegó al límite.

—¡Deja que tocar mis cosas! —le ordenó. Dejó a Tri en el sofá y le arrebató las revistas—. ¿Qué problema tienes?

Él la miró como diciéndole que era ella la que tenía el problema.

—Me estoy asegurando de que es seguro dejar aquí a mi perro.

—¿Hurgando en mis revistas? ¿Qué será lo próximo, mi ropa interior?

Demonios, ¿de dónde había salido eso? A ella se le calentaron las mejillas como una sartén al fuego.

—Ahora que lo mencionas —respondió él, con una expresión seria—, quiero ver tu dormitorio.

—Y un cuerno.

Kota la ignoró y se dirigió a las escaleras. Ella lo siguió y subió los peldaños pisándole los talones.

Él se detuvo en el segundo piso y observó el desorden.

—Esta es la habitación de Ray —dijo ella, a la defensiva—, aunque eso no es asunto tuyo.

Él siguió subiendo.

—Tri no puede subir por estas escaleras.

—Claro que puede. Va detrás de mí.

Tri subía un escalón cada vez, a saltitos.

Kota entró a su habitación y, en él dentro, la estancia parecía tan pequeña como una casa de muñecas. Él giró sobre sí mismo con las manos en las caderas.

—Por lo menos, está limpia.

Ella se puso muy rígida.

—¿Acaso te esperabas una pocilga?

—No sabía lo que podía esperar —replicó él. Parecía que se lo estaba diciendo a sí mismo. Entró en el baño y encendió la luz.

Las bragas del día anterior se habían quedado colgando del borde de la cesta de la ropa sucia. Ella pasó a su lado y las metió dentro. Después, se giró para decirle cuatro cosas.

Sin embargo, fue tal el calor que vio en sus ojos, que se quedó callada antes de empezar.

Él se giró bruscamente, y estuvo a punto de tropezarse con Tri.

Lo tomó en brazos y salió al dormitorio. Miró por la ventana y asomó la cabeza al armario. Se tomó su tiempo, mientras ella contaba hasta cien en silencio.

Al final, se detuvo junto a la cama, que estaba deshecha. La luz matinal entraba por la ventana y volvía su piel de bronce. Sus pómulos parecían más afilados, y sus labios, más carnosos. La miraba fijamente, de una manera que le recordó que los pantalones de yoga no favorecían en nada a su amplio trasero.

Ella se cruzó de brazos. Cuando estaba con él, lo hacía muy a menudo. Se protegía a sí misma. Se mantenía firme.

—¿Y bien?

—Tri no puede bajar esas escaleras.

Ella bajó los brazos.

—Por el amor de Dios, deja de fingir que esto tiene algo que ver con Tri, Has venido aquí a sacar defectos. La cocina está demasiado limpia, el baño está sucio. Las escaleras son demasiado empinadas.

—Estás paranoica.

—Y una mierda. Tú eres un mentiroso.

Él frunció el ceño.

—No me digas palabrotas.

—Digo palabrotas si quiero. Eres un mentiroso y te estás comportando como un imbécil.

—Tú no eres quién para hablar. Tú sí que eres una mentirosa. Hay gente que incluso diría que eres una prostituta.

Ella se irguió. Le temblaban todas las células del cuerpo.

—Puede que haya mentido, pero tú sabes que no soy una prostituta. Lo sabes.

—¿Lo sé? —preguntó él, avanzando hacia ella—. Te acostaste conmigo mientras estabas recabando información para tu reportaje.

—En primer lugar, yo no fui a la isla por el reportaje. Y, en segundo lugar, por si se te había olvidado, intenté no acostarme contigo. Tú me sedujiste con todos tus… músculos.

—Por si se te había olvidado, no fueron mis músculos los que te sedujeron. Te excitaste mirando a mi hermano mientras estaba con su mujer.

Ella enrojeció. De vergüenza y, también, de ira.

—Pues no tuviste queja en ese momento.

Él la miró con desdén.

—Un semental no se queja cuando la yegua está en celo.

Ella se enfureció aún más, y bajó peligrosamente la voz.

—Eres repugnante —dijo, y señaló hacia las escaleras—. Fuera.

—No —dijo él, y la arrinconó—. No he terminado contigo todavía.

Ella alzó la cabeza para mirarlo.

—Así que todo era una estratagema. Una mentira. Has utilizado a Tri para meterte en mi casa. Tú no eres mejor que yo.

—No te atrevas —gruñó él—. No te atrevas a comparar esto con lo que has hecho tú.

—Por lo menos, yo tenía un motivo. Tú solo estás buscando la venganza, matón de tres al cuarto. Quieres asustarme. Pues no lo vas a conseguir —dijo ella, y le clavó un dedo en el pecho—. Sé que no te atreverías a hacerme daño, ni aunque yo sacara una pistola y te apuntara con ella.

—No estés tan segura —dijo él. Su cara estaba a pocos centímetros de la de ella, y tenía la respiración acelerada—. Ya estoy harto de ti.

—Pues lárgate —le dijo ella, y le empujó por el hombro. Fue como empujar al monte Rushmore.

—Me iré cuando quiera.

—Entonces, me voy yo. Dámelo.

Kota se giró para que ella no pudiera alcanzar a Tri.

—Deja de utilizarlo de rehén —le gritó ella—. Resuelve tu problema conmigo. Conmigo es con quien estás enfadado.

—¿Enfadado? ¿Crees que estoy enfadado contigo? Eso no es ni el principio, cariño. Me engañaste en todo.

—¡No es verdad! Mentí sobre la razón por la que estaba en la boda, pero nunca mentí sobre mis sentimientos. Intenté mantenerme a distancia, pero no pude. Porque soy una idiota, como todas las demás mujeres del planeta. Porque me…

Ella se interrumpió. Tomó aire.

—¿Qué? —preguntó él, y la tomó del brazo—. Termina, demonios.

Ella negó con la cabeza. Él la zarandeó.

Ella intentó zafarse, y se le cayeron las lágrimas.

—Suéltame —dijo, entre sollozos.

Él soltó a Tri en la cama y la atrajo contra su pecho.

—Dilo, demonios.

Ella volvió a empujarlo, pero él no se movió. La miraba con tanta intensidad que le quemaba la piel.

—No vuelvas a mentirme —le dijo él—. Por una vez, di la verdad.

—Me enamoré de ti, ¿de acuerdo? ¿Es una verdad suficiente para ti?

—No lo sé. ¿Lo es? —preguntó él, y miró su rostro como si no se fiara de que ninguno de los dos supiera distinguir la verdad de la mentira.

—Sí, desgraciado. ¿Estás contento? Me enamoré de ti, y lo perdí todo. Mi trabajo. Mi reputación. Mi futuro. Y, si quieres, toma, mi orgullo. De todos modos, no me queda mucho.

—No quiero tu orgullo —dijo él, con un gruñido—. Quiero esto.

Él recorrió el último centímetro y aplastó sus labios, metiendo la lengua entre ellos. Tomó su boca de la misma forma que, una vez, había tomado su cuerpo.

Y ella le correspondió, succionándolo, arañándole los hombros, con una fiebre tan intensa como la que él estaba sintiendo.

Bajó las manos hasta sus pantalones y la agarró por las nalgas, y la subió por su cuerpo para que ella se sujetara con las piernas a su alrededor. Ella interrumpió el beso para quitarse la camiseta. Tomó sus pechos en las manos y se los ofreció, y él los aceptó, succionando el sudor salado de su piel.

Aquel no era el plan, ni por asomo, pero él estaba fuera de control, enloquecido por su olor, abrasado por su calor, y solo le importaba entrar en su cuerpo.

Ella le subió la camisa y le arañó la espalda.

—Brazos —dijo, con un jadeo, y él la arrojó sobre la cama. Se sacó la camisa por la cabeza y dejó que ella viera sus músculos, su sudor.

Ella lo devoró con la mirada.

—Kota —dijo, con un susurro, y le ofreció los pechos con una mano. Deslizó la otra por los pantalones, hacia abajo, y él perdió la cabeza.

Se abrió los pantalones vaqueros y se los bajó hasta las rodillas, la tomó por los tobillos y arrastró su trasero hasta el borde de la cama.

—Fuera —dijo, y le quitó los pantalones de yoga.

Ella poso la mano sobre sus bragas rosas; él las rompió como si fueran un hilo. Entonces, le dio la vuelta, la colocó sobre las rodillas y entró en su cuerpo hasta el último centímetro, mientras ella se cerraba a su alrededor como un puño caliente y resbaladizo.

Kota la agarró de las caderas y la embistió, llenándose la vista y la mente con su maravilloso trasero. Ella resistió cada acometida y le correspondió con la misma pasión, moviéndose con su misma rapidez y dureza.

Él se dio cuenta de que no iba a durar mucho. Ella echó la cabeza hacia atrás, y él perdió la cordura.

Emitió un juramento entre dientes y se derramó en ella, hasta que su pene quedó seco y le fallaron las rodillas, y cayó sobre ella en un enredo sudoroso, resbaladizo y glorioso.

«No tengo que estar enamorado de ella para acostarme con ella».

Kota rodó y se tendió de costado, librando a Christy de su peso. Ella tomó aire y cayó de espaldas. Se le deslizó una gota de sudor por la sien.

¿O era una lágrima?

No le importaba. Que llorara. Cerró los ojos para no verla, pero tenía su perfil grabado en la retina. Había echado de menos su cara. La había echado de menos a ella.

No. Había echado de menos acostarse con ella. Mentirosa o no, era estupenda en la cama.

Lo cual le hizo plantearse una pregunta: ¿Por qué tenía que privarse de su cuerpo? Él no iba a volver a enamorarse de ella, ahora que sabía que era una mentirosa. Así pues, ¿por qué no iba a acostarse con ella hasta que se cansara y, después, pasar a la siguiente chica?

En California había muchas mujeres para elegir.

Las sábanas se movieron, y él percibió un olor a rosas. Abrió los ojos. Ella se había tumbado de costado, con el brazo metido debajo de la cabeza, y lo estaba observando con sus cálidos ojos del color del caramelo.

—¿Qué acaba de ocurrir? —le preguntó, con su voz grave y sexy.

—Te he follado, eso es lo que ha pasado.

La crueldad no le salía con facilidad, pero no podía permitir que viera lo mucho que le afectaba. O, más bien, lo mucho que le afectaba su cuerpo.

—¿Solo ha sido eso de verdad? —preguntó ella con un susurro.

—Tienes un cuerpo estupendo, nena —dijo él, y se encogió de hombros como si eso fuera todo lo que le importaba.

Ella bajó los ojos. Tri salió de detrás de los almohadones y se acurrucó contra ella. A ella se le cayó una lágrima desde la mejilla, que rodó por la oreja de Tri.

Él sintió una punzada de culpabilidad que le atravesó el pecho. Se la quitó de encima y dijo:

—Da gusto follar contigo —dijo, con una deliberada grosería—. Podemos hacerlo alguna otra vez. Te llamaré.

Entonces, ella lo miró de nuevo, con furia en aquella ocasión, y abrió la boca, seguramente para mandarlo al cuerno.

Él se preparó.

Pero Christy cerró la boca de nuevo, sin decir una palabra, y lo observó durante un largo momento con los ojos empañados, mientras él intentaba no demostrar lo avergonzado que estaba.

Chris leyó las emociones contradictorias que se reflejaban en el semblante de Kota, y se le encogió el corazón por él. El pobre estaba más liado que ella misma.

Casi se había creído su actuación. El hombre sabía comportarse como un canalla frío y duro. Así había ganado muchos millones de dólares. Sin embargo, ella había conocido a un Kota más complejo, con más matices, y mucho más enfrentado consigo mismo de lo que era su personaje en las películas.

Lo miró a los ojos, y entendió todo lo que él estaba intentando ocultar: él todavía la quería. No quería hacerlo, pero la quería, y eso le estaba destrozando.

Era una situación difícil para cualquiera, pero, especialmente, para Kota. Él necesitaba tener el control de las cosas, de su entorno, de las personas y de las situaciones que lo rodeaban. Y, sobre todo, de sus emociones.

Había perdido aquel control, y estaba intentando recuperarlo a toda costa. Al comportarse como un desgraciado, quería que ella hiciera lo que él no podía hacer: romper definitivamente.

El problema era que ella no tenía ninguna intención de seguir ese plan.

—Claro —dijo, mientras se secaba la cara con el dorso de la mano—. ¿Por qué no?

Él se quedó boquiabierto, y la miró como si tuviera dos cabezas.

Sin embargo, se recuperó como un profesional. Sin decir una palabra, se vistió, recogió su móvil, sus llaves y su cartera.

Ella miró sus movimientos, y tuvo que contenerse para no ponerse a cantar. Lo último que hubiera esperado era tener otra oportunidad con él, pero él había entreabierto aquella puerta, y ella había metido el pie en la rendija antes de que pudiera cerrar la puerta de nuevo.

Y, en aquel momento, luchaba por recuperar el control de sí mismo y de la situación.

Al final, lo hizo al estilo de Kota. Se irguió por completo, se peinó con los dedos y sonrió con desdén.

—Volveré a las doce —dijo—, para darme otro revolcón.

Ella hizo lo que pudo, estirándose perezosamente para proporcionarle una buena visión de sus pechos y su trasero. Después, se acurrucó alrededor de una almohada y se abrazó a ella como si tuviera sueño.

—Te estaré esperando.

Aquello borró la sonrisa de la cara de Kota. La escalera de hierro forjado tembló cuando él bajó los escalones. Incluso el sonido del Porsche era de enfado cuando él metió la marcha y salió disparado.

Esperó hasta que el ruido no se oyó más, y se levantó de un salto.

Tenía dos horas para prepararse. No podía perder un minuto.

Para ser una mujer menuda, Em podía ser muy peligrosa. Estaba de pie en el sitio de aparcamiento del Porsche, con las piernas separadas, echando puñales por los ojos. Habría podido hacer temblar a cualquier hombre.

Él avanzó por el sitio lentamente, hasta que prácticamente le tocó las rodillas. Al ver que ella no se movía, le hizo una foto con el móvil.

Aquello hizo que ella saltara.

—Ni se te ocurra mandarla por Twitter.

Cuando ella le arrebató el móvil, él terminó de aparcar y apagó el motor.

Una vez borrada la fotografía, le devolvió el teléfono.

—Si te molestaras en utilizar eso para comunicarte —le dijo—, sabrías que llevan esperándote una hora. Vamos, muévete.

Salió del coche con calma, y permitió que ella le llevara hacia el estudio como si fuera un collie.

—Esta no es manera de empezar una película. A mí no me importa que pienses que estás harto. Tienes una reputación impecable...

—Gracias a ti.

—Exacto. No es solo tu reputación la que está en juego. Algún día, tú no me necesitarás más y tendré que buscar otro trabajo...

Al oírlo, Kota se detuvo en seco y la miró.

Ella alzó las manos.

—¿Qué pasa? Deja de mirarme y muévete.

Él se acercó a ella de una zancada y la abrazó.

Por un momento, Em se quedó inmóvil. Después, empezó a retorcerse.

—Suéltame, bobo.

Él la besó en la coronilla.

Ella volvió a quedarse inmóvil. Bajó la voz hasta el susurro.

—Kota, ¿qué ocurre? ¿Es que le has hecho algo a... a Christy?

Él se mordió la mejilla para no echarse a reír.

—Se lo merecía —dijo.

Ella se zafó de su abrazo y dio un paso atrás. Lo miró con dureza.

—¿Había testigos? ¿Estaba su compañera de piso? ¿Alguien te ha visto entrar?

Él negó con la cabeza. No se atrevía a hablar.

Ella lo miró; parecía que estaba buscando manchas de sangre. Miró el interior del coche.

—Está bien —dijo—. ¿Y el maletero?

Él volvió a negar con la cabeza.

—¿La dejaste en su casa?

Él asintió.

—¿Lo has dejado muy desordenado?

Él asintió. Lo había dejado desordenado, pero no como pensaba Em.

Ella se peinó con una mano.

—Necesitas una coartada. Tienes que entrar inmediatamente para que te vean —dijo—. Pero voy a necesitar que me ayudes un poco más tarde. Sal en cuanto termines. Voy a cancelar tu comida.

Sacó su teléfono y marcó un número. Siguió pensando en voz alta mientras se realizaba la llamada.

—Necesitamos una bolsa de plástico grueso. Conozco un sitio en South Central.

Ya no pudo contenerse más.

—¿Que conoces un sitio? ¿Pero qué dices, Em?

Ella le dijo que se callara y habló por teléfono:

—Hola, soy Emily Fazzone. El señor Rain no podrá asistir a la comida de hoy. Envía sus disculpas. Llamaré mañana para reprogramar la cita.

Colgó, se puso tras él y lo empujó hacia la puerta.

—Recuerda, eres actor —le dijo—. Actúa con inocencia. No, no. Compórtate como siempre.

—¿Y cómo es eso?

—Como si fueras culpable de algo, pero demasiado irresistible como para que te condenen.

Lo dejó en la puerta y echó a correr hacia su Honda.

—¿Quieres llevarte el Porsche?

—¿A South Central? Sí, claro, como es tan discreto…

Él permitió que arrancara el Honda antes de llamar a su móvil.

—¿Qué? —preguntó ella, con un tono impaciente, como si tuviera que tapar un asesinato.

—Tráeme una hamburguesa, ¿de acuerdo? Me ha entrado hambre.

Un silencio horrorizado.

—Y no te preocupes por la bolsa de plástico. Le he envuelto en las sábanas.

Ella lo fulminó con la mirada por el parabrisas.

—Te has acostado con ella —dijo, como si fuera peor que el homicidio.

—Se lanzó a mis brazos.

—Y un cuerno —respondió ella. Apagó el motor, salió del coche y lo cerró de un portazo.

Él entró en el estudio.

—Gracias por cancelar la comida —dijo Kota, antes de colgar.

Encontró al resto del reparto reunidos en una habitación gris. Sissy le dio una palmadita a la silla que estaba a su lado. Miles, el director, lo fulminó con la mirada desde la cabecera de la mesa.

Aquella era la tercera película que rodaba con Miles. Era un tipo que no admitía tonterías, y a Kota le gustaba eso. Él era bromista en el set de rodaje, pero, una vez que se encendían las luces, también se entregaba al trabajo. Por eso se llevaban tan bien. Eran profesionales.

Sin embargo, Miles lo miró con dureza. Él le sonrió con timidez.

Empezó la lectura del guion, y la conversación, los desacuerdos, alguna risa y alguna lágrima. Sin embargo, él no podía concentrarse.

No podía dejar de pensar en Christy.

Cuando había ido a su casa, solo pretendía dejar allí la comida de Tri y asegurarse de que era feliz allí. No esperaba acostarse con ella.

Pero era tan guapa…

Había deseado a otras mujeres; para él, la lujuria era algo tan normal como el hambre o la sed. Sin embargo, lo que le sucedía con Christy estaba fuera de su control. No podía verla sin desear, sin necesitar, estar dentro de su cuerpo.

Por suerte, solo era eso: sexo. En la isla, había creído que estaba enamorado, pero solo era una ilusión creada por las circunstancias. Tana y Sasha eran muy felices, y él había fantaseado con tener lo mismo para sí.

Eso no iba a pasar. Christy le había engañado, había hecho que se sintiera especial, pero, al final, él solo había sido un instrumento para ella. Él no le importaba. Y, ahora que la verdad había salido a la luz, ella solo deseaba su cuerpo. Ni siquiera se había sorprendido cuando le había ofrecido que se acostaran sin más.

Bueno, pues muy bien. También era lo que él quería de ella. Y era lo que iba a conseguir, exactamente, dentro de cuarenta y cinco minutos.

Casi no podía esperar.

Em trató de impedirle que entrara al coche.

—No lo hagas. No vayas.

Él se sentó al volante y cerró la puerta. El cuero del asiento, que estaba ardiendo a causa del sol, le quemó el trasero, pero no le importó. Su mente estaba centrada en Christy.

—Deja de preocuparte, Em. Solo es sexo.

—No es solo sexo, y lo sabes. Has perdido la cabeza.

Debía de estar totalmente convencida de ello si había llegado a pensar que él había matado a Christy.

—¿Me has visto alguna vez perder la cabeza por una mujer? —le preguntó, para intentar consolarla.

—Nunca te había visto enamorado —respondió ella—. Y esperaba no verlo nunca.

Aquello le dejó asombrado.

—¿Por qué?

—Porque he visto cómo quieres a Tana, a tus padres y a mí.

Te das por completo. Te haces cargo de nosotros. Nos conviertes en tu responsabilidad. Haces lo mismo con los animales, como si todos estuviéramos bajo tu protección.

—Y lo estáis —dijo él—. Haría cualquier cosa por vosotros.

Sin embargo, le había fallado a Charlie, igual que les había fallado a sus padres biológicos.

Em le tocó el hombro. Fue una caricia suave, en vez del consabido puñetazo.

—Por eso estás tan dividido en lo de Christy. Ella activa todo tu instinto de protección, pero tú no puedes superar que te haya mentido. Fue una amenaza para Tana. Tal vez, todavía lo sea.

Em había dado en el clavo.

Él asintió.

—Esas clases de Psicología por Internet están dando resultado —dijo. Metió la marcha atrás y, mientras se alejaba, añadió—. No me esperes, ¿me oyes?

Llegó a casa de Christy en tiempo récord y llamó a la puerta. Oyó que Tri se ponía en modo ataque, ladrando como si fuera un perro enorme. En su casa nunca lo había hecho, porque de eso se encargaba Cy. Sin embargo, cualquiera que quisiera entrar en casa de Christy tendría que pasar por encima de Tri.

Entonces, ella abrió la puerta, y el sol la iluminó. A él se le quedó seca la garganta.

Ya no llevaba los pantalones de yoga, sino un vestido corto, sin mangas, del color rosa de las rosas preferidas de su madre. Estaba descalza, y tenía las manos y los brazos manchados de harina.

Dio un paso atrás y él entró, y se quedó asombrado al ver la encimera.

—Estoy haciendo pasta —dijo ella.

No, estaba haciendo un desastre. La harina cubría la encimera y el suelo de alrededor. Ella había dejado un rastro hasta la puerta.

Christy volvió a acercarse a la encimera, donde había un mazacote de pasta. Le clavó un dedo.

—No se parece a la tuya.

—Por supuesto que no —dijo él. La apartó de su camino de un empujón y tiró el mazacote a la basura.

—¡Eh! Todavía estaba amasándola.

—Podrías amasarla durante toda tu vida. Nunca se convertiría en pasta —respondió él. Se remangó y se lavó las manos como si fuera un cirujano—. ¿Te queda harina, o está toda en el suelo?

—Qué gracioso —dijo ella, y sacó un paquete de harina de un armario—. No puedes pensar que lo voy a hacer a la perfección la primera vez. Necesito práctica.

—Pues practica con tu comida. Yo tengo hambre.

No había bromeado al decirle a Em que le había entrado apetito. Y necesitaba fuerzas para lo que se avecinaba aquella tarde.

Le señaló un taburete. Ella se sentó allí, con Tri en el regazo.

Era casi como en los viejos tiempos, salvo que, en aquel momento, él sabía que ella no era lo que había dicho que era.

Él fue cascando los huevos de un cartón que ella había dejado fuera, y trabajó la masa mientras se le pasaban cien preguntas por la cabeza. Preguntas sobre ella y sobre ellos dos. Sin embargo, no sabía si ella iba a responder a aquellas preguntas con sinceridad. Empezó por la más básica. Por la que lo había empezado todo.

—¿Qué te empujó a hacerlo?

—¿Colarme en la boda? Tu empleado Mercer ya debería saberlo. Lo hice para conservar mi trabajo.

Él vio que ella estaba dibujando caritas sonrientes en la harina.

—Pues no parece que estés muy afectada por haberte quedado sin él.

Ella borró las caras.

—Antes, me parecía la peor cosa del mundo. Hasta que ocurrió. Entonces, fue un alivio. Yo nunca quise ser periodista.

Él se habría rascado la cabeza si no tuviera las manos hundidas en la masa.

—Entonces, ¿por qué lo hiciste? Tú cantas como Billie Holiday. ¿Por qué no te dedicas a ello?

—Es difícil de explicar.

Ella volvió a dibujar caritas sonrientes en la harina.

Él dejó que la masa reposara mientras sacaba la máquina de pasta, que estaba sin estrenar, y lavaba las piezas en el fregadero. Miró de reojo a Christy y, al ver que ella no continuaba, sopló la harina hacia su regazo.

—¡Eh! —exclamó ella. Se sacudió la falda mientras Tri estornudaba.

—Estabas diciendo que…

Ella suspiró.

—Mi madre cambió el mundo. Si tuviera un dólar por cada persona que me dice eso, podría comprarte la isla. Se pasó media vida en países asolados por la guerra, rodeada de muertos y heridos, haciendo pis en la cuneta y esquivando metralla. Y quería que yo hiciera lo mismo. Que siguiera con su obra. Que fuera al corazón de la miseria y la guerra y le contara al mundo la verdad. Pero yo no soy tan fuerte como ella. No estoy hecha para ver ese tipo de sufrimiento.

Lo dijo como si eso la convirtiera en una fracasada.

—Yo conocí esa vida de niña, cuando iba con ella por el mundo. Bueno, ella nunca me acercó al fuego ni al humo. Pero algunas veces, sí estábamos lo suficientemente cerca como para que yo tuviera terror.

Para Kota, aquello era maltratar a un niño. Estar acogido por una familia era horrible pero, al menos, estaba en Estados Unidos.

—¿Y quién te cuidaba?

—Cuando era pequeña, tenía una niñera. Ella viajaba con mi madre y conmigo, y venía de tour cuando yo estaba con papá, en el verano.

Así que aquella pobre niña nunca había tenido un hogar. Por lo menos, Tana y él habían encontrado su casa en el rancho, el mejor lugar en el que podía crecer un niño. Trabajo duro, poco dinero, pero cantidades ingentes de amor. Y él había puesto los pies bajo la misma mesa todas las noches.

Sin embargo, se negaba a sentirse mal por ella. Por muy difícil que hubiera sido su infancia, sabía distinguir el bien del mal. Sabía distinguir la verdad de la mentira.

Dicho aquello, necesitaba un minuto, así que metió la cabeza en su nevera. Y se encogió.

Tres tristes yogures, rodeados por paquetes de comida preparada.

—¿Qué demonios?

Nadie podía vivir de eso.

Miró hacia atrás, por encima de su hombro, pero ella lo estaba ignorando, haciéndole cosquillas a Tri, que se retorcía alegremente, como el pequeño libidinoso que era.

Kota puso los ojos en blanco, pero no estaba en situación de juzgar a nadie. Después de todo, él también estaba allí para que le hicieran cosquillas.

Abrió los cajones de la nevera y encontró una barra de mantequilla y un pedazo de parmesano con moho. Cuando los puso sobre la encimera, Christy puso cara de circunstancias.

—Eh… No utilices ese queso. Hay uno mejor ahí —dijo, y señaló un armario.

Él lo abrió, arrugó el labio al ver el envoltorio de cartón verde y lo tiró a la basura.

—Eso no es queso —dijo, cuando ella soltó un gritito—. Lo hacen con los restos que recogen del suelo. Este trozo se puede comer perfectamente —afirmó. Le quitó la parte mohosa con un cuchillo—. Lo sabrías si pasaras más tiempo cocinando y menos tiempo pidiendo comida para llevar.

—Eh, estaba intentando hacer pasta. Tú eres el que me ha echado a patadas de la cocina.

Eso era cierto, pero no iba a concederle ventaja, porque ella la usaría para atarlo de pies y manos, y no iba a cometer de nuevo aquel error.

—Entonces, si no querías ser periodista, ¿por qué empezaste a trabajar para el *Sentinel*?

—Porque mi madre tiene Alzheimer.

—Eso ya me lo habías dicho, y lo siento mucho. Pero, si ella no va a saber lo que haces, ¿qué sentido tiene?

Christy alzó la barbilla.

—Me sentía culpable. La culpabilidad es una motivación muy fuerte.

—Y ahora tienes más cosas por las que sentirte culpable. Mentirme a mí. Mentirles a mis padres.

Ay. Kota sabía dónde hacer daño.

Sin embargo, ella se lo había buscado al pensar en la debacle de la pasta. Quería conseguir que él hablara con ella, en vez de acostarse con ella, aunque la conversación tuviera muchas posibilidades de ser dolorosa.

Dejó de juguetear con la harina y lo miró a la cara. Sus ojos, que antes eran tan cálidos, se habían vuelto glaciales, pero ella le sostuvo la mirada.

—Cuando acepté ese encargo, no conocía a tus padres, ni a ti, ni a Tana, ni a Sasha. Ninguno erais reales para mí. Y, para ser sincera, mi mayor escrúpulo era que tener que escribir sobre la boda de un famoso era un poco humillante para mí. Porque yo era una periodista seria.

Él arrugó el labio con desdén. Ella continuó.

—Cuando te conocí, me sentí mal por engañarte. Y, cuando conocí a tus padres… Bueno, me parecieron estupendos.

Kota dio un resoplido.

—Es cierto —añadió ella—. Son todo lo que mis padres no han sido nunca. Yo adoro a mis padres, pero son diferentes. Ellos tienen un ego muy grande, y los dos esperan que continúe con su carrera en el futuro. Mi padre es igual de terrible, en eso, que mi madre. No entiende por qué no me dedico plenamente a la canción…

—Ni yo tampoco.

—Porque no quiero hacerlo.

—Entonces, ¿qué es lo que quieres?

—¿Por qué tengo que querer algo? ¿Por qué no puedo tener una vida normal, como todo el mundo?

—Vamos, todo el mundo quiere algo.

—Puede ser, pero ni siquiera la totalidad de la gente que sabe lo que es persigue su sueño.

Él se cruzó de brazos.

—No quiero hablar de eso.

—¿Por qué no? ¿Cómo puedes juzgarme a mí, cuando estás preparándote para rodar otro gran taquillazo que no te importa nada?

—Ocúpate de tus asuntos, guapa —dijo él, y la miró con los ojos entrecerrados.

Ella le lanzó un puñado de harina. La mayor parte cayó en la encimera, pero un poco le espolvoreó de blanco la camiseta negra.

—Será mejor que no lo hagas más —le dijo, en voz baja y letal.

Ella lo hizo de nuevo.

Él rodeó la encimera. Ella agarró a Tri como si fuera un escudo magnético.

—Estamos perdiendo el tiempo con esta charla —gruñó—, cuando deberíamos estar follando.

Ella tragó saliva.

—Creía que tenías hambre.

—Ya me compraré una hamburguesa cuando terminemos —dijo. Le quitó a Tri de las manos y lo dejó en el suelo. Después, la agarró de las muñecas y la llevó hacia el sofá—. Vamos, nena. ¿Dónde está tu compañera de piso?

—En un casting.

—¿Va a venir pronto? ¿Nos va a pillar?

—¿Te importaría mucho?

—Ni lo más mínimo.

Él tomó el bajo de su vestido y se lo sacó por la cabeza.

Entonces, se quedó sin respiración. Le pasó una mirada abrasadora por el cuerpo, por los pechos y por el vientre.

Ella sonrió. Había ido urgentemente a Rodeo Drive y se había gastado trescientos dólares en un body blanco para hacerle babear.

Dinero bien gastado.

Él le pasó las manos por los brazos, hacia los hombros, metió los dedos meñiques en los tirantes y se los bajó por los brazos, dejando a la vista sus pechos. Con las yemas de los pulgares, despertó sus pezones.

Bajó la cabeza y le pasó la nariz por la clavícula, inhalando su olor. Ella dejó caer la cabeza hacia un lado para darle más espacio, y él le mordisqueó el cuello. Le hizo cosquillas, y a ella se le escapó una risita. Él mordió con más fuerza, y ella jadeó.

Lentamente, él le bajó el body hasta la cintura y, después, bajó las manos por su espalda y le tomó el trasero, se lo masajeó y la presionó contra su cuerpo mientras giraba las caderas para que frotarla con el bulto de sus pantalones vaqueros donde más lo deseaba.

No había nada que le hubiera parecido tan gozoso ni tan sexy.

Chris no quería que terminara, y también le agarró el trasero para ceñir su cuerpo al de ella; se dio cuenta de que se había convertido en una víctima de su propio plan de seducción.

Él le puso un nudillo bajo la barbilla y le inclinó la cabeza hacia atrás, y le dio un beso que fue algo más que un beso. Más que sexo, más que lascivia. Ella se puso de puntillas y también le dio más, con el corazón alegre y el pecho hinchado.

Entonces, él dio un paso atrás, bruscamente, como si lo hubiera pensado mejor. Sin embargo, se bajó los pantalones y volvió hacia ella.

En aquel instante, algo había cambiado. Ya no estaba calmado ni iba a hacer las cosas lentamente. Con los ojos brillantes, le abrasó la piel. Le rasgó el body. La alzó y la sentó sobre su pene, y tomó el control. Le apoyó la espalda en la pared y sujetó su peso como si no fuera nada, y acometió con fuerza.

Le dijo palabras sucias, sexis, y ella se las devolvió. Mantuvieron un diálogo erótico que los llevó más alto, más allá de cualquier lugar en el que ya hubieran estado. Ella le rodeó la cintura con las piernas, cumpliendo con su parte, y deslizó las manos bajo su camisa. Le arañó los hombros y los pectorales.

Él trató de recuperar el control.

—Córrete —le dijo con un gruñido, como si quisiera dejar claro que la estaba utilizando. Ella se contuvo. Se negaba a que le diera órdenes y la usara.

—Córrete conmigo —respondió, entre jadeos, y le mordió la mandíbula.

—Maldita sea, mujer —dijo él, y no pudo soportarlo más.

Echó hacia atrás la cabeza y pronunció su nombre con un gruñido. Y llegaron juntos al orgasmo, golpeando la pared y tirando libros de las estanterías.

Cuando recuperaron el aliento, él la levantó de su cuerpo y, en menos de un minuto, estaba yendo hacia la puerta.

—¿Adiós? —preguntó ella—. ¿Hasta luego?

—No cuentes con ello —respondió él, y cerró de un portazo.

Kota metió la tercera marcha y recorrió las curvas de la carretera tan rápidamente como pudo. Había salido huyendo como un conejo, pero ¿de qué? Solo había sido sexo.

No debería haberla besado. Aquello había sido un error. Un beso era algo demasiado íntimo, no solo sexo.

Sin embargo, después de haberla besado, debería haber sido más frío. Ahora, ella ya sabía cómo podía controlar la situación. Para eso se había puesto aquel body. Demonios. Nadie se ponía un body bajo un vestido de verano a menos que estuviera esperando un poco de acción.

Bueno, debía reconocer que ella estaba esperando que hubiera acción. Él le había prometido que volvería a la hora de comer. No debería quejarse de que ella lo estuviera esperando.

Incluso había intentado hacer la comida. Él dio un resoplido. Por supuesto, lo había hecho fatal; seguramente, ni siquiera sabía hervir agua sin quemarla. Pero lo había intentado. Y él se había marchado de allí sin intentar limpiar un poco. Su madre le echaría una buena bronca si se enterara.

Tocó el freno. Debería volver a ayudar. Era muy difícil quitar la harina del suelo…

Sonó su teléfono. Em. Por el amor de Dios.

—¿Qué? —le espetó.

—¿Dónde estás?

—No hagas como si no pudieras rastrear mi teléfono —replicó él.

—Está bien. Vas demasiado rápido.

Él aceleró.

—¿Por qué me molestas?

—Ha llamado Peter. Levi's no cede; quieren tres años.

—Pues que les diga que no, gracias.

Silencio.

Él se saltó un semáforo en naranja y entró en un In-N-Out. Frenó en seco.

—Tráeme un bocadillo de queso —dijo Em.

Él dio marcha atrás y salió de allí rápidamente.

—Voy a comprarme otro teléfono. Sin el mecanismo de seguimiento.

—Como si tú supieras comprarte un teléfono.

—Se lo encargaré a mi nueva asistente.

—Muy bien. ¿Cuándo empieza? Porque yo tuve que acortar mis vacaciones para salvarte de la mujer a la que has estado fo...

Él colgó.

Cinco minutos después, frenó en la puerta de su casa y saludó a la cámara. Tony le abrió.

Em lo recibió en la entrada. Él la miró con irritación. Sin embargo, al fijarse bien en ella, se preocupó.

Era la primera vez en su vida que Em tenía ojeras. Era como si estuviera enferma o no hubiera podido dormir. O como si estuviera muy preocupada.

—Entra en el coche —le dijo él.

—No hay tiempo para dar paseítos. Tienes cosas que hacer.

—¿Quién es el jefe?

Ella soltó un suspiro y entró. Él accedió al garaje y apagó el motor.

Ella puso los ojos en blanco y agarró el abridor del coche. Él la detuvo poniéndole una mano en el brazo.

—¿Qué pasa ahora?

—Quiero ser veterinario.

Ella se quedó asombrada. Después, dijo:

—Eres demasiado mayor para matricularte.

—Deja de decirme que soy viejo. Además, ese era mi plan original: cuidar de Tana hasta que estuviera bien establecido, y volver a estudiar.

—¿Y por qué no me lo habías contado nunca?

—Porque había renunciado a la idea. O se me había olvidado.

—O te habías reprimido para poder quedarte en Hollywood y hacer de canguro de tu hermano.

—O eso.

—¿Y por qué ahora? ¿Qué es lo que ha cambiado?

—Tana se ha casado. Ya no me necesita.

—¿Y qué pasa con toda la gente que depende de ti? ¿Qué pasa con Peter, con Tony y conmigo?

Él ladeó la cabeza.

—No pensaba que fueras a hacerme sentir culpable.

—No necesito hacerlo. Tú ya te sientes culpable. Te estoy preguntando cómo vas a vivir con ello.

Demonios. Em lo conocía mejor que él a sí mismo.

—Brad me dijo que está pensando en cambiar de representante. Le voy a dar un empujón hacia Peter. Y Tony… Tony puede encontrar cualquier trabajo que quiera. Llevo años pagándole más de la cuenta solo para retenerlo aquí.

Ella lo miró fijamente, y esperó.

—¿Qué?

—Los veterinarios no tienen asistentes personales.

—Los veterinarios que son estrellas de cine, sí. O, por lo menos, las tendrán, cuando yo sea veterinario. Podrías haber sido tú, si no fueras tan molesta.

Como si él pudiera organizar su vida sin ella.

—Mientras, ¿qué pasa con el contrato de Levi's? ¿Lo vas a dejar escapar?

—Firmarán por un año cuando vean que voy en serio.

—¿Y qué pasa con el proyecto de Abrams? Ya has firmado el contrato.

—Ya lo sé —dijo él. Era un contrato de millones de dólares para empezar a rodar una película de superhéroes un mes después de haber terminado la película que estaba haciendo en aquel momento—. Lo cierto es que, si tiene éxito, quieren empezar una saga. Cuando yo les diga que es mi última película, abandonarán y buscarán a otro.

Ella entrecerró los ojos.

—Llevas un buen tiempo pensando en esto.

—Dos semanas.

Em abrió unos ojos como platos.

—Es por Christy, ¿verdad? Ella quiere que dejes de actuar y vayas a estudiar Veterinaria.

—Ella no quiere que yo haga nada. Y, créeme, si estuviera buscando alguien que guiara mi vida, no sería ella. Está más liada que yo —dijo él, y se encogió de hombros—. Lo que pasa es que me ha hecho pensar en todo esto.

Em se mordió la lengua, pero él se dio cuenta de que estaba pensando febrilmente.

Al final, ella se encogió de hombros.

—Puede que no sea tan mala para ti como yo pensaba.

Chris estaba a gatas en el suelo, con un estropajo en la mano, cuando entró Zach.

—Hola, nenita. Vaya lío que tienes ahí.

Ella se sopló el pelo de la frente.

—Es muy difícil quitar la harina del suelo.

—¿Y por qué hay harina en el suelo?

—Estábamos haciendo pasta.

—¿Ray y tú? —preguntó Zach, y se echó a reír a carcajadas—. Una ciega guiando a otra.

—Gracias, papá. Pero, en realidad, éramos Kota y yo. Él es un fenómeno en la cocina.

—Y tengo entendido que en el dormitorio, también —dijo él, y le hizo un guiño. Ella se puso en pie y dejó el estropajo en el fregadero.

—Algunas veces, creo que compartimos demasiada información.

279

—Para ser sincero, me sorprende que sigáis viéndoos —dijo él, y entró en el salón. Al ver varios libros en el suelo, comentó—: Pero parece que os estabais divirtiendo.

—Sí, hasta que nos besamos. Entonces, salió corriendo como alma que lleva el diablo.

Zach se rio de nuevo.

—El chico está muy mal. Me di cuenta desde el primer momento en que te vio. Se quedó anonadado.

—Sí, ahora está hecho un lío —dijo ella, mientras servía dos refrescos—. Ya limpiaré la harina luego. Vamos a sentarnos fuera.

Se acomodaron en una mesita que había en el pequeño patio de la casa. Zach estiró las piernas y fingió que se relajaba. Estaba acostumbrado a vivir en la carretera y, cuando pasaba una temporada en casa, se ponía nervioso, así que tenía tendencia a ir a visitarla y quedarse un rato con ella.

Sonrió al ver la pequeña franja de tierra que bordeaba la valla.

—Veo que sigues trabajando en el jardín.

Ella le sacó la lengua. Él se rio.

—Cariño, tienes que aceptar el hecho de que no tienes inclinación por los asuntos domésticos. ¿Por qué no vendes esta casa y te vienes a vivir a la mía? Yo casi nunca estoy allí, y así no tendrás que convivir con esa Ray.

—No es tan mala.

—Es una bruja —dijo Zach.

—Yo tampoco soy la persona más agradable del mundo.

—Tú has cometido un error, que no es lo mismo. Ray es mala por naturaleza.

Chris le dio un sorbito a su refresco. No podía negar que Ray empeoraba día a día. Estaba resentida por su fracaso en Hollywood, y el hecho de que ahogara las penas en alcohol solo servía para hundirla más.

Sin embargo, por muy mala que fuera Ray, Chris estaba segura de que, si estuvieran en la situación opuesta, su compañera no la echaría de casa.

—No te preocupes, papá, la echaré si llega a ese punto. Mientras tanto, es agradable tener a otra persona cerca. Estoy mucho en casa, ahora que me he quedado sin trabajo.

—He estado pensando en eso. Ahora que estás más libre, la semana que viene tenemos una actuación en Dubái, y quizá quisieras cantar.

Ella lo había visto venir.

—Gracias, papá, pero me voy a concentrar en la biografía de mamá. Si surge algo por la zona, voy. Pero nada de viajar.

—Oh, está bien —dijo él, y sonrió con su famosa sonrisa de Zach Gray—. Merecía la pena intentarlo.

Después, pidieron pizza y pasaron unas horas jugando al rummy, como hacían cuando iban de gira en el autobús. Al acabar, Zach se marchó.

Y, cuando se marchó su padre, ella también se sintió inquieta. Sacó el portátil a la mesa.

Entró en la cocina y se preparó una taza de té.

Sacó la taza al patio y encendió el portátil.

Entró a buscar una galleta.

Tri la siguió a saltitos, obedientemente. Dentro y fuera de la casa. Arriba y debajo de la silla.

Sin embargo, cuando ella entró de nuevo a buscar su móvil, él se quedó fuera.

Ella captó la indirecta.

—Ya lo sé, ya lo sé. Ahora me pongo seria.

Entonces, se lo puso en el regazo, abrió el archivo en el ordenador y revisó sus anotaciones.

Ho Chi Minh City, bla, bla. Bagdad, bla, bla.

Las palabras se mezclaban en la página.

Abandonó los hechos y volvió a las fotografías, seleccionando y ordenando. Europa, Asia, África.

Vio un minarete dibujado contra una puesta de sol ardiente. Marruecos, abril del año 2001. Recordó a un chico, moreno y exótico, y con menos experiencia aún que ella…

Se apartó aquel recuerdo de la cabeza. Aquella era una historia de Emma, no suya. Siguió pasando fotografías: Turquía, Rumanía, Sierra Leona.

Durante toda la vida había detestado que la llevaran por el mundo como si fuera una maleta. Y, sin embargo, no podía negar que todos aquellos lugares la habían formado. Las calles ruidosas, la gente desesperada. Eran reales, y formaban parte de ella.

Como los veranos viajando con Zach, viendo el mundo desde el escenario. Crecer con los otros niños de la banda, jugar al escondite, besuquearse al llegar a la pubertad.

Había pasado mucho tiempo sola, pero siempre se había sentido querida. Sus padres eran viajeros, con carreras profesionales importantes y egos muy grandes, pero nunca la habían dejado atrás, ni la habían enviado a un internado.

Siempre la habían querido, y no todos los niños podían decir lo mismo.

La puerta corredera del patio se abrió, y Ray sacó la cabeza.

—¿Qué haces?

—Estoy soñando despierta —dijo. Parecía que eso era lo único que podía hacer cuando abría el ordenador. Lo cerró.

—¿Cómo ha ido el casting?

Ray salió y se dejó caer sobre la otra silla.

—Una pérdida de tiempo. Han elegido a una pelirroja, ¿te lo puedes creer?

—Puede teñirse el pelo.

—No puede teñirse la piel lechosa. Es obvio que se la chupa al productor.

O, tal vez, que tenía más talento. Pero así era Ray, siempre buscando excusas. Culpando a otro cuando no conseguía lo que quería.

Ray miró agriamente a Tri.

—No puedo creer que ese imbécil te haya cargado con un perro cojo. Vamos, dámelo. Lo llevo a la perrera.

—No, claro que no —dijo Chris, y se metió a Tri bajo el brazo—. Esta es su casa, Ray. Acéptalo.

—¿O qué? ¿Me vas a echar? —preguntó Ray, con un resoplido.

Chris la miró con severidad.

—Estás de broma —dijo Ray, poniéndose en pie—. ¿Vas a elegir a ese chucho cojo antes que a mí?

—No voy a elegir a Tri antes que a ti —dijo ella. Por el momento—. Solo digo que todos tenemos que llevarnos bien.

—Entonces, que esa mierda de perro no se cruce en mi camino —dijo Ray, desagradablemente—. Si me tropiezo con él, voy a ponerle a ese imbécil de Dakota Rain una demanda de todo lo que tiene.

Kota puso en su soporte las pesas, pero no se sentó. Se quedó tumbado en el banco, bañado en sudor, mirando al techo.

En alguna parte de la enorme casa, un reloj de pared dio las nueve. Eso significaba que le quedaban otras doce horas antes de tener que estar en el set de rodaje.

Doce horas sin ver a Christy. Doce horas sin tocarla. Doce horas sin acostarse con ella, sin dormir con ella.

Tony asomó la cabeza por la puerta.

—¿Esperas hoy a alguien?

—No —dijo Kota—. Vete a la cama, anda. Nos vemos por la mañana.

Se había quedado completamente solo. Tony se marchó a otra zona de la casa. Si él se lo hubiera pedido, se habría quedado despierto toda la noche, jugando al billar y viendo películas. Pero ¿para qué iba a hacer que los dos se sintieran desgraciados?

En vez de eso, hizo otra serie de levantamientos. Corrió seis kilómetros en la cinta. Hizo cien dominadas y, después, otras cien.

El reloj dio las diez.

Cy le dio la lata para salir, así que fueron al patio. Cy olisqueó hasta la última brizna de hierba. Kota hizo pis en una palmera. Cy hizo pis encima. Después, volvieron a la casa.

Una vez dentro, vagaron de cuarto en cuarto y terminaron en la cocina. Kota miró en la nevera. La cerró. Giró los hombros. Miró el reloj.

Diez horas y cuarenta y cinco minutos que matar.

———

Cy lo miró como si quisiera preguntarle qué iban a hacer. El pobrecillo estaba tan aburrido como él.

Kota le rascó las orejas.

—Echas de menos a Tri, ¿verdad? Seguro que él también nos echa de menos a nosotros.

Seguro que Tri también estaba suspirando por ellos en aquel momento. Seguramente, no podía dormir sin verlos, sin su beso de buenas noches.

Kota tomó las llaves.

—Vamos, Cy. Es hora de ejercer nuestro derecho de visita.

—¿Me estás tomando el pelo? —preguntó Christy, bloqueando la puerta—. Son las diez y media de la noche. Íbamos a acostarnos.

Eso era obvio. Ella llevaba el pelo recogido en un moño desordenado y su camisón transparente no dejaba nada a la imaginación.

Él apartó los ojos de sus pezones y miró por encima de su hombro al interior. Tri estaba en el sofá, retorciéndose boca arriba y moviendo las tres patitas, como si él hubiera interrumpido algo bueno.

No estaba suspirando, precisamente.

Cambió de táctica.

—Es una pena —dijo—. Cy lleva toda la noche inquieto. No puede dormirse hasta que vea a su hermano.

—Tonterías.

—Es verdad. Está en el coche —dijo él, señalando hacia atrás—. Si quieres romperle el corazón, adelante.

—Oh, por el amor de… —Christy le hizo un gesto con ambas manos—. Vamos, ve a buscarlo. De todos modos, quiero verlo.

Un minuto después, Cy entró saltando por la puerta, con su horripilante sonrisa, y se puso a bailar a los pies de Christy y a meter la nariz debajo de su camisón.

Cuando ella se sentó en el sofá, él se subió a su regazo y le puso las patas en los hombros, y la besó como si fuera una amante. Tri se metió entre ellos, y los dos entraron en el camisón de Christy, hasta el fondo.

—Bueno, ya está bien —dijo Kota, cuando no pudo soportarlo más—. Abajo, chicos.

Él se había apoyado en la pared para no subirse también a su regazo. En aquel momento, ella le sonrió y, sin darse cuenta, él se sentó en la mesa de centro, y su rodilla quedó a un centímetro de la rodilla desnuda de Christy.

Lo miró fijamente con sus ojos del color del caramelo.

—Kota —dijo, y su voz grave, seductora y sexy lo atravesó—. ¿Qué estás haciendo aquí?

—Ya te lo he dicho. Cy echaba de menos a su hermano. Y supongo que a ti también.

—Esta es la tercera vez que vienes aquí hoy.

Él intentó mirar a otro lado. No pudo.

—No te hagas ilusiones. Tú no tienes nada que yo quiera. Salvo el sexo. Solo el sexo.

Ella le rozó la rodilla con los dedos.

—¿Quieres que nos acostemos ahora?

Él tragó saliva.

—Bueno. Ya que estoy aquí.

—Está bien —dijo ella, y se puso en pie—. Ray está en casa, así que deberíamos hacerlo en mi habitación.

Él la siguió escaleras arriba como un robot, mientras la lujuria luchaba contra su conciencia. El mensaje de su cuerpo era claro y sencillo: «Sexo. Ahora».

Sin embargo, su mente preguntaba: «¿Por qué me permite que la utilice de esta forma?».

No tenía sentido. Ella no era un objeto. No era de las que se acostaban con cualquier estrella de cine.

Sin embargo, cuando llegaron a su habitación, se quitó el camisón y se quedó tan solo con un tanga blanco cuyo triángulo invertido señalaba al cielo. Se deshizo el moño, y la melena le cayó sobre los hombros desnudos.

Y se acercó a él, con un paso lento y sinuoso que le dio la

oportunidad de beberse todas sus curvas. Se detuvo a centímetros de él y posó las palmas en su pecho.

Él se quedó inmóvil.

—Kota.

Dios, cuánto le gustaba oír cómo decía su nombre.

Ella sonrió, y a él le temblaron las rodillas.

Dio un paso atrás para que sus manos cayeran de su pecho.

—Por Dios, mujer. ¿Es que ni siquiera quieres hablar primero?

Ella frunció el ceño.

—Creía que solo querías sexo.

—No. Quiero decir, sí.

Se frotó la nuca. ¿Qué le pasaba? Ella se lo estaba ofreciendo en bandeja de plata. La cama estaba a dos metros de distancia. Debería tenderla boca abajo y hacérselo así. De ese modo, no cometería el error de volver a besarla, ni de mirarla a los ojos.

—Demonios —dijo—, ¿por qué lo estás haciendo tan difícil?

—Estoy haciéndolo fácil —respondió ella, y se quitó las bragas.

—Dios mío…

Podía hacerlo. Estaba muy excitado. Lo único que tenía que hacer era quitarse el pantalón y…

Se oyó un grito desgarrador. Él se dio un susto de muerte.

Abajo sonó algo que se rompía, y él bajó las escaleras rápidamente, con una descarga de adrenalina, dispuesto a enfrentarse a los malos con sus propias manos.

Atravesó el salón y frenó en seco al llegar a la cocina. Había una rubia subida en la encimera.

—¡Un perro del infierno! ¡Un perro del infierno! —gritó, a pleno pulmón.

Él siguió el dedo con el que señalaba al pobre Cy. El animal estaba acurrucado en una esquina, con el rabo entre las patas y las orejas gachas, muerto de vergüenza.

—¡Cállate! —le gritó Kota—. ¡Solo es un perro, por el amor de Dios!

La adrenalina le privó de paciencia y empatía. ¿Qué tipo de películas veía aquella loca?

La agarró por la cintura y trató de ponerla de pie en el suelo, pero ella no se lo permitió. Trepó por él como si fuera un árbol, gritándole al oído.

—¡Ray! —exclamó Christy—. Cálmate. No es un perro del infierno. Solo es un pit bull.

Ray empezó a gimotear, pero no se soltó de Kota.

Kota la dejó sentada en la encimera. Christy ayudó a liberarlo de los miembros que estaban aferrados a él.

—¿Qué-qué hace aquí? —preguntó Ray, temblorosamente.

—Está de visita —dijo Christy, con firmeza—. Así que tranquilízate, porque se va a quedar a pasar la noche.

Por fin, Ray se fijó en Kota.

—¿Es que no tienes ningún perro normal? ¿Son todos monstruos?

Christy se colocó entre ellos dos antes de que Kota pudiera estallar.

—No son monstruos, Ray —dijo ella, con una voz que había pasado de la firmeza a la frialdad—. Son maravillosos, y el hecho de que lo hayan pasado mal los convierte en seres más especiales.

«Eso es. Así se habla, Christy».

—Escucha, Ray. Entiendo que Cy te haya asustado, pero ahora que ya sabes que no es un perro del infierno, puedes relajarte. Es muy bueno.

—Sí, claro. Como que nunca ha participado en una pelea.

—Esas cicatrices son de maltrato, no de peleas.

Christy caminó hasta Cy, que estaba pegado a la pared. Se agachó y lo abrazó, y Cy se inclinó hacia ella y apoyó la cabeza en su hombro.

Y aquello fue la gota que colmó el vaso para Kota.

—Vamos —dijo—. Nos vamos a casa.

Christy alzó la cabeza y lo miró con aflicción.

—Todos —dijo él—. Los cuatro nos vamos a casa.

—¡Levántate, dormilón!

Chris tuvo el tiempo justo para abrir los ojos antes de que la manta saliera despedida.

Em se quedó mirándola con los ojos como platos.

—¡Mierda! ¿Qué haces tú aquí?

Ella tomó la sábana y se tapó el cuerpo desnudo mientras Kota salía del baño con la cara cubierta de espuma de afeitar. Aparte de eso, también estaba desnudo. Y no parecía que le diera mucha vergüenza.

Em tampoco parecía azorada. Movió la cabeza de un lado a otro, mirándolos a los dos.

—¿Qué ha pasado? Tú nunca traes a nadie a dormir a casa.

—Bueno, pues anoche, sí —dijo él, y volvió al baño.

Asombrosamente, Em lo siguió. Dejó la puerta abierta. Chris vio a Kota reflejado en el espejo, afeitándose tranquilamente. Desnudo.

—¿Qué ha pasado? —preguntó Em, de nuevo.

—Hubo un problema en su casa —respondió él—. Puede que se quede aquí una temporada.

Em miró al techo con resignación.

—Eres tonto, ¿lo sabías?

—Me lo has dicho muchas veces.

—Sí, pero vale la pena repetirlo —dijo ella—. Espero que sepas lo que estás haciendo.

—¿Es que no lo sé siempre?

Em no se dignó a responder.

Sacó su teléfono y empezó a consultar la programación del día.

—Tienes que estar en el estudio a las nueve. Peter va a venir a las doce y, sí, trae el contrato de Levi's. Han accedido a un año. Y quiere hablar de eso de Japón, para coordinarlo con el estreno de *Blood Money* en Tokio…

Kota dejó de escucharla. Chris se dio cuenta del momento preciso en que ocurrió, porque él la miró a los ojos a través del espejo… y sonrió.

A ella se le aceleró el corazón y, después, se le hinchó y le llenó el pecho. Notó un cosquilleo en el estómago, y le devolvió la sonrisa con todo su corazón.

Em cerró puerta.

Unos minutos después, se oyó el grifo de la ducha. Em salió del baño y la miró como si fuera una araña peluda que estaba entre las sábanas.

Chris no se amedrentó. Kota la había invitado allí sabiendo todo lo que había que saber. En aquella ocasión, no tenía nada de lo que avergonzarse.

—Buenos días —dijo.

—¿Lo son de verdad? —preguntó Em.

Ella pensó en preguntarle si siempre hablaba de trabajo con Kota cuando estaba desnudo, pero, en realidad, la respuesta era obvia.

—A él no le gusta dormir con mujeres —dijo Em.

Chris enarcó las cejas.

—Me refiero a dormir de verdad con ellas. Despertarse con ellas. Parece que tú eres diferente —dijo Em, y no parecía que eso la hiciera muy feliz—. Lo cual significa que puedes hacerle daño. Otra vez.

—No voy a hacérselo —dijo Chris—. También te engañé a ti. Lo siento.

—Eso no significa nada. Si vuelves a hacerle daño, si haces algo que le borre la sonrisa de la cara, te perseguiré y te enterraré —dijo Em, señalándola con el dedo. Debería haber sido cómico. Em era la mitad de alta que ella.

—Kota es la mejor persona que conozco —prosiguió Em—. Es demasiado bueno para este mundo. Es demasiado bueno para ti. Te enterraré.

Y, con aquella amenaza heladora, se marchó.

El grifo se cerró. Kota salió del baño en una nube de vapor.

—¿Se ha ido?

Chris asintió.

—A veces da un poco de miedo —dijo él, frotándose el pecho con una toalla—. Pero no creo que tenga intención de matarte de verdad.

—Vaya, ahora me siento mejor —dijo ella. Se levantó de la cama para ponerse la ropa—. ¿Podrías llevarnos a casa a Tri y a mí?

—Claro. Pero puedes quedarte aquí —respondió él, y sonrió con incertidumbre—. Yo vuelvo pronto.

Ella no estaba lista para eso, y creía que él, tampoco.

—Prefiero ir a casa. Anoche nos marchamos muy apresuradamente, y no he traído muchas cosas.

Él asintió. Después, volvió a entrar en el baño. Unos minutos más tarde, alguien llamó a la puerta. Chris abrió y Em entró. Miró los vaqueros y la camiseta de Chris, y dijo:

—Bien, ya estás vestida. Tony está esperando para llevarte a casa.

Kota salió del baño. Él también llevaba unos pantalones vaqueros y una camiseta.

—Yo la llevo —dijo.

Em se cruzó de brazos.

—No tienes tiempo.

Kota la tomó de los hombros.

—Tranquila. Esta vez tengo los ojos abiertos.

Aquellas palabras fueron como un puñetazo en el estómago para Chris. Él seguía sin confiar en ella.

Tal vez nunca lo hiciera.

En el coche, Christy estaba muy callada.

Kota le tomó la mano y le acarició los nudillos con el dedo pulgar.

—¿Te recojo después?

Ella se miró el regazo.

—¿Para acostarnos otra vez?

—No te diría que no. Pero estaba pensando en que cenáramos juntos. En Malibú hay un restaurante italiano pequeño que se llama Maria's. No es muy conocido.

Allí no iban los paparazzi, y el dueño entendía lo que era la privacidad.

Ella alzó la cabeza.

—Suena muy bien.

—Solo si te gusta la luz de las velas, la música de piano en directo y esas cosas.

Ella sonrió.

—Sí, me gustan esas cosas.

Kota sintió una enorme calidez en el pecho. Era tan preciosa… Y cuando le sonreía…

—El semáforo está en rojo —dijo ella.

Él frenó a fondo.

—Deja de distraerme.

Ella se echó a reír. Él la miró.

—Verde.

—Mierda —dijo Kota, y metió la marcha.

En su calle, él metió la mano bajo su pelo. Notó su nuca caliente en la palma de la mano, y le acarició la mandíbula con el pulgar. Ella se inclinó hacia él como un gato.

Allí, sentado al volante, con el corazón acelerado y la sangre hirviendo en las venas, le parecía que todo era posible. Era como si tuviese diecisiete años otra vez, estuviera con una chica muy guapa y tuviera unas cervezas en una noche cálida de verano.

Tuvo que hacer un gran esfuerzo para separarse de ella.

—Volveré a las seis, ¿de acuerdo?

Ella sonrió.

—Creo que podré vivir ese tiempo sin ti.

Pues se alegraba por ella, porque no creía que él pudiera conseguirlo.

En el estudio, estuvo soñando despierto todo el tiempo, imaginándose en el futuro, llegando a casa…

En la primera escena, estaban en su casa de Beverly Hills. Él llegaba después de un largo día de trabajo y se la encontraba tumbada junto a la piscina, con un bikini…

Un momento. Recreó la imagen, y ella estaba en topless.

Volvió a recrearla, y estaba desnuda. Sí, desnuda.

Se puso en pie elegantemente y caminó hacia él, balanceándose como Sarah Vaughan…

Un momento. Estaba cantando al estilo de Sarah Vaughan con su voz grave y sexy. Cantando solo para él…

Su mente saltó cinco años en el futuro y el escenario se transformó en una cabaña de madera con las montañas de fondo. Él entraba por la puerta, cansado y feliz después de haber pasado un día de consultas veterinarias, y se la encontraba tumbada delante de la chimenea, con un body color blanco.

Un momento. Con un tanga blanco…

Un bocinazo lo devolvió a la realidad. El tipo que estaba a su lado en el coche hizo una mueca a la vez que flexionaba el brazo para demostrarle que su bíceps era más grande.

Como de costumbre, no lo era, y Kota se molestó casi lo suficiente como para demostrárselo delante de su novia.

Sin embargo, encogió un hombro y, cuando el imbécil salió disparado en su patético Corvette, Kota ni siquiera tuvo la tentación de acelerar el Porsche y dejarlo atrás en una nube de polvo.

Aquel día, ni siquiera el idiota más grande del mundo iba a poder aguarle la fiesta.

Ray entró en la cocina en albornoz, con una expresión malhumorada y de resaca.

Se sirvió una taza del café que acababa de hacer Chris y dijo, mirando hacia atrás por encima de su hombro:

—No puedo creer que te estés acostando con ese imbécil.

—Siento no contar con tu aprobación —respondió Chris con sarcasmo.

Sin embargo, estar a malas con Ray hacía la vida muy difícil, así que respiró profundamente y comenzó de nuevo.

—Con respecto a lo de anoche, pensaba que estabas dormida, o te habría avisado. Siento que Cy te asustara.

Ray soltó un resoplido.

—Hizo algo más que asustarme. Intentó arrancarme la pierna.

Ella volvió a respirar.

—Cy no es malo, Ray. Seguramente, estaba intentando hacerse amigo tuyo. Pero reconozco que da un poco de miedo mirarlo.

—Todavía creo que es un perro del infierno.

Eso explicaba que hubiera una línea de sal atravesando el umbral.

Chris posó las palmas de las manos en la encimera. No había manera de razonar con Ray sobre los demonios y los perros del infierno, así que cambió de tema.

—Bueno, ¿y qué tienes hoy? ¿Otro casting?

«Por favor, di que sí, por favor, di que sí».

—Una entrevista de trabajo —respondió ella, en un tono disgustado—. Mi padre la ha concertado. Dice que se ha hartado de firmar cheques —explicó, y puso los ojos en blanco—. ¿Me prestas tu coche?

—¿Qué ha pasado con el tuyo?

—Me lo bloqueó ayer la policía. ¿Te lo puedes creer? Solo porque se me olvidó pagar unas multas de aparcamiento.

Seguramente, le pondrían otra con su coche, pero era un precio muy pequeño por conseguir que ella saliera de casa.

Chris puso las llaves en la encimera.

—Tráemelo lo antes posible, ¿de acuerdo? Tengo que hacer algunos recados antes de las seis.

—¿Por qué? ¿Qué pasa a las seis? ¿El señor Estrella de Cine va a volver a darse otro revolcón?

Chris hizo un esfuerzo por controlar su malhumor.

—Bueno, me ha invitado a cenar.

—Espero que a algún sitio lujoso. Es lo mínimo que puede hacer.

—En realidad, me va a llevar a un sitio pequeño y romántico que está en Malibú. Maria's —respondió ella. No debería ponerse tan a la defensiva, pero Ray la alteraba mucho.

—Vaya, qué generoso —dijo Ray, y volvió a poner los ojos en blanco—. Bueno, con tal de que no traiga aquí a ese chucho espantoso, lo que sea.

Aquello fue la gota que colmó el vaso.

—Cy es bienvenido en mi casa —dijo, entre dientes—. Creo que ya es hora de que te busques otro sitio donde vivir.

Ray jadeó.

Chris salió de la cocina, y dijo:

—Buena suerte con la entrevista. Espero que consigas el trabajo.

«Porque a final de mes, guapa, vas a tener que arreglártelas sola».

El viento azotaba el pelo de Kota mientras recorrían la Highway 1. Él miró a Chris.

—Si hace demasiado viento, puedo poner la capota.

Ella se había recogido el pelo en un moño.

—No, me encanta.

Todo. El viento que se llevaba las frustraciones del día. El hombre, recortado contra el océano e iluminado por el sol.

Y el coche. Pasó la palma de la mano por el cuero flexible del asiento. Su Eos también era descapotable, pero, compararlo con el Porsche era como comparar el vino con el Dom Pérignon.

Él debió de darse cuenta de que estaba acariciando el asiento.

—Este es el coche que me voy a quedar —dijo— cuando deje el negocio.

Ella se quedó boquiabierta.

—¿Vas a ir a la universidad?

—La gente no deja de recordarme que me voy haciendo mayor.

Ella le tocó el brazo.

—Oh, Kota, es estupendo. Estoy muy feliz.

Él sonrió, como si le alegrara haberla alegrado.

—Aunque primero tengo que terminar este proyecto y otras cuantas cosas, y pasearme con unos Levi's y sin camiseta. Pero, después, adiós, Hollywood.

—Vaya —dijo ella. Era un gran cambio para cualquiera, pero, para una de las más famosas estrellas de cine del mundo, no tenía precedentes.

—Por ahora, voy a mantenerlo en secreto —le dijo él—. Se lo he dicho a Em y a Tana, pero no lo sabe nadie más todavía —le apretó la mano, y le pidió—: No se lo digas a nadie, ¿de acuerdo?

—No te preocupes —dijo ella.

Se sintió emocionada. Kota le había confiado un gran secreto. Aquello era un comienzo. Más que un comienzo.

Era empezar de nuevo.

Chris quería compartir algo importante con él, y lo dijo impulsivamente. Y se quedó atónita:

—No voy a escribir la biografía de mi madre.

Él enarcó las cejas.

—¿Por qué no?

—No tengo ganas. No siento entusiasmo por ello. Cada vez que abro el archivo, termino divagando.

—¿Sobre qué?

—Sobre mí misma —dijo ella. Era embarazoso, pero era cierto—. Tuve una infancia muy rara. Nueve meses viviendo en zona de guerra, tres meses viviendo como una estrella del rock.

—La mayoría de la gente nunca hace esas cosas. Nosotros nos criamos en un término medio.

—Mientras que yo viví en los dos extremos del espectro, sin tener ni idea de lo que era ese término medio.

Él asintió.

—Deberías escribir sobre eso.

—Ja. ¿Quién iba a leerlo?

—Yo.

No podía abrazarlo mientras iban en coche por un acantilado, así que fingió que se sorprendía.

295

—¿Tú lees?

—Bueno, me salto las palabras largas.

Ella le dio unos golpecitos en la pierna.

—Yo te ayudo con esas —le dijo. Estaba dispuesta a ayudarlo con cualquier cosa—. Eso me recuerda algo. Mencionaste que había un acto para recaudar fondos para el refugio. ¿Me lo he perdido?

—Es en diciembre. Yo soy Santa Claus —dijo, y su sonrisa dejó obnubilada a Chris—. ¿Quieres participar?

—Sí, claro que sí.

—Una cosa más —dijo él—. Adam y Maddie se casan el mes que viene. Estoy buscando acompañante.

—De acuerdo, acepto —dijo ella, y su corazón flotó como un globo. Nunca se había sentido tan feliz. Nunca, en toda su vida.

La puesta de sol se mostró con todo su esplendor durante el camino y, cuando llegaron a Malibú, había anochecido. Kota giró a la derecha para entrar en una calle sin nombre, tomó una curva y aparcó delante de un pequeño restaurante camuflado como si fuera una casa.

Cuando ella fue a abrir la puerta, él le dijo:

—Espera. Es nuestra primera cita. Deja que te abra yo la puerta.

Ella posó las manos en el regazo y lo vio rodear el coche. Estaba impresionante; llevaba una camisa blanca y un pantalón vaquero negro que le sentaban a la perfección.

Para alguien que no lo conociera, parecía un hombre formidable, hecho para comandar ejércitos y guiarlos entre montañas y por terrenos desolados. Para conquistar civilizaciones, aniquilar a sus hombres y esclavizar a sus mujeres.

Pero, para ella, era el hombre más bueno que había conocido.

Él le abrió la puerta y le tendió la mano. Ella la tomó, con el corazón en la garganta.

Entonces, con su brazo largo y musculoso, la agarró por la cintura y la estrechó contra sí. Ella lo miró a los ojos y vio pasión y buen humor en ellos.

—Bonito vestido —le dijo Kota.

Ella movió la falda.

—¿Este vestido viejo?

—Tú conseguirías que un saco pareciera maravilloso.

¿Podía derretírsele más el corazón?

Él bajó la barbilla. Ella inclinó la cabeza hacia atrás para recibir su beso...

Y se oyó un grito.

—¡Dakota! ¡Eh, Dakota! ¿Chris es tu nueva novia? ¿Vais en serio?

Los dos se giraron hacia la voz, y empezaron a destellar los flashes.

Kota se giró hacia ella.

—¿Qué demonios...? —su voz tenía un tono glacial—. Zorra mentirosa.

—Pero si yo no...

Él subió por el capó del coche, saltó por encima del parabrisas y se colocó tras el volante.

—¡Espera! Yo...

Él arrancó el coche y salió derrapando, a toda velocidad.

Cuando tomaba la curva para salir a la Highway 1, el bolso de Chris salió despedido del asiento de atrás, rebotó en el maletero y explotó contra el pavimento. El contenido se desparramó desde una acera a la otra. Tampones. TicTacs. Un Snickers a medio comer. Y sus píldoras anticonceptivas en su estuche de plástico rosa.

A ella se le cortó la respiración. La visión se le llenó de motas, y la piel se le quedó helada como el hielo.

«No me voy a desmayar. No me voy a desmayar».

Respiró profundamente por la nariz. El mundo recuperó su forma. Ella relajó los puños y abrió las manos.

Y el reportero se le acercó, sin dejar de grabarla con la cámara.

—Chris, cuéntanos qué ocurre entre Dakota y tú. ¿Va en serio? ¿Por qué se ha marchado y te ha dejado aquí?

—No hay comentarios.

Él no se amedrentó.

—Chris, según nuestras fuentes…

Ella dejó de oírlo y analizó la situación. El tráfico pasaba por la Highway 1 a unos cincuenta kilómetros por hora. Esa velocidad era muy reducida para los conductores, pero era como la Indy 500 para alguien que pensaba plantarse delante de ellos.

Pasó un pickup que dejó las huellas marcadas sobre su cartera, la única cosa que no podía abandonar. Calculó la distancia y salió corriendo a la calzada, la recogió y se detuvo en la línea amarilla mientras un Suburban pasaba a pocos centímetros de ella.

Estaba cruzando a la otra acera cuando vio su iPhone un poco más allá, en uno de los carriles. Un Beemer iba a toda velocidad hacia él.

Demonios, toda su vida estaba en aquel teléfono.

Se lanzó temerariamente por él. El Beemer clavó los frenos y pitó con furia, pero ella recogió el teléfono y salió corriendo hacia la acera.

Se metió en una tienda de bombones e ignoró al dependiente y al hombre que estaba comprando trufas en el mostrador. Pegó la espalda contra la pared y se puso una mano en el pecho para impedir que el corazón siguiera golpeándole las costillas.

Y esperó. El sudor le caía por los costados.

Pasaron los minutos, y nadie la siguió. El hombre se marchó con sus bombones. El dependiente entró en la trastienda. Y, poco a poco, su nivel de adrenalina descendió. Y bajó por completo.

Lo cual no era bueno.

Porque, al desaparecer, dejó tal dolor que ella no podía asimilarlo. Un sentimiento de traición demasiado intenso como para perdonarlo.

Y una furia que casi no podía controlar.

—¡Raylene!

Chris entró en la cocina y cerró de un portazo.

Tri saltó del sofá y se le acercó. Ella lo tomó del suelo y se lo colocó bajo el brazo, fuera de la línea de fuego.

—¡Raylene, baja aquí ahora mismo!

—¿Qué te pasa? —le preguntó Ray, bajando las escaleras con una copa de vino en la mano.

—Has llamado a *TMZ* —le dijo Chris, temblando de furia, y se puso detrás del mostrador de la cocina para no destrozar a Ray con sus propias manos—. Los has llamado y les has dicho que íbamos a estar en Maria's.

Ray fingió que se ofendía, pero era muy mala actriz, motivo por el que no había trabajado ni un solo día desde que había llegado a Los Ángeles.

—¿Por qué me echas a mí la culpa? Yo no he hecho nada.

—Mentirosa.

—Mira quién habla.

—No compares, por favor. Quiero que salgas de mi casa ahora mismo.

—¡Es medianoche!

—Lo sé muy bien —dijo Chris. Había contado los minutos durante el largo trayecto en taxi con impaciencia por llegar a casa y tomar del cuello a Ray—. Búscate un hotel. Ve a casa de tu padre. No me importa, pero márchate.

—No puedes…

—Sí puedo. Márchate ahora mismo, o te dejo inconsciente a golpes y echo tu cuerpo a la carretera para que te atropelle el primer coche que pase.

Ray retrocedió. Su vino se agitó en la copa.

—No tengo coche.

—Le he dicho al taxista que esperara.

Ray se marchó con una maleta, jurando que volvería con sus abogados.

—Adelante, denúnciame —dijo Chris, y cerró de un portazo. Ray no era consciente de lo cerca que había estado de morir. Seguramente, la había salvado un atasco en la autopista, porque Chris había tenido una hora de más para que se aplacara su rabia homicida.

Lo que le quedaba era una ira que ardía despacio y relumbraba como las brasas. Menos explosiva, pero lo suficientemente duradera como para asar un cerdo lentamente.

A un cerdo de uno noventa de altura y noventa kilos de peso.

En cuanto a Ray, se alegraba de haberse librado de ella. Era una mujer egoísta y narcisista. Su creciente resentimiento y su inminente pobreza la convertían en una amenaza. El hecho de avisar a *TMZ* era lo mínimo que estaría dispuesta a hacer a cambio de dinero ahora que su padre le había cortado el grifo.

Pero la casa estaba muy silenciosa sin ella.

Hasta que alguien llamó a la puerta.

Solo Kota tendría la frescura de presentarse allí a aquellas horas, seguramente, para echarle otra nueva bronca.

Bueno, pues si creía que lo iba a soportar dócilmente, se había equivocado. Abrió de par en par con la intención de mandarlo al infierno.

Pero no era él.

—Chris, soy…

—Ya sé quién eres, ¡y ya te he dicho que no hay comentarios!

Cerró de un portazo por tercera vez aquella noche.

Demonios, tenía que haberse imaginado que iban a ir a su casa. Sintió pánico. Recorrió toda la planta baja, comprobando todas las cerraduras y todos los cerrojos y corriendo todas las cortinas.

Después, se paseó como un león enjaulado. Solo con saber que estaban ahí fuera, la casa se le hacía diminuta.

Tri la miró mientras caminaba de un lado a otro. Ella se imaginó, con el pulso acelerado, cómo iba a ser el reportaje en televisión y en la página web de *TMZ*.

Tenían mucho material. Uno de los actores más famosos del mundo la había dejado abandonada en plena calle y había tirado su bolso a la calzada como si fuera una basura, pero ella había añadido carne al asador arrojándose a la carretera para recuperar sus cosas, corriendo peligro de atropello.

Y, sin embargo, por muy horrible y vergonzoso que hubiera sido todo, tenía que concederle un mérito a Ray: lo que había hecho había servido para sacar a la luz los verdaderos sentimientos de Kota.

No confiaba en ella, o habría permitido que se explicara. Y no la quería, o no la habría dejado tirada como un trapo.

Ella se merecía algo mejor. Tal vez hubiera empezado con mal pie su relación con Kota, pero, a la hora de la verdad, ella había actuado correctamente.

Él no podía decir lo mismo.

Se enjugó las lágrimas con el dorso de la mano, alzó la barbilla y los hombros y avivó la ira que había quedado bajo la tristeza.

Aquellas eran las últimas lágrimas que derramaba por Dakota Rain.

Estaba mejor sin él.

Kota miró fijamente la pantalla del ordenador, con un nudo en el estómago.

Chris se balanceaba en la línea amarilla de la carretera mientras un Suburban pasaba junto a ella y hacía volar la falda de su vestido. Entonces, ella pasaba como una flecha por delante de un Beemer que paraba a unos centímetros de atropellarla.

Se pasó una mano por el pelo. Nunca se le habría ocurrido pensar que su bolso iba a estallar como una bomba.

Y, para ser sincero, en aquel momento no le habría importado. Él no le había dicho a nadie adónde iban a ir, así que había deducido que la culpa era de Christy. Se le había roto el corazón allí mismo, su ego se había llevado un gran golpe, y había reaccionado por instinto.

Sin embargo, de camino a casa le habían surgido las dudas. ¿Por qué iba ella a llamar a los de *TMZ*? No tenía ningún sentido.

Había estado a punto de darse la vuelta para dejar que ella se explicara. Sin embargo, Christy ya le había traicionado una vez, y él no sabía si iba a ser capaz de distinguir sus mentiras de la verdad.

En aquel momento, viendo las noticias, supo todo lo que necesitaba saber. Ninguna actriz podría representar un asombro y un desconcierto tan increíbles como los que se reflejaban en la cara de Christy cuando él la había dejado allí plantada.

El sentimiento de culpabilidad le hizo un agujero en el pecho. Se lo frotó con la mano mientras veía de nuevo el fragmento de grabación, sufriendo por Christy, avergonzado por su valentía, cuando él había sido tan temerario y tan estúpido.

Apagó el ordenador y se puso en pie.

Era un imbécil y, probablemente, ella no se lo iba a perdonar nunca. Sin embargo, iba a intentar rogarle una nueva oportunidad.

A las dos de la mañana no había mucho tráfico, y llegó enseguida a su casa. Rápidamente, vio la furgoneta que había metida en un seto, enfrente de su calle.

Los parásitos ya la estaban acosando.

Si llamaba a la puerta, solo iba a conseguir empeorar la situación. Tendría que hablar con ella para convencerla de que abriera, y no quería que se lo retransmitieran a millones de espectadores, sobre todo porque eso llamaría más aún la atención hacia ella.

Así que siguió conduciendo, dando rodeos, hasta que volvió a su casa. Se paseó por la biblioteca pasándose las manos por el pelo hasta que le picó el cuero cabelludo, y vio el vídeo hasta que se le quedó grabado a fuego en la cabeza.

Em lo encontró allí a las seis de la mañana.

—¿Qué demonios pasa? ¿No has dormido en toda la noche?

—¿Lo has visto? —preguntó él, caminando a zancadas hacia ella.

Em dio un bote hacia atrás.

—¿Ver qué?

—El vídeo —dijo. Parecía que estaba enloquecido.

Se obligó a sí mismo a respirar profundamente.

—Salí a cenar con Christy, y la cosa se torció. Aparecieron los idiotas de *TMZ*, y yo asumí que había sido Christy…

—¿Por qué pensaste eso?

—Porque soy un imbécil. Debió de llamarlos la asquerosa de su compañera de piso, pero yo no lo pensé bien. Reaccioné sin pensar, como hago siempre. Dejé a Christy en la acera y me marché.

Em asintió.

—Eso es malo, sí, pero no tanto como para pasarte en vela toda la noche. Pídele perdón, y ella lo superará.

—No creo —respondió él. La llevó a su escritorio y le mostró el vídeo.

—Oh —dijo ella—. No, el bolso, no —añadió, y se apoyó en el respaldo de la silla—. Sí, eres un imbécil.

—Tienes que ayudarme, Em. Tiene el teléfono apagado. O a lo mejor se le ha roto. Tienes que ir a su casa.

—Tú tienes que ir a su casa. Tú eres el imbécil.

—Lo he intentado, pero la tienen sitiada.

—Espera un rato. Cuando tú hayas terminado en el estudio, ellos se habrán marchado.

Él negó con la cabeza.

—No voy a ir al estudio hasta que no sepa que está bien.

—Claro que vas a ir —dijo ella, y se puso de pie—. Hoy es el día de pruebas de maquillaje y vestuario.

—No me importa —respondió él—. Esto es horrible, Em. ¿Y si ella…? ¿Y si hace algo?

Em lo entendió.

—Kota, esto no tiene nada que ver con Charlie. Christy no se va a hacer daño a sí misma por un vídeo tonto de *TMZ*.

—¿Estás completamente segura?

—En un noventa y nueve coma nueve por ciento. Pero voy a ir, ¿de acuerdo? Si me prometes que te vas a duchar y vas a estar en el estudio antes de las siete, voy.

—Está bien —dijo él—. Llámame en cuanto la veas.

Alguien llamó secamente a la puerta. Despertó a Chris, que se había quedado dormida en el sofá, y a Tri, que ladró como si fuera un perro enorme.

—Cállate, Tri, soy yo —gritó Em.

Él saltó del sofá y fue hacia la puerta. Chris lo siguió con desgana.

Abrió una rendija y empezó a decirle a Em que se largara, pero la muy bruja la empujó y entró, diciendo por teléfono:

—La estoy viendo ahora mismo. Está bien. Vete a trabajar.

Colgó y se metió el teléfono en el bolsillo.

Chris enarcó las cejas.

—Kota no ha dormido en toda la noche —dijo Em—. Está agonizando. Ha visto ese estúpido vídeo mil veces.

—¿Qué vídeo?

Em se rio.

—Él tenía miedo de que te mataras por culpa del vídeo, y tú ni siquiera lo has visto.

—¿Que me matara? ¿Tan terrible es?

—Puedes imaginártelo.

—Gracias por el aviso. Intentaré no verlo. Ahora, adiós.

—Ya que estoy aquí…

Chris alzó una mano.

—Ahórramelo, por favor. Todavía no he tomado el café.

—Yo tampoco.

—Por el amor de Dios… —murmuró Chris. Se fue hacia la cafetera y empezó a preparar el café—. Si estaba tan preocupado, ¿por qué no ha venido en persona? —preguntó.

—Vino, pero se asustó al ver a los paparazzi.

—Vaya, así que sirven para algo.

—Se está torturando a sí mismo.

—No debería haber sacado conclusiones apresuradas. Si hubiera esperado cinco segundos, yo le habría explicado que seguramente había sido Ray.

Chris apoyó la frente en el armario. Estaba cansada y triste, pero ya no estaba enfadada. La ira se había desvanecido durante la noche, dejándola vacía.

—Dile que ahora lo entiendo —le pidió a Em—. Entiendo por qué no puede perdonarme. Cuando alguien te demuestra que no puedes confiar en él… Es demasiado tarde para Kota y para mí. Los dos la hemos pifiado, y es demasiado tarde.

—No es demasiado tarde —dijo Em—. Lo que pasa es que estamos en octubre y, en octubre, Kota siempre pierde los papeles. Espera a la semana que viene para tomar decisiones importantes, ¿de acuerdo?

Chris sonrió con tristeza.

—Eres muy leal, Em. Él es afortunado por tenerte. Pero Kota y yo… no somos personas destinadas a hacernos felices el uno al otro.

Kota se rascó la cabeza.

—¿Que ha dicho qué?

—Que no sois personas destinadas a haceros felices el uno al otro —dijo Em, y se dejó caer en la silla de su despacho—. Yo solo soy la mensajera. Si no lo entiendes, pregúntaselo tú mismo.

Él alzó las manos.

—Eso es lo que voy a tener que hacer, porque tú lo has estropeado todo.

Ella lo señaló con el dedo.

—Eso te lo voy a pasar porque llevas dos días sin dormir.

Cierto. Y diez horas probando vestuario y maquillaje le habían puesto de peor humor todavía.

Se pasó una mano por la cara.

—La he llamado, enviado mensajes de texto y correos electrónicos. No contesta. ¿Qué hago?

—Ve a su casa, y no te preocupes por los de *TMZ*.

Él se echó a reír con desesperación.

—Si solo fueran ellos… —dijo, y movió el ratón para activar el ordenador—. Toda la historia ha salido a la luz. La boda, la isla, todo.

Em navegó por media docena de páginas web e hizo un mohín.

—Tienes que reconocer que esta historia tiene todos los ingredientes.

Pues sí. Una acusación falsa a una senadora, una reportera de incógnito, la boda de un famoso, una isla privada y una aventura apasionada con un actor mundialmente famoso. Por no mencionar una ruptura amarga en una pista de aterrizaje, un acercamiento y el bochorno público.

Y, aún había más, porque la protagonista de aquel culebrón era hija ilegítima de una periodista de renombre internacional y un cantante legendario.

Política, sexo, fama, depravación. Había para todos los gustos; las perspectivas eran innumerables.

—Lo más irónico es —dijo Em— que, si no hubieras blindado así la boda de Tana, el *Sentinel* no habría tenido que enviar a Christy, y nada de esto habría ocurrido.

Sí, esa era la verdad. Pero, por otro lado, tampoco la habría conocido, y eso no podría lamentarlo nunca. Christy era lo mejor que le había ocurrido en la vida desde que Roy y Verna los habían acogido en su casa.

La quería y, si ella se le escapaba entre los dedos, lo iba a lamentar toda la vida.

Solo podía hacer una cosa.

—Llama a Tony —dijo—. Dile que traiga el Rover a la puerta.

—Bueno, bueno, espera. Ahora estará rodeada. No vas a poder ni conducir por su calle.

—Entonces, iré andando.

—Te acosarán.

—No, no van a poder —dijo él, con una sonrisa—. Tengo un arma secreta.

Kota detuvo el coche en una calle a unos ochocientos metros de la casa de Christy, y aparcó en un vado. Seguramente, la grúa iba a llevarse el Range Rover, pero no había otro aparcamiento. Los periodistas los habían ocupado todos.

Cuando salía del coche, una furgoneta de televisión pasó junto a él. El conductor lo vio y frenó en seco. Entonces, un periodista bajó de un salto de la parte trasera, con el micrófono preparado.

Kota abrió la puerta de atrás y Cy salió de un salto, meneando la cola, preparado para saludar amablemente al tipo.

Kota le dijo:

—Sonríe.

Y Cy sonrió.

—Ladra.

Y Cy ladró.

El periodista volvió corriendo a la furgoneta, que salió disparada.

Kota le rascó las orejas a Cy.

—Buen trabajo, pequeñín. Creo que se ha hecho pis en los pantalones.

Y se puso en camino a casa de Christy, con su guardaespaldas trotando alegremente a su lado.

Con el sonido ensordecedor de los cascos, Chris conseguía enmudecer el alboroto de la calle y se sentía extrañamente tranquila, como si estuviera bajo el agua, o suspendida en otra dimensión, donde nadie pudiera alcanzarla y sus problemas no pudieran rozarla.

Así era más fácil no pensar en Kota ni en los planes que había empezado a hacer. No eran grandes planes, ni para siempre, pero eran planes.

Y era más fácil no rabiar contra Ray. Era obvio que la había vendido por venganza y por dinero. El resultado había sido tal afluencia de periodistas que la policía había dejado de tratar de despejar la zona y había empezado a dirigir el tráfico.

Sin embargo, ella estaba a salvo en su burbuja, y sabía que aquello era temporal. Kota no iba a darles carnaza a los medios de comunicación, y ella, tampoco. Tenía el congelador lleno de pizzas congeladas y no iba a salir de casa durante un mes.

Para entonces, los periodistas ya habrían pasado al siguiente escándalo.

Y ella también se habría marchado de allí. Tal vez, a Maine. Sí, Maine estaba lo suficientemente lejos.

Iba a buscar una residencia agradable para Emma, en el campo, y compraría una granja en ruinas muy cerca. Cuando la hubiera restaurado, la llenaría de animales a los que nadie más quisiera. Los rechazados. Los cojos y los ciegos.

Y viviría en paz y tranquilidad, sin peligro de toparse con Kota en un semáforo.

Hasta entonces, estaba atrapada. Necesitaba algo en lo que ocuparse, aparte de lamerse las heridas. Algo absorbente. Algo importante.

Abrió el ordenador y se enfrentó al documento que apareció en la pantalla: *En directo desde zona de guerra, Emma Case.*

Lo borró.

Entonces, se encogió y esperó la punzada de culpabilidad. Sin embargo, pasaron los segundos y… nada. De hecho, se sentía más ligera, como si se le hubiera quitado un peso de los hombros.

Cerró los ojos y exhaló una bocanada de aire.

Alguien debería escribir la biografía de Emma, pero debía ser alguien más objetivo. Tal vez, Reed. Él la había querido, todavía la quería, pero era un periodista de raza. Sería ecuánime y analítico, mientras que ella no podía ser ninguna de las dos cosas en lo referente a su madre.

Tomó aire y abrió los ojos.

La pantalla estaba vacía. Era suya, y podía llenarla con cualquier cosa que de verdad la conmoviera.

Durante un largo momento, miró el cursor, que parpadeaba.

Entonces, empezó a teclear.

La calle de Christy era la pesadilla personal de Kota. Periodistas con cámaras y furgonetas con antenas parabólicas por satélite, que sobresalían como periscopios.

Se detuvo a la sombra de una palmera, observando aquel caos, y se le heló la sangre. La casa en la que había vivido Charlie estaba a pocas calles de allí, y Kota la había visto rodeada así, de aquella misma forma.

El recuerdo le revolvió el estómago.

Kota ya no podía ayudar a Charlie, que ya había muerto, pero los periodistas estaban acosando a su tía, que había ido hasta allí desde Vermont para recoger las cosas de su sobrino. Ella había perdonado a Charlie hacía años. Era el único miembro de la familia que lo había hecho y, a cambio de su bondad, recibía el acoso de la prensa.

Aquel día, él había visto su expresión de miedo, y se había puesto furioso.

Se había abierto paso a codazos entre aquellos idiotas, la había sacado de la casa y la había llevado al aeropuerto. Había visto cómo se marchaba de Los Ángeles entre lágrimas. Después, había ido a casa de Charlie para recoger y limpiar él mismo. Aquella había sido una tarea muy dolorosa, un castigo por su propia arrogancia, y por el absurdo orgullo que había iniciado aquella cadena fatal de acontecimientos.

Por supuesto, él les había plantado cara a los intolerantes que querían dividir el mundo entre gais y heterosexuales, pero debería haber sabido que tal vez otros tuvieran que pagar el precio de sus actos.

Y, en aquel momento, era Christy la que estaba pagando su error. Estaba atrapada y, seguramente, asustada. También necesitaba que la rescatara.

Así pues, hizo algo que nunca habría imaginado que iba a hacer voluntariamente.

Se metió en la pista central del circo de los medios de comunicación.

Empezó a sudar, pero sus músculos respondieron como siempre al estrés, relajándose y haciéndose flexibles, preparándose para responder cuando fuera necesario.

Preferiría no tener que pegar a nadie aquella noche. Eso solo serviría para avivar el fuego. Sin embargo, si hacía falta para llegar hasta Christy, alguien se iba a llevar un buen puñetazo.

Fue directamente hacia la casa y, al principio, nadie se fijó en él. Solo era un cuerpo más en movimiento.

Entonces, alguien gritó:

—¡Dakota!

Los demás lo miraron, y toda la horda se arremolinó a su alrededor frenéticamente. Él era la carnaza, y ellos, los tiburones.

Sin embargo, no estaba solo. Cuando le pusieron los micrófonos en la cara, él dijo:

—Sonríe.

Y Cy sonrió.

—Ladra.

Y Cy ladró.

Milagrosamente se abrió un camino ante ellos, y Kota caminó sin obstáculos hasta la puerta.

Chris sintió, más que oír, los puñetazos que alguien estaba dando en la puerta. Hicieron vibrar la porcelana como un terremoto de 3.1 en la escala Richter.

Tri saltó del sofá, ladrando como un loco y arañando la puerta. Chris se quitó los auriculares.

No podía ser.

—¡Christy, abre!

Sí, lo era.

Se acercó de puntillas a la ventana de la cocina, como si Kota fuera a oír sus pasos con el escándalo que había fuera. Miró a escondidas a través de la cortina. Los periodistas habían formado un círculo de tres metros de diámetros alrededor de su puerta, y le hacían preguntas a gritos a Kota, que estaba en la entrada con Cy.

Una periodista de las más atrevidas dio un paso hacia delante.

—Ladra —dijo Kota, y Cy ladró. Chris tuvo que contener la risa al ver que la mujer retrocedía rápidamente.

Entonces, Kota volvió a aporrear la puerta.

—¡Abre, Christy!

Ella abrió, pero, antes de que él pudiera entrar, salió y cerró la puerta tras ella.

—Hola, Kota —dijo. Fue como si tuviera una lija en la garganta. Como si no hablara desde hacía una semana.

Él la miró a los ojos y bajó la voz desde el rugido a un murmullo.

—Vamos dentro a hablar.

Ella se cruzó de brazos y dijo con frialdad:

—Yo estoy bien aquí.

Si tenía algo que decirle, que lo dijera delante de las cámaras. Así, sería breve y dulce.

Él la fulminó con una de sus miradas. Cualquier otro mortal se habría muerto de miedo. Sin embargo, Chris no se inmutó.

—¿Querías algo, Kota? ¿O has salido solo a pasear a Cy?

—Tenemos que hablar —dijo él, en voz baja.

—No tengo nada que decirte —respondió ella, alto y claro—. Pero, si quieres desahogarte, soy todo oídos —añadió, y apoyó un hombro en el marco de la puerta como si tuviera toda la noche.

Él apretó la mandíbula y bajó aún más la voz.

—Lo siento.

—¿Que lo sientes? ¿El qué? —repitió ella, en voz alta.

—¿Es que pretendes que haga esto aquí fuera?

—¿Quieres decir aquí fuera, delante de las cámaras, para que *TMZ* pueda filmarlo y emitirlo hacia delante y hacia atrás, con sus comentarios de lástima? Sí, eso es lo que pretendo.

Él enrojeció por completo, desde el cuello hasta la línea del pelo.

Aquello era un buen comienzo, pero no era suficiente.

—Pensé que… —dijo Kota, y miró hacia atrás. Todo el mundo estaba inclinado hacia delante, escuchando atentamente sus palabras. Él se volvió de nuevo hacia ella—. Ya sabes lo que pensé. Me equivoqué. Fui un idiota. Fui cruel.

Ella esperó. No estaba satisfecha.

—Siento haberte dejado allí. Y siento lo de tu bolso. No sabía que iba a… —Kota hizo un gesto de explosión abriendo el puño.

Ella esperó.

Él se pasó los dedos por el pelo. El tormento que se reflejaba en su rostro empezó a conmoverla.

Ella ignoró aquel sentimiento.

—Mi madre me ha echado una buena bronca —continuó él—. Incluso mi padre intervino. Y Sasha. Y Maddie —dijo, y se estremeció—. Maddie tiene una lengua como una sierra mecánica.

Chris sonrió al recordar la conversación que habían tenido en el avión.

—¿Todavía sigues pensando que puedes conseguirla cuando quieras?

Él se puso más rojo aún, seguramente, pensando en la reacción de Adam cuando oyera aquello en la televisión.

—Lo cierto es que —dijo, rápidamente— que fui un imbécil, y lo siento. No volveré a hacerlo jamás.

Ella esperó.

—¿Me perdonas? —le pidió él, e intentó vendérselo con una sonrisa encantadora.

Ella no se lo compró.

—¿Que te perdone por dejarme allí tirada? ¿O por haber dudado de mí?

—Por dejarte allí. No voy a disculparme por dudar de ti. Creo que tengo motivos.

A ella se le encogió el corazón.

—Entonces, supongo que hemos terminado —dijo, y agarró el pomo de la puerta.

—No tan rápido —dijo él, y le agarró la mano sobre el pomo—. Querías hacer esto aquí fuera. Vamos a hacerlo. Vamos a hablar sobre la confianza. Vamos a hablar sobre las mentiras.

Ella se volvió hacia él.

—Yo ya pagué el precio. Pedí perdón, y tú me perdonaste.

—No, yo me acosté contigo.

Ella jadeó. El calor se extendió por su piel como si fuera la llama de un soplete. Intentó huir al interior de la casa, pero él sujetó el pomo con fuerza.

—Me acosté contigo porque no pude evitarlo. Y no pude evitarlo porque te quiero.

Ella volvió a jadear.

—¿Es eso lo que quieres? —preguntó él—. ¿Una declaración pública de amor? Pues ya la tienes. Te quiero —dijo, en voz alta.

Christy se quedó sin habla.

Sin embargo, de repente Kota estaba de lo más locuaz.

—Te quiero, pero me está costando confiar en ti. Eso forma parte de mí. Tengo problemas para confiar en los demás, pero estoy trabajando para resolverlos.

Señaló con el pulgar a su espalda.

—Y esto es también parte de mí. Por eso estoy aquí plantado, quedando como un tonto. Pero, nena, tú tienes que corresponderme.

Christy lo miró fijamente.

—¿Qué es lo que quieres que diga?

Él volvió a sonreír.

—Di que me quieres.

—Te quiero.

Él se dio la vuelta y abrió los brazos para las cámaras.

—¿Lo habéis oído? —gritó—. La quiero. Me quiere. Nos vamos a casar.

—Con eso les has hecho moverse —dijo Christy—. Pero es una mentira enorme.

Kota observó a los periodistas mientras corrían hacia sus furgonetas para dar la noticia. Después, se giró hacia ella. Christy tenía las mejillas sonrosadas y una sonrisa en los labios.

—No ha sido una mentira —replicó él—. Lo he dicho en serio.

Tal vez hubiera sido demasiado sincero cuando se lo había dicho a los medios de comunicación, pero le parecía absolutamente perfecto.

Ella enarcó las cejas.

—No recuerdo que me lo hayas pedido.

—Está bien. Vamos a casarnos.

—No.

Él se quedó serio.

—¿Por qué no?

—Solo hace tres semanas que nos conocemos. Durante la mayor parte de ese tiempo, tú me has odiado. Y, durante las últimas veinticuatro horas, yo te he odiado a ti —dijo ella, y le dio un empujón en el pecho—. Vete a casa, Kota. Vamos a dejarlo aquí, y sigamos con nuestras vidas.

—No —respondió él.

No le iba a permitir que lo alejara de ella. Allí estaba ocurriendo algo importante, y él tenía que terminarlo.

Pero no delante de los periodistas.

Abrió la puerta y la empujó dentro. Por suerte, la luz de la cocina estaba muy baja. Sería más fácil decir lo que necesitaba decir si Christy no podía ver la vergüenza reflejada en sus ojos.

—Escucha —le dijo, antes de que ella pudiera atacarlo por meterse en su casa—. Nunca había tenido una relación. Pensaba que nunca la tendría.

Christy se asombró.

—¿Por qué no?

Él extendió los brazos.

—Mírame. Soy grande como una casa. Puedo levantar peso, llevar peso, y follar durante toda la noche. Estoy hecho para lo físico. Pero no estoy hecho para el amor.

—Eso es lo más tonto que hayas dicho nunca. Tú eres la persona más cariñosa que conozco. Te he visto y sé cómo quieres a tus padres, a tu hermano, a Em. Es increíble. Y los animales… Dios mío, los animales —dijo ella, y le pinchó un brazo con el dedo—. Tienes el corazón más grande que los bíceps. Y eso es decir mucho.

Él hizo un gesto negativo con la cabeza.

—No me refería a eso. No es que no pueda querer a los demás, eso no puedo evitarlo. Pero hago idioteces, y la gente resulta herida. Mira lo que le hice a Charlie.

Ella descartó aquello con un gesto de la mano.

—Y hay más —prosiguió él—. Algo que no te había contado —dijo. En realidad, nunca se lo había contado a nadie—. Es algo sobre mis padres biológicos. Yo le dije a mi madre dónde estaba el dinero.

Aquella verdad le quemó la garganta como si fuera una llama. Nunca lo había dicho en voz alta; era su peor secreto, su vergüenza más profunda.

—Ella se estaba tirando de los pelos y arañándose los brazos. Así que le dije dónde lo había escondido mi padre. Porque la quería, y ella estaba sufriendo, y yo detestaba verla así.

Él tragó saliva; tenía la garganta seca.

—Tomé una decisión apresurada, sin pensarlo; ella terminó desapareciendo, y mi padre, muerto.

—Oh, Kota —dijo ella, y le acarició la mejilla con las yemas de los dedos—. Viste sufrir a tu madre y querías impedirlo. Piénsalo. ¿Y si hubiera sido Tana quien se lo hubiera dicho? ¿Lo culparías a él? ¿Querrías que él te culpara?

—Por supuesto que no. Pero no fue Tana, fui yo —dijo él. ¿Cómo era posible que ella no lo entendiera?—. Y Charlie —continuó—. Tú puedes decir que no, pero eso también fue culpa mía. Ya no era un niño. Tenía veinticinco años, y era suficientemente mayor como para prever las cosas. Pero creía que era más listo que nadie. Y él murió por culpa de mi estúpido ego.

Christy lo miró largamente a los ojos. Después, dio un paso atrás y ladeó la cabeza.

—¿Sabes? Tienes razón —dijo—. Deberías habértelo imaginado. Deberías haber sabido que, si te empeñabas en no negar que eras gay, Charlie terminaría muerto en su piscina.

Se encogió de hombros, y añadió:

—Era inevitable, porque siempre gira todo en torno a ti. El mundo es el mundo de Kota, y los demás solo vivimos en él. Los reporteros no tenían voluntad propia. Charlie, tampoco. Solo eran figuritas coleccionables, mientras que tú eres el que hace que gire el mundo.

Él alzó las manos.

—Entiendo lo que quieres decir, pero mira lo que te he hecho a ti. Tuve un arrebato de furia y me marché, y a ti estuvo a punto de atropellarte un Suburban. Podrías estar muerta ahora mismo.

Aquello hizo que se le cortara la voz. Notó que le sudaban las palmas de las manos.

Ella le puso una mano en el pecho.

—Fuiste un tonto, Kota, pero no me empujaste delante de ese Suburban. Si me hubiera atropellado, habría sido culpa mía. Yo podía haberle pedido a un policía que parara el tráfico mientras recogía mis cosas. Pero, como soy igual de terca que tú, me lancé a la calzada sin pensarlo.

Agitó la cabeza, y continuó.

—Tú eres un buen hombre, Kota. Lo que pasa es que tienes

que admitir que no puedes controlar a todo el mundo, igual que no puedes controlar el tiempo, o la bolsa, o un virus que podría convertirnos a todos en zombis. Porque la vida no es una película, y no puedes someternos solo entrecerrando los ojos, ni pegar un tiro a todos los que te hagan enfadar, o acostarte con todas las mujeres que conozcas.

Hizo una pausa.

—Bueno, quizá esto último, sí.

Él se echó a reír. Ella también, y fue estupendo volver a reírse los dos juntos.

Cuando miraba sus ojos cálidos, le parecía que todo era posible. Que podía amarla sin matarla. Que tenían una oportunidad de ser felices.

Se le hinchó el pecho, y le apretó la mano a Christy para que ella sintiera los latidos de su corazón.

—Christy Gray, llevo toda la vida esperándote.

A Chris se le aceleró el corazón. Le temblaron las rodillas.

Sin embargo, irguió la espalda y dio un paso hacia atrás.

—Para tener una relación hace falta algo más que declararnos nuestro amor e ir hacia la puesta de sol cabalgando en Sugar. Somos gente muy diferente.

—Cariño, y eso es muy bueno. ¿Por qué iba a querer emparejarme con otro gilipollas como yo?

—Buena observación. Pero, suponiendo que yo aceptara, tú tendrías que bajar tu nivel de obsesión por el control.

—Claro, no hay ningún problema —dijo, con su sonrisa especialmente diseñada para desarmar al contrario.

Ella lo miró con lástima.

—Mira, yo lo entiendo. Tuviste una niñez difícil en la que no tenías el control de nada, así que es natural que, de adulto, reacciones intentando controlarlo todo.

—Pareces Em.

—Es que no eres tan complicado. El problema es que a ti te gustan el orden y lo predecible, y yo soy un caos. Durante las últimas tres semanas, me he colado en la boda de un famoso, me he enamorado en una isla desierta, me han sacado de la isla los hombres de negro y me ha dejado tirada en la cuneta el hombre al que quiero. Y, por si eso no fuera suficiente, he dejado mi trabajo, me ha demandado una senadora, me he peleado con mi compañera de piso, me ha perseguido *TMZ*, he salido en los programas de cotilleos de todas las televisiones y, ahora, mi casa está rodeada de paparazzi.

Él se encogió de hombros.

—Bueno, sí, las cosas están un poco alteradas en este momento, pero se calmarán.

—Puede que sí, algún día. Pero, por ahora, mi vida está en el aire. Estoy trabajando para encontrar el equilibrio, pero es un proceso.

—Puedo ayudarte —dijo él, y miró el portátil, que estaba abierto sobre la mesa de centro—. ¿Qué estás escribiendo?

—Un guion —dijo ella, y enrojeció. Era todo un cliché; todo el mundo escribía guiones en Los Ángeles.

Lo pasó por alto descaradamente.

—Es sobre una chica a la que conocí en un campo de refugiados. Cómo imagino, o más bien, cómo espero que continuara su vida.

—Suena original. Seguramente, querrás que sea una película independiente. Conozco alguna gente que…

Ella gruñó.

Él se encogió de hombros.

—Vale, hazlo del modo difícil. Pero, si cambias de opinión…

—Kota, tienes que dejar que la gente se hunda o flote por sí misma. No eres responsable de lo que hacemos todos los demás. Las cosas malas pueden ocurrir; yo podría tener un accidente de tráfico yendo a verte. O podríamos intoxicarnos con la comida cuando saliéramos a cenar.

Él palideció.

—¿Y si te vienes a vivir conmigo? Así no tendrás que ir a ninguna parte. Yo cocinaré para ti todas las noches. Nada de restaurantes.

Ella se echó a reír, porque él era muy gracioso y había dicho aquello medio en serio.

Kota se acercó a ella y le posó la mano en la mejilla para acariciársela con delicadeza.

—Entiendo lo que quieres decir, cariño. No todo gira en torno a mí. Y estoy aprendiendo. Voy a dejar a Tana que se defienda solito mientras yo voy a la universidad. Eso es un progreso, ¿no?

—Es un comienzo —dijo Chris.

Le puso las manos en la cintura, y su calor le calentó el corazón.

Él la besó. Después, la abrazó con suavidad, como si fuera a salir volando si él se movía con brusquedad.

—Hiciste algo más que colarte en la boda, nena. Te colaste en mi corazón.

Solo había una manera de llevar a Christy al piso de arriba por la escalera de caracol. Sobre su hombro.

—Sabes que este medio de transporte no me gusta, ¿verdad? —preguntó ella. Su voz vibraba a cada paso.

—Razón de más para que te vengas a vivir conmigo. Mi habitación está en el piso bajo.

—Es demasiado pronto.

Él abrió la boca para contradecir sus objeciones, para señalar las muchas ventajas que tenía su casa, la primera de ellas, que estaba construida a prueba de paparazzi...

Entonces, se quedó callado. Christy tenía razón: era un maníaco del control. Por supuesto, solo quería lo mejor para todo el mundo, pero aquel mes de octubre había aprendido que la gente tenía sus propias ideas sobre cómo vivir su vida.

Eso significaba que tenía que dejar a Christy que decidiera cuándo iba a irse a vivir con él. Aunque, claro, haría todo lo posible por tentarla. Pero sería razonable.

Incluso le permitiría que eligiera la fecha de la boda.

Ella le pellizcó el trasero.

—Bájame.

Él la dejó en pie junto a la cama. La miró a la luz de la luna.

—Bonito vestido —le dijo—. Quítatelo.

Ella se lo sacó por la cabeza.

—Bonita camisa —dijo ella—. Quítatela.

Él se la quitó.

—Bonito sujetador —dijo. Se lo desabrochó, y tomó sus pechos con ambas manos.

Le pasó los dedos pulgares por los pezones, y sonrió al oír que ella tomaba aire bruscamente.

—Creía que no te servían de mucho.

—Eso era antes de conocerte —dijo ella. Le cubrió las manos, para palparse a través de él.

Excitante. Muy excitante.

Sus pantalones vaqueros disminuyeron dos tallas.

Ella bajó las manos y se quitó las bragas, y se las metió al bolsillo.

—De recuerdo —le dijo, con la voz enronquecida—. Mientras, tus calzoncillos.

Le desabotonó la cintura y tiró de la cremallera.

Él hizo el resto. Después, la tendió en la cama y la atrapó bajo su cuerpo, mirándola fijamente a la cara. Christy tenía estrellas en los ojos, o se le reflejaban en los ojos. Brillaban, de cualquier manera.

—Te quiero —le dijo ella, y él lo inhaló. Giró en su pecho como si fuera humo dulce, y le produjo euforia.

Entonces, respondió:

—Te quiero.

Ella cerró los ojos y sonrió suavemente.

Él le rodeó la cabeza con los brazos, sobre la almohada. Ella parecía muy pequeña bajo él, pero no débil. Con un dedo, podía mover sus noventa kilos de músculo y hueso. Él no podría resistirse.

Eso sí era tener el control de la situación.

Deslizó una rodilla entre las suyas para separarle las piernas, y ella puso aquel dedo a trabajar. Lo empujó e hizo que se tendiera boca arriba, y se sentó sobre él para tomarlo en su cuerpo, con las manos apoyadas en su pecho y la piel brillante a la luz de las estrellas.

Ella sonrió y lo miró a los ojos.

—Te mueres de ganas de darme la vuelta, ¿eh?

Él asintió.

Le cayeron gotas de sudor por las sienes.

Ella giró las caderas para poner a prueba su entereza. Dejó caer la cabeza hacia atrás y mostró la columna blanca de su cuello. Él pensó que debía de ser medio vampiro, porque sintió sed de morderlo.

Y, entonces, gracias a Dios, ella empezó a moverse a un ritmo constante, cada vez más rápidamente, hasta que el sudor brilló entre sus pechos.

Él la agarró por las caderas para urgir sus movimientos y llevarla aún más alto. Su cuerpo le gritaba que la tendiera sobre el colchón, que la tomara con más fuerza y la reclamara por completo.

Sin embargo, él resistió, incluso aunque ella se tensara aún más y gimiera.

Entonces, su cabeza cayó hacia delante y su piel le acarició el pecho. Él deslizó las manos y posó las palmas en sus pechos resbaladizos.

—Nena —le dijo, entre dientes—. Me muero.

—Entonces, córrete —le dijo ella—. Córrete conmigo.

Y ardió. Se convirtió en fuego puro que lo devoró, hasta que los dos ardieron juntos y abrasaron todo aquello que les separaba.

Chris pasó la mano por la barandilla brillante del yate de Adam LeCroix.

—¿Cómo es que tú no tienes uno de estos?

—¿Quieres uno? —le preguntó Kota. Apoyó los brazos en la barandilla, sonrió de una forma deslumbrante y añadió—: Considéralo tu regalo de boda.

—Hablando de… nuestra boda —dijo ella—. Lo único que te ha faltado decirle a todo el mundo es que las invitaciones ya están en el correo.

Él se encogió de hombros.

—El amor estaba en el ambiente.

A ella no le quedó más remedio que asentir. La boda de Adam y Maddie, que se había celebrado al atardecer, había sido una ceremonia íntima e inolvidable, con un puñado de invitados, una cena a la luz de las velas sobre la cubierta del yate y un baile con la música de un trío con mucho talento.

En aquel momento, Chris se había quedado a solas con Kota bajo las estrellas. El trío se había marchado a tierra y los otros invitados se habían retirado ya. Solo quedaban Maddie y Adam, que seguían bailando a solas al otro extremo de la cubierta. El yate se mecía plácidamente en el mar. Las luces de Portofino relucían en la distancia y se reflejaban en los ojos de Kota.

No podía haber sido más romántico.

Pero…

—Yo no he dicho que vaya a casarme contigo.

—Cariño, los dos sabemos que es cuestión de tiempo.

Por supuesto, él tenía razón. Llevaba un mes tratando de convencerla. No la presionaba, porque, sorprendentemente, había demostrado que tenía capacidad de contención. Sin embargo, la cortejaba con buenas conversaciones, buena comida y buen sexo.

Ella, en secreto, ya había fijado una fecha, pero no iba a ceder tan fácilmente.

—Eres un arrogante —le dijo—. Por suerte para ti, la pasta me pone de buen humor.

—La pasta te hace muchas cosas buenas —dijo él, y le agarró una nalga.

Ella se alejó.

—No son melones, ¿sabes?

—Créeme, lo último que tengo en la cabeza en este momento es la fruta —replicó él. La tomó entre los brazos y le acarició el pelo con la nariz—. Ummm… rosas. Antes, mi debilidad era el melocotón, pero tú me has convertido en un hombre de rosas.

Una brisa suave onduló el agua e hizo que ella se estremeciera. Kota abrió su chaqueta y la envolvió. Ella se acurrucó contra su calor.

Maddie apareció junto a ellos. Su vestido blanco de satén era resplandeciente.

—Eh, vosotros dos. Nos vamos a la cama. Christy, quiero darte otra vez las gracias. Ha sido precioso.

Chris sonrió.

—Cantar en una boda es un privilegio. Sobre todo, en la boda de unos amigos.

Adam apareció detrás de Maddie y le puso las manos en los hombros. Su esmoquin era impecable… salvo porque tenía unos labios marcados en carmín en el cuello de la camisa.

—Ha sido mágico —le dijo a Chris—. Nunca lo vamos a olvidar.

Después, se volvió hacia Kota:

—Si puedes escaparte otra vez del rodaje, vamos a estar tres semanas de crucero. Id a cualquier aeropuerto de Grecia y os traeremos al barco.

—Veré lo que puedo hacer —dijo Kota—. A propósito, bonitos votos.

Adam se echó a reír.

—Me sorprendí mucho cuando Maddie me propuso que los escribiéramos nosotros mismos. Ella no es precisamente una sentimental.

Maddie alzó la nariz.

—No es cuestión de sentimientos. La abogada que hay en mí quería dejar bien claros los términos.

Él le besó la cabeza.

—Considérame advertido de que el amor, el honor y la dedicación se irán al cuerno en caso de un apocalipsis zombi.

Dejaron a Chris y a Kota en la barandilla y se fueron a acostar.

Kota volvió a acariciarle el pelo con la nariz.

—Ha sido muy agradable por tu parte lo de cantar para ellos.

—Como he dicho, es un privilegio. Tuve el mismo sentimiento en la boda de Tana, incluso con todo lo que estaba sucediendo —respondió ella, y apoyó la barbilla en su pecho—. Seguramente, no debería decirte esto, pero, después de conocerte en el escenario, ya no canté para nadie más. Solo cantaba para ti.

Por un momento, él la miró fijamente.

—Lo sabía —dijo, con una enorme sonrisa—. Sabía que estabas cantando para mí. Miré a mi alrededor, a todos esos otros idiotas que pensaban lo mismo, pero yo lo sabía.

Ella puso los ojos en blanco.

—Estaba en lo cierto, no tenía que habértelo dicho.

Él soltó una risotada y la levantó del suelo con un abrazo.

Ella le clavó los dedos en las costillas.

—Bájame. Me voy a la cama.

—Por supuesto que sí —dijo él. Sin bajarla de sus brazos, se dirigió hacia su camarote—. Si tenemos suerte, oiremos a los recién casados en la puerta de enfrente. Sé que te excita mucho.

Ella enrojeció.

—No puedo creer que hayas mencionado eso.

Él entró en el camarote, cerró con un pie y la dejó sobre la cama.

—Puede que me convenzas —dijo, mientras se aflojaba la pajarita— de que no vuelva a hacerlo en toda la noche.

Ella se apoyó en la almohada mientras disfrutaba viendo cómo se quitaba la camisa.

—¿Y qué tendría que hacer, exactamente, para convencerte?

Él se desabrochó el cinturón, y respondió:

—Lo único que tienes que hacer es pedírmelo, nena, pedírmelo.

Eso era demasiado fácil.

—Está bien. Por favor.

Él se sacó el cinturón de las trabillas del pantalón.

—Por favor, ¿qué?

Ah. Así que quería jugar a eso de nuevo, ¿eh?

Bien, pues ella jugaría. Hasta cierto punto. Y la venganza sería dulce.

Adoptó una actitud sumisa y gateó hacia él, lentamente, hasta que llegó a los pies de la cama. Entonces, se sentó en los talones.

Puso ambas manos a la espalda y se bajó la cremallera del vestido, centímetro a centímetro, hasta que la tela de seda negra se deslizó por sus hombros y cayó alrededor de sus caderas.

Y esperó.

Él intentó mirarla a los ojos, pero no podía evitar que se le fuera la mirada a sus pechos, cubiertos por un sujetador de encaje negro.

Ella metió un meñique bajo uno de los tirantes y tiró de él, hasta que la cinta negra cayó de su hombro.

Él dejó caer el cinturón al suelo.

Ella sacó un pecho de la copa del sujetador, y lo tomó en la palma de la mano. Él se humedeció los labios.

Punto muerto.

Entonces...

—Demonios —murmuró Kota—. Tú ganas.

Y la derribó sobre el colchón, le quitó el sujetador y se libró de los pantalones.

Ella se echó a reír y, llena de felicidad, permitió que él se saliera con la suya. Después, se lo devolvió todo punto por punto.

Cuando se agotaron el uno al otro, él se tendió a su espalda, adaptándose a su cuerpo, y su cuerpo grande y cálido fue la mejor de las mantas.

—Tengo que reconocerlo, nena —dijo, en un tono somnoliento y de satisfacción—. No juegas limpio.

Ella acurrucó el trasero contra sus ingles. Luego, cubrió su mano, que él le había posado en un pecho. Y sonrió con petulancia.

—Es el poder de la teta.

LO MEJOR DE LA BODA

—Lo lamento, señora, pero no puedo hacer nada.

Jan Marone se retorció las manos.

—Pero si tengo una reserva.

—Sí, lo sé, la estoy viendo aquí mismo —dijo la recepcionista comprensivamente, mientras daba unos toquecitos en la pantalla del monitor con el dedo—. Le devolveré el dinero inmediatamente.

—No quiero el dinero. Quiero una habitación. Mi prima se casa mañana, y yo estoy invitada a la boda.

La muchacha extendió las manos.

—El problema es que una de las bañeras del piso superior se desbordó esta mañana y el techo se hundió sobre su habitación. No está disponible este fin de semana, y lo tenemos todo ocupado.

—Entiendo —dijo Jan, intentando mantener una actitud educada. El hecho de escuchar tres veces la misma excusa no le facilitaba aceptarla—. ¿Y en otro de los hoteles de la cadena?

—No somos parte de una cadena, sino un hotel único. Paradise Inn es el hotel más antiguo de la isla…

Jan alzó una mano. Ya se sabía la historia. Aquel establecimiento era único, y muy típico de Old Key West. Por esos motivos había hecho su reserva en él.

—¿Y no podría, al menos, conseguirme una habitación en otro hotel?

—Estamos en las vacaciones de primavera. Voy a hacer unas cuantas llamadas, pero… —la muchacha se encogió de hombros y señaló con un gesto la cafetera.

No parecía que la recepcionista estuviera muy preocupada, pero Jan sonrió de todos modos.

—Gracias, le agradezco que lo intente.

Se acercó con la maleta a la mesa del café y observó el vestíbulo con melancolía. Las ventanas y las puertas estaban abiertas y, con las mecedoras y los grandes maceteros de plantas, el exterior y el interior se confundían. Un aire húmedo y cálido entraba en aquel espacio, y su piel reseca por el ambiente de Boston lo absorbió como si fuera una esponja.

Para una mujer que no había salido nunca de Nueva Inglaterra, aquello eran unas vacaciones tropicales. Y se le estaban escapando de las manos.

Cada vez se sentía peor. Salió por una puerta lateral a un exuberante jardín de palmeras e hibiscos, con una catarata burbujeante.

Un paraíso.

Y en el centro había una piscina en la que flotaba perezosamente un metro ochenta de musculatura y piel bronceada.

Jan ignoró todo lo demás y observó al hombre. Tenía el pelo oscuro y espeso, la mandíbula marcada y una sonrisa en los labios. Y sus brazos, unos brazos perfectos, estaban extendidos a ambos lados de la colchoneta. Las puntas de sus dedos rozaban el agua.

Estaba completamente relajado; era la imagen de la placidez. Con solo ponerlo en un anuncio del Paradise Inn, las mujeres acudirían en masa. Los gais, también.

Aquel monumento alzó la cabeza, como si hubiera sentido que lo observaban, y sonrió.

—¡Eh, Jan, métete de una vez en el agua!

Mick McKenna. Su mejor amigo, su amigo de la infancia.

Él bajó de la colchoneta y salió de la piscina. El agua cayó desde las perneras de su bañador gris cuando caminaba hacia ella por el pavimento de losas de piedra.

Se detuvo ante ella y agitó el pelo como si fuera un perro labrador.

—¡Eh! ¿Es que nunca te cansas de eso? —preguntó Jan, sacudiéndose las gotas de agua de la camisa blanca de algodón.

Él soltó una de sus carcajadas, que siempre estaban llenas de alegría.

—No, nunca. Vamos, ponte el bañador. El agua está buenísima.

—No puedo. No tienen habitación para mí.

A él se le borró la sonrisa de los labios.

—¿Cómo?

—Ha habido una inundación —dijo ella, y se encogió de hombros como si no fuera una tragedia. Como si no llevara meses esperando aquel fin de semana con impaciencia.

—Tienen que tener otra habitación —afirmó Mick, y empezó a rodearla para ir a montar un buen lío a la recepción, estilo McKenna.

Ella lo agarró del brazo.

—Lo he intentado todo. Están buscándome una habitación en otro hotel de la isla.

Él se pasó la mano por el pelo.

—Quédate con mi habitación. Tú encontraste este hotel, y es estupendo. Tú eres la que deberías quedarte aquí.

—Ni hablar. No me voy a quedar con tu habitación.

No era tan patética como para eso. Mick sería capaz de darle hasta la ropa que llevaba puesta, cosa que literalmente había hecho más de una vez cuando eran niños, pero ella no iba a quitarle la habitación. Y él sabía muy bien que no iba a servirle de nada discutir. La decepción hizo que se le encorvaran los hombros, y apretó los labios mientras la miraba con consternación. Sus ojos eran más azules que la piscina que brillaba detrás de él.

Ella esbozó una sonrisa.

—¿Me dejas que vaya a tu baño?

—Claro.

Jan lo siguió al interior del hotel y, después de recorrer un pasillo corto, entraron a una habitación que estaba ocupada, en un ochenta por ciento, por la cama.

—Vaya. Las opiniones de Internet decían que las habitaciones eran muy pequeñas, pero… caramba.

Mick se encogió de hombros.

—¿Y quién viene a Key West a quedarse sentado en su habitación?

Mick siempre veía el lado más brillante de las cosas.

Jan echó un vistazo a su alrededor y vio los pocos lujos que proporcionaba el hotel: una modesta televisión de pantalla plana, un frigorífico pequeño, un escritorio diminuto que servía también de mesilla de noche y sobre el que había un reloj despertador y una lámpara. La maleta de Mick estaba abierta sobre un banco que había a los pies de la cama.

Jan pasó de costado por el estrecho espacio que había junto a la cama y entró en el baño, que debía de ser el más pequeño del mundo.

Todo estaba impecablemente limpio, pero, si hacía un movimiento brusco, saldría con moratones en las fotografías de la boda.

Se lavó las manos en el lavabo, que tenía el tamaño de una taza de té; mientras lo hacía, cometió el error de mirarse al espejo.

—Hola a la persona más pálida de todo Key West. Y qué pelo…

Después de pasarse seis horas en tres aviones distintos, tenía el moño aplastado como un plato de espaguetis.

Se soltó el pelo y se atusó las suaves ondas de color castaño. Aunque hubiera tanta humedad, iba a llevarlo suelto aquel fin de semana.

De hecho, iba a llevarlo suelto desde aquel preciso instante.

—Se acabó el moño.

Primer día del Plan de la Nueva Jan.

Cuando salió al dormitorio, se encontró a Mick tumbado en la cama, viendo la reposición de un capítulo de los Simpson.

—Estás mojando la cama —dijo ella, automáticamente.

—Después se seca.

Así era Mick; nunca se preocupaba por nada, mientras que ella siempre se preocupaba por todo. Sin embargo, iba a terminar con aquella forma de ser tan aburrida. No le sentaba bien en absoluto.

—Vaya, cuánto te ha crecido el pelo —dijo Mick.

—Eh… —murmuró ella, mientras se dejaba caer a su lado—. Es que el pelo crece.

—Me refiero a que nunca lo llevas suelto —respondió él. Tomó un mechón entre los dedos y lo acarició—. Qué suave.

Ella lo miró. Algunas veces, Mick la sorprendía. Eran amigos desde que, en la guardería, él había hecho llorar a Tommy Teeter por empujarla y tirarla de un columpio. Aquella amistad nunca había flaqueado, ni siquiera durante los años en que supuestamente los chicos y las chicas se odiaban, ni siquiera en el instituto, cuando él era quarterback y ella era un bicho raro.

Y, doce años después, él seguía siendo el capitán del equipo, por decirlo de algún modo. Era el capitán del cuerpo de bomberos, un auténtico héroe que acababa de recibir la medalla al valor y el agradecimiento eterno de una madre por haber salvado a su hija de ocho años.

Ella, por su parte, seguía luchando por dejar de ser un bicho raro, pero aún era demasiado delgada, demasiado pardilla, demasiado sosa como para ser otra cosa que su amiga, su colega.

Sin embargo, algunas veces… Algunas veces, cuando él la miraba como la estaba mirando en aquel momento…

No. Se quitó aquella idea de la cabeza. Ella no era el tipo de Mick. Y, en realidad, él tampoco era su tipo. Si alguna vez encontraba al hombre de su vida, sería abogado o contable, no alguien que arriesgaba la vida todos los días.

Su madre tenía la razón en eso. Sí, era una mujer controladora, neurótica y paranoica, por no mencionar que tenía miedo a volar, motivo por el que no estaba en aquella boda. Sin embargo, podía hablar con conocimiento de causa sobre las desventajas de casarse con un hombre que tuviera una profesión peligrosa.

Alguien llamó a la puerta. Mick se levantó de un salto y abrió. Allí estaba la rubia de la recepción.

—Hola, Barbie.

¿Barbie? ¿En serio?

Barbie pasó la mirada desde el pecho desnudo de Mick hasta sus labios.

—Hola, Mick —dijo, con la voz entrecortada.

Jan la saludó con la mano.

—¿Me estaba buscando? ¿Ha encontrado alguna habitación para mí?

Barbie apartó la mirada de Mick.

—Um… no. No hay habitaciones.

—¿En ninguna parte de la isla? —preguntó Mick—. Eso no puede ser.

—Lo siento muchísimo —respondió Barbie—. Todos los hoteles están completos desde hace semanas. Aunque alguien cancele su reserva, hay listas de espera. No puedo hacer nada.

—Gracias por intentarlo —dijo Mick, y derritió a Barbie con una sonrisa—. Yo voy a cederle mi habitación a Jan. Ya me las arreglaré.

Jan intervino al instante.

—Un momento…

Barbie la interrumpió.

—Yo tengo una habitación de invitados —le dijo a Mick—. Puedes quedarte en mi casa.

—No —dijo Jan, agitando la cabeza con vehemencia—. No, no, no y no.

Mick tenía el don de enfadar a las mujeres. No era completamente culpa suya, porque nunca hacía promesas. El problema era que a Mick le encantaban las mujeres y, sin poder evitarlo, siempre hacía que ellas se sintieran especiales; entonces, ellas empezaban a imaginar cosas. Al ver que él no encajaba exactamente con los planes que ellas habían hecho, las cosas iban cuesta abajo rápidamente.

Solo faltaba que Barbie apareciera hecha una furia en el banquete de bodas y le tirara la tarta a Mick a la cabeza. Julie la culparía a ella del desastre, porque Mick era su invitado.

Sin embargo, Barbie no tenía ni idea de nada de aquello, y abanicaba a Mick con unas pestañas tan largas como las de su tocaya.

—De verdad, Mick, no me importa.

—A mí, sí —dijo ella, en un tono más posesivo del que hubiera querido.

Mick debió de darse cuenta, porque giró la cabeza hacia ella, lanzándole una mirada tan azul que podía cortarle la respiración a cualquier mujer ingenua.

Pero ella no era ninguna ingenua. Llevaba con él toda la vida, y había visto cómo Mick aprendía a manejar su atractivo sexual; primero, en el instituto, blandiéndolo como un arma sin filo y, después, como si fuera un sable ligero.

En algunas ocasiones, como aquella, lo movía descuidadamente hacia ella.

Jan ignoró el pinchazo y tomó una determinación a favor de los novios.

—Muchas gracias —le dijo a Barbie—, pero Mick se queda aquí conmigo.

No. No era posible que Jan acabara de decir aquello.

Mick se quedó petrificado, como una estatua. Dios… Tres días y dos noches en aquella caja de zapatos… ¿con ella?

Imposible.

Abrió la boca para decirlo, pero volvió a cerrarla. Era evidente que a Jan no le parecía nada raro compartir habitación de hotel con él de una manera platónica, así que, si sus fantasías frustradas de conseguir desnudarla lo tenían subiéndose por las paredes todo el fin de semana, era problema suyo, no de ella.

Prefería cortarse el testículo izquierdo antes que herir sus sentimientos.

Barbie miró a Jan con cara de mal humor.

—Su maleta está en el vestíbulo. El hotel no se hará responsable si alguien se marcha con ella.

—Voy a buscarla —dijo Mick, y usó aquella excusa para escabullirse entre ellas hacia el pasillo.

Cuando llegó al vestíbulo del hotel, tomó un vaso de la máquina de agua, y le dio un buen trago para refrescarse la garganta reseca.

Dios Santo… Lo que menos necesitaba en aquel momento era compartir habitación con Jan. Llevaba enamorado de ella veinte años, mientras que ella lo había considerado siempre un amigo. Compartir cama con Jan iba a ser una tortura.

Y, por si fuera poco, el asunto no podía ser más inoportuno. Estaba volviéndose loco por el rescate, por aquel rescate que le había valido la medalla al valor.

Valor. Ja. La gente no pensaría que era tan valiente si supieran que tenía unas pesadillas horribles. O, más bien, siempre la misma pesadilla, una que se repetía todas las noches: la del techo que se hundía y caía a pocos centímetros de él.

Salvo que, en la pesadilla, el techo le caía encima. La llamarada le arrebataba de los brazos a la niña que estaba salvando y lo quemaba vivo.

Siempre despertaba gritando, con los pulmones abrasados, con la piel pegada a los huesos.

No era exactamente la mejor perspectiva para una noche inolvidable.

A pesar del calor, Mick se estremeció.

Barbie dijo su nombre, y se dio la vuelta con una sonrisa automática, una respuesta automática a la proximidad de los estrógenos. Ella debió de interpretarla como una invitación, porque le dio un golpecito en el pecho con un dedo.

—No parecía que estuvieras muy contento en la habitación —dijo ella.

¿Había sido tan obvio?

—Lo comprendo —continuó ella—. No quieres herir sus sentimientos. Pero, de veras, ¿vas a sacrificar todo tu fin de semana? —preguntó, mirándolo con sus ojos de color violeta, pestañeando lentamente—. Yo puedo enseñarte partes de Key West que los turistas no ven.

Por su tono de voz, podía deducirse que las partes que quería enseñarle estaban debajo de su vaporosa falda.

Lo cierto era que, en cualquier otro momento, habría aceptado su invitación. Pero aquel fin de semana, no. Para bien o para mal, iba a pasar todo el tiempo con Jan.

Y, justo en aquel momento, llegó ella para salvarlo, con las manos en las caderas, al estilo de una novia celosa.

—Demonios, Mick McKenna, es que no puedo dejarte solo ni un minuto —dijo, y fulminó a Barbie con la mirada.

Era un viejo truco que llevaban usando desde el instituto y que era muy efectivo a la hora de deshacerse de chicas que pensaban que podían apartar a Jan de un codazo para llegar a él.

Y él representó su papel. Le pasó un brazo por los hombros y se la llevó.

—Gracias por la oferta —le dijo a Barbie, mirando hacia atrás—, pero hemos venido a una boda. No tengo tiempo de hacer turismo.

Barbie arrugó la nariz.

—Si cambias de opinión, ya sabes dónde encontrarme.

Jan hizo un movimiento para salir de debajo de su brazo, pero él alzó la cabeza hacia la cámara de seguridad.

—Queremos que piense que somos pareja, ¿no?

Ella soltó un bufido.

—Es que no puedo llevarte a ningún sitio.

—Soy un pesado, ya lo sé —dijo él, tirando de su maleta, mientras caminaban abrazados hacia la habitación.

Cuando la puerta se cerró tras ellos, Mick volvió a cuestionarse su propia cordura.

Aquella habitación era diminuta, y el ligero perfume de Jan, el olor al champú de fresa que llevaba usando desde el décimo curso, impregnaba el ambiente de un modo inquietante para él.

Mientras que, para Jan, todo era de lo más normal.

Ella le dio un golpecito a la cama, y él subió la maleta al colchón. Se quedó a un lado mientras ella la abría.

—Deberíamos colgar los trajes de la boda en el baño —dijo—. Así se les quitarán las arrugas.

Entonces, tomó un vestido de flores y lo sacó, y él pudo ver lo que había debajo: bragas de encaje negro. Sujetador de encaje negro.

Se le salieron los ojos de las órbitas.

¡No!

Se suponía que Jan llevaba bragas de abuela y sujetadores de solterona, todo de algodón blanco, nada de encaje. Él estaba completamente seguro de eso.

Ella miró a su alrededor.

—¿Dónde está tu traje?

Él abrió la boca, pero no pudo articular palabra.

—¿Mick? Eh, no te estará dando un ataque, ¿no? ¿Puedes respirar?

Jan soltó el vestido y pegó la oreja a su pecho para intentar escuchar el funcionamiento de sus pulmones.

Su mejilla le abrasó la piel que tenía sobre el corazón.

Mick apretó los puños y miró al techo con resignación.

—Estoy perfectamente —dijo—. Hace veinte años que no tengo asma.

—Umm… sí, bueno, tus pulmones suenan bien —murmuró ella—. Pero te late el corazón como una locomotora.

Él dio un paso atrás para alejarse de su pelo suave, que le hacía cosquillas en el pecho.

Se golpeó contra la pared que tenía a su espalda.

Ella lo miró como si fuera tonto. Él vio las diminutas manchitas verdes que Jan tenía en sus ojos de color marrón.

—No tires abajo la pared —dijo ella—, o nos quedamos en la calle los dos.

Y se dio la vuelta, ajena a las emociones que se estaban adueñando de él.

—¿Dónde tienes el traje? —preguntó ella, de nuevo—. No me digas que no lo has traído.

Se inclinó sobre su maleta, y su trasero quedó a diez centímetros de su entrepierna, y Mick volvió a la vida.

Ya era suficiente tragedia haber visto su ropa interior. No era necesario que ella viera la de él.

Le apartó las manos de la maleta y la cerró.

—Lo he llevado al tinte. Tengo que recogerlo mañana —dijo, y la apartó con la cadera—. ¿Por qué no te pones el traje de baño? El agua está estupenda.

—Está bien. Tengo un traje de baño nuevo, ¿qué te parece?

Entonces, Jan apartó algo de ropa en su maleta y sacó un… Oh, que Dios tuviera piedad de él… Sacó un bikini.

A Mick se le escapó un sonido gutural. Era de consternación, pero Jan se lo tomó como si fuera desdén. Su rostro se bañó de tristeza.

—Es que pensé que… —murmuró, mientras se sentaba en la cama—. Quería probar algo distinto. Una nueva Jan.

Al ver el dolor de su semblante, Mick reaccionó rápidamente.

—En primer lugar —dijo—, la antigua Jan no tiene nada de malo. Y tampoco tiene nada de malo ese… —Jan señaló con la mano el bikini, que era diminuto y tenía lunares—. Lo único que pasa es que me he llevado una sorpresa. Tú siempre llevas bañador.

—Sí, ya lo sé —dijo ella, y lo miró con una expresión seria—. Quizá debiera…

—Debes ponértelo —la interrumpió él—. Es… —«demasiado escaso»— muy bonito. Vas a estar… —«demasiado sexy»— genial —dijo, y forzó su sonrisa de mejor amigo—. Nos vemos en la piscina.

Se dio la vuelta y se marchó.

CAPÍTULO 2

Jan se acercó al borde de la piscina y metió los dedos en el agua.

—Perfecta.

—Ya te lo he dicho —le recordó Mick, desde la colchoneta—. Ni siquiera la señorita Zona de

Confort Limitada podría tener queja.

Ella le salpicó con el agua el pecho bronceado. Mick tenía suerte. Al contrario que ella, no tenía que preocuparse por las quemaduras. Siempre estaba moreno de esquiar en las Montañas Rocosas o de hacer submarinismo en Cozumel.

Trabajaba mucho. Y se divertía mucho, también.

En aquel momento, él le señaló dos tumbonas que había bajo la sombra moteada de una palmera. En una, la última novela de Jack Reacher. En la otra, el último número del *National Enquirer*.

Mick la conocía muy bien.

Dejó su bolsa en la tumbona y se quitó la toalla en la que iba envuelta. Sin embargo, antes de dejarla caer, se sintió muy azorada.

Nunca había mostrado tanta piel. Tanta piel blanca. Más blanca que la nieve. Algunas zonas de piel no habían visto el sol nunca durante sus treinta años de vida.

Tal vez lo del bikini fuera mala idea. Lo había comprado en Macy's, además de algunas camisetas de colores, pantalones cortos y unos vestidos ligeros. Todo era juvenil y colorido, nada parecido a la ropa que llevaba antes.

Su estilo era mucho más soso y apagado. Llevar ropa sosa era más fácil que discutir con su madre cada vez que salía por la puerta, y más fácil que intentar imitar a las chicas guapas.

Con ropa sosa, se hacía invisible.

Sin embargo, estaba cansada de eso. Había cumplido treinta años el mes anterior, y esa había sido la llamada que necesitaba para despertar y salir de su letargo. La prueba irrefutable de que ya no era una niña, de que no podía seguir de brazos cruzados esperando a que comenzara la vida. Ya había pasado una buena parte de esa vida.

Por supuesto, la crisis de los treinta era un cliché, pero aquel cliché tenía una razón de ser.

Así pues, sí, ya era hora de que descubriera a la mujer que estaba escondida bajo aquellas faldas de tablas y aquellas blusas de algodón. Era hora de descubrir quién habría sido Jan Marone si su padre no hubiera muerto en el cumplimiento del deber hacía veinticuatro años, dejándola sola con una madre que se había vuelto más y más protectora a cada año que pasaba.

La nueva Jan estaba saliendo poco a poco de su zona de confort, y el hecho de no ser una sosa formaba parte del plan. Una parte que le había parecido mucho menos traumática al escribirla en su diario.

En la vida real, iba a tener que acostumbrarse a que se fijaran en ella.

Miró a su alrededor por la zona de la piscina, y decidió que aquel era un ambiente muy tranquilo y que no iba a llamar la atención. Mick estaba dando vueltas lenta y perezosamente con la colchoneta en el agua, mirando hacia las hojas de las palmeras que colgaban por encima del agua. Había una pareja alemana que tomaba una botella de vino y reía suavemente. Y los tipos de treinta y tantos años que salían del jacuzzi iban tomados de la mano, así que no estaban interesados en lo que hubiera debajo de su toalla.

Era una gente tranquila y madura. Los turistas más ruidosos estaban alojados en Duvall Street.

Si quería dejar a la antigua Jan atrás, aquel era el mejor momento. Aquel era el mejor lugar.

Respiró profundamente y dejó caer la toalla.

Mick rodó de la colchoneta y se hundió como una piedra hasta el fondo de la piscina.

Era increíble, pero el bikini de Jan parecía incluso más pequeño sobre su cuerpo que en su mano.

Miró a través del agua y la vio caminar hasta el borde de la piscina. Su imagen era borrosa y estaba fragmentada, pero no tanto como para que él no distinguiera qué era cada cosa. La parte rosa era el bikini, y no era suficiente, y la parte plateada era su piel, y era demasiado.

Su bañador encogió dos tallas.

Cuando ella empezó a bajar por la escalerilla, poniendo uno de sus esbeltos pies en el primer peldaño, él se giró y buceó hacia el fondo del extremo más profundo de la piscina, decidido a consumir hasta el último átomo de oxígeno que tenía en los pulmones.

Su récord era sesenta y cinco segundos, y lo había logrado durante su tercer curso en Penn State. Aquel día, lo superó en cuatro segundos, y salió a la superficie jadeando.

—¿Qué haces, bobo? —le preguntó Jan, desde el otro extremo—. Tienes los labios morados.

No, eso eran sus testículos.

Ella se había detenido a medio camino en la escalerilla. Las ondas que él mismo había creado rompían en sus muslos.

En sus muslos blancos y suaves.

Volvió la cabeza a un lado, pero sus ojos no siguieron el movimiento. Se quedaron pegados en Jan mientras ella se apartaba de la escalerilla y se acercaba a él con una elegante brazada.

Jan era una ninfa en el agua.

Se detuvo junto a él, nadando suavemente para mantenerse a flote.

—Está buenísima. Podría quedarme aquí todo el día.

Echó la cabeza hacia atrás y se mojó el pelo. Después, se lo enjugó con las manos y lo dejó liso como la piel de una foca.

Él se alejó de ella hasta que tocó el borde de la piscina con los hombros.

—El sol es mucho más fuerte en los trópicos —dijo—. Deberías taparte, o te vas a quemar.

—No. Me he traído la crema con el factor de protección más alto del mundo. Pero no he podido echármela en la espalda. ¿Me la echas tú, por favor?

Dios Santo, ¿y qué iba a ser lo próximo?

—Tráeme la crema —dijo él, con la voz enronquecida. No pensaba salir de la piscina con aquella erección.

Cerró los ojos cuando ella subió por la escalerilla, pero no pudo evitar echar un vistazo mientras Jan recorría el camino hacia la tumbona. Se le había subido la braguita del bikini, por supuesto, e hizo lo que hacían todas las mujeres, enganchar el elástico con un dedo y volver a colocárselo sobre la nalga.

Dios.

Después, volvió a meterse al agua y se tendió boca abajo sobre una de las colchonetas; nadó hacia él e hizo un giro de noventa grados hasta que el flotador chocó contra su pecho.

—Yo me he echado crema en las piernas y los hombros, así que solo tienes que echármela en el resto de la espalda.

Sí, claro. Solo en el resto.

Mick agitó el tubo y echó crema en la parte inferior de su espalda.

Mala idea. Realmente mala.

Se mordió la cara interior de la mejilla y agradeció el dolor. Con la palma de la mano, extendió la crema y, al hacerlo, descubrió seis pecas que casi formaban un corazón.

A él le encantaban las pecas.

Apretó los dientes y metió el dedo meñique bajo el elástico de la cintura, a un centímetro de la hendidura de sus nalgas… Salió de allí rápidamente, deslizándose hacia arriba, hasta la cinta del sujetador del bikini, y pasó de un lado a otro, cubriendo de crema toda la piel, sin dejar nada.

Siguió hacia arriba. Ella se recogió la melena con una mano para apartarla, y él vio que tenía más pecas entre los omóplatos.

—Échame un poco más —le dijo.

Por el amor de Dios…

Mick se puso un poco más de crema en la palma de la mano.

Bajo el vello de su nuca había más pecas. Él ya le había visto aquellas, las doce. Podría encontrar cada una de ellas en la oscuridad.

Y, entonces, terminó. Tapó el tubo, lo dejó a su lado en la colchoneta y le dio un empujón al flotador. Ella alzó la cara del brazo, donde había apoyado la mejilla.

—Gracias, Mick. ¿Quieres que te lo haga yo a ti?

Otra mujer lo habría dicho con una sonrisita de picardía, pero Jan, no. Ella era muy inocente. Si él le señalara el doble sentido de la pregunta, ella lo entendería, claro; no era completamente ingenua. Pero, al contrario que la mayoría de la gente, no era muy dada a las indirectas.

—No, gracias. Voy a salir del agua un poco.

Se impulsó hacia arriba y se tumbó de costado, de espaldas a ella, hasta que tuvo la toalla en la mano.

La dejó sobre su regazo y se estiró en la tumbona; entonces, abrió el *Enquirer* e intentó concentrarse en la última abducción alienígena. Sin embargo, los ojos se le iban detrás de Jan. Ella tenía la mejilla apoyada en un brazo, los ojos cerrados y una dulce sonrisa. Su pelo, largo y brillante, flotaba en el agua.

Estaba feliz. Relajada.

Hacía quince años, aquella habría sido su señal para acercarse sigilosamente y darle la vuelta a la colchoneta. Aquel día, sin embargo, se limitó a disfrutar de las vistas. Unas piernas largas y esbeltas. Unas nalgas redondas apenas cubiertas por el bikini. Y toda aquella piel suave y sedosa. Él acababa de acariciarla.

Se llevó la palma de la mano a la nariz e inhaló el olor: coco mezclado con Jan.

Aquello no era de ayuda para su problema de erección.

Ella movió la mano por el agua distraídamente, haciendo girar la colchoneta. Cuando llegó al extremo menos profundo, casi hasta colocarse bajo sus narices, él cerró la revista y se puso de pie.

—Bueno, me voy dentro.

Ella abrió los ojos y lo miró. Entonces, rodó de la colchoneta y se puso en pie. El agua le llegaba por la cintura.

—Lo siento, estoy acaparando la colchoneta.

—No, no —dijo él, que se había distraído instantáneamente al ver sus pechos. Antes, apenas atisbaba algo cuando ella se ponía el único jersey con cuello de pico que tenía; sin embargo, en aquel momento los tenía literalmente debajo de la nariz, pálidos y bellos como el resto de su cuerpo, con el plus añadido de ser pechos.

Apartó la vista.

—Quiero decir que sí, que la estás acaparando, pero que de todos modos me iba dentro. Tengo que ducharme. La cena es dentro de dos horas.

Ella sonrió.

—¿De verdad? ¿Es que necesitas dos horas para arreglarte?

Él intentó sonreír, pero tuvo la sensación de que esbozaba una sonrisa de plástico.

—Ya sabes lo puntual que es Julie.

Ella inclinó la cabeza hacia un lado.

—Estás un poco pálido. ¿Te encuentras bien? —le preguntó ella, mientras subía los peldaños de la escalerilla y el agua se resbalaba por su cuerpo.

—Estoy… —«a punto de perder el dominio de mí mismo»— perfectamente. Solo quiero… —«abalanzarme sobre ti»— darme una ducha antes de que gastes toda el agua caliente.

En aquella ocasión, la sonrisa de Mick fue bastante genuina. Ella era famosa por sus largas duchas.

—Ja, ja —dijo ella. Por fin, se envolvió en la toalla y se sentó en su tumbona—. A propósito, gracias por el nuevo libro de Reacher.

Él se encogió de hombros.

—Pensé que te gustaría una dosis de tipos duros.

Ella sonrió.

—Tengo a un tipo duro aquí mismo, señor Medalla al Valor.

Él se sonrojó.

—Corta el rollo.

—Lo digo en serio, Mick. Estoy muy orgullosa de ti.

Aquello significó para él mil veces más que la medalla que le había puesto el alcalde en el pecho, pero también hizo que se avergonzara, porque sabía que no merecía su admiración.

—Deberías quedarte a la sombra —dijo, y se marchó de allí.

Una vez en su habitación, dejó el traje de baño mojado en el lavabo y se echó un buen sermón a sí mismo:

—Tienes que calmarte —se advirtió, mirándose con dureza al espejo—. Compórtate como un hombre. Supera esta mierda. Olvida el puñetero incendio.

Y, en cuanto a Jan, prosiguió:

—Y, por el amor de Dios, mantén apartados los pensamientos sucios de tu cabeza y las manos de sus bragas.

Vaya, ¿de dónde había salido aquello último?

Se pasó los dedos entre el pelo mientras luchaba contra su conciencia. Se convenció de que no tenía nada de malo echar un vistazo. La maleta de Jan estaba en el banco, cerrada, pero sugiriéndole que abriera la cremallera. Él lo hizo, y apartó la solapa.

Y allí estaba su ropa interior, un nudo de satén y encaje negros.

No debería tocarlo, pero lo hizo. Pasó los dedos por encima e inhaló el olor ligero y familiar. Separó un par de bragas del resto del nudo y lo extendió en la palma de la mano. Eran prácticamente transparentes. Se las imaginó en su trasero blanco y suave…

Entonces, las dejó caer.

Él era un cerdo y no era de fiar con sus bragas; mucho menos, con su cuerpo.

Aquel era el motivo por el que nunca había intentado seducirla. Estaba a un paso de ser adicto al sexo, mientras que ella era pura, delicada, menuda.

Si alguna vez le ponía las manos encima, la rompería en pedazos.

Jan cerró el libro y miró a Mick, que salía con el pelo húmedo de la ducha y las mejillas recién afeitadas.

Se había arreglado para la cena; llevaba unos pantalones de pinzas de algodón beige y una camisa azul oscuro que volvía sus ojos del color de la medianoche.

Estaba increíble. Pero así era Mick; incluso con el uniforme de bombero estaba guapísimo, sobre todo cuando lo llevaba bajado hasta la cintura después de haber apagado un incendio y tenía la cara llena de hollín y sudor, y el pelo aplastado por el casco.

Gracias a su heroicidad, todo el mundo se había enterado de lo guapo que era. Cuando salía de aquel infierno con la niña en brazos, una niña a la que había salvado del incendio de un sótano, los canales de televisión de Boston lo habían mostrado en miles de imágenes. La medalla era lo menos importante, porque, después de que las imágenes se hubieran hecho virales, podía haber conseguido las llaves de la ciudad y un contrato con Gap.

Pero Mick detestaba todo aquel lío, cosa que hacía que todo el mundo lo adorara aún más.

En aquel momento, él estaba mirando sombríamente la piscina, con una botella de Sam Adams colgándole de los dedos.

—Ya iba a reunir una partida de búsqueda.

Él sonrió burlonamente.

—¿Es porque he acortado tu hora de ducha?

—Mira quién habló. El señor Metrosexual.

—Sí, típico de mí. Me hago la manicura, y todas esas chorradas.

Jan se echó a reír, porque aquello no podía estar más lejos de la verdad.

Él balanceó la cerveza, miró al cielo y observó las hojas de los árboles. Estaba mirando a cualquier parte, menos a ella.

Jan se miró el estómago. ¿Era posible estar más blanca? Seguramente, el brillo de su blancura cegaba a Mick.

Demonios, ¿por qué no se había comprado una crema auto-bronceadora? Aunque no tuviera la esperanza de impresionar a Mick, pensaba que, si su mejor amigo no era capaz de mirarla, ¿cómo iba a tener suerte con otros hombres?

Y, realmente, quería tener suerte. El sexo era la siguiente fase del Plan de la Nueva Jan. Hacía mucho tiempo que había terminado la universidad. Ocho años, para ser exactos. Ocho años desde la última vez que había mantenido relaciones sexuales.

Desde entonces, se había besado con alguien alguna vez, la habían toqueteado y le habían hecho proposiciones, pero nunca había querido tener una aventura con un tipo que era de su mismo barrio.

En primer lugar, tendría que verlo de nuevo. ¡Embarazoso!

En segundo lugar, estaba segura de que el cotilleo llegaría a oídos de su madre. ¡Impensable!

Pero el tiempo pasaba inexorablemente. Tenía treinta años. Si no entraba pronto en circulación, iba a secarse como una ciruela.

Key West era el lugar perfecto para echar una cana al aire. Estaban a mil seiscientos kilómetros de Boston, a un mundo de distancia de su vida real.

Y ¿quién mejor que Mick para ayudarla a encontrar su propio atractivo? Si lo que decían era cierto, su mejor amigo era un dios del sexo. O una máquina del sexo. O un maniaco sexual. Dependiendo de a quién se escuchara hablar.

Ella había elaborado la teoría de que Mick exudaba una especie de feromona biónica que era como la hierba gatera de los gatos para las mujeres. Por suerte, como ella había estado expuesta a sus efectos desde la guardería, se había vuelto inmune.

Aunque, en realidad, percibía su olor embriagador de vez en cuando, pero no empezaba a babear y a desabrocharse los pantalones vaqueros. Simplemente, miraba bien a Mick y, después, se miraba a sí misma. Con eso, entraba en razón rápidamente.

Mick McKenna siempre había estado y siempre estaría fuera de su alcance.

Sin embargo, era su amigo, y una fuente de recursos excelente. Sería una tonta si no le pedía ayuda.

No obstante, abordar aquel tema iba a ser raro. Y dar rodeos no iba a servir de nada. Así pues, decidió ir directamente al grano.

—Mick, quiero darme un revolcón.

Él se atragantó con la cerveza y tosió.

—Oh, Dios mío… —dijo ella, y se puso en pie de un salto—. ¿Necesitas una maniobra de Heimlich?

—No, demonios, no —respondió él, y se alejó de ella. Se quedó mirándola con los ojos desorbitados—. ¿Es que quieres matarme? —preguntó, frotándose el pecho como si estuviera sufriendo un infarto.

Ella agitó una mano.

—Vamos, tranquilo. Siéntate —le dijo, y se sentó en su tumbona mientras le daba unos golpecitos a la de él.

Mick la fulminó con la mirada, pero se sentó.

Ella dijo:

—Esperaba que pudieras ayudarme.

Él se quedó inmóvil como una estatua.

Ella le clavó un dedo, y él reaccionó y volvió a la vida.

—Mira, Jan —dijo él, pasándose una mano por el pelo—. Somos amigos. No puedo…

Ella alzó una mano.

—No te estoy pidiendo que me busques un novio, no pienses eso. Solo que me des algunas pistas. Tú eres el mejor seleccionador de amantes del mundo. Dime cómo se hace eso y, después, ya me las arreglaré yo.

Él se quedó pálido.

—¿Es que quieres elegir a un desconocido?

—Me doy cuenta de que parece muy repentino —dijo ella—, pero llevo un tiempo pensándolo. Mi vida amorosa no es precisamente activa, y hay cosas que quiero intentar.

A él se le escapó un sonido gutural de la garganta, como si tuviera la cabeza debajo del agua.

Ella entendía su reacción. Lo cierto era que, aunque eran amigos desde pequeños, jamás habían hablado de su vida sexual.

Algunas veces, sus amigos le gastaban bromas a Mick acerca de sus «novias», o su hermano le reprochaba que fuera tan ligero de cascos en vez de casarse y sentar la cabeza. Pero Mick siempre los cortaba, como si no quisiera que ella supiese que se acostaba con tantas mujeres.

Por favor. Tendría que ser completamente boba para no darse cuenta.

—Como bien sabes, porque me tomaste el pelo sin piedad —continuó—, me leí *Cincuenta sombras de Grey*, y me di cuenta de que quiero experimentar. No es que quiera nada de dominación, como en la novela, pero hay muchas cosas que no he hecho. Y, vamos a admitirlo, hace siglos que no hago nada de nada.

A Mick le cayó una gota de sudor por la mejilla. Él sí que tenía cincuenta matices de rojo en la cara.

Sin embargo, y por raro que pudiera resultarle a Jan, cuanto más azorado estaba él, menos azorada estaba ella.

—No me hago ilusiones pensando que voy a conseguir tu clase de vida sexual —prosiguió—. No quiero tener cientos de amantes, gracias. Pero tengo que empezar por algún sitio. Romper el hielo, ¿sabes? Así que pensé… ¿por qué no en Key West? Aquí nadie me conoce…

—¡Y un cuerno que no! Yo te conozco. Julie te conoce.

—Julie siempre me dice que salga más…

—Se refiere a que vayas al cine, o a un partido de béisbol de los Sox. No que te vayas a los bares a enrollarte con tipos elegidos al azar —le espetó él, con una actitud de hermano mayor—. Por el amor de Dios, Jan, ese es un buen modo de desaparecer sin dejar rastro.

—No soy tonta, Mick. Soy capaz de distinguir a una persona normal de un psicópata. Además, no espero que todo suceda a la primera —dijo ella, razonablemente—. Empezaré flirteando un poco. Tal vez, ensayando por aquí y por allá, entrenándome para cuando suceda el gran acontecimiento.

Él le clavó una mirada llena de dureza.

—¿Es que no tienes ni la más mínima idea de todas las enfermedades que hay por ahí?

Mick se paseó por la tienda de regalos, mirándolo todo sin ver nada, con los puños apretados en los bolsillos y un nudo de frustración en el estómago.

Sin duda, Jan Marone era la persona más obstinada que había conocido.

Tal vez la gente pensara que era una pusilánime porque nunca se quejaba de nada. Porque todavía vivía en casa con su madre. Porque estaba muy protegida y era dulce e inocente.

Ja. La verdadera Jan sabía plantarse cuando quería algo de verdad. Y, aquel día, ella se estaba superando a sí misma, primero, empeñándose en que compartieran habitación y, después, enredándolo para que la ayudara en su escapadita sexual.

Se había resignado al hecho de compartir habitación, pero ¿a pasar la velada de después de la cena en un bar de Duvall Street? Jan no tenía ni idea de en qué se estaba metiendo. Aquel sitio estaba lleno de tipos que querían llegar, ver, vencer… y largarse.

Sin embargo, no hubo forma de convencerla de lo contrario, como había comprobado durante la media hora que habían pasado en la habitación, así que iba a tener que ir con ella para impedir que se metiera en un lío.

—Eh —le dijo ella, tocándole el codo con sus dedos cálidos.

Mick se volvió a mirarla, y se le desenfocó la vista.

Dios Santo.

Ella sonrió con timidez e hizo una pequeña reverencia.

—¿Qué te parece?

Le parecía que… Le parecía que…

No podía pensar. Solo podía mirarla.

Pasaron unos segundos.

La sonrisa de Jan se convirtió en un gesto de incertidumbre. Se frotó los brazos.

—Parezco una boba, ¿no?

Él se recuperó.

—No, en absoluto. Me he… —«excitado al instante»— quedado sorprendido. No estoy acostumbrado a verte tan… —«provocativa»— sexy.

Entonces, ella sonrió.

—¿Estoy sexy?

Él sonrió también, con tristeza, añorando los viejos tiempos, cuando Jan llevaba un moño y camuflaba su delicado cuerpo con jerséis de tallas grandes y faldas que le llegaban por los tobillos.

Entonces, él no tenía que preocuparse por si cada macho con el que se topaba la desnudaba con los ojos. Sin embargo, aquella noche Jan llevaba el pelo suelto, y lo tenía tan brillante como el oro. Se había puesto una camiseta blanca de tirantes, con lentejuelas, y una minifalda color morado que no dejaba nada a la imaginación.

Era como si llevara un letrero luminoso que decía: ¡Fóllame contra la pared!

—Vamos —dijo él, con tirantez, preguntándose cómo demonios iba a conseguir cenar algo si tenía aquel nudo en el estómago.

Le pasó un brazo por los hombros a Jan y saludó a Barbie con la mano al pasar por la recepción. Sin embargo, fuera, en la calle, apartó el brazo y se alejó de ella un par de pasos. Los hombros de Jan eran demasiado suaves, y su olor a fresa, demasiado seductor.

Aquella noche, su misión era protegerla, no babear en su cuello.

Y el trabajo estaba expresamente hecho para él. El restaurante estaba tan solo a una manzana del hotel, pero no habían recorrido ni la mitad de esa distancia antes de que tres tipos empezaran a caminar hacia ellos.

Seis ojos se clavaron en Jan, en sus piernas, su pecho y su melena de seda. Aquello no era más que una muestra de cómo iba a ser la noche que le esperaba, cuando una muchedumbre de idiotas borrachos y rijosos leyera el letrero luminoso que Jan llevaba en la frente y creyeran que lo decía en serio.

Mick se puso muy tenso. La tomó de la mano y miró fulminantemente a los tres idiotas, con la esperanza de que no fueran tan tontos como para no captar el mensaje: «Si la rozáis, aunque solo sea con la respiración, os despedazaré y pisaré vuestros restos en la acera».

Lo entendieron, y pasaron al lado de Jan sin incidentes. Sin embargo, Mick notó que se le tensaba aún más el nudo del estómago.

Sin soltarle la mano al entrar al restaurante, recorrió y analizó todo el local con la mirada. ¿Salidas de emergencia? Dos, con señales adecuadas. ¿Idiotas? Ninguno. Gente mayor, bien vestida, y cien por cien emparejada.

Giró los hombros para aliviarse la tensión de los músculos. Un alivio temporal.

La maître les señaló el bar del patio, que era bastante espacioso y tenía el suelo de losas de piedra. Había palmeras con el tronco adornado con guirnaldas de luces diminutas. Julie y Cody estaban sentados a la barra, en sendos taburetes, tomando una copa.

Julie se bajó de su asiento y abrazó a Jan.

—¡Dios mío! ¡Estás increíble!

Mick miró a Cody, que tenía los ojos muy abiertos. Cody miró a Mick con una expresión que quería decir: «¡Madre mía!». Mick se encogió de hombros con impotencia, respondiendo: «Dímelo a mí».

Apareció la camarera, y Cody pidió otra cerveza. Jan probó la margarita de Julie, se relamió, soltó una risita y pidió una.

Mick pidió un refresco. Aquella noche necesitaba estar en pleno dominio de sus facultades.

—Me encanta esto —dijo Julie, señalando la ropa de Jan.

Jan se ruborizó. Seguramente, era la primera vez que alguien le dedicaba un cumplido a su forma de vestir.

—Lo he comprado esta mañana, de camino al aeropuerto.

—No es tu estilo de siempre, y lo digo en el mejor sentido —dijo Julie, con una sonrisa.

—A mi madre no le va a gustar.

Pues no, pensó Mick. Si fuera por su madre, Jan todavía estaría jugando con muñecas.

—Bueno, pues a mi madre le va a encantar —dijo Julie. Ellen Marone era lo contrario a la madre de Jan. Ambas se habían casado con dos hermanos que habían muerto demasiado jóvenes. Sin embargo, eso era lo único que tenían en común—. Querrá saber dónde te lo has comprado, y si tienen su talla.

Jan sonrió con una satisfacción enternecedora.

—Y tú… —dijo Julie, señalando a Mick con un dedo—. Vi la ceremonia en la televisión. El alcalde, poniéndote una medalla en el pecho.

Cody le dio una palmada en el hombro.

—Eres un héroe. Todo el mundo salió corriendo, pero tú te metiste en medio de las llamas.

Mick se ruborizó. ¿Por qué no dejaba la gente de hablar de ello? Él hacía su trabajo, luchaba contra el fuego y ayudaba a las víctimas. Fin de la historia.

Bueno, no era el fin exactamente, pero nadie tenía por qué saber lo de las pesadillas. Julie arqueó una ceja hacia él.

—He oído decir que te han llamado los de Gap. No me extraña. Estabas increíblemente guapo en ese podio.

—Mira quién fue a hablar —respondió él. Julie tenía la misma piel blanca y la misma belleza natural que todas las chicas de la familia Marone, incluida su hermana Amelia.

Para algunos, tal vez Jan hubiera sido la menos agraciada de todas, pero, seguramente, no la estaban viendo en aquel momento. Para él, ella siempre había sido preciosa, pero aquella noche brillaba como Cenicienta vestida para el baile.

O, más bien, medio vestida para el baile.

Apretó los dientes.

Las mujeres empezaron a hablar de la boda, y Cody le dio un codazo.

—Ya puedes espabilarte —le dijo, en voz baja; al ver que Mick se quedaba boquiabierto, lo miró con lástima—. ¿Es que no te das cuenta de que es obvio? Vamos, lo sabe todo el mundo.

¿Todo el mundo?

—Todo el mundo, menos Jan —continuó Cody, como si le hubiera leído el pensamiento—. Y solo porque nunca se le ha pasado por la cabeza que pudiera gustarte a ti. Pero, después de esta noche, tal vez empiece a darse cuenta.

—Y un cuerno. Yo nunca me aprovecharía de ella.

Cody abrió unos ojos como platos.

—Eso ya lo sé. Lo que quiero decir es que, cuando empiece a enseñar eso —explicó, moviendo la botella de cerveza hacia Jan— por la ciudad, va a darse cuenta muy rápidamente de que los tíos quieren lo que tiene.

A Mick se le encogió la garganta. Cody tenía razón. Jan iba a emocionarse como si fuera una niña en una tienda de chucherías. Y, como no tenía ninguna experiencia para distinguir entre los tipos a los que les gustaba de verdad y los tipos a los que les gustaría acostarse con ella, se arrojaría a los brazos del primero que tuviera un pico de oro para seducirla.

Él no podía permitir que sucediera aquello. Y no porque estuviera celoso.

Aquello no tenía nada que ver con los celos. Era más bien por todas las cosas que podían salir mal: dolor, enfermedad, violación, embarazo no deseado. Jan no vería llegar nada de aquello. Aunque fuera lista, era demasiado buena como para entender la depravación de los hombres.

Se adentraría por el camino de la destrucción como un cervatillo que se colocaba delante de un rifle.

La camarera les llevó las bebidas y Jan le dio un sorbito a su margarita. Era deliciosa. Decidió ponerla en la corta lista de los cócteles favoritos de la nueva Jan.

Se la puso delante a Mick.

—¿Quieres probarla?

Él le dio un sorbo.

—Está muy fuerte —dijo él—. No deberías tomar más de una copa esta noche.

Ella puso los ojos en blanco.

—Aguafiestas —respondió.

Sin embargo, sintió lástima de él. El pobre estaba intentando asimilar a la nueva Jan, pero no lo conseguía.

No fue dura con él porque Mick tenía un gran corazón, y siempre había sido muy bueno, no solo con ella, sino también con su familia, a la que conocía desde siempre.

Era agradable incluso con su madre, aunque tuviera que morderse la lengua. Mick estaba completamente convencido de que su madre la obligaba a vivir con ella. Y, hasta cierto punto, era cierto. Sin embargo, ella sabía que su propio temor a independizarse también tenía mucho que ver.

Y, sinceramente, nunca había tenido un motivo de peso para marcharse. Su madre era exigente, sí, pero nunca le había reprochado que saliera con Mick, seguramente porque sabía que, mientras estuviera con él, no estaría enamorándose de alguien que se la llevaría de su casa.

Sin embargo, todo estaba a punto de cambiar. Estar con Mick era estupendo, pero ella quería mantener una relación seria con alguien y, para eso, también necesitaba una casa propia. Y, casualmente, la nueva Jan tenía echado el ojo a un apartamento pequeño, pero muy luminoso, y situado en medio de Back Bay.

Decírselo a su madre iba a ser duro. Y Mick también iba a quedarse asombrado. Él estaba acostumbrado a que ella estuviera cerca, siempre disponible para tomarse una cerveza con sus amigos en O'Reilly's o para ir a su casa a ver *The Walking Dead*. Se iba a caer de la silla cuando le dijera que había hecho gestiones para alquilar su propio apartamento.

Aquella era la primera fase del Plan de la Nueva Jane. En la segunda fase, su trabajo de auxiliar administrativo de Julie iba a convertirse en una carrera profesional con el puesto de socia minoritaria de la empresa de Julie.

Julie era una de las mejores agentes inmobiliarias de Boston, y llevaba varios meses instándola a que se sacara la licencia de agente inmobiliaria. Y, por fin, ella había hecho el examen la semana anterior. Eso también iba a ser una sorpresa para Mick, que siempre se estaba quejando de que ella estuviera desaprovechando su capacidad de vender arena a un beduino.

Estaba a punto de darle la buena noticia cuando llegó la maître para acompañarlos al comedor. Julie había reservado una mesa redonda para ocho. Amelia y su marido, Ray, llegaron un minuto después.

Cuando Amelia vio a Jan, se quedó asombrada. A Ray se le salieron los ojos de las órbitas.

—Está guapísima, ¿verdad? ——dijo Julie con deleite.

—Eh… sí —dijo Ray, y sonrió a Jan—. Siempre supe que había una preciosidad bajo esas camisetas tan grandes.

—No es una preciosidad —dijo Amelia—. ¡Es una diosa!

—Y —añadió Julie con orgullo—, por fin, se ha sacado la licencia de agente inmobiliario.

Mick se giró hacia ella.

—¿De verdad?

Su expresión dolida hizo que a Jan se le borrara la sonrisa de la cara.

—Estaba esperando hasta que me la dieran para decírtelo —respondió ella—. Creía que te ibas a alegrar por mí.

Él miró de reojo a Cody, con las mejillas ruborizadas.

—Y me alegro —dijo, en voz baja—. De verdad. Es estupendo.

Julie le dio un codazo.

—¿Y qué te parece su nuevo apartamento? Normalmente, yo no gestiono alquileres, pero era demasiado bueno como para dejarlo pasar.

Mick pestañeó. Claramente, se había quedado desconcertado.

Jan rodeó la mesa para acercarse a él.

—Todavía no he firmado el contrato —le dijo, en voz baja—. Estaba esperando para decírtelo…

—Claro —dijo él, con tirantez, y con un mundo de dolor en una sola palabra.

—Lo siento —dijo ella, y le acarició el brazo, haciendo que girara para alejarlo un poco de los oídos de todo el mundo—. Quería que fuera una gran sorpresa, ¿sabes?

—Y lo ha sido —respondió Mick, con sequedad. Después, exhaló un suspiro de resignación—. Lo único que pasa es que lo estás cambiando todo de repente, a la vez.

Ella sonrió.

—Ya te lo dije. La nueva Jan.

—¿Qué tenía de malo la antigua Jan?

—¿Te refieres a la antigua Jan que vive con su madre y que se escondía bajo una ropa deforme, y todas esas cosas con las que te encantaba picarme?

Él se pasó una mano por el pelo. Movió los pies. Se frotó el estómago.

Pobre Mick. Ella le clavó el dedo.

—Tú siempre me has dicho que…

En aquel momento, un movimiento captó su mirada. Miró más allá de Mick, y el resto de la frase se evaporó de su lengua a medida que un vaquero alto y desgarbado aparecía en escena.

Solo podía ser el hermano de Cody, Tyrell. Ella había oído hablar de él. Un metro ochenta y cinco de atractivo, con el pelo rubio, los ojos del color de la miel y una sonrisa hipnótica.

Jan oyó la lejana voz de Mick, que decía algo insultante sobre el hecho de llevar botas de cowboy en Key West, pero al instante, Tyrell estaba estrechándole la mano a ella y diciéndole que estaba encantado de conocerla y que era una monada.

Ella soltó una risita. Y otra. Y, seguramente, dijo cómo se llamaba, pero no estaba segura.

Había caído en un estado de catatonia parecido al conocer a Cody. Los dos hermanos eran impresionantes.

¡Vaya!

La prometida de Tyrell, Vicky, se mostró comprensiva. Le dio unas palmaditas a Jan en el brazo.

—Tiene ese efecto —le dijo, en voz baja—, pero, créeme, se pasa rápido.

Diez minutos después, Jan seguía sin estar de acuerdo. Todavía estaba mirando de reojo a los dos hermanos, que estaban sentados uno junto al otro.

Mick no disimiló su disgusto con ella.

—Deja de mirar ya, ¿quieres? —le susurró con enfado—. No vas a empezar tu odisea sexual con los hermanos Brown. Están comprometidos. Y son casi de la familia.

Jan apartó los ojos de ellos y fulminó a Mick con la mirada.

—Lo sé perfectamente, listo. Pero, si no lo fueran…

—Por favor —dijo él, poniendo los ojos en blanco—. Esos tipos tienen demasiada experiencia para una principiante.

—No soy una principiante. Yo ya he…

Él alzó una mano para indicarle que no quería saber los detalles.

—Pues entonces, tienen demasiada experiencia para una amateur.

—Y por eso mismo —replicó ella, con una sonrisita de suficiencia—, es por lo que yo necesito adquirir más experiencia. Fin de la discusión.

—Jan, cariño —dijo Amelia—, me encanta tu nuevo look.

—Gracias —respondió Jan, y se enorgulleció un poco, de una manera que él había visto enorgullecerse a las adolescentes cuando les hacían un cumplido sobre su ropa.

—¿Es que no te habías enterado? —intervino Mick con malicia—. Es el Plan de la Nueva Jan. Todo el mundo habla de él. El doctor Phil está haciendo una serie completa…

—Eres un idiota —le dijo Jan, y lo acalló de un codazo.

Amelia se quedó pensativa.

—El Plan de la Nueva Jan. Me gusta —dijo, y sonrió bondadosamente—. Aunque no sería necesario que cambiaras nada, cariño. Pero puedes contar con Ray y conmigo para apoyarte. ¿Verdad, Ray?

Ray alzó su cerveza.

—Yo apoyo firmemente a las mujeres con minifalda.

—Sobre todo cuando están subiendo unas escaleras —dijo Tyrell. Sonrió a Jan, y a ella le ardieron las mejillas, y el resto del cuerpo, también.

Mick murmuró algo entre dientes; algo sobre que los texanos deberían quedarse en Texas con los demás texanos, que era su sitio. Jan lo miró con reprobación.

—¿Qué te pasa?

—No me pasa nada, salvo que me molesta ese acento texano. Parece que tiene la boca llena de algodón.

—Eso lo dirás tú. El acento texano es oro puro. Si tú tuvieras ese acento… Bueno, en realidad, las mujeres ya revolotean lo suficiente a tu alrededor. El acento sería un desperdicio en ti.

—De todos modos, yo no querría tenerlo. Suena falso —dijo, y habló al oído de Jan imitando el acento texano—: ¿Cómo está, señora? Acabo de llegar, he llevado a pastar a los toros por mi rancho —susurró, y soltó una carcajada cínica—. Como si fuera tan difícil sentarse en un caballo y empujar a unas cuantas vacas tontas por un campo…

Tyrell eligió aquel momento para levantarse de la silla.

—Me gustaría hacer un brindis —dijo—. Por la novia, una preciosa dama que además tiene el corazón de oro. Julie, cariño, bienvenida a la familia.

Cody se inclinó hacia ella y la besó, mientras todo el mundo entrechocaba las copas.

Pero Tyrell no había terminado.

—Cuando éramos pequeños, en el rancho, yo habría dado cualquier cosa por tener una hermana. Alguien que fuera más menuda que yo, alguien a quien Cody pudiera meter en un saco de heno, o balancearlo desde el pajar, o meterlo en la pila de estiércol, en vez de hacerme esas cosas siempre a mí.

Sonrió, y Jan se derritió.

Mick gruñó desdeñosamente.

—Hablar de estiércol en un brindis…

Ella lo ignoró, y siguió escuchando con atención las palabras de Tyrell.

—Por fin se ha hecho realidad mi deseo —continuó él, y sonrió a Julie—. Tengo una hermana pequeña que distraiga a mi hermano mayor. Y, Julie, querida, tienes toda su atención. No ha vuelto a empujarme a la pila de estiércol desde que te conoció.

Todo el mundo se echó a reír, salvo Mick. Pasó un brazo por el respaldo de la silla de Jan, se inclinó hacia ella y le dijo al oído:

—En cualquier momento se pondrá a hablar de su caballo…

—¡Shhh!

—No puedes pensar en serio que ese tipo es divertido.

—Pues sí —respondió ella, en un susurro furioso—. Y me parece que estás celoso porque está tan bueno como tú. O quizá, más.

¿Celoso, él?

¿Más bueno que él?

Mick se recostó en el respaldo de su silla e hirvió de ira, observando cómo Jan observaba a Tyrell mientras hablaba de, tal y como era de esperar, su caballo.

Cuando, por fin, el tipo se sentó, todo el mundo aplaudió. Le aplaudieron, por el amor de Dios, como si fuera Jimmy Kimmel, o algo por el estilo.

Amelia se puso en pie para hacer un brindis para Cody, pero Mick ni siquiera la oyó. Estaba tan concentrado en Jan que casi podía escuchar los latidos de su corazón.

Estaba preciosa y resplandeciente, y él pensó que siempre había dado por sentada su belleza y se había alegrado de que fuera invisible para todos los demás, como si estuviera reservada para él.

Como si ella fuera solo para él.

Sin embargo, su belleza siempre había estado allí, tan solo oculta bajo la superficie, esperando a que ella apartara la pantalla y la dejara brillar. No había hecho falta demasiado. Jan solo había tenido que soltarse el pelo y cambiarse de ropa para sacarla a la luz.

Bueno, no era eso exactamente. El verdadero cambio, el que había llamado la atención de todo el mundo, era su cambio de actitud.

Por primera vez, Jan estaba dispuesta a brillar. Lo que invitaba a hombres y a mujeres a mirarla no era su pelo, ni su ropa, sino la postura de sus hombros y la elevación de su barbilla.

Ella todavía no sabía lo que tenía, pero iba a saberlo muy pronto, cuando algún gracioso como Tyrell Brown empezara a jadear sobre ella.

Bueno, para ser sincero, Brown no estaba jadeando sobre ella. En realidad, no tenía ojos más que para Vicky, como si el sol saliera y se pusiera por su rostro. Pero se había fijado en Jan, y se lo había hecho saber.

Por supuesto, a ella se le había subido a la cabeza. Y ocurriría lo mismo con cada tipo que se acercara a ella. Ella perdería la poca perspectiva que tenía, y cometería un trágico error tras otro.

Era un apocalipsis inminente.

Todos volvieron a aplaudir, y Amelia se sentó. Alguien le puso un plato delante. Una ensalada con pequeños pedacitos de naranja. Se la comió como un robot.

Alguien le dio una patada en la espinilla. Alzó la vista y se encontró con Ray, que lo miraba fijamente.

«Dios mío, Cody tiene razón. Todo el mundo lo sabe».

—Parece que los Sox van bien esta temporada —dijo Ray, con la evidente intención de llevarlo de vuelta a la mesa—. El lunes vamos a ir a Fort Myers a ver el entrenamiento. ¿Te apetece venir?

Mick negó con la cabeza.

—No puedo. El martes vuelvo al trabajo.

—¿Te tomaste días libres después del incendio?

El incendio. Como si no viera incendios todos los días. Pero sabía a cuál se refería Ray. El único incendio del que hablaba todo el mundo.

—Me apartaron unas semanas del servicio —dijo—, porque una viga me golpeó la cabeza.

—¿Tuviste conmoción cerebral?

—Eso me dijeron —respondió Mick, encogiéndose de hombros. No se habría enterado de que la tenía si no lo hubieran obligado a ir al hospital.

A su lado, a Jan se le escapó otra risita. Él la miró. Estaba inclinada hacia delante y miraba con los ojos muy brillantes a Cody, que estaba deleitando a las chicas con historias de su juventud, mientras Tyrell hacía comentarios que tenían a todo el mundo en ascuas.

Ray volvió a darle una patada.

—¿Por qué no se lo dices?

Mick se hizo el tonto.

Ray puso los ojos en blanco y levantó la barbilla en dirección a Jan.

—Los buenos tiempos han terminado, amigo. Tienes veinticuatro horas, o menos, antes de que empiece la competición. Es hora de que saques la cabeza de la tierra y des un paso adelante.

Sí, claro. Jan no iba a darse cuenta de que él estaba dando un paso adelante. Además, no quería hacerlo. Ella no estaba interesada en él; si lo estuviera, ella misma habría dado ese paso. ¿No?

—Ella cree que tú estás fuera de su alcance —dijo Ray.

Parecía que aquella noche todo el mundo podía leerle el pensamiento.

Mick dejó de hacerse el tonto.

—Lo dudo. Y, si piensa eso, lo ha entendido al revés.

—Sí, en eso estoy de acuerdo —dijo Ray, sonriendo ante la consternación de Mick—. Pero nunca es tarde para reformarse.

Para Ray era fácil decir eso. Ray no lo conocía de verdad. Ninguna de aquellas personas lo conocía de verdad.

Por supuesto, todos sabían que salía mucho. A su hermano le gustaba decir que aparcaba todas las noches su erección en un garaje distinto. Lo cual era una exageración, pero, de todos modos...

Lo que parecía que nadie comprendía era que, para él, aquella interminable vida sexual había dejado de ser divertida hacía mucho tiempo. Ya solo era… necesaria. Para él, el sexo era como el aire para respirar. Lo necesitaba.

Su médico le había asegurado que no le ocurría nada malo, que simplemente tenía unos impulsos sexuales muy fuertes, y que echaría de menos aquella etapa cuando sus niveles de testosterona descendieran, algún día.

Por el momento, Mick se ocupaba de su problema manteniéndose activo, cosa que le creaba muchos otros problemas con amantes despechadas.

Y, en cuanto a El Incendio del que todo el mundo hablaba, él habría dado un testículo con tal de olvidarlo.

Así que, no, no iba a dar un paso adelante para conquistar a Jan. Se sentía muy celoso, pero también estaba orgulloso de ella, y se alegraba de veras de que dejara atrás su antigua piel y le enseñara al mundo que era una mujer increíble, cosa que él siempre había sabido.

Lo que menos quería era cargarla con un bombero fracasado que no era capaz de mantener el pene guardado en los pantalones. Aunque ella lo deseara.

Cosa que no era cierta, porque, de lo contrario, la misma Jan habría hecho algo al respecto mucho tiempo antes.

¿No?

La brisa cálida se metió bajo la falda de Jan y le hizo cosquillas en los muslos desnudos. Aquella era una sensación desconocida para ella, pero muy sexy.

Le gustó.

También le gustaba sentir el brazo de Mick alrededor de su cintura.

Aunque él no pretendiera nada con aquel gesto. Solo pretendía no perderla, cosa nada fácil a las diez de la noche en Duvall Street. Las aceras estaban llenas de gente que iba y venía a la vez, empujándose y tambaleándose, entrando y saliendo de los bares abarrotados.

Aquello era una locura. Había más gente y más ruido que el Día de St. Paddy, en South Boston. No era su ambiente favorito. Sin embargo, aquella noche seguía caminando, disfrutando de las miradas que le echaban los chicos por primera vez en su vida. Iban de dos en dos, o en grupo, establecían contacto visual con ella, le sonreían de manera sugerente e incluso le silbaban.

¿Se habría dado cuenta Mick de toda la atención que atraía? Seguramente, no, porque él también tenía muchas chicas guapas a las que mirar, chicas que pestañeaban y que se rozaban con él como si fuera por accidente.

Ella alzó la vista y lo miró. Sorprendentemente, él estaba ignorando a las chicas, y solo miraba a los chicos. Y la expresión de su cara quería decir: «Si se te ocurre tocarme las narices, vas a morir».

Ella le dio un codazo, y él bajó la mirada.

—¿Qué?

—¿Estás bien? —le preguntó.

—Maravillosamente —respondió Mick, y volvió a mirar de forma asesina a la gente que pasaba junto a ellos.

Jan se detuvo y se colocó delante de él. La corriente la empujó, y chocó contra su pecho. Después, el movimiento de la gente los separó. Él saltó detrás de ella y la abrazó con ambos brazos.

—Este sitio es como un zoológico —dijo él, gruñendo. La sujetó contra su costado y se abrió paso entre la multitud, con el hombro, hasta que llegaron junto a la pared del bar más cercano.

Junto a ella, la gente entraba y salía por la puerta doble, que estaba abierta de par en par, y la música salía a la calle y se mezclaba con el alboroto.

Él apoyó las manos en la pared, a ambos lados de su cabeza, y la atrapó con su cuerpo, soportando los empujones para que ella no tuviera que hacerlo.

—¿Qué problema hay? —le preguntó—. ¿Por qué te has parado?

Ella le tocó la frente con la muñeca. No tenía fiebre, tenía los ojos demasiado brillantes.

—¿Te sientes enfermo? —le preguntó.

—Me siento enfermo por tener que aguantar a tanta gente.

—Eres un gruñón. ¿Quieres volver a la habitación?

—No me lo digas dos veces —respondió él, con una sonrisa tan brillante como el sol—. Vamos.

—No, me refería a ti. Yo me quedo. Tal vez tome una copa.

De nuevo, su semblante se volvió oscuro, sombrío y severo.

—Está bien —dijo—. Si quieres tomar una copa, tomaremos una copa.

Volvió a la circulación, llevándola hacia delante mientras inspeccionaba los bares desde la entrada. Al final, se decidió por uno que solo estaba lleno, y no abarrotado hasta la bandera.

—No cumple ni unas mínimas medidas de seguridad contra incendios —dijo malhumoradamente, mientras luchaban por entrar por la puerta. Enganchó su mano al cinturón, por la espalda, y la miró con seriedad—. No te sueltes.

Entonces, se dirigió hacia la barra, abriéndose paso con el hombro entre los cuerpos, tirando de ella.

Jan lo siguió hasta que alguien la agarró del brazo. Era un chico que llevaba una camiseta de los Yankees y el pelo muy corto.

—Hola, guapa. Tienes un pelo precioso.

Alargó el brazo para acariciarle la melena, pero Mick se adelantó y se plantó delante de él.

—Está conmigo.

—Lo siento, colega —dijo el muchacho, elevando las manos, y se alejó.

Ella se encaró con Mick.

—¿Por qué has hecho eso?

—Por Dios, Jan, ese tío solo iba detrás de una cosa.

—Igual que yo.

—No, tú no. No eres consciente de lo que dices —replicó él, pasándose las manos por el pelo con desesperación—. Piénsalo bien, Jan. Muchos de estos chicos todavía están en la universidad. Son jóvenes, tontos y egoístas. No pueden darte la experiencia que necesitas.

Sinceramente, ella estaba pensando lo mismo. Además de jóvenes, tontos y egoístas, la mayoría estaban borrachos. Ya se había enrollado antes con chicos borrachos, y no había sido muy divertido.

Se mordió el labio, y vaciló.

Entonces, Mick se inclinó hacia ella, y su barba incipiente le rozó la mejilla. Jan notó su respiración cálida en la oreja. Inhaló su olor…

Y él dijo:

—Maratón de *The Walking Dead*.

Ella se apartó y se quedó mirándolo fijamente.

—¿Ahora? ¿De verdad? No puede ser… ¿Por qué no me lo habías dicho?

Él se encogió de hombros.

—Estabas decidida a hacer esto.

Ella siguió su mirada por el local atestado. Hombres y mujeres se movían por la pista con cara de embriaguez y lascivia. Se oyeron unos vítores mientras dos borrachos llevaban a una rubia hacia la barra del bar. Ella empezó a hacer movimientos lascivos con las caderas. Ellos empezaron a silbar.

Jan se giró hacia Mick. Él enarcó una ceja. Tenía una media sonrisa en los labios.

¿Borrachos y libidinosos, o Mick y los zombis?

Señaló la puerta con un dedo.

Una vez de vuelta en la habitación, Mick dudó de la sabiduría de su estrategia. Aquel maratón de *The Walking Dead* le había parecido una gran idea en el bar lleno de borrachos.

Sin embargo, en aquel momento, se dio de bruces con la realidad. Para ver el maratón de la serie, tendrían que tumbarse en la cama.

Y, aun así, se habría enfrentado a algo peor con tal de sacarla de aquel bar. Cuando había visto a aquel chico intentar manosearla…

Sacó una cerveza del frigorífico y se la pasó por la frente. Sabía muy bien lo que tenía en la cabeza aquel muchacho. Él había tenido los mismos pensamientos muy a menudo.

Jan salió del baño.

—Te toca —dijo.

Sin pensarlo, él la miró.

Pantalones cortos de algodón y camiseta de algodón.

No debería estar sexy con aquella ropa, pero lo estaba.

Jan quitó la manta de la cama.

—Hace demasiado calor para esto, ¿no?

Él emitió un gruñido. Claro que hacía calor. Él estaba sudando.

Ella dobló la manta y la colocó a los pies de la cama y, por fin, de una vez, metió sus esbeltas piernas bajo la sábana.

—¿Puedo ponerme a este lado? Siempre tengo que ir a hacer pis por la noche, y no quiero tener que pasar a gatas por encima de ti mientras estás dormido.

—Sí, claro —respondió él, como si nada. Como si al pensar en ella gateando sobre él no se le hubiera hinchado la cremallera del pantalón.

Lleno de lujuria y desesperación, le dio un sorbo a la cerveza y observó de reojo la acción sobre la cama.

Ella se echó el pelo hacia atrás, y la luz de la lámpara de la mesilla lo hizo brillar. Se estiró para tomar el mando de la televisión, de modo que la camiseta se le estiró por las costillas. Se giró para ahuecar los almohadones de la cama, de modo que una de las nalgas asomó por el bajo de sus pantaloncitos cortos de algodón...

Él apartó los ojos, lentamente, como si fuera la cinta aislante de un paquete.

Después, apuró la cerveza y volvió al frigorífico a tomar otra.

—¿Me pasas una?

Él se la llevó. Por fin, ella dejó de moverse, gracias a Dios. Se recostó contra los almohadones, con la sábana doblada sobre el regazo, y cambió uno a uno los canales.

Con los ojos fijos en la pantalla, tomó la cerveza sin mirar y, por un momento, su mano cálida apretó la palma de Mick contra la botella fría. El contraste fue insoportablemente erótico.

Ella, completamente ajena a su agonía, encontró el canal.

—Ya van por la tercera temporada —dijo—. El gobernador.

Le lanzó una sonrisa y agitó la cerveza. La botella goteó en su pecho. Mick siguió las gotas con la mirada, vio como rodaban lentamente por el algodón blanco. Desde tan cerca, la camiseta parecía casi transparente.

—Necesito darme una ducha —murmuró, y entró en el baño.

Se metió en la cabina y, rápidamente, se hizo cargo del problema con la mano enjabonada. Durante diez segundos, se permitió fantasear con la preciosa chica que estaba en su cama, acariciarle los pechos y succionarle los pezones rosados que sobresalían en la tela.

Entonces, se quitó a Jan de la cabeza y apoyó la frente en la pared, y se obligó a pensar en la rubia obscena del bar, mientras se aliviaba salvajemente.

Aquello debería haberle proporcionado, al menos, una hora de paz. Pero, no. En cuanto terminó con la rubia, ella desapareció.

Y en su mente volvió a aparecer Jan, con su camiseta transparente.

Se secó con fuerza la cabeza y se miró al espejo.

«Puedes conseguirlo. Solo tienes que quedarte tumbado en la cama. Piensa en perritos y gatitos, y no la toques. No la mires. Y no te quedes dormido bajo ningún concepto».

No quería que Jan supiera que era un cerdo que no podía tumbarse en la cama sin babear por ella. Pero tampoco quería que supiera que era un cobarde que no podía cerrar los ojos sin tener una pesadilla espantosa.

No podría vivir con eso.

Irguió los hombros y resumió su estrategia: No mirar. No dormir. Perritos y gatitos.

Fue al frigorífico sin mirar, sacó una cerveza y se quedó en pie, mirando la televisión sin verla.

Tenía que acostarse. Por desgracia, la cama estaba pegada a la pared, y tendría que subir al colchón por el final y gatear para acostarse, sin salirse de su lado, lo cual debería ser fácil, puesto que Jan apenas ocupaba unos cuarenta centímetros…

Notó el golpe de un almohadón en la nuca.

—Mick, que no muerdo —dijo ella, y sonrió cuando él la miró con cara asesina—. Sé que es raro, pero, vamos, soy yo.

En resumen, aquel era el problema.

Sin embargo, en cierto sentido, Jan tenía razón. Era ella, su mejor amiga desde la infancia. Por supuesto, nunca habían dormido en la misma cama, pero habían compartido casi todo lo demás. Sabían estar juntos, porque llevaban juntos desde hacía décadas. De hecho, tener cerca a Jan había convertido el tener novia en algo superfluo. Aparte del sexo, ella era toda la compañía que necesitaba.

Él recuperó las viejas costumbres y la señaló con la botella.

—Si roncas, te tiro al suelo.

Ella alzó la nariz.

—Yo no ronco.

—Ya lo veremos. Estás advertida.

Se subió a la cama, ocupó su lugar y se apoyó contra el almohadón. Después, miró la pantalla.

«¿Lo ves? Esta noche no es distinta a las demás. Zombis y cerveza. Es como si estuviéramos en mi sofá».

Un zombi recibió un golpe en un ojo. La sangre salpicó todo, los trozos de carne volaron.

—Ojalá tuviéramos una buena pizza —dijo Jan, como era de esperar.

Mick se relajó. Se sintió cómodo. El episodio terminó, y vieron otro. Tomaron más cerveza. Hablaron con la televisión. Analizaron a Rick y a la banda como si la serie estuviera basada en una obra de Shakespeare en vez de en un tebeo.

Y se rieron. Aquella fue la mejor noche de la semana, hasta el momento.

Entonces, él la miró justo cuando ella levantaba los brazos para apartarse la melena de los hombros. Su camiseta se puso tirante y los pezones se marcaron en la tela, y el deseo se apoderó de él otra vez y le atenazó la garganta en mitad de una frase.

Ella bajó los brazos, pero ya era demasiado tarde. La testosterona se derramó por sus venas. Su pene se endureció y comenzó a latir.

Jan lo miró, formando palabras con la boca, pero él no pudo oírlas por encima del rugido de la sangre en sus oídos.

Por eso, precisamente, él no era bueno para ella. Jan era Blancanieves, y él era todos los siete enanitos, deseando que hubiera acción los siete días de la semana.

Lo que él necesitaba era una novia tan sexual como él, pero aquello era una causa perdida. Había conocido a unas cuantas mujeres que estaban a su altura, pero ninguna con la que hubiera querido tener una relación duradera.

Siempre terminaba dejándolas para irse con Jan.

Con Jan, que nunca había mostrado el más mínimo interés. A ella le gustaba estar con él porque se conocían desde pequeños y tenían un nivel de confianza que les permitía estar cómodos el uno con el otro. Para ella, era como estar con un hermano.

Y así debía ser, se recordó, volviendo a pensar en Blancanieves. Jan era demasiado frágil para un tipo como él. Él tenía toda la experiencia que a ella le faltaba, y más. Y su gran apetito sexual le asustaría mucho.

Él lo sabía y lo aceptaba. Y, normalmente, lo soportaba.

Pero, Dios Santo, sus pezones…

Bajó de la cama y fue al baño de nuevo.

Como la excusa de darse otra ducha habría parecido algo muy raro, mordió una toalla mientras hacía lo que tenía que hacer.

Jan alisó la sábana sobre su regazo. Aquello iba a ser más embarazoso de lo que había pensado.

Una cosa era estar sentada en el sofá con Mick viendo la serie y, otra muy distinta, estar tumbados juntos en la cama.

Ni siquiera los zombis conseguían que aquello pareciera normal.

Mick salió del baño y sacó dos cervezas del frigorífico.

—Gracias —dijo ella, mientras él le cambiaba una fría por el botellín vacío.

Él sonrió. Después, subió a la cama y se puso cómodo, con una pierna estirada y la otra flexionada. Posó la cerveza sobre sus abdominales, que eran tan lisos como una tabla. Sus dedos bronceados, con los que sujetaba el botellín, tenían cicatrices blancas.

Jan miró de reojo su cara; fue un error, porque a la suave luz de la lámpara, Mick estaba incluso más guapo de lo normal.

Sus pestañas parecían más largas, sus labios más carnosos y su mandíbula más definida. Y su pelo, despeinado por la ducha, pedía a gritos que se lo apartaran de la frente con los dedos.

Aquella situación no era la ideal para tener una buena noche de descanso.

Y, sin embargo, parecía que Mick estaba tan tranquilo, completamente relajado, mientras que ella sudaba la gota gorda.

Se levantó el pelo del cuello y se abanicó con la melena.

—¿Tú no tienes calor? —le preguntó.

—Sí, claro.

—¿Te parece bien que ponga el aire acondicionado?

—Como tú quieras. Yo estoy bien de las dos formas.

Ella encendió el aire, y comenzó a sonar un suave zumbido.

Comenzó la cuarta temporada de la serie, y la habitación fue refrescándose. Jan se deslizó bajo la sábana.

—¿Tienes frío? —le preguntó—. Puedo apagarlo.

—Como quieras.

¿Por qué se comportaba de aquel modo tan difícil?

Ella le dio unos golpecitos a la almohada.

—Puede que me quede dormida.

—Adelante.

—¿Te importa que apague la luz?

—Si quieres…

Grrr…

La dejó encendida.

—¿Te vas a meter debajo de la sábana?

—En algún momento —respondió él, sin apartar los ojos de la pantalla.

—Este colchón es bastante cómodo —dijo ella, dando un bote con las caderas.

Él tomó un trago de cerveza.

Idiota. ¿Por qué estaba tan tranquilo, mientras que ella tenía los nervios de punta?

—Bueno, ¿y crees que serán felices?

—¿Quiénes?

Ella puso los ojos en blanco.

—¿Quiénes van a ser? Cody y Julie.

—¿Y por qué no iban a ser felices?

—Él es médico, y Julie detesta a los médicos.

Por fin, él la miró.

—Están enamorados. Eso lo arregla todo.

—¿Es que eres de los que piensan que el amor lo conquista todo?

—Debería superar obstáculos tan tontos como lo que hace una persona para ganarse la vida.

Tenía los ojos tan azules, que habría podido perderse en ellos.

En vez de eso, Jan se fijó en el techo.

—Mi madre quiere que me case con un médico. O con un abogado, o con un contable. Con alguien que no arriesgue la vida.

—Es lógico —respondió Mick—. No quiere que sufras como sufrió ella —dijo, y se giró de nuevo hacia la televisión. Le dio un sorbito a su cerveza—. ¿Tú piensas lo mismo?

Buena pregunta. Su madre llevaba tanto tiempo metiéndoselo en la cabeza, que no había sopesado otras posibilidades.

Aunque tampoco había pensado nunca en ponerse un bikini.

¿Y si hubiera campo abierto y pudiera casarse con cualquiera, fuera cual fuera su trabajo? Lo pensó por un instante.

—Depende del hombre en cuestión —dijo, finalmente—. Si le quiero, preferiré que trabaje en algo que le haga feliz. Si resulta que yo no puedo soportar su trabajo, bueno, eso será problema mío.

—Pero, si terminas abandonándolo, también será problema suyo —dijo Mick, y la miró con intensidad—. Le romperías el corazón.

De repente, volvió a hacer mucho calor en la habitación.

Él clavó la mirada en sus labios. Ella tragó saliva. Él, también. Y el movimiento de su nuez dejó a Jan hipnotizada.

Entonces, él se tendió de costado y se apoyó en un codo, de modo que su cara quedó sobre la de ella. Él la observó con los párpados medio cerrados.

—Eres una rompecorazones —dijo él, con una voz muy suave, casi un susurro—. Y ni siquiera lo sabes.

Mientras Jan desaparecía en el baño, ruborizada, Mick se tendió boca arriba de nuevo y gruñó por su propia idiotez.

Se frotó la nuca. Tenía los músculos muy tensos. Demonios, aquello no debería ser tan difícil; Jan y él se habían quedado dormidos en un sofá millones de veces.

La única diferencia era que, al final, alguno de los dos se despertaba y se iba a casa. Eso no iba a suceder aquella noche. Su cerebro lo sabía, y su pene también lo tenía bien claro.

Miró la televisión mientras pasaban los minutos. Michonne cortó algunas cabezas. Daryl atravesó a un zombi con una flecha.

Por fin, Jan salió de puntillas del baño, seguramente, con la esperanza de que él se hubiera quedado dormido.

No, eso no iba a suceder.

Él intentó actuar con normalidad.

—¿Quieres otro botellín?

—No, gracias —respondió ella, y apagó la luz sin mirarlo a los ojos—. Tengo sueño. Buenas noches —dijo, y se tumbó en su lado de la cama, de espaldas a él.

Mick no pudo evitar mirarla; merecía la pena asfixiarse de deseo con tal de poder admirar su silueta a la luz parpadeante que emitía la pantalla. La curva de su cintura y de su cadera.

Por instinto, alargó la mano para acariciar aquellas curvas. Para atraerla hacia sí, para poder adaptar el cuerpo a su espalda esbelta, poner su trasero contra su entrepierna dolorida.

En vez de tocarla, apretó el puño y se lo colocó en la frente.

Nada de tocar.

Y nada de volver a mirarla. Seguramente, ella notaría que sus ojos estaban haciendo unos agujeros en la sábana.

Apartó la vista, apagó la televisión y se deslizó sobre el colchón hasta que estuvo completamente tendido boca arriba. Agradeció el hecho de estar a oscuras, porque no podría verla, y no tendría la tentación de mirarla.

Mientras, pensaría en perritos y gatitos. Tan suaves, tan peludos...

El problema era que oía la respiración de Jan. Era tan entrecortada como la de él, pero no por el mismo motivo; no porque ella lo deseara como él la deseaba a ella, con todas las células de su cuerpo, con todo el pensamiento y todo su aliento.

No; ella estaba respirando agitadamente porque él había estado a punto de abalanzarse sobre su cuerpo y, seguramente, tenía miedo a que volviera a intentarlo.

Debería marcharse. Debería ir a dar un paseo por la calle hasta que amaneciera.

Sin embargo, sabía que, si salía por la puerta, Jan se preocuparía por él y se culparía por haberlo ahuyentado. Se diría a sí misma que había tenido una reacción absurda cuando, en realidad, tenía razón al preocuparse por el animal que había a su lado.

Dios Santo, si supiera el estado en que se encontraba él, tendría miedo de verdad. Estaba tan excitado, una vez más, que no pudo evitar agarrar su miembro. No iba a acariciarse; no había perdido la cabeza completamente.

Solo iba a agarrarse. Quería aferrarse a lo que le quedaba de cordura.

Mick la avisaría si le estaba dando un ataque al corazón, ¿verdad?

Tenía la respiración entrecortada y agitada, y ella habría podido jurar que oía los latidos de su corazón, de lo fuertes que eran.

¿Sería ansiedad? Desde el incendio, había estado muy inquieto. Intentaba fingir que aquel suceso había sido otro asunto más de trabajo, pero eso era mentira. El mejor amigo del trabajo de Mick le había contado la verdad: que Mick se había librado de morir aplastado por unos pocos segundos. Al pensarlo, a ella se le ponía el vello de punta.

Era irónico que el hundimiento de otro techo los hubiera puesto a los dos en la misma cama aquella noche. Y, en aquel momento, tenía la sangre ardiendo. Hirviendo, más bien.

Demonios… Habría podido controlar la situación si Mick no se hubiera puesto en actitud de seducción.

Ella sabía que no quería seducirla, en realidad; para él, aquello solo era un acto reflejo ante el hecho de estar en posición horizontal junto a una mujer.

Sin embargo, para ella era algo devastador. Cuando él la había mirado con aquellos ojos tan brillantes y le había susurrado aquellas palabras que ella nunca hubiera esperado, se habían abierto todas las compuertas.

Todo su cuerpo había reaccionado, instantáneamente, instintivamente. El deseo se había apoderado de su cuerpo y la había empapado. El amor había explotado en su corazón y la había dejado sin aliento.

Ya no iba a poder seguir fingiendo que estaban bien siendo amigos. El genio había salido de la lámpara, y ella tenía que enfrentarse al hecho de que quería algo más.

Lo quería todo.

Aunque no iba a decírselo a Mick. Si se lo decía, al pobre sí que iba a darle un infarto.

La triste realidad era que nunca había dado una oportunidad a ningún otro chico. No tenía ningún sentido. ¿Quién iba a estar a la altura de Mick?

No era de extrañar que su única experiencia sexual hubiera tenido lugar mientras Mick estaba fuera, en Penn State, y ella estudiaba en Boston College. Después de que él volviera a casa, ella había dejado todas sus tardes libres, y él había llenado tantas, que nunca se había sentido sola.

Por supuesto, él pasaba muchas noches con otras mujeres, pero ninguna de ellas había durado más que unos días, o una semana.

Él siempre volvía con ella.

Porque estar con ella era fácil, familiar. Se divertían juntos, y no se exigían nada el uno al otro. Aunque él hubiera alquilado un apartamento en la esquina de al lado de casa de la madre de ella, en Dorchester, los únicos lazos que la unían a ella eran la amistad, la lealtad y el afecto.

Así era Mick: un buen amigo, leal y afectuoso. Y, durante muchos años, ella había dado todo aquello por sentado. Él había alejado a los acosadores cuando ella era una adolescente. La había protegido durante el instituto. Había hecho que resultara cool para los demás, cuando nadie se habría fijado en ella de no ser porque él era su amigo.

En el instituto, todos sabían que Mick era su protector. ¿Qué importancia tenía que, además, supieran que ella solo era su amiga, que un chico como él nunca podría querer algo más de una chica como ella? Ella había tomado lo que podía conseguir.

Y, hasta aquella noche, había sido suficiente. Sin embargo, ya no lo era.

Todo había cambiado en su cuerpo. Al estar allí tumbada, a su lado, se sentía completamente sintonizada con él. Sus corazones latían al unísono. Él se movió, y su ADN se movió con él, hacia él…

Mick se irguió de golpe, y a ella se le escapó un jadeo.

—Perdona —susurró él—. No quería despertarte.

—No estaba dormida —respondió ella, con el corazón acelerado. Tal vez no volviera a dormir nunca—. ¿Estás bien?

Silencio. Ella sabía que él se estaba pasando los dedos por el pelo. Entonces, Mick dijo:

—Sí. Solo me duele un poco el estómago.

Dolor de estómago y respiración agitada. Ansiedad.

Sin embargo, él nunca iba a confesarlo. Mick podía entrar valerosamente en un edificio en llamas, pero reconocer alguna debilidad era algo que le aterrorizaba.

—Yo… —murmuró ella, y tragó saliva—. Si quieres, puedo frotarte la espalda.

No sería la primera vez. El invierno pasado, él había tenido una gripe muy fuerte y, cuando estaba demasiado exhausto como para dormir, ella le había acariciado la espalda hasta que, por fin, se había quedado adormilado.

En aquel momento, acariciar a Mick no había tenido nada de especial. Pero, una vez que había aceptado lo que sentía por él… era mucho más difícil.

Sin embargo, era lo mínimo que podía hacer. Él estaba sufriendo, y ella no podía soportarlo.

Así que esperó. Notaba que él se lo estaba pensando. Seguramente, se preguntaba si al aceptar su oferta iba a darle falsas esperanzas. Ella le hubiera dicho que no se preocupara si no tuviera aquel nudo en la garganta. La tensión era palpable en el ambiente.

Entonces, sin decir una sola palabra, él se tumbó boca abajo y puso la mejilla sobre la almohada.

«Tal vez sea de ayuda que ella me acaricie».

Mick sabía perfectamente que era mentira: no iba a ayudarle en absoluto.

Pero, con sinceridad, ¿qué daño podía hacerle? Ya se había vuelto loco. Y, si se quedaba tumbado boca abajo, no podría mirarla ni tratar de tocarla. Tendría que conformarse con las caricias de su mano.

Su mano. Ligera como una pluma, suave como la seda. Jan la pasó con delicadeza por sus costillas, pero la maldita camiseta estaba en medio.

Con un solo brazo, se la sacó por la cabeza. Si iba a hacer aquello, al menos lo haría bien, por mucho que se maldijera a sí mismo.

Volvió a colocar la mejilla en la almohada y se abrazó a ella. Su erección iba a dejar un tatuaje de culpabilidad en el colchón. Se detestaba a sí mismo por aprovecharse de Jan. Pero... su mano... Oh, Dios. La pasó por encima de su cintura y ascendió suavemente por su columna vertebral. Le acarició los hombros.

Con las yemas de los dedos, le rascó el cuello ligeramente. Las metió entre su pelo y le masajeó la cabeza. Después, las deslizó hacia abajo y posó la palma de la mano entre sus omóplatos.

Sus caricias eran de seda, y Mick notó que aquella mano suave descendía por un lado como si fuera un pañuelo. Ella le hizo unas cosquillas bajo el brazo y volvió a descender hasta la cintura, y trazó la cintura de su pantalón.

Todo lo que él amaba en Jan estaba en la yema de sus dedos. Ella se daba libremente, lo quería de una forma pura.

La emoción le atenazó la garganta. Él la contuvo en silencio. Escondió la cara en la almohada.

—No te preocupes, Mick, estoy aquí contigo —dijo ella, con

una voz tan suave como su mano, como si supiera que él pendía de un hilo—. Relájate —le susurró, y él notó que los nudos de tensión de sus hombros iban deshaciéndose en ondas.

Y, sorprendentemente, consiguió relajarse. Aquel era el milagro de Jan. Llegaba a él de un modo imposible para cualquier otra persona, lo tranquilizaba cuando era ella la que le causaba el malestar.

Ella era todo lo que él quería y no se merecía. Había estado a punto de asustarla, y no estaba dispuesto a volver a hacerlo. Tendría mucho cuidado con ella, tanto, que cuando amaneciera, él volvería a tener el dominio de sí mismo y la alejaría de sí mismo para que pudiera estar segura.

Pero aquella noche no tenía fuerzas suficientes para hacerlo. Aquella noche, lo único que podía hacer era quedarse inmóvil y dejarse empapar por sus caricias.

Y, fuera como fuera, no quedarse dormido…

Calor. Dios Santo, qué calor hacía.

Con el traje de protección puesto, el sudor le empapaba la piel más y más a medida que se adentraba en el sótano. El rugido del fuego le llenaba la cabeza y ahogaba los débiles gritos de la niña. Él sabía que estaba allí dentro, pero, ¿dónde?

Aquella enorme habitación no tenía ninguna ventana y estaba completamente a oscuras, salvo por las llamas que devoraban una de las paredes y que se deslizaban por el suelo hasta sus botas. Él se movió rápidamente y buscó a su alrededor; el haz de luz de la lámpara que llevaba prendida a la cabeza atravesaba el humo e iluminaba botes de pinturas, un par de barriles oxidados y una antigua bombona de gas.

Aquel sitio era una bomba a punto de estallar.

Sin embargo, él siguió avanzando, agachándose para entrar en pequeñas habitaciones de almacenamiento y tropezándose con residuos y basura acumulada, que debían haber llevado al vertedero muchos años antes. Por fin, llegó a la última de las habitaciones, en la que había menos humo pero estaba más alejada de la salida. Allí la encontró, acurrucada en un rincón, agarrada con todas sus fuerzas al cachorrito que había ido persiguiendo por el sótano, con los ojos llenos de terror, tan abiertos que casi consumían su cara por completo.

Mick la tomó en brazos, la aplastó contra su pecho y giró en dirección a la puerta. El cachorrito consiguió liberarse y salió corriendo hacia delante, y él lo siguió, moviéndose con rapidez ahora que ya tenía a la niña. La adrenalina lo impulsaba a correr de una manera peligrosa.

La visibilidad era nula, y el suelo era como un campo de minas; cada uno de sus pasos era un acto de fe. Se tropezó y estuvo a punto de perder a la niña, pero la sujetó con más fuerza aún.

El humo se hinchaba a su alrededor y le quemaba los pulmones como si fuera un ácido. Ambos estaban tosiendo con fuerza. Lo único que le mantuvo en movimiento fue la necesidad del aire fresco que les esperaba fuera, y el hecho de saber que, sin aquel aire, iban a morir.

No iba a permitir que la niña muriera.

Al otro lado del enorme sótano, entre el humo, la luz del día se distinguía como una mancha brillante a través de las puertas abiertas. Se dirigió hacia allí. Cada vez estaba más cerca…

Entonces, sobre él, resonó un crujido espantoso y el techo se hundió, envolviéndolos en madera ardiendo. Una viga le arrancó a la niña de los brazos, y sus gritos le atravesaron los oídos…

—¡Mick!

Él cayó sobre la niña y la cubrió con su cuerpo para protegerla de la lluvia de fuego…

—¡Mick! ¡Soy yo!

Su voz sonaba amortiguada…

—¡Mick, despierta!

Él salió de la pesadilla como siempre, de repente, con un enorme jadeo y un estremecimiento, y con una riada de adrenalina en las venas.

—¡Me estás aplastando!

Era la voz de Jan, que estaba debajo de él.

Mick consiguió rodar y tumbarse boca arriba, sin dejar de abrazarla, colocándosela sobre el pecho. Tenía la camiseta empapada de sudor, y había mojado las sábanas.

—Mick —dijo ella, con más calma—. Soy Jan. Ya puedes soltarme.

Él negó con la cabeza. El sueño era demasiado real. La niña era demasiado vulnerable. Tenía que mantenerla cerca, a salvo.

Jan dejó de forcejear y posó la mejilla en su pecho.

Pasaron unos minutos muy largos. Poco a poco, el corazón dejó de golpearle las costillas. Respiró profundamente y exhaló todo el aire de los pulmones. Volvió a hacerlo varias veces.

El aire acondicionado se activó, y él empezó a tener mucho frío. Se estremeció. Jan los tapó a los dos con la sábana. Él siguió temblando, y ella lo envolvió con su cuerpo para compartir su calor.

Le puso la palma de la mano en el cuello y le acarició la mandíbula con el dedo pulgar.

—¿Te pasa todas las noches? —le preguntó.

Él asintió.

—¿Se lo has dicho a alguien? ¿A tu jefe?

—No. ¿He… he gritado?

—Ha sido más como un aullido.

Ella bajó de su pecho y se tendió de costado, sin separarse de él. Pasó la mano por su pecho, expresándole toda su comprensión con aquella caricia, y no con el tono de voz; así, era más fácil para él aceptarla.

—Me parece que el sueño no termina igual que el rescate de la vida real.

Él negó con la cabeza.

—El techo se hundió por detrás de nosotros, pero en el sueño se nos cae encima —dijo. No podía creer que se lo estuviera confesando, pero la opresión que tenía en el pecho se mitigó mucho al decirlo—. El fuego cae justo sobre nosotros, y algo la arranca de mis brazos.

—Solo es una pesadilla —dijo Jan—. Tú estás bien, y la niña, también. Incluso el cachorro se salvó.

—Ya lo sé —respondió él. Tragó saliva, y notó un sabor a humo en la boca. El sueño era tan real como para eso. Y, sin embargo, no era la peor de sus preocupaciones—: Yo… Tengo miedo de no ser capaz de entrar la próxima vez. Tengo miedo de ser un cobarde.

Esperó a que ella se alejara de él, que se sintiera tan repelida como él por su cobardía. Sin embargo, ella movió la pierna sobre las suyas, para envolverlo aún más, con más fuerza. Como si no fuera repulsivo.

—No deberías haber entrado ni siquiera esa vez —le dijo ella—. Fue una temeridad e iba contra el protocolo, y fue una falta de sentido común. Sin embargo, tú no pensaste en nada de eso. Simplemente, reaccionaste.

Jan se quedó callada un instante, y suspiró.

—Ojalá la próxima vez te lo pienses dos veces. Pero no, no vas a hacerlo. Esta pesadilla irá desapareciendo, y volverás a pensar que eres invencible. Y tu mujer, sea quien sea esa pobre mujer, tendrá el pelo gris antes de tiempo.

Él se bebió sus palabras, intentando creer en ellas.

—Pero ¿y si no desaparece? —preguntó—. ¿Y si la tengo todas las noches durante el resto de mi vida?

—Si sucede eso, ya lo resolverás —respondió Jan, con calma, como si no fuera el fin del mundo. Porque ella creía completamente en él. Siempre había sido así.

Entonces, Jan dijo:

—Yo te ayudaré.

Tres sencillas palabras que le robaron el aliento. Ella iba a estar siempre a su lado. Siempre había estado a su lado.

No era de extrañar que la quisiera tanto.

Entonces, ella rozó su piel con los labios, justo encima de su corazón. Solo fue un beso, nada sexual, y sin pensarlo, con tanta temeridad como había entrado en aquel edificio en llamas, rodó y se colocó sobre ella, y apoyó los brazos a ambos lados de su cabeza.

Con la luz que entraba alrededor de la persiana, él miró su amada cara, sus ojos, que se habían abierto mucho debido a la sorpresa.

Y la besó. La besó con el amor que había contenido durante toda su vida.

Y, milagro de los milagros, ella le devolvió el beso, separando los labios y dándole su lengua. Él la tomó como un regalo y se hundió más en ella, devorando su dulzura.

No era suficiente. Tenía su cuerpo debajo, kilómetros de piel de satén y pelo de seda, y tenía hambre de todo ello. Quería entrar en su ropa. Quería entrar en ella.

Pero era Jan, así que se mantuvo por encima de su cuello, besándole los labios y vertiendo en aquel beso todo lo que tenía. Encadenándose a sí mismo, conteniendo al animal que rugía dentro de él...

Y, entonces, ella gimió.

Oh, Dios, gimió como una mujer que quería más, y a él se le encendió la sangre. Rompió las cadenas. Metió los dedos entre su pelo y capturó su cabeza, controlándola y controlando el beso. Le separó las piernas con la rodilla y metió las caderas entre ellas, para que Jan pudiera sentir su erección, tan rígida como un clavo. Ella se frotó contra él, y él tomó el control también sobre aquello, bajando una mano hasta su muslo y haciendo que ella enroscara la pierna en su cintura.

Una débil voz dijo en su cabeza: «¡Calma! ¡Es Jan!». Pero aquel era el motivo por el que no podía calmarse. Por fin, Jan estaba bajo él.

El animal se escapó de la jaula.

Él agarró su camiseta con la mano y con los dientes, y la rasgó desde el escote hasta el bajo. La apartó y posó la palma de la mano sobre su pecho, tan dulce como siempre había imaginado. No podía vivir un minuto más sin probarlo, sin succionar su pezón.

Cuando rozó el duro pico con los dientes, ella dio una sacudida con todo su cuerpo, y él se retiró. «Si le hago daño...». Pero, entonces, Jan lo agarró del pelo y tiró de él hacia abajo nuevamente, y elevó el pecho para alimentar al animal.

Y, aun así, él quería más. Metió la mano por la cintura de sus pantalones cortos y pasó los dedos por su calor resbaladizo, y ella arqueó la espalda y gruñó. Él volvió a acariciarla y ella movió las caderas para conseguir más.

Dios, estaba dispuesta a todo. Él podría llevarla al orgasmo con tanta facilidad, con la mano, con los labios... Y eso iba a suceder, iba a suceder después. Antes, quería hacerle el amor y aplacar un poco su hambre. Después, se encargaría de ella hasta que no recordara ni su nombre.

Le bajó los pantalones y los alejó de una patada. Se liberó también de los suyos y pasó un brazo bajo su rodilla. Percibió su olor, un olor que capturó toda su mente mientras abría su cuerpo de par en par.

De una sola acometida, la llenó tan profundamente como pudo. Y ella gimió, paralizándole los músculos y la sangre.

«Oh, Dios, si le hago daño...».

Entonces, ella le arañó los hombros.

—No pares —le dijo con un jadeo.

El alivio le inundó el pecho. Se retiró, y volvió a hundirse en ella.

Mick. Oh, Dios, era Mick quien estaba dentro de su cuerpo. A Jan le dio vueltas la cabeza. El corazón se le hinchó de alegría.

Él vaciló sobre ella, apoyando el peso de su cuerpo en los brazos. Tenía los músculos tensos, y estaba sudando. Sus ojos oscuros nunca dejaron de mirarla mientras embestía su cuerpo.

Era mejor de lo que había soñado, mejor que ninguna otra cosa. Notó un poder puro al agarrarle las caderas para atraerlo más y más hacia ella. Lo tomó todo de él, su cuerpo, su risa y sus preocupaciones.

Él descendió y le lamió los labios. Ella los abrió y, entonces, él estuvo también dentro de su boca, besándola con dureza e invadiéndola por completo.

—Más —gimió él, pasando los labios por su mejilla, y ella le dio más. Alzó las caderas y correspondió a sus embestidas. Y él le pidió más todavía, pasándole los dientes por la garganta y quemándole la piel con la barba.

—Tómalo —le ofreció ella, desde el fondo de su alma—. Tómame.

Él la tomó con más frenesí, con más dureza, hasta que la cama empezó a golpear la pared, hasta que a ella le explotó el corazón. ¿Qué más podía darle? La tenía por completo. Siempre la había tenido.

Entonces, él metió la mano entre ambos cuerpos y apretó un

interruptor que ella ni siquiera imaginaba. Jan echó la cabeza hacia atrás, rodeó su cintura con las piernas, como si fueran un cepo y… ¡Santo Dios! Su mente estalló como la cáscara de un huevo.

Él dio un tirón con las caderas y salió para no correrse dentro de su cuerpo.

—Dios mío —dijo, con un jadeo. Le fallaron los brazos, y se tendió de costado sobre el colchón. Los pulmones le ardían como si acabara de correr la carrera de su vida.

Ella también estaba jadeando, intentando contener las lágrimas antes de que se le derramaran. Tenía el corazón hinchado de alegría. Sentía un cosquilleo por toda la piel.

Todo su cuerpo flotaba en un mar de endorfinas.

Mick le posó la mano en la mejilla con ternura.

—Eres tan preciosa… —susurró, y ella no pudo discutírselo. Se sentía preciosa. Se sentía amada.

Él le puso la palma sobre el pecho. Su corazón saltaba contra ella.

—Lo siento —dijo Mick. Después, se corrigió—: No, no es cierto. Lo único que siento de todo esto es no haber utilizado un preservativo. Te juro que es la primera vez en mi vida. Es que… he perdido la cabeza. No volverá a suceder.

Ella puso su mano sobre la de él.

—¿El qué es lo que no va a volver a suceder? ¿La falta de preservativo, o el sexo? Porque a mí me parece bien utilizar condones, pero me gustaría mantener relaciones sexuales otra vez.

—¿De verdad? —le preguntó él, sorprendido—. ¿No he sido demasiado…?

—¿Increíble?

—Yo iba a decir brusco. Rápido. Egoísta.

Ella fingió que meditaba sobre aquello.

—No, no. Me quedo con increíble.

—Eres demasiado benevolente conmigo —dijo él, y ella percibió una sonrisa en su voz—. La próxima vez haré que tú disfrutes más.

—Si es mejor todavía, estoy muerta.

Mick se echó a reír.

—Ya veremos lo que dices cuando termine contigo.

«Cuando termine conmigo».

Aquellas palabras fueron como una bofetada para Jan, un recordatorio de cuál era el destino de aquella aventura. Después de tantos años de espera, había llegado por fin su turno de pasar un fin de semana apasionado con Mick McKenna. Y, cuando él terminara con ella, la dejaría, tal y como había dejado a chicas más guapas y sexis que sin mirar atrás.

Era irónico. La nueva Jan estaba consiguiendo justo lo que quería, un cursillo intensivo de educación sexual por parte de un maestro, sin ataduras.

Sin embargo, en vez de sentirse entusiasmada, estaba abatida. Se le encogió el corazón, y sintió dolor y angustia por la pérdida que iba a sufrir.

Se sentó, y dijo:

—¿Sabes? Creo que no estaría nada mal una duchita.

—Me parece bien —respondió él, y se puso en pie—. Yo te he ensuciado, yo te voy a lavar.

Aquello significaba que iban a hacerlo en la ducha. Tentador, pero no era lo que ella necesitaba.

Lo que necesitaba era pasar un minuto lejos de Mick para aclararse el pensamiento y saber cómo iba a salir de aquella situación antes de ir más allá.

Se rio forzadamente.

—Tal vez quepan dos chihuahuas en esa nanoducha, pero dos adultos, no.

Él también se rio, en voz muy baja, en un tono muy sexy.

—Ya nos las arreglaremos, hazme caso.

Su mano cálida le dejó un rastro de fuego en la espalda. A ella se le puso el vello de punta en los brazos, y se le endurecieron los pezones, mientras que, por dentro, todo se le volvía cálido y húmedo.

Claramente, su mente quería poner cierta distancia con Mick.

Pero su cuerpo quería envolverlo como si fuera papel de celo.

Mick siempre había sabido que Jan era apasionada. Apasionada con respecto a los derechos de los animales, los derechos de los homosexuales, los derechos de las mujeres, los derechos de los niños.

Ahora sabía que era apasionada, sin más. Estaba totalmente entregada, con la espalda pegada a los azulejos, mientras él embestía su cuerpo. Tenía el éxtasis reflejado en la cara.

Le hundió los dedos en los muslos, marcándola. Le iban a salir moretones, pero a él no le importaba. Cualquier hombre que los viera sabría que no podía conseguir nada con ella. O él mismo se lo haría saber.

Jan le arañó el cuello y los hombros. Ella también lo estaba marcando, y tampoco le importaba. Estaba contento de sangrar por ella. Le mordió el labio con la fuerza suficiente como para hacerla jadear, y bajó la boca hasta su garganta y le hizo un buen chupón debajo de la oreja. Era suya, y cualquiera que lo viera lo sabría.

—Mick —dijo ella, con la respiración entrecortada—. Mick, necesito…

Lo que necesitaba era correrse sobre él, eso era lo que necesitaba. Él la sujetó con un hombro y liberó una mano, y la metió entre sus dos cuerpos resbaladizos.

Ella jadeó cuando él la acarició. Se golpeó la cabeza contra la pared. Él notó el dolor como si fuera suyo.

—Tranquila, nena. Vamos, córrete.

—Yo… Sí. Sí —jadeó ella. Le arañó la espalda. Se estremeció y se estremeció.

Dios Santo, nunca había visto nada tan sexy como Jan teniendo un orgasmo. Le dejaba alucinado. Él también se puso rígido. Su pene explotó como un cohete dentro de ella mientras ella se contraía a su alrededor, extrayéndolo todo de él, incluso sus últimas fuerzas.

Se le doblaron las rodillas y él hizo un deslizamiento controlado hasta el suelo. A Jan se le cayó la cabeza sobre su hombro. Estaba tan laxa como un fideo. Totalmente agotada.

Él se giró en aquel espacio tan diminuto, para que el chorro de agua tibia cayera en su espalda y no en la de Jan. Apoyó la mejilla en su pelo y dejó que su corazón latiera desbocadamente hasta que el pulso se volvió normal.

Le acarició la piel. Era más suave que ninguna otra cosa. Su corazón bombeaba felicidad y se extendía por sus venas, llegaba hasta todas sus células.

Jan se movió ligeramente, y él recordó que llevaba puesto un preservativo. No podía salir de su cuerpo en aquella posición. Casi no entendía cómo había podido hacer el amor con ella en aquella caja de zapatos, pero donde había voluntad… Y, claramente, Jan estaba por la labor.

Ella emitió un débil gemido y a él se le borró la sonrisa petulante de la cara. Se sintió culpable. Dios Santo, ¿en qué estaba pensando para tratarla así? ¡Había saqueado su cuerpo! Aquella era una expresión antigua, pero muy precisa, porque era un bárbaro.

No solo se trataba de las marcas que le había dejado con los dedos en los muslos. Jan iba a tener moretones en todo el cuerpo.

—Mierda —dijo, con un nudo en la garganta—. Lo siento muchísimo…

Ella le clavó los nudillos en las costillas.

—Deja de disculparte, bobo.

Incluso su voz sonaba debilitada. A él se le formó un nudo en el estómago. Tenía que llevarla a la cama. Jan tenía que beber agua, e incluso ir al médico…

—Ha sido increíble —dijo ella. Él notó la curva de su sonrisa contra la piel y, después, el roce de su lengua en la clavícula—. Umm… Qué delicioso. Quiero lamerte por todas partes.

Dios… Lo que más podía desear en el mundo era sentir su boca sobre él, pero…

—Vamos por partes. ¿Te he hecho daño?

Ella se apartó hasta que pudo mirarlo a los ojos. Tenía los párpados medio cerrados y una mirada seductora.

—¿Acaso parece que me duela algo?

No. Parecía que acababa de darse un buen revolcón, y que no tenía pensado acabar ahí.

Jan comenzó a moverse y puso en peligro el preservativo.

—Espera, nena, vamos a librarnos de este antes de empezar a pensar en el siguiente.

Sin embargo, cuando él intentó liberarse, no pudo hacerlo. Tenía la espalda contra una pared, y los hombros, atrapados entre otras dos. No podía extender los codos. Intentó estirar las piernas, pero tampoco pudo. Aquella ducha era demasiado pequeña.

Al ver sus contorsiones, Jan se echó a reír.

—No te vas a reír tanto cuando tengan que venir a rescatarnos con herramientas hidráulicas —dijo él.

—A lo mejor es que necesitamos enjabonarnos —replicó ella, moviendo las cejas con picardía.

—Nena, si nos enjabonamos, no vamos a ir a ninguna parte.

—Así que estamos atrapados de cualquier modo.

Jan se inclinó hacia atrás, sonriendo. Tenía los labios hinchados por sus besos. Era lo más atractivo que había visto en su vida.

Ella alzó los brazos y se recogió el pelo hacia atrás, en una coleta. El agua se deslizó por su cuerpo, de un modo tan hermoso, que a él se le cortó la respiración.

—Preciosa —dijo, suavemente. Siguió el curso del agua con la mirada, por su cuello largo y esbelto y por sus pechos. Sus pezones también estaban hinchados y rosados de las caricias de sus labios.

Ella le acarició las mejillas con las palmas de las manos.

—Me miras como si no me hubieras visto nunca.

—Es que nunca te había visto así.

Era delicada y exuberante a la vez. Inocente y sensual. Dulce e increíblemente atractiva. Todo lo que siempre había amado de ella, y mucho más.

Quería confesar que la quería, que siempre la había querido y que siempre iba a quererla.

Sin embargo, aquel no era el momento más oportuno, mientras estaba mirando su cuerpo desnudo como si fuera a desayunárselo. Ella creería que su aventura había hecho que lo que él sentía por ella cambiara. O, peor aún, que le estaba diciendo una mentira porque quería volver a hacerlo con ella.

Le mataría que ella pensara cualquiera de esas cosas.

Así pues, decidió que iba a esperar al mejor momento y que, entonces, le demostraría lo que sentía, y lo haría bien. Porque, por primera vez, estaba imaginándose un futuro con Jan.

Después de todo, no había duda de que eran compatibles. Y, asombrosamente, parecía que ella estaba de acuerdo con su conducta sexual. O sea, con la abundancia de sexo. Duro, con brusquedad. La había zarandeado, la había sujetado contra la pared, le había mostrado cómo le gustaban las relaciones sexuales. Y por su forma de mirarlo, no cabía duda de que Jan estaba dispuesta a otra ronda.

Eso significaba que tenían que salir de aquella ratonera, tomar un puñado de preservativos y meterse entre las sábanas hasta que saliera el sol. El problema era que, mirándola, había vuelto a tener una erección. Tendría que bajarla antes de poder zafarse el uno del otro.

Alzó una mano por encima de su cabeza y giró el termostato del grifo hacia el agua fría.

—¡Aaarg! —gritó Jan, y comenzó a mover las manos frenéticamente, como si pudiera apartar el chorro de agua. Arrastró los pies por el plato de ducha, pisoteó las paredes y, por fin, consiguió impulso apoyando los talones en su estómago.

Abrió la puerta de par en par y salió gateando de la ducha. Después, la cerró de nuevo y se sentó contra ella para dejarlo atrapado dentro.

—Eres un idiota —le dijo, con su voz de enfado.

Él cerró el grifo. Misión cumplida: se había deshinchado como un globo y había capturado el preservativo cuando ella huía de él.

—Ese es el agradecimiento que me llevo por sacrificarme —murmuró.

—Nunca más sexo en la ducha —decretó ella, lo cual estaba bien, por el momento, ya que no había excluido ningún otro tipo de sexo.

—Hasta que lleguemos a casa —añadió él.

Ella soltó un resoplido.

—Me muero de ganas —dijo en un tono irónico.

¿Qué significaba eso?

Antes de que pudiera preguntárselo, Jan se envolvió en una toalla.

—Dime que has traído algo de comer —dijo mientras salía al dormitorio.

Él la siguió, dejando un rastro de agua hasta su maleta.

—Cheetos —respondió. Lanzó un par de bolsas a la cama, seguidas por un puñado de preservativos.

Ella tomó los Cheetos y sonrió burlonamente al ver los preservativos.

—Has venido preparado.

—Mejor tenerlos y no necesitarlos que necesitarlos y no tenerlos —respondió él, y tiró de su toalla para quitársela.

—Eh —protestó Jan, con la boca llena de Cheetos.

Él se puso la toalla alrededor de las caderas.

—Tú estás más guapa desnuda que yo.

—No digas tonterías —dijo ella, ruborizándose.

—Acostúmbrate —dijo él, y la estrechó contra su cuerpo, piel mojada contra piel mojada, creando todo tipo de calor—. Tienes un cuerpo precioso. Podría comerte viva.

A ella se le cortó la respiración, pero dijo:

—Sí, claro. Ya sé lo que quieres en realidad.

Entonces, alzó la bolsa de Cheetos por encima de su cabeza.

—Lo que quiero —replicó él, acariciándole la mejilla—, es más de lo que acabo de tener.

La besó, sin dejar de mirarla a los ojos, y le acarició el cuello esbelto con los dedos, y descendió por sus hombros y por su brazo.

Entonces, le agarró la bolsa y la vació sobre su boca. No quedaban más que miguitas de Cheetos.

Ella le sacó la lengua. Estaba completamente naranja.

Dios, adoraba a aquella mujer.

Los rumores eran ciertos: Mick era una máquina del sexo.

Jan apoyó la mejilla en su hombro sudoroso y posó la palma de la mano sobre su corazón acelerado.

—Tiempo muerto.

—Principiante.

—No es eso —dijo ella, a la defensiva—. Es que he estado en el banquillo durante… bueno, durante muchos años.

Mick la estrechó contra sí.

—Pues ya has vuelto al campo de juego, nena. ¿Cómo te sientes?

Estupendamente. Asombrosamente bien. Maravillosamente. Nunca, en todo lo que le quedaba de vida, podría comparar nada con el sexo con Mick.

—Bah, bien —dijo—. Estoy segura de que haces todo lo que puedes.

Él se echó a reír, sin dejarse engañar ni lo más mínimo.

Entonces, se le escapó un bostezo. Llevaban dos horas ocupados, y aquella era la primera señal de cansancio por su parte. Lo cual era impresionante, teniendo en cuenta que llevaba un mes casi sin dormir.

Sinceramente, el pobre estaba exhausto. ¿Cómo era posible que no se hubiera fijado antes en las ojeras que tenía?

Jan movió la palma de la mano lentamente, en círculos, sobre su pecho. Entonces, a él empezaron a cerrársele los párpados, poco a poco, quedándose dormido…

Pero agitó la cabeza para despertarse y miró el reloj.

Ella siguió acariciándolo suavemente.

—Deberías hablar con tu jefe.

Él hizo un gesto negativo.

—Si se lo digo, me apartará del servicio y me obligará a ir al psiquiatra.

—¿Acaso no es eso obligatorio? Debería.

Él se encogió de hombros.

—Yo superé la entrevista obligatoria.

—En otras palabras, fingiste que estabas bien.

—Necesitaba volver a la acción, no quedarme sentado para volverme más loco todavía.

Aquello tenía algo de sentido, sobre todo, conociendo a Mick como lo conocía. Pero…

—¿Y es seguro? Me refiero para los demás.

Él se pasó los dedos entre el pelo.

—Te lo diré el martes. No voy a poner en peligro al resto de la brigada. Si pierdo el control, tendré que… —suspiró con tristeza—. Siempre puedo estudiar Derecho —dijo, y le acarició el brazo—. Tú serías más feliz así.

—¿Y por qué iba yo a ser más feliz?

—Ya sabes, por lo del trabajo peligroso.

Para la nueva Jan, aquello era aplicable a los posibles maridos, no a los amigos, ni siquiera a los amigos con derecho a roce.

—Mick, yo quiero que tú trabajes en lo que te gusta, y a ti te gusta ser bombero.

—Entonces, ¿a ti no te importaría? Es decir, suponiendo que pueda superar esta estúpida pesadilla y que no sea un cobarde y tenga que dejarlo. ¿A ti te parecería bien que yo siguiera en este trabajo?

Como si necesitara su aprobación.

—En primer lugar, tú no eres ningún cobarde, salvo con respecto a las arañas —dijo ella, y le pasó dos dedos por el costado, como si fuera una araña. Él se estremeció.

—Y, en segundo lugar, vas a superar la pesadilla y seguirás trabajando de bombero, para bien o para mal, y arriesgando la vida todos los días. Si quieres mi bendición, la tienes. Siempre la has tenido.

Él respiró profundamente y exhaló un largo suspiro.

—Te quiero, Jan.

A ella se le hinchó el corazón y llenó todo el espacio disponible en su pecho.

Entonces, decidió no hacerse ilusiones. Claro que Mick la

quería; siempre la había querido. Se había llevado muchas palizas por ella, para defenderla de los matones del colegio que iban como moscas a acosar a una chica delgaducha y pálida que no tenía un padre que le guardara las espaldas.

Le debía a Mick una infancia tranquila, muchos años de amistad y mucha protección. Así que si, por una sola vez, la situación se había revertido y él la necesitaba a ella más que ella a él, le diría todas las palabras de consuelo necesarias y le dejaría bien claro que no estaba solo. Él no tenía por qué saber que aquellas palabras significaban mucho más para ella que para él:

—Yo también te quiero, Mick.

Él volvió a acariciarle la mejilla, y pasó el dedo pulgar por sus labios con una caricia sensual.

Ella cerró los ojos y la absorbió. Tal vez lo lamentara después, pero, por el momento, se permitió el lujo de imaginarse la vida junto a Mick, su cuerpo cálido todas las noches a su lado, su risa en la cocina. Sus hijos a la mesa.

¡Cursi! Si él pudiera leerle el pensamiento, le daría un patatús. Pero era su sueño, un sueño que ella no había reconocido hasta aquel día, y que enterraría al día siguiente.

Aquella noche, se metió su pulgar en la boca y lo succionó.

Jan salió de puntillas del baño y volvió a la cama con cuidado.

Mick se había quedado dormido, por fin, después de dejarla exhausta.

Lentamente, estiró su cuerpo junto al de él y posó la pierna sobre su muslo. Posó la mano en un lado de su cuello, donde su pulso latía de manera constante contra su palma. Si se aceleraba, o daba señales de que Mick tuviera la pesadilla de nuevo, haría lo que pudiera por calmarlo. Lo despertaría. Lo amaría, si era necesario.

Sin embargo, dudaba que volviera a soñar más aquella noche, si estaba tan cansado como ella. Había salido del banquillo por primera vez desde hacía ocho años, y el partido había tenido prórroga.

Su cuerpo anhelaba el sueño, pero su cerebro quería mantenerse despierto para saborear aquellos sentimientos. La sensación de tener el muslo musculoso de Mick entre los suyos, y su pecho ancho bajo el brazo.

Su respiración tranquila fue como una canción de cuna para ella. Y comenzó a preguntarse si… si era posible que ella le hiciera sentirse tan bien como él a ella. ¿Y si él ya la deseaba antes, pero había tenido miedo de demostrárselo hasta aquella noche?

Se rio de sí misma. Eso sí que era una cursilada. Se trataba de Mick McKenna, por el amor de Dios. Si deseaba a una mujer, solo tenía que arquear la ceja. A ella podía haberle hecho aquel gesto en cualquier momento, pero no lo había hecho.

En aquel momento, Mick se movió y la acurrucó a su lado, y frotó la mandíbula contra su pelo. Era maravilloso pero, al mismo tiempo, le hizo daño en el corazón. Porque Mick ni siquiera sabía a quién se estaba abrazando. Ella solo era la chica de aquella noche.

Pero él era el amor de su vida.

Se le cayó una lágrima que aterrizó en el pecho de Mick. Entonces, se contuvo con todas sus fuerzas. No iba a hacerle pagar lo que había sucedido con un ataque de llanto. Él no se lo merecía. Ella le había dado espacio para el primer beso y, cuando él la había besado, ella no le había detenido. Lo había animado.

La verdad era que estaba dispuesta a todo, y había accedido a todo con los ojos bien abiertos.

Mick no lo sabía, sin embargo, así que seguramente iba a sentirse muy culpable. Tal vez, incluso, intentara fingir que sentía por ella muchas más cosas de las que sentía.

Así que, en vez de ponerle en la situación de tener que fingir, o de tener que dejarla con delicadeza, ella se alejaría primero, le diría que aquello no había sido nada serio. Que no esperaba nada de él, que no quería nada más.

Por supuesto, las cosas iban a ser raras durante un tiempo, pero el lunes por la noche habrían vuelto a casa y la vida continuaría. Él superaría las pesadillas y volvería a su trabajo, y a sus mujeres.

Ella seguiría con su Plan de la Nueva Jan. Nuevo trabajo, nuevo apartamento, nuevo guardarropa. Y, una vez que había salido de nuevo al campo de juego, tal vez una nueva relación.

O no.

Porque, sinceramente, ¿qué iba a poder compararse con aquello? Mick era su mejor amigo, el hombre con el que se sentía más cómoda, el hombre al que respetaba, admiraba, adoraba y, por supuesto, amaba con todo su corazón.

Y, para rematarlo, el sexo con él llegaba a alturas sobre las que ella únicamente había leído. Tenía talento, era generoso e incansable. Sin embargo, eso ya se lo esperaba.

Lo que no esperaba era la intensidad que aportaba. Era poder, y calor, con un matiz oscuro. Era como bailar cerca de un abismo, y las cosas podían salirse de los límites rápidamente.

Ella no sabía lo que podía suceder entonces.

Lo único que sabía era que Mick la había echado a perder para otros hombres.

Mick cortó sus tortitas en pedazos cuadrados y vertió sirope por encima. Mientras se empapaban, pinchó la yema de sus huevos fritos para que se extendiera sobre dos tostadas de pan integral, y las cortó también.

—Nadie puede comer tanto en el desayuno —le informó Jan.

Él sonrió.

—Mírame.

Pinchó algunas patatas fritas, las mojó en la yema de huevo y en el sirope, y se concentró en tomarse el desayuno.

Al ver que ella tomaba solo un panecillo, señaló su plato con el tenedor.

—¿Tú solo vas a comer eso?

—No tengo mucho apetito por las mañanas.

Parecía raro que él no supiera eso. En treinta años, nunca habían desayunado juntos y, en aquel momento, sentados uno frente al otro en los asientos de plástico rojo de una cafetería, él se dio cuenta de que no tenía ni idea de cómo empezaba Jan cada mañana.

—El desayuno —dijo él— es la comida más importante del día.

—Sí, sí —respondió ella, y mordisqueó el panecillo como un conejito.

Él pinchó un poco de tortita y se lo ofreció.

—Toma.

Ella miró el tenedor como si goteara sangre y no sirope.

—Qué asco.

Él se lo metió en la boca. Después, lo intentó con un poco de huevo y tostada. Jan emitió el sonido de una náusea.

No era extraño que estuviera tan esbelta. La observó por encima del borde de la taza. Llevaba otra de sus nuevas adquisiciones: una camisa azul y unos pantalones cortos de color blanco. Con el pelo suelto por los hombros, parecía que tenía diecinueve años.

Todos los tipos que había en la cafetería habían dejado de masticar al verla caminar hacia su mesa.

Iba a tener que acostumbrarse al hecho de que la nueva Jan llamara la atención de todo el mundo. Los hombres iban a acercarse a ella. Sin embargo, se llevarían una gran decepción, porque era suya.

Ella lo sorprendió con una sonrisa petulante.

—Estás muy contento esta mañana —dijo, entrecerrando los ojos.

Mick sonrió aún más. Claro que estaba contento. Era la mañana de la noche de su vida, y estaba sentado con la mujer que lo había hecho posible.

—Me sientan muy bien las mañanas —dijo él, y no añadió que a ella no. Eso sí lo sabía, así que no le sorprendía que estuviera gruñona, incluso después de aquel revolcón al despertar, con el que casi habían roto el cabecero.

Ella puso una cara que resumía lo que pensaba de la gente que estaba tan contenta por las mañanas.

Él se echó a reír. Su malhumor no le amedrentaba. Estaba feliz viéndola picotear el panecillo mientras recordaba los mejores momentos de la noche.

Y había muchos. Estar con ella era incluso mejor de lo que había imaginado. Toda la diversión de salir con su mejor amiga, además de unas relaciones sexuales de lo más apasionadas con la mujer a la que amaba.

Todavía no podía creer lo satisfecha que estaba ella. Le gustaba todo lo que él le hacía. Más que gustarle. Quería que se lo hiciera una y otra vez.

La verdad era que ella lo había agotado. Por supuesto, eso era solo porque él llevaba una buena temporada sin dormir. Pero, de todos modos, era toda una novedad.

Y, hablando de dormir, con ella enroscada en él como un espagueti, había dormido mejor que nunca. Unas cuantas noches más como aquella, y habría recuperado por completo la forma. Entonces, la compensaría con un maratón de sexo que ella no iba a olvidar nunca.

Un gato gris y delgado subió de un salto al asiento y se colocó junto a él.

—Hola, Delgadito —le dijo Mick, y le rascó las orejas. Al gato le brillaron de alegría los ojos.

Jan tomó un poco de beicon de su plato.

—El señor Delgadito necesita comer un poco —dijo. El gato se dignó a aceptarlo de su mano—. Hay gatos por todas partes. Este acaba de entrar por la puerta.

—Es típico de Key West. Hemingway comenzó con la tradición de los gatos —dijo Mick, y le dio más beicon. El gato lo tomó y bajó del asiento de un salto, y salió del local por la puerta, tal y como había entrado.

Mick tomó más tortitas. Aquella mañana podría ingerir su propio peso en comida. Había acumulado mucho apetito.

La camarera pasó por allí para rellenarles las tazas de café.

—Me gustan los hombres con apetito —dijo con una sonrisa.

Él tenía la boca llena, así que le hizo un saludo con la taza.

Ella se alejó, y Jan puso los ojos en blanco.

—Te apuesto diez dólares a que pone su número de teléfono en la cuenta.

Él no aceptó aquella apuesta.

Cuando hubo acabado con toda la comida, apartó los platos.

—Me apetece darme un baño.

—A mí, también. Podemos alquilar bicicletas en el hotel e ir a la playa.

Donde todos los tipos intentarían meterse en su bañador.

—La piscina está más cerca —dijo él—. Allí no hay gentío, y no hay que sudar bajo el sol —explicó, con la esperanza de que su último argumento la convenciera. Jan evitaba el sudor siempre que podía.

Pero aquel día, no.

—Ya hemos estado en la piscina. Quiero ir a la playa. Y tenemos que darnos prisa. Tengo que ayudar con lo de la boda toda la tarde.

Él contuvo un suspiro. Jan era la persona más testaruda que había conocido, y ya había tomado una decisión. Lo mejor que podía hacer era remolonear hasta que se hiciera demasiado tarde.

Así pues, pagó con un billete de cincuenta dólares y esperó a que le llevaran el cambio; después, dijo que necesitaba otro café, e hizo que Jan le sujetara la taza mientras iba al baño. Por último, consultó su correo electrónico mientras ella daba golpecitos con el pie en el suelo.

Al minuto, Jan hizo un gesto con las manos.

—Me marcho.

Él la alcanzó en la puerta. Entonces, se equivocó de camino deliberadamente, contando con que ella carecía por completo de sentido de la orientación.

Por supuesto, Jan lo siguió sin tener ni idea de adónde iba. Pero, cuando él intentó pasarle el brazo por los hombros, ella se zafó.

—Deja ya de perder el tiempo —le espetó, y comenzó a caminar a buen ritmo.

Se detuvo cuando llegaron al paseo marítimo y vio los barcos veleros en el puerto.

—Por aquí no es.

Él contuvo la sonrisa al ver su cara de desconcierto.

—He debido de equivocarme de calle en algún momento.

Ella lo miró acusadoramente.

—Lo has hecho a propósito.

—¿Eh? ¿Por qué iba a equivocarme a propósito?

—¿Por qué no quieres ir a la playa? A ti te encanta la playa. Te pasas medio verano en el Cape.

—Exacto. Las playas son iguales en todas partes. Nunca he estado en Key West. ¿Por qué no quieres ver la ciudad?

Ella se puso en jarras e hizo un giro de trescientos sesenta grados sobre sí misma.

—Ya está, ya la he visto. Ahora, me voy a la playa.

Entonces, echó a andar hacia cualquier sitio. Él la siguió, intentando no mirarle el trasero. Los pantalones cortos casi no la tapaban. Las huellas de sus dedos se veían perfectamente en sus muslos, y él se sintió posesivo y culpable al mismo tiempo.

En el primer cruce, Jan se detuvo y miró en tres direcciones como un marinero perdido en el mar. Él llegó hasta ella y le rodeó la cintura con los brazos. Le habría acariciado el cuello con la nariz, pero ella se soltó de él y, por casualidad, se encaminó en la dirección correcta.

—Deberíamos comprar unos sándwiches —dijo él.

Ella se giró.

—No es posible que tengas hambre.

—Para llevarlos a la playa, quiero decir.

La alcanzó, y le pasó una mano por el brazo. A ella se le puso la carne de gallina, pero no se quedó quieta para recibir el beso que él estaba deseando darle.

—No vamos a poder estar en la arena ni una hora —le dijo, sin dejar de caminar—. Sobrevivirás sin un sándwich.

Él corrió tras ella, frustrado, y la tomó del codo.

—Nena, se supone que estamos de vacaciones. Tenemos que estar relajados.

Ella intentó zafarse, pero, en aquella ocasión, él no la soltó. Se colocó delante de ella y le puso las manos en los hombros. La mirada de inquietud que vio en sus ojos le causó un escalofrío por la espalda.

Él esbozó una sonrisa forzada.

—Si sigues huyendo de mí, voy a pensar que no te caigo bien.

—Sí me caes bien —replicó ella.

No era exactamente lo que él quería oír.

—Debería haber dicho que no me quieres. Voy a pensar que no me quieres.

Ella bajó la mirada.

—Yo siempre te querré, Mick. Eres mi mejor amigo.

Aquello tampoco era lo que quería oír. El calor que se había creado en su pecho durante aquella noche se escapó por el agujero que ella acababa de hacerle en el estómago.

Jan alzó los ojos hacia él. Eran unos ojos tristes.

—Mira, Mick, sé que este fin de semana no ha sido como pensábamos. Al compartir la habitación y la cama… bueno, las cosas se han enredado —dijo. Respiró profundamente, exhaló el aire y añadió—: Quiero que sepas que no espero que lo de esta noche se repita. Tu amistad es lo más importante del mundo para mí, y no quiero ponerla en peligro.

A él se le rompió el corazón. Tenía la sensación de que ella sentía lo mismo que él. Que él le gustaba. Sin embargo, Jan lo estaba devolviendo al territorio del «mejor amigo de su vida», donde ya había pasado demasiado tiempo.

Luchó contra el pánico. Tal vez ella no entendiera lo que había significado para él la noche anterior. Lo que ella significaba para él.

—Escucha, Jan, no sé lo que crees que ocurrió anoche, pero a mí me encantó todo lo que…

—A mí, también —dijo ella, cortándolo en seco—. Era exactamente la experiencia que estaba buscando. Te lo agradezco y, créeme, no espero nada más de ti —añadió, con una sonrisa tirante—. De hecho, si quieres aceptar la oferta de Barbie para esta noche, yo no tengo inconveniente.

Y, con eso, ella lo rodeó y siguió andando, dejándolo con la boca abierta y el corazón hecho pedazos.

Caminaron hasta el hotel en silencio, y se separaron en el vestíbulo. Mick se fue hacia la piscina y Jan, hacia la habitación. Casi no pudo entrar; todo le recordaba a Mick y a lo que habían hecho en aquella cama, y en la ducha.

Todavía no habían ido a limpiar la habitación, así que sacó los pantalones de algodón de entre las sábanas arrugadas y, con las manos temblorosas, los guardó en la maleta.

Después, tiró la camiseta rasgada a la papelera. Le dolía mirarla. Le dolía recordar cómo la había roto Mick, como si ella fuera la mujer más deseable del mundo.

Y, por una noche, lo había sido. Mick había conseguido que se sintiera así: sexy, preciosa y amada.

Pero Mick siempre hacía que las chicas se sintieran así; ese era, precisamente, el motivo por el que se enfadaban cuando las dejaba al día siguiente, o unos días después.

Bueno, pues ella no iba a enfadarse, no iba a lloriquear. No le iba a tirar la tarta de bodas a la cabeza.

Se comportaría como si lo de la noche anterior no hubiera cambiado nada. Como si pudiera volver a verlo acostarse con una mujer distinta cada noche, sin saber lo que les hacía a aquellas mujeres y lo que ellas le hacían a él...

Suficiente.

Abandonó la idea de ir a la playa. Su nueva prioridad era alejarse de Mick. Lo que necesitaba era tiempo y espacio para dejar atrás lo de la noche anterior y volver a la normalidad.

Le diría que se marchaba al hotel de Julie y se pondría en camino.

Lo encontró sentado en una mecedora, mirando a la piscina. Tenía una expresión seria y estaba pálido. El pobre necesitaba dormir. Al menos, había aprovechado unas horas de sueño entre...

Se apartó aquello de la cabeza. No iba a servirle de nada acordarse.

—Creo que no voy a ir a la playa —le dijo.

Él sonrió apagadamente.

—Después de lo que me has regañado.

—Sí, es lo que mejor se me da —dijo ella, e intentó utilizar su tono desenfadado de siempre, pero le sonó falso—. Bueno, me voy a ver a Julie. Seguro que está hecha un manojo de nervios.

—Sí, probablemente —dijo él, y volvió a mirar al agua—. ¿Vas a venir antes de la boda?

Preferiría no hacerlo, pero Mick era su acompañante. No podía dejarlo plantado.

—Claro. La boda es a las cuatro y media, así que vendré a las tres y media a vestirme aquí.

Él asintió. Le vibró un músculo en la mandíbula.

—Bueno, entonces, ¿estarás bien sin mí? —preguntó, y se echó a reír con azoramiento—. No sé ni lo que digo. Estoy es Key West. Seguro que encuentras muchas cosas que hacer.

Él la miró con amargura.

—Sí, seguro que Barbie está por ahí —dijo, y giró la cabeza—. Mírala, ahí mismo. Ya puedes irte. Diviértete con los preparativos.

Jan palideció. Le temblaron las rodillas, y tuvo que apoyar la mano en la pared.

Mick se levantó y, por un instante, ella pensó que iba a tomarla entre sus brazos y reírse de su propia broma. Sin embargo, él ni siquiera la miró; la rodeó y desapareció en el interior del edificio.

Estaba enfadado, y quería que lo supiera.

Ella miró hacia atrás y vio a Barbie, entre las plantas, con una regadera. ¿Estaba Mick tan enfadado como para irse con ella? ¿Y podría echarle la culpa, si ella misma le había sugerido que pasara la noche con la recepcionista?

¿Y por qué demonios le había dicho algo así? Era lo que menos quería en el mundo.

El panecillo del desayuno se volvió un pegote de cemento en su estómago. Se sentó en la mecedora; todavía guardaba el calor del trasero de Mick.

Su trasero… Vaya. Hasta la noche anterior, ella solo se lo había imaginado, pero era mucho mejor desnudo que con los vaqueros. Duro, musculoso y con unas hendiduras laterales perfectas.

Movió la mecedora con un pie, cerró los ojos y recordó el olor de Mick: un olor masculino, mezclado con la cerveza y un ligero matiz de sudor. Sonaba burdo, pero olía a sexo.

Notó una descarga de placer en el estómago y en el vientre. Fue un cosquilleo y una contracción.

E, inevitablemente, su pensamiento derivó a otra parte del cuerpo de Mick que no había visto hasta aquella noche. Con solo verlo la primera vez, se habían confirmado todos los rumores que había oído.

Mick estaba muy bien dotado.

Él también lo sabía, porque había tenido mucho cuidado con ella hasta que se había asegurado de que ella estaba bien. Entonces, se había liberado, como un león desencadenado.

Y, Dios, a ella le había encantado. Había nacido para que Mick la tocara. Le había acariciado todo el cuerpo, le había encendido la piel, le había derretido los huesos.

Al pensar en las cosas que él le había dicho, las cosas llenas de ternura y las cosas llenas de lujuria, se ruborizó. Recordó la vibración de su voz grave en el oído y se llevó la mano al cuello para tocar la marca que él le había hecho, y que estaba escondida bajo su pelo.

Le había demostrado tanto cariño… Ella quería creer que era alguien especial para Mick. Sin embargo, teniendo en cuenta la pasión que se había apoderado de ellos, podría suceder que todo lo que él había hecho y había dicho fuera producto del calor del momento.

Todo, salvo dos palabras: «Te quiero».

Que ella supiera, eso nunca se lo había dicho a otra mujer, porque si lo hubiera hecho, se lo habría contado.

Sin embargo, sí se lo había dicho a ella. Y ella había estado pensándolo toda la mañana. Era una duda que había hecho mella en su determinación. No sabía qué hacer.

Después, él había vuelto a mencionar el amor cuando estaban yendo a la playa. Y parecía que se había quedado destrozado cuando ella había respondido de una manera frívola, y muy ofendido cuando ella le había dicho que se marchara con Barbie.

¿Y si lo había dicho en serio? ¿Y si Mick la quería de verdad y ella no lo había comprendido?

Pasaron unos minutos. Los alemanes salieron de su habitación y ocuparon unas tumbonas junto a la piscina. Barbie dejó la regadera y entró.

Y ella siguió meciéndose. Cuanto más se mecía, más dudaba. Hasta que, finalmente, decidió que solo podía hacer una cosa.

Iba a tener que ir a preguntarle a Mick si la quería.

Mick pasó junto a la cama y miró con amargura el revoltijo que habían causado. La manta estaba en el suelo, las sábanas hechas un lío; había almohadones por todas partes. Y todo el ambiente estaba perfumado con el olor a fresa de Jan.

Entró al baño, se quitó la camiseta y la tiró al suelo. Después, puso pasta dentífrica en el cepillo y comenzó a lavarse los dientes como si ellos tuvieran la culpa.

Se miró al espejo. Su aspecto dejaba traslucir el abatimiento que sentía.

Sonrió forzadamente; por lo menos, había tenido la satisfacción de ponerle el semblante triste a Jane. Ella lo había machacado, y él le había devuelto el golpe.

Aunque no sabía con certeza por qué le molestaba que él se fuera con Barbie. Jan le había dejado bien claro que lo de la noche anterior era una aventura pasajera. Quería adquirir experiencia en las relaciones sexuales, él había hecho el trabajo y, a partir de aquel momento, se suponía que debían volver a ser amigos como si no hubiera ocurrido nada.

Como si ella no hubiera dicho que lo quería.

Escupió la pasta de dientes en el lavabo. Qué tonto era. Había creído que lo decía en serio, que lo quería de verdad, que no lo había dicho como cuando firmaba su tarjeta de felicitación de cumpleaños con un: *Te quiero, Jan.*

En el espejo, vio su vestido de dama de honor de la novia colgado tras él. Era un vestido de flores, sin mangas, confeccionado con una tela vaporosa que iba a flotar a su alrededor como una neblina.

Iba a estar preciosa con él, como siempre. Sin embargo, aquel día no iba a ser el único que se diera cuenta. Su belleza sería del dominio público, dejaría de ser un secreto que solo él conocía.

Eso también le enfadaba.

Alguien llamó a la puerta. Al instante, su ira desapareció, y se le llenó el pecho de alegría. ¡Jan lo había pensado mejor! Se había dado cuenta de lo bien que estaban juntos y había vuelto para arrojarse a sus brazos.

Fue rápidamente hasta la puerta, abrió de par en par para recibirla…

—Hola, Mick.

A Mick se le cayó el alma a los pies.

Barbie.

—He venido a limpiar. No sabía que estabas aquí —dijo, y miró por la habitación—. Y solo.

—Me voy dentro de un minuto —respondió él. Se dio la vuelta y volvió al baño.

Esperaba que ella se marchara y volviera después. Sin embargo, cuando levantó la cabeza del lavabo, ella estaba sonriendo en el espejo, tras él.

—Parece que habéis tenido una noche movidita —dijo, señalando la cama con el dedo pulgar—. Supongo que la señorita sabía lo que hacía, después de todo.

Él se quedó mirándola. ¿Cómo debía responder a aquello?

Y, peor aún, ¿qué iba a pensar Jan si volvía y lo encontraba con Barbie?

La respuesta era obvia: pensaría que él estaba haciendo exactamente lo que había dado a entender que iba a hacer.

Sintió una punzada de culpabilidad. Una vez que su ira se había desvanecido, no podía creer que le hubiera hecho aquel comentario a Jan sobre Barbie. Sí, claro, Jan había herido sus sentimientos, pero devolviéndole el dolor solo había conseguido sentirse peor que antes.

Estaba claro que no quería volver a hacerle daño. Eso significaba que tenía que marcharse de allí, y rápido.

Se irguió y ocupó el mayor espacio posible del diminuto baño, con la intención de que Barbie tuviera que salir. Sin embargo, en vez de retirarse, ella pasó junto a él.

Se inclinó para recoger la camiseta que él había dejado en el suelo y apuntó con el trasero hacia su entrepierna, pero él fue más rápido y la esquivó echando las caderas hacia atrás.

—Yo recojo la camiseta, no te preocupes —dijo—. Tengo que irme.

Ella se puso en pie y lo miró. Agarró la camiseta con una mano y la colocó a su espalda.

—No te marches por mí. Yo puedo trabajar aunque estés aquí, hacer la cama. Hacer todo lo que tú necesites.

Su expresión hizo que él retrocediera hacia la puerta. Al cuerno la camiseta; ya se pondría otra. Seguramente, Jan ya se había marchado, pero por si acaso…

En aquel momento, alguien llamó a la puerta.

—Mick, soy yo. ¿Puedo entrar?

A él se le aceleró el corazón, pero se le quedó la mente en blanco y no supo cómo responder.

Si decía «sí», ella encontraría allí a Barbie, y Jan pensaría lo peor.

Si decía «no», ella se iría al hotel de Julie. Cuando volviera a verla, lo habría pensado mejor y él habría perdido la oportunidad de convertir su relación en algo más que una amistad.

Era una situación endemoniada. Se quedó sin habla. Solo podía mirar la puerta.

Se abrió lentamente. Jan asomó la cabeza. Al verlo inmóvil junto a la puerta del baño, ella entró, cerró la puerta y se apoyó en ella. Estaba seria y pálida.

Mick la miró a los ojos. Barbie estaba en el baño, fuera de la vista de ambos. Él apoyó una mano, despreocupadamente, en el marco de la puerta. Si era capaz de mantenerla allí encerrada hasta que Jan saliera de allí, tal vez pudiera evitar el desastre.

Jan se metió un mechón de pelo detrás de la oreja.

—Tengo una pregunta —dijo ella, con la voz temblorosa—. Lo que has dicho antes, ¿iba en serio?

Él vaciló. Necesitaba que le aclarara a qué se refería antes de poder responder, pero no quería pedirle esa aclaración allí, con Barbie presente y respirándole en la nuca.

—Vamos fuera —dijo él, aunque sabía que era una sugerencia estúpida, porque aquella era una conversación para mantener completamente en privado.

Jan lo ignoró.

—Cuando dijiste que me querías, ¿qué...? Es decir, que si... —entre titubeos, tomó aire, y preguntó—: ¿Qué querías decir, exactamente?

Él empezó a sudar. Aquella era su oportunidad de decirle que llevaba enamorado de ella muchos años. Para describir el futuro que quería que compartieran.

Y no podría haberle llegado en peor momento.

Bajó el brazo y dio un paso hacia ella. Iba a llevársela de allí, quisiera o no quisiera. Encontrarían un sitio privado y él le abriría su corazón...

A su espalda, algo duro cayó al suelo.

—Ooh —dijo Barbie, y soltó una risita.

La expresión de Jan iba a quedársele grabada en la mente para siempre. Toda la calidez desapareció de la habitación.

Él abrió la boca para explicar la situación, pero el dolor que vio reflejado en sus ojos le robó el aliento.

El tiempo se detuvo.

Entonces, ella caminó lentamente hacia él, lo rodeó y dijo, desde la puerta del baño:

—Barbie, ¿podrías pasarme mi neceser, por favor?

Barbie lo hizo, con solemnidad, como si su frialdad la afectara a ella también. Jan lo tomó. Después, descolgó su vestido de la percha del baño.

Por fin, Mick pudo hablar. Su voz tenía un tono de súplica.

—Solo ha venido a limpiar la habitación. Díselo, Barbie.

—Sí, es cierto —dijo Barbie. Sin embargo, tenía la camiseta de Mick en las manos, y eso contradecía su respuesta.

Jan los ignoró a los dos. Metió las cosas en su maleta, cerró la cremallera y la puso en pie en el suelo.

—Por favor, no te vayas —le rogó Mick. Si se marchaba en aquel momento, su corazón iba a endurecerse y ponerse en su contra para siempre—. Por favor, Jan. No te vayas.

Jan no le hizo caso.

El invierno había cubierto la tierra, y nada que él pudiera decir haría que el sol brillara de nuevo.

La puerta se cerró suavemente detrás de Jan.

—¡Janny Bananny!

Ellen Marone, la madre de Julie, le dio un abrazo a Jan y retrocedió para mirarla de arriba abajo.

—No podía creerme lo que me contaba Julie, pero tenía razón. De solterona a belleza de la noche a la mañana.

Jan sonrió sin poder evitarlo a su tía favorita.

—Dime lo que piensas de verdad.

—Siempre te lo digo —respondió Ellen. Le pasó un brazo por los hombros a Jan y la llevó hacia la suite de Julie, que se alojaba en el hotel más lujoso de la isla. El banquete se iba a celebrar en una carpa, en el jardín, y la capilla estaba en el edificio de al lado.

—En serio —continuó Ellen—, eres una Jan más joven, más moderna y más guapa. Aunque la antigua Jan no tenía nada de malo.

En realidad, la nueva Jan estaba empezando a apreciar a la antigua Jan. La antigua Jan era estable. Sus jornadas eran sosas, pero predecibles. Había muy pocos sucesos que alteraran su forma de vida.

Por el contrario, la nueva Jan estaba haciendo las cosas a ciegas. En menos de doce horas, había pasado de mantener unas relaciones sexuales alucinantes con el amor de su vida a sentirse devastada por la traición de su mejor amigo.

«Puede que yo esté destinada a llevar faldas de lana y blusas de algodón en vez de mallas elásticas y bikinis. Lo que está claro es que no soy para Mick».

Julie salió de la habitación al salón de la suite con una bata de satén color rosa, el pelo recogido en un moño muy elaborado y con un maquillaje perfecto para la sesión de fotografías.

—Me alegro de que hayas venido ya, cariño —le dijo a Jan, y besó el aire junto a su mejilla—. Lo siento, pero han tardado veinte minutos en pintarme los labios. Los estoy reservando para Cody.

—Estás increíblemente guapa —dijo Jan.

—Si eso es cierto, se lo debo todo a Monica, nuestra estilista —respondió Julie. Hizo las presentaciones y, después, le acarició la mejilla a Jan—. Ella te puede poner un poco de color, cariño. Estás muy pálida. ¿Va todo bien?

—Sí, muy bien —dijo Jan. No quería compadecerse de sí misma en aquel momento. Ya tendría tiempo, una vida entera, para llorar por Mick. No iba a estropearle la boda a Julie con lágrimas y recriminaciones.

Irguió los hombros, y preguntó:

—¿Qué puedo hacer por la novia?

—En este momento, estoy servida —dijo Julie; como de costumbre, lo tenía todo controlado y funcionando como un reloj—. Monica te arreglará a ti la siguiente y, después, a Amelia, cuando llegue. Mamá quiere ser la última.

—Toda esa laca… Ay —dijo Ellen, estremeciéndose—. Solo para ti, Julie.

—Te alegrarás cuando llegue la hora de hacerse las fotos —respondió Julie—. Hablando de fotos… Jan, conoces a Rowena Childs, ¿verdad?

La fotógrafa que le había pedido que le presentara a Mick. Estaba colocando y preparando su equipo sobre la encimera de la pequeña cocina de la suite.

Jan la saludó con un seco asentimiento.

De todos modos, Rowena respondió con una sonrisa cordial. Después, les hizo una señal a todas para que se juntaran y les hizo una serie de fotografías a las tres solas.

Amelia llegó un minuto después, con dos botellas de champán.

—Ya era hora —dijo Ellen, y se puso a servir copas para todo el mundo. Después, elevó la suya e hizo un brindis—: Por Julie, y por su guapo marido.

Jan apuró su champán y se tomó una segunda copa mientras Monica la llevaba hacia una silla de respaldo recto que había frente a un espejo portátil bastante grande.

—Muy bonito —dijo, acariciando un mechón de pelo de Jan entre dos dedos—. ¿Qué te parecería algo así? —le preguntó, alzándole la melena para mostrarle un posible recogido. Entonces, al ver el chupón que tenía bajo la oreja, dijo—: O podrías llevarlo suelto. Te voy a hacer unas cuantas ondas para darle más volumen. Además, también te voy a hacer un maquillaje natural. Te destacaré los ojos y los labios. Tienes una piel maravillosa, así que solo vas a necesitar un poco de colorete.

Jan asintió a todo lo que le decía. El champán la tenía un poco adormecida. Ellen sirvió otra ronda, y todo el mundo empezó a hablar un poco más alto.

Mientras Monica le toqueteaba el pelo, Jan cayó en trance. Dejó la copa de champán a un lado y dejó que sus párpados hicieran lo que querían hacer, que era pestañear, pestañear… y cerrarse.

Volvió en sí cuando Monica le tocó el hombro suavemente.

—¿Qué te parece?

—Muy bonito —murmuró ella, girando la cabeza hacia un lado y, después, hacia el otro. Monica la giró ciento ochenta grados y le entregó un espejo de mano. La parte de atrás también era muy bonita. Era una versión más brillante, más suave y más voluminosa de su melena.

Ellen apoyó el trasero en la mesa.

—Estás maravillosa, Janny Bananny —le dijo, riéndose—. Bueno, ya no me pega llamarte eso. Eres toda una mujer.

Jan sonrió.

—Hace tiempo que soy una mujer, tía Ellen. Ya tengo treinta años.

—Lo que no entiendo es por qué escondías todo tu potencial. Bueno, sí, sí lo entiendo —dijo su tía, y puso los ojos en blanco, como queriendo decir: «Es que tu madre está como una regadera».

Jan no se lo discutió. Siempre defendía a su madre delante de los extraños, pero, con la familia, era una pérdida de tiempo. Todos sabían cómo eran los demás.

Monica se le acercó con un colorete, y Jan volvió a cerrar los ojos y escuchó la charla que había a su alrededor. Julie estaba al teléfono con la encargada del catering. Ellen cantaba alabanzas sobre su novio, que era diez años más joven. Amelia le rogaba que parara.

Aquellas eran las mujeres de su familia, y las adoraba. Se alegraba mucho de estar allí, celebrando el gran día de Julie. Y, aunque fuera triste, se alegraba de que su madre no hubiera hecho el viaje hasta allí. Nadie le agradecería su presencia a una aguafiestas.

Rowena se paseaba entre ellas y a su alrededor, aunque sin molestar, y hacía fotografías. Jan hizo todo lo que pudo para no fruncir el ceño. ¿Qué culpa tenía aquella chica de desear exactamente lo mismo que ella?

A Mick.

Tampoco Mick tenía la culpa de ser quien era. Ella siempre había sabido cómo era su mejor amigo: tenía muchas aventuras. Nunca mantenía relaciones serias. No hacía promesas. Y, en realidad, a ella no le había hecho ninguna.

O, al menos, eso habría dicho la antigua Jan, con el corazón roto y sangrando.

Pero ¿la nueva Jan? Mientras se miraba al espejo, alzó la barbilla.

Tal vez la nueva Jan tuviera roto el corazón, pero también estaba muy enfadada.

La noche anterior había compartido con Mick la experiencia más intensa de su vida, y él sabía muy bien que había sido algo decisivo para ella. Debería haber tenido más cuidado con sus sentimientos, aunque él no sintiera lo mismo que ella.

No había ninguna excusa para acostarse con Barbie diez minutos después de haberse despedido de ella. ¿Qué tenía que ver que ella misma le hubiera indicado que podía hacer lo que quisiera con la chica? ¡Eso no significaba que pudiera acostarse con ella en su misma cama!

Era una traición descomunal. Irreparable. Desmesurada. Imperdonable. Y el traidor no se merecía su amor, ni siquiera su amistad.

Ya era hora de crecer y dejar atrás las cuestiones de la infancia. Incluyendo… No, sobre todo, a Mick. Si él dejaba un enorme vacío en su vida y en su corazón, bueno, pues ya encontraría otras cosas y otros hombres para llenarlo.

Mick McKenna era un vestigio de la vida de la antigua Jane. La nueva Jane había terminado con él.

Mick se metió el dedo por el cuello de la camisa. Aquella maldita corbata lo estaba ahogando.

—Es la camisa, no la corbata —dijo Ray—. Desabróchate el botón.

Verdaderamente, Ray tenía el don de leerles el pensamiento a los demás.

Mick se desabrochó el primer botón de la camisa, y el aire pudo circular por su garganta.

—¿No se notará mucho?

Ray le arregló el nudo de la corbata.

—Ya está. Ni se ve.

El novio de Ellen, Jess, estaba sentado unos cuantos bancos más allá, delante de ellos. Se giró y sonrió.

—¿Has estado haciendo ejercicio? Te habrá crecido la musculatura del cuello —dijo. Jess era entrenador personal. Miró los hombros de Mick—. Estás proporcionado, pero yo podría mejorarlo. Pásate por el gimnasio. Te enseñaré unos cuantos ejercicios, gratis.

Mick asintió. No le apetecía mantener conversaciones de cortesía. Giró la cabeza hacia la parte trasera de la capilla con la esperanza de ver a Jan.

—Están reunidas —le dijo Ray—. Llevan dos horas incomunicadas.

—Por el amor de Dios —murmuró Mick. Tuvo que contenerse para no pasarse las manos por el pelo. Quería tener muy buen aspecto cuando ella lo viera al recorrer el pasillo central hasta el altar.

—Os habéis peleado, ¿eh? —le preguntó Ray, asintiendo sabiamente—. No te preocupes, se ablandará cuando empiecen con los votos matrimoniales. A todas les pasa.

Señaló a una pareja de mediana edad que se había sentado al otro lado del pasillo.

—Los Brown. Harper y Maeve. Se ve por qué los hijos han salido tan guapos.

Mick los miró con negatividad. En su opinión, ya había un Brown de más en aquella boda.

Sin embargo, tenía que admitir que los padres eran una pareja muy guapa. Harper era alto y delgado como sus hijos, y tenía una cara magnífica, curtida por el sol, que nunca dejaba de sonreír. Maeve era una rubia atractiva, que parecía feliz y relajada y que estaba completamente enamorada de su marido.

—Son gente agradable —dijo Ray—. Ahora viven aquí, y salen con Jimmy Buffett.

—Um —dijo Mick. No estaba dispuesto a subir corriendo al tren de los Brown. Todavía no le había perdonado a Tyrell el hecho de haber dejado obnubilada a Jan.

Ellen se sentó en el banco, junto a Jess. Le apretó el bíceps con apreciación y volvió la cabeza hacia Mick y Ray.

—Llegarán dentro de un minuto —les dijo—. Están todas tan guapas que os van a romper el corazón.

Mick no lo dudaba, salvo por el detalle de que el suyo ya estaba roto.

Ojalá Barbie no hubiera ido a la habitación. Ojalá él se hubiera librado antes de ella. Ojalá le hubiera dicho directamente a Jan que Barbie estaba en el baño, en vez de intentar esconderla.

Ojalá, ojalá, ojalá.

Ojalá pudiera hablar con Jan a solas durante cinco minutos y conseguir que lo escuchara. Entonces, respondería a su pregunta: que, cuando le había dicho que la quería, se lo había dicho con todo su corazón, para siempre, hasta que la muerte los separara.

La arpista rasgó las cuerdas y comenzó a tocar. Cody entró por la puerta que había junto al altar, seguido por Tyrell. Parecía que acababan de salir de una revista, y Mick apretó los dientes.

Entonces, Ellen se giró y señaló hacia el otro extremo de la capilla.

Y allí estaba Jan, indescriptiblemente guapa, con una versión impecable de su belleza pura. A su lado, Blancanieves no tenía nada que hacer. A Mick se le formó un nudo en la garganta.

Ella recorrió el pasillo central de una manera grácil, y pasó muy cerca de él. Cuando llegó al altar, se hizo a un lado y se giró para mirar primero a Amelia y después, a Julie. A él no lo miró en ningún momento, pero él no podía apartar la mirada de ella. Su pelo ondulado, sus hombros pálidos, sus dulces curvas.

Se la bebió con los ojos. Y, contra su voluntad y sus deseos, se excitó por ella. Metió el dedo por el cuello de la camisa otra vez; en su mente no dejaban de aparecer escenas de la noche anterior, y eran pornográficas.

Los novios ocuparon su lugar, y todos, salvo él, miraron al altar. El reverendo dijo algo que provocó la risa de los invitados, pero él no estaba escuchando. Jan había captado toda su atención. Cuando ella sonreía, a él se le curvaban los labios. Cuando a ella se le llenaban los ojos de lágrimas, él sentía un picor detrás de los párpados.

Y, cuando la ceremonia terminó y los invitados se reunieron en los escalones de entrada a la capilla, él se mantuvo cerca de ella, aunque no tanto como para estropear las fotografías de la boda.

Cuando se deshizo el grupo, tuvo oportunidad de acercarse a ella por un lado, y le tocó el brazo. Jan lo miró con una frialdad que se le metió en los huesos.

—Me sorprende que hayas conseguido venir —dijo—. Ahora que estoy familiarizada con tu aguante, pensé que Barbie y tú estaríais toda la noche en ello.

—No era lo que parecía —respondió Mick—. Barbie había venido a limpiar la habitación. Cuando tú llegaste, estaba intentando librarme de ella.

—¿Y se llevaba tu camiseta como premio de consolación? ¿O de recuerdo?

—Ninguna de las dos cosas. Yo la había dejado en el suelo del baño, y ella la recogió —dijo Mick, y volvió a tocarle el brazo. Su piel era muy suave, y estaba muy fría—. Tenía que haberte dicho que estaba allí en cuanto entraste, pero me daba miedo que pensaras exactamente lo que pensaste.

—Aunque fuera cierto, y eso que no me lo creo ni por asomo, eso significaría que tienes una opinión muy mala de mí.

—No, en absoluto. Lo que significa es que soy idiota, cosa que no creo que sea una sorpresa para ti.

Ella sonrió con sarcasmo.

—Ahora ya nada de ti puede sorprenderme.

Jan estaba dándose la vuelta cuando la fotógrafa se plantó delante de ellos.

—¿Os importaría sonreír? —preguntó la mujer, levantando la cámara—. Parece que como si cada uno hubierais perdido a vuestro mejor amigo.

—Qué curioso que digas eso —respondió Jan, irónicamente—. A propósito, dejad que os presente.

«¡Mierda!», pensó Mick, y alzó las manos a la defensiva. Sin embargo, ya era demasiado tarde. Antes de que pudiera echar a correr, Jan aprovechó su oportunidad.

—Rowena Childs —dijo—, te presento a Mick McKenna.

Y, después de romperle el corazón con la última sonrisa de amargura, se dio la vuelta y se marchó.

Jan se dirigió hacia el hotel con el corazón acelerado y los nervios de punta, pero sintiéndose orgullosa de sí misma. No había caído en la tentación de creerse el cuento de Mick y, al despedirse, le había dado una contestación que lo iba a tener echando humo durante semanas.

«Chúpate esa, Mick. Enhorabuena por tu inminente boda».

—¡Jan!—dijo Julie, haciéndole gestos para que se acercara—. Mira, te presento a los padres de Cody, Harper y Maeve.

Harper tomó con su enorme mano la de Jan.

—Vaya, las chicas de la familia Marone sois preciosas —dijo, con su acento texano—. Ojalá tuviera más hijos para poder meteros a todas en la familia.

La nueva Jan lo miró atrevidamente.

—Estoy dispuesta a aceptar cualquier cosa que tengas. Primos, tíos, sobrinos. Vamos a echarles un vistazo.

Harper soltó una risotada, y Maeve dijo:

—Ten cuidado con lo que deseas, Jan. Cuando las fotos de la boda estén en Facebook, tendrás una fila de Browns a la puerta de tu casa.

—Muy bien, pondré mi nueva dirección —dijo. Cualquiera que compartiera los genes de los hermanos Brown tenía su aprobación.

Entonces, alguien le tocó el brazo.

Mick.

Qué frescura.

Él sonrió a Harper y a Maeve.

—Hola, soy el acompañante de Jan, Mick McKenna —dijo, y le tomó la mano como si fueran una pareja; obviamente, pensaba que ella iba a tragárselo en vez de darle un rodillazo en la entrepierna en mitad de la boda de Julie.

Y, por supuesto, tenía razón. Tuvo que tragárselo y sonreír forzadamente mientras él se vengaba de que le hubiera presentado a Rowena contando varias historias sobre ella que fueron muy entretenidas para los Brown.

Sin embargo, algo típico de Mick, se pasó de la raya y la presionó demasiado, pasándole el brazo por los hombros como si tuviera algún derecho. Como si ella fuera a consentírselo.

Le siguió el juego, rodeándole la cintura con un brazo bajo la chaqueta. Entonces, le pellizcó con todas sus fuerzas.

Él se estremeció y bajó el brazo para agarrarse el costado, disimulando como si estuviera rascándose porque le picaba mu-

—Ese pequeño capullo. Voy a buscarlo e invitarle a una copa.

Se llevó su mano a los labios y le besó los nudillos, uno a uno. Después, puso la palma sobre su corazón.

—¿Significa que podríamos haber estado juntos todo este tiempo?

Ella lo pensó, pero hizo un gesto negativo con la cabeza.

—Antes éramos demasiado jóvenes y tontos. Yo tenía que convertirme en la nueva Jan —dijo. Tenía que hacerse cargo de su vida y creer que podía ser deseable, que era digna de ser amada—. Y tú tenías que tener una pesadilla.

Una pesadilla que le hiciera vulnerable, que propiciara la intimidad que había hecho que todo lo demás fuera posible.

—Si no hubiéramos estado juntos en una cama, habríamos seguido igual —dijo Mick.

—Está bien, me llevo ese mérito —dijo ella.

—Bueno, era mi habitación.

—Sí, pero tú me la diste.

—Sabía que no me ibas a echar a la calle.

—Tonterías. Estuviste a punto de morir cuando le dije a Barbie que íbamos a compartirla.

—Entonces, ¿me crees con respecto a ella?

—Sí. Siento no haberte creído desde el principio.

¿Cómo había podido dudar de él? Fuera amigo, o solo un amante, Mick se habría dejado cortar el cuello antes de hacerle daño con tanta crueldad.

Él le rodeó la cintura con los brazos.

—¿Tienes algo que decirme?

—Um…

Jan sabía que él estaba esperando un «te quiero». Sin embargo, le dio algo mejor.

Retrocedió un paso y le tendió la mano.

—Mick McKenna, te presento a la nueva Jan Marone.

Mick se puso un cojín detrás de la cabeza, rodeó a Jan con un brazo y la acurrucó contra su cuerpo.

Ella apoyó la cabeza en su hombro y posó una pierna sobre las suyas.

Y su manita traviesa fue directamente en busca de problemas.

Él la agarró antes de que llegara a su destino.

—Me vas a matar, nena —dijo.

Nunca antes había pronunciado aquellas palabras, y creía que nunca las pronunciaría.

Ella se echó a reír.

—Por fin, algo un poco distinto a todo lo que hay en la pared del baño de O'Reilly's.

Él alzó la cabeza y la miró con los ojos abiertos como platos.

—¿Qué dices?

—La pared Mick McKenna. ¿No habías oído hablar de ella? «Diecisiete de diciembre, seis veces. Once de febrero, siete veces».

—Estarás de broma, ¿no?

—¿No te suenan esas cifras? Ahora yo puedo añadir: «Veintiuno de marzo, solo tres veces. Después, se desmoronó».

—Y un cuerno —dijo él.

Le dio la vuelta y le agarró la cabeza entre los brazos.

—Y puedo añadir: «Cara de malas pulgas».

Él le dio un beso profundo y largo. Y aumento su cifra a un cuatro mucho más respetable antes de desplomarse boca arriba una vez más.

Jan se acurrucó como un gatito contra su costado. Él exhaló un suspiro placentero. Después del revolcón que acababa de darle, ni la señorita Insaciable podría querer acción hasta dentro de un buen rato. Lo cual era una bendición, porque debía admitir que estaba baldado.

Ella se frotó la mejilla contra su hombro.

—Te quiero —le dijo.

—Yo también te quiero, nena —respondió él, acariciándole la coronilla con la barbilla.

Ella le rozó suavemente el pecho.

—Eres mi héroe, Mick. Siempre lo has sido, y siempre lo serás.

Mick sintió tensión en todo el cuerpo. La paz y la placidez desaparecieron, y su pecho se llenó de desesperanza.

—No soy un héroe, Jan. Tú misma lo viste anoche. Lo sabes mejor que nadie.

—Sé que estás teniendo pesadillas después de una experiencia casi mortal. ¿Quién no iba a pasar por lo mismo? También sé que eres valiente, pero eso no significa que no te asustes. Significa que no permites que el temor detenga tus pasos. Eres la persona más valiente que he conocido.

Él notó un nudo de miedo en el estómago. ¿Y si había perdido sus capacidades? ¿Qué pensaría ella en ese caso?

Jan le acarició la sien, el pómulo, la mandíbula.

—Si estás pensando que lo que siento va a cambiar porque no vayas directamente a meterte al siguiente incendio que tengas que apagar, te equivocas. Ser valiente no significa que tengas que ser estúpido. Por favor, no cometas estupideces.

Aquello hizo que sonriera.

—Pides demasiado.

—Sí, ya lo sé.

A Mick se le borró la sonrisa lentamente.

—¿Y si no...? —se quedó callado, y tuvo que tragar saliva—. ¿Y si ya no puedo hacerlo más?

—Entonces, podrás hacer otra cosa. Y yo seguiré queriéndote. Estaremos juntos. Eso no va a cambiar.

No se merecía a aquella mujer. Solo por estar con ella se sentía mejor, más fuerte. Las relaciones sexuales con ella también ayudaban. Y el hecho de estar casi comprometido con Jan.

Aquello sacó a relucir la última de sus dudas.

—¿Y si sí que puedo hacerlo? ¿Qué pasará si continúo entrando? ¿Te casarás conmigo de todos modos?

Notó la caricia de unos dedos suaves en la clavícula.

—Un hombre sabio... bueno, un chico que sé que a veces no es completamente bobo, me dijo una vez que el amor debería dejar en un segundo plano lo que alguien haga para ganarse la vida.

—Pues a mí me parece que ese chico es un genio.

—Tiene sus momentos.

—¿Y tú estás de acuerdo con él?

—Sobre esto, sí. Por lo menos, con respecto a ti y a mí. Yo sé quién eres, Mick. Y te acepto por completo, para bien o para mal.

Por fin, Mick exhaló un suspiro de alivio, y consiguió relajarse.

Claramente, no se merecía a aquella mujer.

—¿Y yo? —preguntó ella.

—¿Qué pasa contigo? —le preguntó él, cubriendo la mano que ella había colocado sobre su corazón—. Tú eres perfecta. Te quiero. Te voy a cuidar siempre.

Ella sonrió, y él notó el suave roce de sus labios en la piel.

—Eso suena muy bien, pero no parece que estés completamente de acuerdo con la nueva Jan.

—Bueno, tendré que acostumbrarme. Sobre todo, a su ropa, y eso lo digo en el buen sentido. Está genial. Sexy. Dan ganas de acostarse con ella.

—¿Pero?

—Pero este fin de semana he descubierto que tengo una vena celosa. No me gusta que los otros hombres babeen con mi mujer —dijo él, encogiéndose de hombros—. Pero tendré que acostumbrarme, porque es preciosa. Y me gusta así.

—Señor Cavernícola.

—Señora de Cavernícola.

—No, más bien, señorita de Cavernícola.

—Lo que tú digas, nena —dijo él, con una sonrisa petulante—. Pero, para mí, siempre serás la señora de Cavernícola.